LA DONA
DE LA
SEVA VIDA

XAVIER BOSCH

LA DONA DE LA SEVA VIDA

Columna

COL·LECCIÓ CLÀSSICA
PRIMERA EDICIÓ: MARÇ DEL 2021

AV. DIAGONAL, 662-664 - 08034 BARCELONA
ISBN: 978-84-664-2760-9
DIPÒSIT LEGAL: B. 2.145-2021
FOTOCOMPOSICIÓ: LA LETRA, S.L.

www.columnaedicions.cat

Al Romà.

Als qui busquen.
Als qui busquen i no troben.
I, sobretot, als qui no busquen perquè ni tan sols
saben que hagin de buscar ningú.

«soc jo el secret més mal guardat»

Francesc Garriga Barata
Ragtime

I

La dona de la seva vida

«Només es moren els altres».

MARCEL DUCHAMP

La Victòria va ser la primera a cantar. Tot d'una es va alçar del banc de fusta i, com si ho hagués fet sempre, va arrencar unes absoltes que van sorprendre tothom. La seva reacció estava fora de l'escaleta negociada abans de començar la cerimònia. En sentir les primeres notes, el mossèn —un caputxí auster de paraules i de gestos— va decidir retirar-se de l'altar i deixar que la dona de primera fila, endolada de cap a peus, desfogués el seu turment amb una música inesperada. Ni ella mateixa havia previst que, de cop i volta, en plenes exèquies, tingués la necessitat d'entonar una cançó. De totes, potser era la preferida de la seva mare. La que li havia sentit tantes vegades mentre conduïa pels revolts de Vallvidrera, per les fagedes de la Garrotxa o per les vinyes d'Alsàcia. El quartet de corda —trenta euros per cap per a cada funció— es va mirar per si la podien seguir. Però l'escena era improvisada, els músics no tenien aquella partitura al seu repertori funerari i, respectuosament, van abaixar els arquets en senyal de rendició. A la filla petita de la Maria Vilalta Campabadal, no li va caldre acompanyament. Quan hi ha sentiment, la instrumentació és baldera.

El Joel i el Rai no van trigar a aixecar-se, estintolant la seva pena l'un en l'altre. Mai se'ls hauria acudit cantar en públic —la vergonya dels homes als cinquanta, la reputació...—, però no van voler deixar sola la seva germana. Els va seguir l'església sencera. De mica en mica, els parents, les amistats i els compromisos que omplien tots els bancs, d'un costat i de l'altre, s'anaven posant drets i cantussejaven, com podien, per acompanyar la família. Els qui havien arribat més tard i s'estaven drets als laterals de la nau i els que recolzaven l'esquena a les columnes de pedra freda de l'església del Monestir de Pedralbes també es van afegir a les notes del «gira, il mondo gira». Més o menys. A mitja veu. Xampurrejaven l'italià sense saber-ne i, quan arribaven a la tornada, tothom s'hi atrevia. Era l'únic instant que tots els que havien coincidit en aquella intersecció de la vida, entre l'espai i el moment, recordarien d'un comiat amb moltes flors, cap parlament de la família i un grapat de sentiments conformats. Una mort, als vuitanta tocats, tempera la ràbia. Alleuja la sensació d'injustícia. És llei de vida, asseguren els qui han esquivat la mort i es queden, de moment, una estona més. Només es moren els altres, havia dit el capellà a l'inici del funeral.

El Saül Estrada, amb la vista clavada a les sabates empolsades del mossèn, es va quedar assegut. Dins de la seva boira, no hi sentia. Tampoc no veia res. Ni els seus tres fills drets, al seu costat, ni la caixa de fusta ecològica que els nois havien triat per acomiadar la mare aquell matí esquitxat per un ressol de gener. Ni tan sols va pensar a girar-se per contemplar l'església plena al seu darrere. A la pobra Maria no li hauria passat per alt. Ell, en canvi, no mirava enlloc. Ni tan sols estava trist. Buit, només. Abatut pel desenllaç, per l'infinit silenci dels últims dies. L'home encastat al banc de l'església no era ell. S'havia quedat sense esma. Com si, de cop i volta, li haguessin entrat a casa i li haguessin robat la col·lecció sencera de records i li haguessin afaitat cadascuna de les alegries que havia acumulat durant tota una vida de parella. Com si la policia científica, després d'analitzar les empremtes de la caixa forta, li hagués comunicat que mai més —mai més, tot sonava així de rotund— podria recuperar cap dels cinquanta-cinc anys viscuts al costat de la Maria. La dona de la seva vida. Era l'expressió que el Joel havia triat per a l'esquela dels diaris del 25 de gener de 2019 i era, tot just, el que sentia. La Maria. La dona de la seva vida.

2

Hi ha silencis que criden

Una sabata descriu, amb discreció, el currículum d'una persona. Al fons d'un armari, un parell de sabates són un llibre de memòries. La Maria Vilalta n'havia deixat dotzenes, de tots els estils i de totes les èpoques, perfectament arrenglerades, com si hagués d'obrir botiga. Com si algun dia hagués de tornar i pogués triar unes botes, unes sandàlies o un salonet per a l'ocasió. El Joel, amb un genoll clavat a terra i gronxant el cos dins de l'armari sabater, les treia de dues en dues. El Raimon les agafava amb tres dits, les mirava i les anava entaforant en bosses d'escombraries. No n'indultava cap. Trobava que unes tenien la tapeta massa gastada, d'altres tenien el taló guerxo de tantes caminades o, tant se val, ja estaven per llençar, que ningú no en fotrà res d'aquest parell. En totes les sabates —ho va comentar més d'una vegada— hi veia la forma de l'indissimulable galindó de la mare, que, amb els anys, havia anat estovant la pell i descolorint la protuberància arrodonida de qualsevol calçat. Els parells que anaven en capsa, els descartaven amb cartró i tot. Cap a la brossa.

—No ho aprofitarà ningú, això.

—La Victòria ha dit que les fotem totes a la bassa. Sense miraments.

—Només vol els abrics, ella. Que se'ls emprovi i que decideixi el què. Potser se'n quedarà algun.

—Per al fred d'Estrasburg li aniran bé.

—Que no s'enganyi —va dir el Rai—, la Victòria farà com tothom. Se'ls posarà, algun cop, per recordar la mare.

—Ben fet. Que en faci el que vulgui...

—Es cordarà un botó o es passarà la mà, així, per la solapa i pensarà en ella.

—Moltes pel·lícules, tu.

—Serà que tu no has ensumat mai alguna bufanda d'algú que trobes a faltar?

El Joel havia decidit que no estava per drames. Aquella tarda no es podien estovar:

—Les Adidas de tennis, què?

—Fora també, tu diràs... —Les va esbarriar sense miraments—. Si l'últim partit amb la Vito el devien jugar fa què... Vint anys?

—Vint. Pel cap baix.

Els germans grans de la família Estrada Vilalta, els dos nois, van tenir-ho clar. L'hi van proposar al pare i ell, amb l'ànima als peus, es va deixar fer. Ni que hagués dit que no, no li haurien fet cas. Els vidus de primera volada no manen. Estava tot decidit. Ell passaria el cap de setmana amb la Victòria a casa del Joel i dilluns, quan tornés al pis i entrés a la seva habitació, es trobaria l'armari tot per a ell. De la roba de la mare, no en quedaria cap rastre. Li estalviaven el tràngol més devastador. La travessia d'haver de despenjar cada peça, sospirar a cada vestit i repetir les dues paraules més definitives. Les úniques que, als primers dies, repiquen dins del cap. Mai més. Com un batall. Mai més. A cada abric, a cada camisa, a cada llàgrima... Dos tocs. Mai més. El pitjor so. Cruel com pocs.

De passada, quan el Saül tornés a casa, es trobaria les lleixes buides, netes, amb les seves coses endreçades i totes a la vista, com no les havia tingudes en cap moment de la convivència al pis de Vallvidrera. Havia perdut la dona, però havia guanyat espai. «Quin consol, oi, pare?», havien quedat que li dirien, quan se'n lamentés. «L'humor que no es perdi a casa els Estrada, pare». I estaven convençuts que ell, com a resposta, en senyal d'aprovació, els picaria l'ullet d'aquella manera que li havien vist fer tota la vida. Si amb la Maria a les fosques encara tenia els reflexos per fer-los l'ullet, tots entendrien que se'n sortiria.

La seva mare acumulava roba, però no sabien que fos tanta. Ni de tantes dècades passades. El Joel i el Raimon portaven dues hores llargues feinejant a l'habitació. Els armaris —el dels penjadors, el dels calaixos i el del mirall encastat a la porta corredissa— estaven tan atapeïts que costava treure'n res. No hi cabien ni les arnes. A mesura que anaven trobant espai, el procés començava a ser automàtic. Amb el cor fort, es tractava de pensar poc i anar fent piles. Camises, camisoles, vestits, jerseis i faldilles cap a Càritas. Els sostenidors, a Engrunes, que algú encara els farà servir. Les calces i les mitges, llençades. Les camises de dormir —totes de seda—, se les havia demanat la senyora Lourdes, quaranta-dos anys sense queixa fent de nou a cinc, amb el senyor Saül i la senyora Maria, queDéul'hagiperdonada.

—Trobo que l'Allan podria haver vingut aquí, a ajudar-nos...

—Estàs de conya, tu. —El Rai va saltar, com un pregadeu.

—Ens hauria anat bé un cop de mà —va insistir el Joel, sense segones intencions.

El Raimon va aturar la cadena de la feina perquè el seu germà notés que no era cap broma:

—Tu creus, sincerament, que a l'Allan li vindria de gust entrar en aquesta casa?

—Hòstia, Rai, ha passat molt temps...

—Si la mare aixequés el cap i se'l trobés aquí...

—Què?

—Que la tornaria a palmar.

—Per què... —S'ho va rumiar, per no vessar-la—. Una cosa... La mare va arribar a saber qui era l'Allan?

—Jo no l'hi vaig dir. I tu?

El Joel va aixecar el cap per subratllar la veritat de les paraules que estava a punt de pronunciar. A vegades, la credibilitat depèn d'un to.

—Tampoc, tampoc...

—I això?

Del fons de l'armari, quan semblava que ja no n'havia de sortir res més, el Joel en va treure dos pots de pilotes de tennis.

—Millor això que una capsa amb els secrets...

—O les cartes d'un amant de la mare. —El Rai ja s'hi trobava—. T'ho imagines? Que en aquesta família oasi, on mai ha passat res, de cop i volta descobríssim que... Quina mandra.

—No comptis a trobar gaire res. La nostra és una família amb molta història però amb poques històries. Ni tresors ni misèries.

—Una família com totes, vaja.

—Què fas? —El Joel es va sorprendre del gest resolut del seu germà.

—Tirar les pilotes, collons. Deuen estar gastadíssimes.

—Però són unes Wilson, home.

—I?

—Són aprofitables.

—Des de quan jugues a tennis, tu?

—En ma vida. Mai. No tinc ni raqueta... —El Joel va obrir un dels pots, en va treure una pilota groga i la va apartar—. No se sap mai quan la pots necessitar. No en vols una, tu?

Ni tan sols va respondre. El Rai va agafar els dos pots i els va facturar cap a la bossa de la deixalla. En un tres i no res havien omplert sis bosses blaves de cinquanta litres. Les havien anat deixant al costat de les butaques de l'habitació. La butaca de la mare. Mai més, tampoc, havien pensat els seus fills. I mira que s'hi havia passat hores i més hores, en les últimes setmanes. Als darrers dies, quan ja no li quedava ni veu ni empenta, la seva jornada es reduïa a aixecar-se del llit amb molta por i, agafada del seu marit i de la senyora Lourdes, deixar-se caure en aquella butaca alta, amb orelleres, que li anava bé per vinclar el cap i encadenar becaines curtes. Com més millor, sedada, per no pensar.

Així que la Maria s'havia quedat sense veu, el Saül va agafar l'altra butaca, bessona, entapissada amb quadre de Gal·les, i la va encarar amb la de la seva dona. Ell s'hi asseia al davant. I es miraven. No es deien res. El Saül la contemplava des de l'hora d'esmorzar fins que, a mitja tarda, en una altra maniobra feixuga, la tornaven a estirar al llit. Un dia rere l'altre. Un davant de l'altre. Amb tendresa. El joc de la quietud. A metre i mig entre marit i muller. Amb el piano tancat com a única unitat de mesura de la distància entre tots dos. La Maria no parlava perquè no podia. El Saül tampoc no li explicava res. No gosava afeblir-la amb un record. No volia destorbar-la amb una emoció, ni esquinçar-li la pau d'última hora amb un misteri. Mai no se li hauria acudit dir-li que els metges ja no tenien cap més pla, però tampoc no s'atrevia a deixar anar unes paraules que semblessin un comiat. Al contrari, no s'hauria permès que l'última conversa li pogués semblar, a la Maria, un colofó massa intranscendent. Ignorades les ofenses, quedava el mer amor. L'essència. Així ho van interpretar els tres fills i la senyora Lourdes. Quan el temps simplement s'arrossega, ell tan sols buscava la pau final, perfecta. Es miraven, s'entenien i no es deien res. Hi ha silencis que criden, i aquell n'era un.

L'últim dijous, la Maria Vilalta Campabadal, de la butaca estant, va fer un gest amb la mà perquè correguessin les cortines de l'habitació. La claror, de cop i volta, li molestava als ulls. El sol il·lumina però, segons com, descoloreix la fusta vella. Des del seu finestral, a la cresta de Collserola, havia vist créixer Barcelona als seus peus. Les noves punxes de la Sagrada Família al nord, l'espasa del nou aeroport al sud. Entremig, i sense presses, havia anat despuntant una ciutat nova. El perfil de les torres bessones del Port Olímpic, la vela d'un hotel arran de mar i tot un barri de gratacels, sorgit del no-res, al fons de tot d'una avinguda en diagonal que va resultar molt més llarga del que ningú no havia previst. Des que havien pujat a viure a Vallvidrera, abans que nasqués el Joel, fins a l'hora de l'última llum, la ciutat havia guanyat en blaus, en lluïssor i en autoestima. Dia a dia, la Maria havia tingut el privilegi de veure-la sencera, com un paisatge habitual des del talaiot de la seva habitació. Però ja en tenia prou. Després d'una mà de colònia pel front i pels cabells blancs pentinats cap enrere, va escurar el plat del darrer flam. Els qui eren a l'habitació van adonar-se de com li brillaven els ulls. Era l'última voluntat d'una llaminera de cap a peus. Així ho va entendre la Victòria, si més no, abans de dir-li gràcies mare en veu molt baixa i passar-li el palmell per cloure-li les parpelles.

Divendres, dissabte, diumenge. Només tres dies i quantes vegades, tots plegats, s'havien explicat els uns als altres el moment dolç de l'últim flam.

El Rai es va acostar al Joel, el va abraçar fort per la cintura i li va posar el cap sobre l'espatlla. Feia temps que no treballaven en equip, i després d'aquell esforç colze a colze de tota una tarda en una habitació en penombra, buidant tota una etapa en poques hores, li va venir de gust estrènyer un germà que cada vegada veia més de tant en tant.

—Te'n tornes a Copenhaguen?

—Tenim bitllets per demà. No ho puc allargar més. La feina, em sap greu. Al museu m'han donat dos dies de permís, ho he empalmat amb el cap de setmana i mira... —Va dubtar si dir-ho—. L'Allan pitjor encara, que s'ha gastat dos dies de festa.

—Està bé que t'hagi volgut fer costat...

—Sí. Sense ell tot se'm faria més dur. És un sol.

Cadascú, al seu aire, va donar una volta pel pis. Van fer la ruta sense dir-se res. La seva habitació, la que havia estat la de tots dos des que havien nascut —primer dos llitets, després lliteres i, en acabat, dos matalassos grans fins que van marxar de casa—, s'havia convertit en el quarto de la planxa de la senyora Lourdes. L'habitació de la Victòria, en canvi, pràcticament estava igual. Amb el mateix somier de barrots daurats, la tauleta de nit de sempre i tots els volums de medicina ordenats per mides al damunt de l'escriptori. Els flascons de perfum continuaven al seu lloc, en fila índia, per l'ordre en què els hi havien regalat. Només havia desaparegut la col·lecció de peluixos que, en un altre temps, penjaven de tot arreu. El passadís, a les fosques, tenia algun angle mort que al Rai sempre li havia fet angúnia travessar. Encara, aquell dissabte, amb quaranta-nou anys, va sentir una esgarrifança quan va passar pel costat de la porta del safareig. El despatx del pare —allà on es tancava cada dissabte i cada diumenge a repassar els números de les seves empreses— feia l'olor dels seus puros. Durant anys, els Montecristo havien anat fumant lleixes, llibres i racons. Ni l'un ni l'altre no es van entretenir a mirar fotos. Els seus ulls passaven de llarg per damunt de tots els marcs, no fos que la nostàlgia els arrossegués mar endins i no en sabessin sortir. Acabat el tomb pels records d'una llar molt viscuda, el Joel es va cobrir amb la cortina de la finestra del menjador i es va quedar badant. S'entretenia amb la cadència dels funiculars, que coneixia tan bé. L'un no baixava fins que l'altre no treia el nas. El xerric dels frens dels vagons era un dels sons de la seva infantesa. Als seus peus, els milions de llums ataronjades d'una Barcelona que empenyia perquè es tornés a fer de dia. El Rai, cautelós, el va sorprendre per darrere. Es va embolicar amb la cortina de la mateixa manera, com si fos una capa, i es va posar al seu costat. Ben a prop.

—Avui a l'església ha passat alguna cosa, oi?

—Ah sí?

—M'ha semblat, a la sortida, que t'enganxaves amb algú.

—Jo?

—Un paio amb bigoti. Un senyor fort, petit, amb bigoti... Saps de qui et parlo, oi? —Al Rai se li va aprimar la veu—. He sentit que li deies que no era benvingut al funeral.

—No ho recordo... Hem vist tanta gent, aquest matí. En dies així, és més fàcil airejar una habitació que les idees.

—Joel, ei, hola. Soc el teu germà. A mi no m'enganyes. Què passa?

—Ah, potser ja sé per qui ho dius... Res. Un tema de feina.

—Joel...

—El periodisme té aquestes coses. Res que t'hagi de preocupar.

—Has fotut fora un paio de l'enterrament de la mare, però he de fer com si no ho hagués vist?

—Exacte.

—No et fiquis on no et demanen, em sents?

—Rai... Això m'ho deia sempre ella.

—Recordo la seva veu, perfectament.

El Joel va agafar el seu germà per l'espatlla, com potser no ho havia fet mai.

—La gràcia saps quina és, Rai? Que mai no li vaig fotre cas.

3

La catedral color d'aram

Quina murga que no hi hagi un vol directe a Estrasburg. Ho va dir la Victòria, amb dues maletes a punt, i els seus germans hi van estar d'acord. No s'entén que sigui el cor de la Unió i, per anar-hi des de Barcelona, o passes per París o has de fer escala a Madrid, no hi ha tutia. Molt Parlament Europeu, molta bandera blava, molta mandanga, però...

—Jo acostumo a pujar i baixar en cotxe. Aquesta vegada...

Li havia trucat el Joel i li va dir baixa, que la mare s'acaba. La Victòria, atorrollada, va deixar tot de mares amb fills a la sala d'espera de la consulta de l'hospital, va passar pel pis de la plaça Gutenberg, va fer dos petons a la petita Lisa i des de l'aeroport va trucar al seu marit. Gerard, *mon amour*, arregleu-vos vosaltres, que jo he de baixar a Barcelona i no sé quan tornaré.

L'endemà de l'enterrament, els tres germans van quedar per esmorzar. El Joel va sortir a comprar una paperina de croissants petits, amb banyes, i els va preparar un termo de cafè aigualit. Tenien una bona estona per a ells, per retrobar la calma i enraonar. S'havien organitzat les hores. Abans de dinar, l'Allan passaria a recollir-los per anar cap a la terminal de sortides internacionals. La Victòria se'n tornava a casa seva, a tocar de la catedral d'Estrasburg. El Rai i l'Allan, vol directe cap a Copenhaguen.

—El pare, tot sol, no se'n sortirà.

—Qui ho diu, que no? És un valent, el pare. La gent de postguerra no s'arronsa.

—I té la senyora Lourdes. No ha de cuinar, no ha de comprar, no ha de fer gran cosa que no fes...

—Em sap greu, Joel, però tal com tenim la vida muntada...

—Ja ho sé.

—Amb la Vito a França i jo a Dinamarca, el dia a dia del pare te'l menges tu. Menjar-s'ho no és el verb, perdoneu...

—Ja t'he entès, Rai... No passa res. S'agrairà el suport, però no us preocupeu per ell...

—No. Si estem preocupats, bàsicament, per tu. —La Victòria li va fer una carícia, per dissimular la ironia—. És de tu, que no ens refiem.

—Ja m'ho muntaré... Miraré d'anar a sopar amb ell dos o tres dies a la setmana. Ja m'ho faré, com sigui. I potser m'arreglo una habitació i algun dia em quedo a dormir amb ell. No ho sé. Total, no tinc qui m'esperi a casa...

—Ara plorarem.

—Que no et senti la Daria.

—Qui dius, perdona? —El Joel es va fer l'orni.

—Al funeral estava molt pendent de tu...

—Una bona noia, la Daria... Però no és fàcil. —Va fer un glop de l'aiguaxirri—. Un divorciat com jo, amb adolescent a casa... A sobre, ara, amb un pare vidu al meu càrrec, perquè els meus germans se'n renten les mans...

—Quins pebrots que tens, Joel. No t'ho creus ni tu...

—Amb els cinquanta, vaig deixar de ser un bon partit.

—Mira, et dic una cosa: si jo fos la Daria —la Victòria es va posar a la seva pell— i sentís que parles de mi com «una bona noia», llavors sí que t'engegaria a la merda. Vaja, volant.

—Si tingués els teus ulls blaus, Rai, potser sí que encara se m'obriria el món.

—Són els ulls de la mare. La millor herència.

El Rai es va emocionar. La Vito, asseguda en una cadira de cul de vímet, li va posar la mà al clatell.

—I demà tots a la feina com si res... —El Joel va intentar variar el rumb—. No és mandra, però és estrany, després de tot això, tornar a treballar... I demà em toca rodatge. No us costarà, a vosaltres?

—Amb què estàs, ara? —El Rai, eixugant-se els ulls amb els dos palmells alhora.

El Joel no suportava parlar dels seus projectes. I per això l'hi preguntaven.

—El tema és... Si ens surt bé, pot portar cua. És un dels grans escàndols que s'han tapat en aquest país.

—I tampoc no ens el diràs, està clar...

—La discreció és un valor.

—Que som els teus germans, Joel, coi...

—Precisament. Quan l'emetem ja ho veureu. Ho faig per preservar la vostra seguretat.

—Mira... —La Victòria, falsament ofesa—. A vegades et punxaria els ulls amb xinxetes.

Els pisos alts de Sarrià acostumen a ser alegres, de sol a sol. La cuina del Joel tenia una bona claror i un aire volgudament italià. Havia triat la fusta clara dels armaris, amb els marcs d'un verd llepat amb brotxa i, sobre la campana, hi havia col·locat els pots de vidre que deixaven la pasta eixuta a la vista. Al damunt de la taula, unes tovalles de quadrets blancs i vermells, comprades en un mercat de carrer, eren un tros d'Amalfi al bell mig de Barcelona. Era un conjunt rumiat, a la mil·lèsima, com tot el que acostumaven a fer els Estrada.

Mentre buidaven el termo de cafè, van tornar a un joc d'infantesa que, de cop, perdia tota la innocència. Havien d'explicar-se alguna cosa d'ells mateixos que la seva mare no sabés. Una vivència. Una tafaneria. Una malifeta. El que fos. S'hi valia tot. L'única condició era que la seva mare no ho hagués sabut mai. Arribat aquell moment, ja no ho sabria mai més.

Va començar la Vito, que era la que havia repescat la idea. Un homenatge singular a la mare, ara que el món continuaria girant, sí, però sense ella.

Va advertir que allò que explicaria seria, també, una novetat per als seus dos germans. Aquella història —una anècdota molt curiosa, en va dir— era el seu secret. No l'havia explicat mai. A ningú.

Com sabien bé tots els Estrada, quan la Victòria havia acabat la carrera de medicina i s'havia especialitzat en pediatria, havia guanyat una beca per anar a passar un any al Consell d'Europa. Treballaria sis hores al dia al servei mèdic que, dins mateix de l'edifici, atenia els funcionaris de la institució. Es va instal·lar a Estrasburg, va compartir un pis amb una altra becada de Suïssa del mateix departament —la Marielle— i cada dia agafaven l'autobús i anaven juntes a la consulta al Palau d'Europa, del Consell d'Europa, a l'avinguda Europa. La redundància enfarfegava. Com que de nens en veia pocs —perquè els funcionaris no sabien que tenien dret a poder visitar els seus fills—, la Victòria també es va oferir per fer pràctiques a l'hospital públic. Volia fer currículum i agafar experiència. Necessitava veure casos, tocar nens, explorar-los, percebre les diferències a cada moment màgic del creixement. Guarir personetes, carai, que per això s'havia fet metge.

Al Palau d'Europa, un cop al mes, hi baixava tota la terregada del Parlament Europeu. Deixaven Brussel·les i, en peregrinació, centenars de polítics i milers de funcionaris de la Unió es desplaçaven per fer-hi quatre sessions plenàries. De dilluns a dijous. A la tarda, així que s'aixecava la sessió de l'hemicicle, tothom sortia a tot estrop cap a casa seva per aprofitar el cap de setmana de tres dies. Les corredisses i els cops de colze per encalçar el primer taxi eren tan habituals que, en alguna ocasió, havien hagut d'enguixar un eurodiputat que s'havia fotut de lloros.

En un dijous com qualsevol altre, quan la neu de març ja s'havia fos, un eurodiputat de Girona va sentir que la Victòria parlava per telèfon, asseguda a la barana de la gran escalinata de la porta del Palau. L'home va treure's un Marlboro de l'infern de l'americana i va fer com si res, pipada rere pipada, esperant-se sota les banderes dels estats membres. Així que va penjar la trucada, el polític s'hi va acostar sense vergonya.

—No et conec.

—No? —Que tot d'una sentís parlar la seva llengua va sorprendre la Victòria—. Jo tampoc...

Ell li va mirar la solapa.

—Victòria Estrada. Anglès i francès.

—I català i castellà, també.

—Ets intèrpret?

—No.

—Ja m'ho semblava. Conec totes les intèrprets de cabina. Aquí i a Brussel·les, i no t'havia vist mai.

—No treballo al Parlament. Soc metge. Del Consell d'Europa.

—De Barcelona, per l'accent...

—És la primera vegada que m'ho diuen.

—Vas a casa? Et porto a l'aeroport...

—Gràcies. Però no visc lluny.

—Així res. Era per si volies que...

—Esclar. És que em quedo aquí. Fins a l'estiu no tornaré a baixar a casa.

—Et veuré el mes que ve, doncs?

—I tu? Puc saber qui ets?

Al mes d'abril, el primer dilluns de plenari a Estrasburg, el Nico Nicolau, democratacristià, del partit dels liberals, amb dos anys d'experiència com a eurodiputat, es va presentar al servei mèdic. Tenia, deia, un mal de coll d'aire condicionat i necessitava el parer d'algú que parlés la seva llengua. Quan la Victòria —bata blanca, pell bruna, cabells recollits en cua— li va treure el pal de fusta de la boca, ell va insistir per convidar-la a sopar, en un bon lloc. Van quedar per dimecres, a la Maison Kammerzell.

La *brasserie*, a la millor cantonada de la ciutat, la coneixia tothom. Era un edifici gòtic, amb habitacions, al rovell de l'ou. La Victòria, amb vint-i-sis anys i un sou migrat, mai no hauria entrat en aquell restaurant d'ornamentació medieval, façana fosca i plats caríssims. El Nico Nicolau, però, sabia fer les coses. O creia que les sabia fer. Havia reservat un salonet privat, del primer pis, amb vistes a la catedral color d'aram i l'havia rebut besant-li la mà i amb una copa de Dom Pérignon. Al segon plat, mentre es partien un Chateaubriand a la salsa bearnesa, el Nico Nicolau va jugar-se totes les fitxes a un sol número.

—T'he convidat a sopar per demanar-te que et casis amb mi.

La Victòria va pensar, d'entrada, que era una broma. No es coneixien. No havien intimat. No s'havien enamorat. No s'havien fet un petó. Era tot just la tercera vegada que es veien. No havien parlat mai més de dos minuts. Ni tan sols sabia si s'agradaven. Segurament, el Nico Nicolau tenia una bona entrada. Un mal nom, però un primer aspecte més que agradable. Els cabells a lloc, un somriure ordenat i les ungles ben tallades. Notava que fumava. L'hi havia vist el dia que li havia hagut de mirar la gola. Se'n va adonar per l'olor de la roba, quan se li havia acostat a la consulta. Pel poc que l'havia tractat, li semblava un cregut de cap a peus. Quin home, però, en la fase de seducció, no gallardeja per damunt dels estàndards desitjables? Tot podia millorar, per tant. I aquella nit, fins a aquell moment, no hauria descartat que... Però, de cop i volta, va esclatar aquella petició de mà deixada anar com una bomba. La Victòria, serena, no es va neguitejar. Tan sols va pensar que el Nico Nicolau, l'eurodiputat que tenia sopant al seu davant, era de la broma. Abans de respondre, es va torcar els llavis amb el tovalló.

—Per què m'hauria de casar amb tu?

—Perquè no et faltarà mai de res.

—Ah, no... —Va rumiar-se una altra pregunta mentre el Nico Nicolau li aguantava la mirada—. Més ben dit, per què et vols casar amb mi?

—Perquè ho necessito.

—Caram. Tan irresistible, soc?

—Més.

—Per què ho necessites?

—Per la meva carrera política. Necessito casar-me, estic en l'edat i des de la central ja m'han dit que en un partit com el meu, democratacristià, no puc arribar als quaranta sense estar casat, sense tenir fills. En altres paraules, que si no faig la vida que esperen que faci, a mi se m'acaba aquesta legislatura al Parlament Europeu. No t'ho diuen així, però se'ls entén tot. No compten mai més amb mi, i llestos.

—Ei... Això sí que és amor. Ara veig que sí que estàs molt enamorat de mi, això ha estat un impuls, una cosa mai vista.

—Ets molt guapa, crec que ens podríem entendre...

—Per tant, tot això és broma. Ho fas per vacil·lar-me, per tenir un tema de conversa.

—No, no...

—No ho entenc, doncs.

—És la conversa més seriosa que he tingut mai.

—Però és un sopar de negocis, això, per tant no és un sopar romàntic.

—Vist així... Mira, et seré franc. Corre la brama que soc gai. I no passa res, esclar que no, però en el meu partit, als trenta-cinc, si soc solter, si visc a fora, si no se sap res de mi, si no tinc fills...

—I has pensat que jo podria ser la teva tapadora...

—La meva dona.

—Com a eufemisme sona millor, sí.

—Et prometo que no et faltarà mai de res. Només et demano que tinguem fills, un parell, aviat, i tu podràs fer el que vulguis.

—I això ho tindré per contracte? Amb un sou?

—Per contracte, amb un sou, pots tenir la vida sexual que vulguis, amb qui vulguis, discretament, això sí... I en els actes públics ser la meva dona.

Un cambrer va entrar per servir-los més *champagne*. El polític el va aturar amb la mà, per donar a entendre que no era el moment, que ja ho feia ell. Abans d'omplir les copes, va eixugar l'ampolla perquè no regalimés la rosada. La Victòria va mullar-se els llavis. Acabat de servir, agraïa la frescor.

—Ara, en aquesta situació que ens trobem, jo podria fer tres coses, Nico. Una seria dir-te que sí. Un sí tan fred com el contracte que em proposes, però un sí, al capdavall. Una altra seria dir-te no gràcies, perquè a casa som molt educats i quan ens fan una proposta com a mínim som agraïts. I la tercera...

—A mi m'agrada la primera. —Ho va dir amb franquesa, pensant que se'n podia sortir.

—Sí, sí, ja ho he entès...

—De debò que ens espera una vida bona. Si dius que sí, puc arribar a ser president. Ho tinc ben enfocat. Tinc ambició i tinc contactes i sé com s'han de manegar les coses. Jo, president; tu, primera dama, no ens faltarà mai de res.

—I la tercera, deia...

—Perdona, sí.

—De fet és la que em demana el cor. És aixecar-me, agafar la jaqueta amb dignitat, desitjar-te molta sort amb la puteta que trobis perquè et faci de maniquí o de trampolí per a la teva carrera política, sortir d'aquest restaurant magnífic on no penso tornar a posar els peus i assegurar-te que mai, per més eleccions a què et presentis, no penso votar un cretí com tu.

—Això no ho faràs. He estat sincer. Saps que he anat de cara. T'he fet una proposta, jo... Que no t'agrada? Doncs segona opció. No gràcies i tal dia farà un any, doctora Estrada.

—Vols un consell? No et fotis malalt, aquí al Palau d'Europa...

—No cal fer-se l'ofesa, tampoc. Mira, soc el primer home que et demana de casar-se amb tu, i segurament seré l'únic que te'n dirà els veritables motius, quan t'ho proposi.

La Victòria Estrada Vilalta, pediatra a l'inici de la seva carrera, va madurar de cop. Va enretirar les patates del Chateaubriand, es va aixecar, va agafar la jaqueta com si li haguessin trucat per una emergència, va deixar aquell merda seca assegut a taula i va sortir de la Maison Kammerzell. Xano-xano, se'n va tornar cap a casa, amb el fred insolent a la cara. Va decidir que aquell malson no l'explicaria mai a ningú.

4

L'oceà és sempre el de menys

La Daria tenia els ulls lladres. Et mirava i t'ho prenia tot, la vida pública, la vida privada i, si badaves, també la vida secreta. El Joel havia quedat atrapat per aquella mirada d'ulls melats. Des de feia prop d'un any, eren el seu refugi. Enlloc no sentia tanta felicitat com a casa seva. Era un pis de poca llum, amb olor d'altres menjars que es colaven pel celobert a deshora, i un balcó esquifit sobre la Monumental, una de les dues places de toros en desús de la ciutat que havien quedat com a rèmora d'un altre temps.

La Victòria i el Raimon encara devien passar el control de passaports que el Joel ja s'havia instal·lat a casa de la Daria, deixant-se consolar.

—T'he dut una cosa.

Va ficar la mà a l'americana de l'abric i en va

treure una paixmina vermella. La va deixar lliscar sobre el llit des de ben amunt perquè, en el serpenteig, la Daria veiés el caient de la seda.

—És per a mi? —es va tapar la boca amb les mans.

—És del viatge a l'Índia... Hi van anar per celebrar els vint-i-cinc anys de casats, em penso. Era la gran il·lusió de la meva mare, veure tot allò.

La Frida, tafanera, va córrer a ensumar-ho. No ho va detectar, però feia l'olor de la Maria Vilalta. La Daria sí que ho va notar. I va apreciar el detall, el regalàs, la prova d'amor que li acabava de fer el Joel. En aquelles hores delicades, havia pensat en ella. Aquell gest tenia més valor que qualsevol joia o unes paraules que, a còpia de temps, es diuen per inèrcia i s'escolten amb desdeny. Ell, com tantes vegades, va tenir necessitat de fer-ne un relat, un titular periodístic. Era el mocador que la mare s'havia posat més sovint en els darrers hiverns. La Maria creia que, als vells, una mica de color els alegrava la cara. A ella, amb els cabells tan blancs, el contrast del vermell li donava lluïssor a les faccions i prestància, que era una paraula molt seva.

La Daria es va inventar una sopa de carbassa amb gingebre i, mentre preparava el dinar, va voler saber el què. Li interessava tot. Què havia dit l'un, què havia respost l'altre, com havien quedat sobre el seu pare a partir d'ara i, quan va saber que la Victòria s'havia inventat un joc, en va voler saber tots els ets i uts. No va parar fins que el Joel li va explicar, fil per randa, la història més misteriosa que la seva germana havia revelat aquell matí de dol. Van menjar-se la sopa calenta, van partir-se un plàtan amb pa, van fer una infusió, van estirar-se al llit a fer la migdiada i, en acabat, la Daria encara donava voltes a la història de la Victòria al restaurant d'Estrasburg.

Amb l'ordinador portàtil sobre el llit, va buscar-ho a Google.

—Doncs és veritat. Hi ha un tio que es diu Nico Nicolau.

—T'havies pensat que era conya?

—De fet, es diu Nicolau Nicolau... Hi ha pares que els haurien d'afusellar.

—La gràcia que li deu fer a ell arrossegar tota la vida l'ocurrència...

—Espera —va teclejar amb tots els dits—, que miro si s'ha casat.

—No cal. Ens ho va explicar la Vito. —El Joel va fer saltar la Frida, que s'havia enfilat sobre els llençols—. I tant si s'ha casat. La meva germana li va dir que no, però al cap de no-res, al cap d'un any ja havia passat per l'altar amb una altra que li devia dir que sí. El contracte el tenia clar. Marta noséquè, em sembla.

—Marta López. Té, aquí la tinc... I tenen dos fills. Nen i nena. Li ha sortit tot clavat.

Li va ensenyar la foto, girant-li la pantalla.

—És molt més guapa la Vito...

—No és gens lletja, aquesta. Menys exòtica que la teva germana, però té estil.

—No hi ha res com programar-te la vida...

—Què passa? Potser és amor. —La Daria va tancar el MacBook, el va apartar i va buscar el cos del Joel—. Potser el Nico i la Marta es van enamorar de veritat. Tu què saps?

—Ja és vicepresident del Parlament Europeu. Té tot el que volia. La carrera somiada.

—I tu què vols, eh? —Va fer-li pessigolles sota el coll, sabent que el Joel se les sabia aguantar quan més el burxaven.

La Frida, un golden retriever amb la trufa tan negra com els ulls, va tornar a pujar al llit. Era gelosa, la gossa de la Daria. Cada vegada que la mestressa s'abraçava al Joel, a l'Arnau o al Koldo, ella s'hi posava pel mig, més que per afegir-se a la festa, per reclamar les carícies que, tot d'una, anaven a parar al damunt d'una altra pell. Al segon petó, tip de sentir la gossa al damunt, el Joel es va aixecar d'una revolada i se'n va anar a buscar l'abric, que havia quedat en una cadira del menjador. En va tornar amb la mà fent cabasset, amagant alguna cosa, i es va tornar a ajeure al llit...

—Frida, mira què tinc...

Li va ensenyar una Wilson gastada. El color groc va atraure la gossa. Ell li va tirar la pilota al costat del somier, i ella, per acte reflex, va saltar, la va agafar amb la boca i li va tornar a llançar a la vora. El Joel i la Frida van repetir el joc, tres vegades.

—És una esbojarrada, aquesta gossa.

A la quarta, ell li va variar la trajectòria. Li va tirar la pilota de tennis cap al menjador, tan lluny com va saber. La Frida, enjogassada, va sortir rabent a perseguir-la. En aquell moment, encara més àgil que la gossa, el Joel es va alçar i va córrer a tancar la porta de l'habitació. Com un llamp.

Durant una hora llarga, la Frida va rascar per demanar permís per entrar.

Per una vegada, al pis de la Daria, van fer l'amor tots dos sols, amb tranquil·litat, sense haver d'anar apartant la bèstia.

—No hi ha res que m'agradi més en aquest món, que els nostres cossos junts.

Va ser el primer titular que va fer el Joel quan es va despertar.

El segon, se'l va quedar per a ell. Era la primera vegada que follava des que s'havia mort la seva mare. En tota la vida, això encara no li havia passat. Un dia o altre havia de ser el primer, però no havia calculat que arribaria tan tot d'una, al primer dol, i que seria una qüestió gairebé de necessitat. Va tenir cura de no pensar en ella en cap moment, tot i que amb l'esforç per no pensar-hi automàticament li venia la imatge al cap, i aleshores, en el vaivé exaltat sota els llençols, havia de fugir com fos d'aquella idea. De la mare. De la mare morta.

En l'últim minut, quan va veure a venir l'èxtasi furiós, va aconseguir centrar-se només en la Daria, ulls lladres, pits de vainilla.

Tant sí com no, a la tarda ella no va parar fins que el Joel li va explicar el secret. Ni que fos una cosa menor, volia saber què havia fet ell que la Maria Vilalta ja no sabria mai. Necessitava saber què havia revelat als seus germans durant un esmorzar que ella hauria pagat el que no tenia per ser-hi.

—Què et sembla si em deixo barba? —va intentar esquivar el setge—. A tu t'agrada que rasqui.

—Ara no... —La Daria es va mossegar un repeló de l'anular—. Es pensaran que t'has deprimit...

—Però em quedaria interessant, trobo. Em sortiria blanquinosa...

—Et faria més vell, i a mi m'agrada com ets...

Així, que rasques però que no, amb aquests cabells que encara van cap on volen, amb el nas dels Estrada... —Va cloure les carícies amb un petó sec—. La barba és per als que han d'amagar alguna cosa.

—Quina versió vols, del meu secret, la curta o la llarga?

—A tu què et sembla, tanoca?

Els Estrada van fer un únic creuer, a la vida. Va ser per celebrar els cinquanta anys de la Maria. La mare sempre havia pensat que un creuer no era més que una ciutat a escala que et traslladava d'un lloc a un altre, que era una manera de fer família i d'estar tots cinc junts durant una setmana. El regal del pare, a l'engròs, tal com ell ho feia tot, van ser sis dies per l'Atlàntic a bord d'un Royal Caribbean de tres-cents metres d'eslora on cabien quatre mil viatgers. No era una ciutat en petit, era un poble gran convertit en una gimcana de distraccions i activitats a totes hores. El vaixell salpava de Nova York i, al cap de sis dies, atracava a Miami, com a final de destinació. Entremig, CocoCay i les Bahames eren parades que ningú no es volia perdre.

Tot estava organitzat per menjar, consumir, jugar, divertir-se, tornar a endrapar i gastar una mica més. El gran muntatge americà. Un passatge entre l'individualisme i el desarrelament. Els sis dies de creuer eren la metàfora exacta de la civilització. Es tractava d'encapsular la decadència, pensar poc i anar endavant amb una polsera al canell. Tots identificats, com un nadó d'hospital. Tothom amb la il·lusió del tot pagat. Cap oratge ni cap tempesta no allunyava el mastodòntic vaixell de la seva ruta. Absorts en l'agenda d'activitats, ni els Estrada ni els altres milers de passatgers —la majoria nord-americans, blancs, partidaris de Reagan— no s'adonaven de l'autèntic viatge.

El paisatge és l'excusa. L'oceà és sempre el de menys.

De totes les propostes a l'interior del vaixell, als pares els agradava una parella que imitaven Fred Astaire i Ginger Rogers. Ballaven cada migdia i cada vespre i havien aconseguit assemblar-s'hi molt. Cames llargues, vestits elegants i una facilitat per a la dansa que semblava que volessin. Si van actuar deu vegades, potser les van veure totes. Després, acabat el seu xou del *swing time*, deixaven que el públic, com a final de festa, pugés a l'escenari. Durant vint minuts, les parelles ballaven amb la barbeta amunt, fent giravoltar la felicitat. Tant el Fred com la Ginger s'hi posaven bé perquè els turistes poguessin fer uns passos amb ells. Alguns agosarats provaven uns passos de claqué tutelats per un d'aquells ballarins de primera. Altres passatgers ja es presentaven a l'espectacle amb sabates blanques i negres, i ballaven i ballaven i ballaven mentre l'orquestra no deixava de tocar «Barret de copa».

El segon dia de felicitat de creuer —una mica postissa, una mica velada— els pares van conèixer una dona. Mentre el Joel, el Raimon i la Victòria s'entretenien amb un monitor en una pista de voleibol a la intempèrie —més de tres pilotes es van ofegar a l'Atlàntic—, el Saül i la Maria van descobrir una altra activitat insòlita a l'auditori del vaixell. Primer els va semblar que era una monologuista que el públic —potser un centenar llarg de persones, més dones que homes— escoltava sense riure. A la segona vegada que la van veure, van entendre la gràcia de l'espectacle. Era una dona vestida de vermell de dalt a baix, des del llaç dels cabells fins a les sabates, que explicava les botigues que podien trobar a la propera aturada del vaixell. Recomanava joieries, boutiques i llocs típics que tinguessin algun encant o alguna singularitat. Com més l'observava la Maria, més estranya li semblava. Duia els llavis del mateix vermell que el vestit, del mateix vermell que els extintors de la sala. Fins i tot les genives, que quedaven a la vista més sovint del que tothom hauria volgut, semblaven a joc. Per contrast, destacaven unes dents blanquíssimes, amb dues pales llevaneus inclinades lleugerament cap endavant. Era simpàtica, això sí. Molt. I parlava en qualsevol idioma, i malgrat l'aire grotesc, de pepona de festival, era una venedora de cap a peus. Si l'hagués tingut a l'abast, el Saül l'hauria fitxat per a l'empresa i l'hauria posat a vendre graelles per a la barbacoa i pinces per a la carn.

Al final de les prescripcions, la dona de vermell només feia una petició a les passatgeres que havien estat prenent apunts mentre els marits la repassaven de cap a peus: els demanava que si baixaven a terra i anaven en alguna d'aquelles botigues es recordessin de dir, sobretot, que venien de part de la dona de vermell.

—Aquesta ho fa per la comissió, Maria.

—Has trigat a lligar caps, trobo.

El Saül no se'n sabia avenir.

—Si tu haguessis de fer aquest mateix xou, de Barcelona... quina botiga recomanaries?

—Jo, en un barco, vestida de vermell?

—No, dona, ja m'entens...

—Quina joieria recomanaria de Barcelona?

—No cal. Una botiga... Del que sigui. Una.

—Potser... —La Maria s'ho va voler rumiar—. Potser la Casa Beethoven.

Si el Saül hagués apuntat el vaticini en un paper i l'hagués tancat dins d'un sobre, l'hauria encertat. Quan una parella es coneix tan bé, té deu anys més de coll. Un *bonus track.*

De petita, el seu pare ja la portava a Casa Beethoven a comprar partitures per a piano. I no hi havia deixat d'anar mai fins aleshores que ella hi duia la Victòria, ben menuda, agafada de la mà. Allà, en aquella petita botiga de la Rambla, atapeïda i endreçada, les tenien totes. Demanessis la partitura que demanessis, per més remot que fos el compositor, el Jaume se n'anava cap als calaixets de fusta i de seguida en sortia amb l'obra a la mà. Va ser a la porta de la botiga, del carrer estant, a tocar del palau de la Virreina, que la Maria va ser conscient de llegir una paraula. La primera que la va fascinar. Va descobrir, només de mirar-la al fris del portal i declamar-la en veu alta, que el so de la mateixa paraula n'expressava el significat. Al damunt de Casa Beethoven hi havia un rètol de vidre amb una sola paraula, gegant: MÚSICA. Tot d'una es va adonar, en el joc meravellós de començar a casar síl·labes en l'edat que les lletres passen de ninots borrosos a tons concrets, que no només li encantava la música, sinó que la fascinava la paraula «música», perquè dringava bé. «Música» tenia música. Inconscientment, en la cadència de les tres síl·labes, en les tres notes, en la filigrana que soldava consonants i vocals, en la delicadesa de la essa sonora, fins i tot en l'orgullós accent sobre la «ú», hi trobava la melodia.

El Joel no els ho va dir mai als seus pares, però tot just els ho havia explicat als seus germans en el matí de confessions a la cuina del seu pis de Sarrià i estava a punt de desvelar-li a l'estimada Daria que en aquell creuer de Royal Caribbean, durant l'aturada que va fer a l'illa de CocoCay, al mig de l'oceà Atlàntic, als setze anys, va perdre la virginitat.

Una dona desconeguda se'l va follar.

Vet aquí el titular.

La Daria, saltant-li al damunt, enriolada, va clamar pels detalls.

Plovia. Li va fer mandra baixar a l'excursió, va dir que es trobava malament i va prometre que es quedaria a la cabina. La Maria va pensar a fer-li companyia, per si empitjorava, però el Saül li va dir no fotem, que ja és grandet, tu, que s'espavili, només faltaria que et perdessis CocoCay per estar pendent d'aquest galifardeu. Un cop la família va ser a terra, el Joel va sortir a explorar el vaixell.

Tafaner de mena, va decidir travessar totes les portes on es prohibia el pas. Les unes estaven barrades i era impossible passar. D'altres, tot i l'advertiment, sí que s'obrien, i allà el Joel descobria petits mons secrets. De vegades tan sols eren petits magatzems on es guardaven galledes i pals de fregar, o bé topava amb una màquina que roncava sense desmai i que devia tenir alguna utilitat per a la marxa d'aquella bèstia de l'oceà. De cop i volta, va obrir una porta que el va menar rere l'escenari de l'auditori. I més enllà, encara, com si fos una casa encantada d'un parc d'atraccions, va topar amb una altra porta amb el senyal de prohibit passar a qualsevol personal aliena a la tripulació. També la va obrir. I, sense rumiar-s'ho, es va trobar dins d'un camerino, amb un sofà rònec, una pica, un lavabo i un plat de dutxa. El mirall, com a les pel·lícules, estava emmarcat amb tot de bombetes blanques perquè l'actriu que s'hi maquillés pogués perfilar-se els ulls sense sortir-se del camí, per més que el vaixell es gronxés una mica. El Joel es va adonar que, més enllà del mirall i del petit tocador, hi havia tot de roba de dona en tres penjadors que quedaven a la vista. S'hi va acostar sense tocar-la, amb respecte. La camisa, d'un perla sofisticat, feia olor de perfum. La va agafar i va ensumar-ne el coll. Just a l'instant que tornava la camisa a lloc, va sentir unes passes que s'acostaven pel costat de l'auditori. Va veure que es movia el pany de la porta i, d'un bot, va saltar dins del plat de dutxa just abans de córrer la cortina espessa. Va entrar algú i, així que va ser dins, va tancar la porta i va rebufar. El Joel ja no estava sol. L'espai no feia més de cinc metres quadrats i, si aquella persona no decidia tocar el dos, ell s'havia quedat sense escapatòria. Va decidir aguantar la respiració, tant com pogués. Va fer-se el mort. Intentava no moure ni un dit, ni una parpella. No sabia com se'n sortiria. Si aquella dona —aleshores encara suposava que era la dona de la camisa perfumada— decidia dutxar-se, era en un cau sense sortida. I, si el descobria, pensaria que era un lladre, avisaria la seguretat del vaixell, el detindrien, els seus pares es moririen del disgust i hauria arruïnat el viatge dels cinquanta anys de la mare. Va jurar-se que, si se'n sortia, mai més obriria una porta que no toqués. Va prometre's que si la dona de la camisa no el descobria, donaria la meitat dels seus estalvis a una bona causa... La curiositat, però, va poder més que ell. A poc a poc, va vinclar el cos per mirar fugaçment per l'escletxa que quedava entre la cortina de la dutxa i la paret. Hi va veure una dona vestida de vermell, de dalt a baix. Primer es treia les sabates de taló, després un llaç que portava al cap i que va llançar de qualsevol manera damunt del tocador, com si estigués farta del seu personatge. No va poder deixar de mirar. Després de deixar caure el vestit a terra, es va quedar en calces i sostenidors.

També eren vermells. No s'ho podia creure. Era el moment clau. O bé es posava la camisa, es vestia i intuïa que se'n podia arribar a sortir sense ser descobert o, si es treia la roba interior, seria senyal que s'aniria a dutxar, i aleshores...

Quan la dona de vermell va fer el gest de treure's les calces, el Joel va decidir aturar la peripècia.

—Perdoni. Soc jo. Soc aquí, a la dutxa. No continuï...

El crit de la dona de vermell es devia sentir des de l'auditori. Es va tornar a apujar les calces amb un bot i li va faltar temps per córrer la cortina.

—Hola! —va dir el Joel exposant el millor dels seus somriures.

—Qui ets, tu? Què hi fas, aquí?

—No res... M'he perdut pel vaixell i...

—Però es pot saber què hi fots, aquí...

—No soc cap lladre, de debò. No avisi a ningú, els meus pares em mataran... Han baixat a fer un volt...

—M'és igual. No sé qui són els teus pares —va dir ella, encara nerviosa, posant-se un barnús per no continuar la discussió en sostenidors.

—No em denunciï, sisplau. —Els ullets imploraven clemència.

—Quants anys tens?

—Disset —va mentir, encara avui no sabria dir per què. El neguit del moment, suposava.

—Hòstia... I ara què hem de fer?

—Si vol... Marxo i m'oblido que l'he vist... De veritat que no volia res... He sortit a... M'encanten els vaixells, i he volgut veure coses que els passatgers mai no poden veure.

La dona de vermell, dents i genives, es va posar a riure:

—Doncs n'has vist una que no t'esperaves. Oi que no?

—No, no... I tant.

Ella es va tornar a treure el barnús. El Joel no sabia on mirar.

—Mira, maco... Aquí només hi ha dues opcions. Una és que avisi que t'he trobat dins del meu camerino. L'altra... Per què no vens aquí i en parlem?

El Joel va entendre que s'havia d'asseure al sofà, al seu costat. Més de trenta els tenia segur. Potser més quaranta que trenta. Què collons sabia ell de l'edat de les senyores, i en aquell moment tan delicat era el de menys. Sempre hauria de ser el de menys.

—Tu m'has vist així... —La dona de vermell va posar una cama sobre el sofà, sense arribar a tocar-lo—. Bé?

—Sí, sí. Molt bé. És molt guapa, vostè...

—Potser també seria just que jo et veiés a tu...

—Què vol dir?

—Veure't. A tu. En calçotets.

—Jo? Ara? —Ja no es podia sufocar més.

—Estaríem en paus. No et sembla?

—És que...

—No em diràs que tens vergonya?

—No, no...

—Si et ve de gust, esclar.

Va començar a despullar-se amb timidesa. Quan va veure que la dona de vermell s'aixecava a passar el baldó del camerino, el Joel va respirar fondo. Volia dissimular-ho, però tot ell s'estava engrescant. Feia no-res, estava amagat, suant, dins de la dutxa, i ara... Així que ella li va posar una mà al damunt, amb les ungles llargues pintades de vermell, ell ja no va saber ni com es deia. Notava que havia arribat el moment.

Mai no hauria dit que una erecció arribés tan, bum, de cop i volta.

Mai no hauria dit que un cor pogués bategar tan de pressa. I que fos el seu.

Havia pensat moltes vegades com seria la primera ocasió que faria l'amor. O que follaria, perquè ell, des que tenia dotze anys, pensava com seria el dia que follaria. S'imaginava el lloc, el moment i la dona que tindria al davant, perquè fos quina fos la fantasia, sempre era una dona més gran que ell. Quan hi pensava, no es veia mai amb una companya de classe o amb una amiga de la colla d'estiueig, a Olot, sinó que era al llit amb una dona que potser el doblava en l'edat i que sabia, en cada instant, tots els rituals de l'acte. Després, somiava sobre el desconegut. Quina devia ser la sensació de la penetració, el gust exacte que percebria quan s'escolés a dins d'una altra persona, i fins i tot què diria després, si és que s'havia de dir alguna cosa. S'ha de valorar? S'ha d'agrair? S'ha de riure, per expressar la felicitat? S'ha de dir t'estimo, ni que sigui per cortesia?

Se'n moria de ganes. De viure-ho, d'experimentar-ho, d'anar al Raimon i dir-li ei, tio, que ja he follat. Ser el germà gran també és això, la responsabilitat d'obrir camí i explicar les dreceres secretes als que venen al darrere, perquè ho tinguin més fàcil. Però que havia follat al vaixell i amb qui ho havia fet, no ho podia explicar ni al Raimon ni a ningú. Amb la seva satisfacció íntima en tenia prou.

S'havia masturbat moltes vegades pensant com seria la primera vegada i, finalment, la realitat no hi havia tingut res a veure. Les sensacions van ser totes noves. Del que tenia previst als fets consumats, res de res. Ni tan sols quan va donar les gràcies, mentre es vestia, no el van sentir. Ella ja havia engegat l'aigua de la dutxa, havia posat els dos peus al plat i havia corregut la cortina espessa. No la va tornar a veure. Va sortir d'aquell camerino com hi havia entrat, procurant que ningú no se n'adonés. L'autoestima que l'acompanyava, però, era tota una altra. El Joel que havia creuat la passarel·la del Royal Caribbean a l'inici del viatge no era el mateix Joel que va trobar la família quan va tornar a embarcar, carregada de bosses i de compres.

La mare, preocupada per haver-lo deixat sol, li va preguntar si es trobava millor. El nano va mormolar que sí amb la vista baixa. Va esforçar-se a retenir un somriure que se li volia escapar per totes bandes. En aquell moment, follar amb la dona de vermell li havia encantat. Havia millorat les expectatives. No hauria canviat aquella experiència per cap altra.

Amb el temps, el Joel Estrada Vilalta es va adonar de l'enganyifa. Per estrenar-se no havia endevinat ni el lloc, ni la persona, ni la manera. La descoberta hauria merescut una altra circumstància. Més neta, més pausada, no tan graponera. Menys egoista, per les dues parts. Amb una mica de tacte i alguna paraula dolça, potser hauria estat millor. Però ell no era de fer-se mala sang.

Atès que el currículum íntim no es pot reescriure, endavant.

Era el seu lema. Sempre endavant.

5

Unes hores que van durar anys

La Victòria, de retorn a casa, va tenir massa estona per pensar. El vol de Barcelona havia sortit puntual, havia arribat a l'hora a París i, tot d'una, s'havia d'esperar cinc quarts ben bons abans d'embarcar al pont aeri cap a Estrasburg. Orly era un aeroport que envellia malament. Allà, asseguda en una zona de trànsit ferruginosa, el cap li va començar a voltar a cent per hora.

Amb la mare del costat dels morts, va adonar-se que, de retop, passaven moltes coses que mai no havia tingut en compte. Una era que el temps s'accelerava, com una centrifugadora, com si ella hagués envellit gairebé una dècada. Una altra, de més objectiva: ella havia passat a ser la dona més gran de la família i, vist així, el fenomen l'impressionava. De fet, era l'única dona entre tants homes. El pare, els dos germans, el Gegi... Sort en tenia de la Lisa. Què pensaria d'ella la Lisa quan es morís? Només desitjava que la seva filla en tingués tan bon record com guardava ella de la seva mare, la Maria Vilalta, una dona de cap a peus. Res a retreure-li, sempre un consell per regalar, elegant fins a l'últim dia. L'únic remordiment, haver viscut tan lluny d'ella els últims anys i haver-se perdut la saviesa d'una mare al tercer acte. La tristesa? No sentir mai més la seva olor de galeta.

Després va pensar que sempre hi ha una història que voldries esborrar de la teva vida. Pel cap baix, una. Un ensurt al mar o a la muntanya, una conversa d'aquelles en què es diuen coses dolentes i se n'escolten de pitjors, un episodi de vergonya invasiva, una notícia familiar que no hauries volgut saber, sentir-te enxampat a mitja malifeta, el pànic en un avió quan entra al buit. Tothom té el seu moment guardat a pany i clau. Si el desa, és per no haver-lo d'explicar. La por, amb cadascuna de les seves disfresses, hi acostuma a tenir un paper. A la mort, a l'absència, al ridícul, a ser descobert. En la infantesa es nien moltes d'aquestes temences que apareixen, creixen i es fonen segons les circumstàncies. A la consulta, la Victòria Estrada en sentia casos cada setmana. En els últims anys, s'havia adonat que la pediatria s'acostava, per necessitat, a la psicologia. Cada vegada més es diagnosticava en paral·lel. No hi havia ocasió en què la doctora Estrada sentís el relat d'un pacient que somicava i no li vingués el seu moment al cap. Era una mena de broma de l'inconscient, rebel com una cella despentinada que no hi ha manera de tornar a lloc. La Vito hauria volgut esborrar, sencer, l'estiu en què es va escapar de casa. L'aventura no va arribar a durar ni un dia. Unes hores. Unes hores que van durar anys.

Els Estrada Vilalta llogaven cada any una mateixa casa als afores d'Olot, prop d'un trencall que s'escapava cap a la vall de Bianya. S'hi instal·laven des de Sant Joan i s'hi estaven fins que, al setembre, el Joel i el Rai i la Vito havien de tornar a Vallvidrera per folrar els llibres del nou curs. Era un mas humit, rústic, de pedra antiga. El primer any, la Maria va trobar que era una casa escassa de finestres i, les poques que hi havia, esquifides. A fora, però, hi havia molt camp per córrer i era ideal per a la quitxalla. A partir del segon estiu, però, hi feien molta vida, reien molt, anaven en bicicleta amunt i avall, campaven per l'era a totes hores, ensumaven el verd que no tenien al balcó de Barcelona, i encara que l'aigua de la dutxa continuava sortint amb poca pressió, ja ningú trobava cap pega al mas. Els nens en van fer el seu paradís. El Saül, amb feina a Barcelona, hi pujava els divendres i s'hi estava fins dilluns al matí, que tornava a baixar a la fàbrica. Pujar amb la família, baixar a treballar. Pujar al mas, baixar a casa. Pujar i baixar. Així passava els seus estius de Rodríguez. La Maria, en canvi, no es movia del mas durant deu setmanes i ja li estava bé. S'aïllava del molest brogit de la rutina que, encara que no el sentis, sempre és allà, impertinent. I també, encara que no ho digués, descansava de la senyora Lourdes, que era d'un gran ajut però hi havia un moment, que acostumava a coincidir cap a final de curs, en què ja en tenia prou de tantes hores juntes, de dilluns a divendres. Necessitava la treva i poder fer les coses de casa seva a la seva manera.

A tots cinc els agradava l'aire de la Garrotxa perquè, per més calor que fes de sol a sol, a la nit sempre necessitaven una jaqueta. Dins de casa encara més, perquè —com deia el Rai— hi feia un fred d'església. Les jornades s'acostumaven a acabar amb el mateix ritual que tots esperaven amb delit: una apassionada partida de cartes amb la mare i els tres fills. La mare i la Vito contra els dos nois. Les victòries i les derrotes, al final de l'estiu, quedaven molt repartides.

El Joel i el Rai, però, van créixer abans que la Vito, i les cartes de nit van anar quedant arraconades. Els dos joves van començar a fer colla, trobaven la manera de fer-se portar a Olot i tornaven a l'hora dels senglars. Després van compartir una moto de carcassa vermella, van guanyar en autonomia i tornaven de matinada, cada estiu una hora més tard. Aquest era el tracte que tant el Joel com el Rai complien sense remugar ni intentar canviar els termes de les condicions. La Victòria, en canvi, es quedava de morros perquè com que era cinc anys més petita que el Rai encara s'havia d'aguantar a casa. Lamentava tenir menys llibertat i, tot i que es concentrava prement les mandíbules molt fort per créixer més ràpid, els estius passaven un rere l'altre sense poder accelerar el ritme natural. Ella, a tot estirar, podia anar a jugar amb la Tona, l'escotorida veïna de la casa més propera. Era una filla única que tot el que li entrava per una orella li sortia per l'altra. Tenia una veu diabòlica, duia les ungles brutes i tothora desafiava el seu pare, un home que s'havia quedat vidu en circumstàncies mai prou aclarides i que s'havia tornat a casar de seguida sense pensar que l'amant, com a dona, ja no li agradaria tant. La Tona no suportava la madrastra que li havia tocat. Com més enrotllada volia ser amb la filla del seu marit, més la tractava a crits davant el silenci còmplice del seu pare. La Maria i el Saül sabien que la Tona no era la millor companyia per a la Victòria, però en aquells rodals no en tenia cap altra, i què havien de fer? Quan la Vito no era a casa la Tona, era la Tona qui rondava pel seu jardí. Les portes de casa, als anys vuitanta, estaven obertes de bat a bat. Per entrar. I per sortir.

Una tarda, la Tona, veient que la Vito s'havia enrabiat amb la seva mare per no havia entès exactament què, va ordir un pla. S'havien d'escapar de casa. No seria difícil. Es tractava d'agafar roba, tots els diners que tinguessin, sortir sense que les veiés ningú i anar tirant. La Maria pensaria que la Vito era a casa la Tona. El pare de la Tona, si s'adonava que la seva filla no hi era, creuria que devia estar jugant a casa dels Estrada. Quan uns i altres s'alarmessin, elles dues ja serien ben lluny. La Vito no va saber dir que no. La Tona, més que convèncer, arrossegava.

—A les cinc t'espero a la segona cantonada. Saps on hi ha el ram de flors pel tio que es va estampar amb la moto?

Els ulls de la Vito van dir que sí. Va agafar tres calces, les dues samarretes que més li agradaven, dos bitllets de cent pessetes i la polsera de la bona sort que li havien regalat els seus germans l'últim 7 de febrer, el dia que en va fer dotze i va pensar que ja era gran. Va veure que la mare feinejava a la cuina i, de fora estant, va cridar «vaig a casa la Tona». Va sortir sense esperar resposta. La Tona ni tan sols tenia a qui comunicar que se n'anava. Les dues veïnes es van trobar on havien quedat. A dues cantonades de casa, sota un ram pansit que ja estava cap per avall. Les coses prohibides sempre són al fons del passadís. L'una marxava espantada, l'altra no veia perill enlloc. Era una contingència que la Tona no tenia integrada. A les quaranta passes, la Vito va fer una pregunta:

—Saps on anem?

—Has fet mai autoestop?

Es va aturar en sec. La Vito estava disposada a marxar de casa, a escarmentar els seus pares perquè la lligaven massa curt, a passar una nit o dues fora de casa, a dormir on convingués, potser fins i tot a robar uns dònuts al supermercat si no podia més de gana, però pujar en un cotxe de desconeguts, al mig de la carretera... Es va plantar. Va dir que ella no ho faria, va explicar que havia sentit moltes històries sobre l'autoestop i que cap no acabava bé. La Tona, sense deixar de caminar, li va dir que eren precisament això, històries. Però, demostrada la seva valentia, va acceptar el tracte. No els quedava més remei que caminar i caminar. Fins a Olot, a peu, tenien una bona tirada. Van mastegar xiclet fins a arribar als aiguamolls de la Moixina.

—Anem per allà, ho conec bé. És més pla. I no hi passa ningú.

—Per aquí no hi ha la font de la Deu? —A la Vito li va semblar reconèixer el paratge—. A vegades hi hem vingut amb bicicleta. Aquest no és el restaurant de les patates?

—Els aiguamoixos sempre són un bon lloc per a un crim.

Tot d'una s'anava fent fosc, s'endinsaven en un terreny solitari i la Tona, de veu diabòlica, plantejava escenaris que a la Victòria no li venia de gust escoltar. Era un comentari impertinent, en un lloc inadequat, propi d'una ment macabra. Però era la seva companya de fugida, no tenia ningú més a la vora i, quan a l'entrada d'Olot havia passat un cotxe de la guàrdia urbana, s'havien amagat rere una furgoneta perquè no les veiessin. No sabien a partir de quin moment algú s'hauria preocupat per la seva absència i haurien donat avís perquè busquessin dues nenes amb cua de cavall, una de més alta, amb els cabells negres i la pell més morena, tant, que a l'estiu algú podia pensar que fos mulata. En el moment de tocar el dos, la Vito anava amb uns pantalons curts, de verd camuflatge, i una samarreta blanca amb les mànigues retallades a l'altura de la vacuna. De la Tona —més baixa, molta cella i el nas arremangat— ningú no podia dir com anava vestida a l'hora de la fugida.

—Baixem per aquí. Vine. És un bon lloc per tirar pedres...

La Victòria seguia d'esma. El caminoi les va dur a un replà, arrecerat, més a prop de l'aigua. Potser feia mesos que ningú no havia trepitjat aquell indret que no duia enlloc. Els arbres eren un amagatall natural. No duien rellotge però calculaven, per la poca llum que quedava, que havien caminat unes quatre hores. La lluna s'insinuava, i del sol només se n'endevinava un eco tènue a ponent. Es van asseure a terra, i quan es van cansar de competir a veure qui tirava la pedra més lluny van xerrar.

—Per què t'has enfadat amb la teva mare?

—Jo? Pel de sempre. —La Victòria va notar que havia passat tanta estona que ja no estava ni dolguda. Fet i fet, si aleshores pogués estar amb ella sopant a taula... L'orgull, però, no li va permetre dir la veritat a la còmplice de la seva aventura—. Els meus germans fan sempre els que els ve de gust i jo no...

—Són molt més grans.

—Molt més tampoc. Però aquest no és el problema. La meva mare diu que quan jo tingui la seva edat tampoc podré sortir. Perquè soc una noia. I diu que les dones soles... Però que es pensa que no tindré colla, jo? Doncs mira. Ara que pateixi...

—És xulo, tenir mare?

—No ho sé. Sí... Però hi ha moments que...

—La meva mare es va suïcidar aquí.

—Tona, hosti. No diguis això.

Ei, que és veritat. Per això m'agrada venir-hi.

—T'agrada? Tona, tia, no m'ho... Quina por.

—La van treure d'aquest arbre.

—Va... Per favor.

A les quatre del matí, quan el Joel i el Rai van arribar a casa amb la Bultaco, es van trobar la seva mare desperta. Estava desencaixada, asseguda al balancí del costat del telèfon, vestida per a no sabien què. No els esperava a ells, però desitjava que arribessin perquè l'ajudessin d'alguna manera. Al Saül, a Barcelona, encara no li havia volgut dir res. La mare els va explicar que la Victòria i la Tona havien desaparegut, que tenien la certesa que havien marxat juntes i que la policia i el pare de la veïna de les males idees ja feia hores que les buscaven. La policia li havia manat que ella no es mogués del costat de l'aparell, per trucar-li si tenien alguna notícia. El Joel va dir que ells també havien de sortir a buscar-les i, sense perdre més temps, va muntar l'operatiu. Va dividir la zona en tres territoris. El Rai agafaria la moto, ell, una bicicleta, i la mare baixaria en cotxe. De què s'havia de quedar a casa, ella. Cadascú buscaria per l'espai assignat i, cada dues hores, es trobarien sota el campanar de Sant Esteve. Confiava que a les sis ja les haurien trobat. A les sis, però, no tenien cap rastre i la preocupació va créixer. A les vuit, ni ells ni la policia ni el pare de la Tona tampoc havien trobat cap pista de les nenes. La claror de dia havia de ser una aliada però, de moment, tot el muntatge els havia fallat i començaven una altra ronda.

La Victòria i la Tona s'havien adormit, molt tard, a tocar de l'aiguamoll. La son les havia vençut rere l'amagatall d'arbres. Ningú no les hauria trobat si no haguessin posat a treballar un exèrcit d'emergències. Al pare de la Tona no se li hauria acudit mai que la seva filla tornés a buscar la soca on havien despenjat la seva mare. Ningú no hi va caure. La Maria, desesperada, a les nou havia aparcat el cotxe i havia decidit continuar la recerca a peu, com fos i per on fos. Va arrossegar la seva ànsia pel pla de la Moixina. Cada tres cops que cridava el nom de la seva filla, cridava una vegada el nom de la Tona. Tan fort com podia. Sempre amb la mateixa cadència, amb els intervals de l'angoixa. Cada crit, una esperança. Cada silenci, una decepció. Un temor més i més gran que dues nenes soles, tan maques, a la carretera... A la televisió expliquen tantes coses truculentes, de casos similars... Ves a saber.

De cop i volta, la Vito va sentir la veu. Llunyana.

—És la meva mare...

—Corre, amaguem-nos —va dir la Tona fluixet.

—No, tia.

—Què penses fer? —La mirada també va ser diabòlica—. No penses respondre, suposo? No penses sortir... Ens caurà una tunda que...

—Tona, jo...

—Que callis, que ens sentiran.

—Mare! Soc aquí!

La Victòria s'hi va deixar la veu. Va sortir del camí i va pujar fins a peu pla. La Maria, quan la va veure, va córrer uns cent metres. Ella no tenia ni esma de caminar. Va tancar els ulls. Per vergonya. I per esperar la plantofada. Tots estaven molt cansats, l'havia feta molt grossa i res del que havia fet no havia valgut la pena.

Esperava que la renyessin i, en canvi, es va trobar una mare que no va dissimular l'alegria de veure-la. La va estrènyer amb tanta força, durant tanta estona, que li costava de respirar. La Vito, entre els seus braços, va optar per l'única escapatòria que tenia: arrencar la plorera. El somiqueig, que va començar discret, es va anar enfilant, a poc a poc, fins a arribar a bramar com mai no l'havia sentit la seva mare. Plorava de por, de son, de vergonya, de culpa, de gana, de la nit al ras, de les històries dels suïcidis que havia explicat la Tona —començant pel de la seva mare—, del món inhòspit que hi ha fora de casa, de pensar que no podria aguantar la mirada dels seus pares i de la ràbia d'haver-se deixat endur per les instruccions d'algú amb les ungles brutes, com si ella fos un autòmat que només obeïa ordres. No s'ho podria perdonar. Havia malgastat massa credibilitat. Encara que la seva mare l'hagués sorprès amb aquella lliçó, amb un grapat de paraules amables, amb l'abraçada que ni l'una ni l'altra haurien volgut que s'acabés, i encara que la fes sentir mereixedora d'un amor com potser no n'hi ha cap altre, ella necessitaria arrencar aquell full del calendari.

Com aconseguir, però, que no existeixin les coses que ens han passat?

Als dotze anys no sabia la contesta. Als quaranta-quatre, amb la mare morta i enterrada, tampoc. Potser ni la mateixa Maria Vilalta Campabadal, que havia plegat veles als vuitanta-cinc, envoltada pels qui més estimava i confortada amb els sants sagraments, tampoc no tenia la resposta. Havia marxat sense mirar la solució.

6

Els anells dels arbres diuen la veritat

La Cristina Malabrocca era partidària de donar el mateix aire pels dos costats. Era marca de la casa. Asseia el testimoni en una cadira alta, el posava frontal a la càmera, i buscava la simetria fins i tot en la il·luminació, tant a la pell de la cara com en l'espai de fons, més difuminat. En aquell cas havia resultat ser un menjador sense suc ni bruc, a prop de la Sagrada Família. El pis de la Carmen —havia quedat amb el productor del documental que mai, en cap cas, revelarien el cognom— no donava per gaire lluïment. Era el que era. Es tractava d'ensenyar la veritat. Però, sempre que es pogués, fer-ho d'una manera bella, amb un punt de vista original. Posar la convidada al mig, centrada a la pantalla, era un segell propi de la Malabrocca, la directora de fotografia dels documentals del Joel Estrada. Vuit pel·lícules i dos premis després, continuaven molt a gust treballant junts. Un hi posava la idea i l'altra, la imatge. Ell buscava històries, ella les retratava.

Mentre acabaven de muntar tota la parafernàlia, el Joel mirava de tranquil·litzar la mestressa de la casa i de la història. Li havia costat convèncer la Carmen que no podia ser un testimoni ocult, com havia demanat ella a la primera reunió. La seva història perdia força i credibilitat si li posaven una silueta a contrallum o li distorsionaven la veu perquè ningú no la reconegués. Li havia assegurat, a més a més, que ell i la Malabrocca, quan havien començat a rodar documentals de denúncia per a l'Arbre Produccions, s'havien posat una norma: mai un testimoni anònim. Abans s'estimaven més perdre una història que ennegrir un rostre.

El Joel sabia, per experiència, que explicant com aniria el rodatge els personatges es començaven a relaxar. La clau era que, per damunt de tot, fossin ells mateixos. Si niaven ràbia als ulls, que es notés. Si s'emocionaven, que no es tallessin. Si tenien una piga, no amagar-la. Si els faltava un queixal, com a la Carmen, no feia lleig que es veiés el forat.

—He pensat que millor que fer-li una entrevista, el més efectiu serà que ens llegeixi la carta que em va enviar.

—La carta?

—Quedarà millor, cregui'm. —El Joel la va treure del sobre i li va lliurar el paper—. És molt bona. Escriu molt bé, vostè.

—La llegeixo jo? Sencera? N'està segur?

La Carmen estava espantada. Una cosa era enviar una carta a un periodista per denunciar un cas greu com el seu i una altra, d'una transcendència no prou calculada, era sortir per televisió, donar la cara, i que de cop i volta tothom, fins i tot la seva filla, s'assabentés del què. Fins a aquell moment, el seu drama el sabien el seu marit, l'amiga de l'ànima per a qui no tenia secrets, una veïna de confiança a qui li va donar una versió censurada del cas i para de comptar. S'havia passat mitja vida a les fosques i l'altra mitja dissimulant. Ja no podia continuar retenint-ho tot. A la merda amb els seus temors. Més que les conseqüències que a la llarga pogués tenir haver destapat les seves sospites en aquell matí agitat, l'amoïnava la cosa petita, el mecàsun tot per l'enrenou de l'equip de rodatge que havia envaït casa seva. Patia pel que plantava la càmera, li enretirava el sofà, li movia la taula, li treia les cadires i bellugava el gerro blau, del Tirol, que portava vint-i-cinc anys plantat al mateix lloc. Patia perquè el del micròfon de pal —girafa, havia sentit que n'hi deien— no colpegés cap de les prestatgeries que s'aguantaven per la quietud. Patia pel que muntava els llums, que obria i tancava les plaques dels dos focus i, per trobar un endoll, s'havia estirat a terra i havia arrossegat el moble de la màquina de cosir, que era una relíquia de l'àvia de la Carmen.

—No s'amoïni, senyora, que l'hi deixarem tot tal com estava.

La mestressa feia bé de no empassar-s'ho.

—Aquest terrabastall es pot aturar d'alguna manera? —La Malabrocca maleïa el soroll que venia del pis de dalt. D'entrada, només el sentia ella. Al cap de no res ja li molestava a tothom—. Hi pujo. Així no podem rodar.

Ningú no li va respondre. Va tirar pel dret. Radical, anàrquica, rampelluda, oposada al Joel en el fer i en el ser. La Cristina Malabrocca, amb el cap rapat i una trena aspra de corda d'estibador que li baixava fins a mitja esquena, duia una anella al nas des d'abans que n'hi diguessin pírcing. Des de molt abans que els dos estudiants de periodisme es coneguessin a la facultat. Potser perquè eren tan diferents, perquè la Cristina comptava els forats de les samarretes i al Joel li planxaven les camises, potser perquè venien de mons que eren als antípodes, van coincidir a les pràctiques de ràdio de segon i es van avenir. A quart de carrera es van enrotllar i, quinze anys més tard, després d'un temps de no saber res l'un de l'altre, van decidir unir els camins professionals. Ella, que s'havia matriculat a belles arts i experimentava amb la imatge, va anar a trobar el Joel i li va dir —tal com raja— que les històries que explicava per televisió eren estèticament molt planes i que si volia marcar les diferències havien de muntar alguna cosa junts. Una empresa?, va preguntar el Joel, que ho havia mamat del seu pare. Ella estava disposada a jugar-se-la. El Joel va agrair que algú li parlés tan clar i, junts, van anar al notari per constituir un negoci amb l'aportació mínima del capital inicial: Arbre Produccions. El setanta per cent del Joel, el trenta per cent de la Malabrocca perquè no hi podia aportar més. El nom de la companyia el va suggerir la Cristina. Vivia en comuna, en un mas a Collbató, a redós de la muntanya de Montserrat. A l'era del davant hi tenien un castanyer bord, d'ombra densa, que marcava la fita de la parcel·la. L'arbre era el tòtem de la colla, una dotzena de persones que vessaven solidaritat i bones intencions. «Només els anells dels arbres diuen la veritat», havia dit la Malabrocca, picant amb la mà sobre el tronc, el dia que li havia volgut presentar la seva gent al qui seria el seu soci. Al Joel li va semblar que era una metàfora precisa. Era el que intentarien fer a la seva productora: buscar la veritat. I dir-la.

Quan la realitzadora va tornar al pis de la Carmen, havia aconseguit el silenci. Els veïns de dalt, com si s'haguessin fos. Ningú no li va preguntar com s'ho havia fet.

La Carmen, amb l'escrit a les mans, resseguia el seu propi text, movent els llavis, en veu baixa. El Joel s'hi va posar al costat, perquè no se sentís sola.

—Ja no queden lletres com la seva.

—Ai... —L'havia vist venir de tres hores lluny—. Sap què diuen els xinesos? Als ases els agrada que els pentinin en la direcció del pèl.

—No l'hi estic dient per ensabonar-la. Té una lletra molt bonica, de debò.

—No ho sé... —Va alçar els ulls tristos per damunt de les ulleres—. Això d'haver de llegir jo la carta...

—No pateixi, dona, que ho farà molt bé. Podem tallar i repetir-ho tantes vegades com faci falta. Fins que vostè n'estigui contenta. Això està gravat.

—I si m'equivoco? —va preguntar la Carmen, amb la por que fan a vegades les coses sense cap importància. La tele n'és una.

—Si ens equivoquem no passa res. —I aleshores el Joel, flegmàtic, va deixar anar les tres paraules que sabia que no li fallaven mai, perquè ningú les deia amb el seu convenciment, amb una seguretat que desarmava—. Confiï en mi.

La Malabrocca va aixecar el polze perquè el Joel sabés que, per ells, ho tenien tot a punt.

—Engeguem, doncs?

—Qui fa la claqueta? —La Malabrocca, mirant pel visor—. Silenci. Estem gravant.

El Joel va posar les dues mans juntes, horitzontals, a mig camí entre la càmera i la cara de la senyora morta de pena que estava a pocs segons de destapar un escàndol.

—Carmen. Presa u.

Amb un cop sec amb els palmells va engegar la història.

7

Tres dies a Roma

La senyora Lourdes li va obrir la porta. El seu pare està bé, prou bé, li va explicar, d'entrada, mentre li agafava l'abric. El veig fort.

—I vostè? —li va dir el Joel, tocant-li la galta amb dos dits.

El gest i la pregunta van desarmar la senyora Lourdes, que no esperava que s'interessessin per ella. I, menys encara, pels seus sentiments. Com si, de cop i volta, algú s'hagués adonat que ella també formava part d'aquella casa on fins i tot les emocions estaven endreçades. Amb la il·lusió de ser una mica de la família i no només dues mans i un camàlic a canvi d'un salari a final de mes, va fer com si s'arreglés el monyo.

—Jo? La trobo molt a faltar... —va ser a temps de dir abans d'abaixar la guàrdia, treure's un mocador de la màniga de la bata, sonar-se i córrer a tancar-se a la seva habitació, per discreció o per vergonya o perquè només ella sabia el que havia passat i el que s'havien dit amb la senyora Maria, queDéul'hagiperdonada.

El Saül era al menjador, assegut al cap de taula, al seu lloc de sempre. Mirava les notícies de les nou, com cada dia de cada dia. Era hàbit i plaer. I tot alhora. Li agradava que li expliquessin el món mentre menjava la sopa calenta de pa torrat, un tall de peix i una poma avorrida que queixalava sense pressa. Trobava curiós que la televisió, a diferència del diari, li servís les notícies en funció de la importància. Li agradava que li desordenessin el món i que el sorprenguessin constantment. Que primer sortís un accident d'helicòpter, després una picabaralla al Parlament, després el judici del Chapo Guzmán a Nova York, després el descens de la venda de cotxes, després la guanyadora d'un premi literari intentant explicar una novel·la que no s'entenia, i tot sense solució de continuïtat, el meravellava. Cada notícia, una sorpresa. Un bot pel planeta, amunt i avall, sense saber mai què vindria després. Als vuitanta-set anys un rere l'altre, encara trobava apassionant que al telenotícies res tingués relació amb res i que els humans tinguéssim la capacitat de saltar d'una cosa a l'altra sense necessitar una introducció prèvia. En el seu diari, en canvi, no era així. Des que s'havia venut l'empresa, s'havia jubilat i se li havien acabat els maldecaps i l'haver de matinar, llegia el diari al damunt de les tovalles blanques de l'esmorzar. Sabia que primer parlaven d'internacional, després venien les pàgines de política, després... Fins que no arribava a l'economia, que era el que llegia amb més deteniment, s'havia d'empassar un centenar d'articles i noticietes —alguna vegada les havia comptades per demostrar-li a la Maria que tenia raó— que li importaven un rave.

El Joel es va acotar per fer-li un petó al front. Per estalviar-se de dir-li pare t'estimo molt, soc aquí pel que faci falta, li va pessigar la clavícula. Cada vegada hi trobava més os. El Saül —pòmuls d'ancià, cabells blavosos— va pelar la poma. Buscava l'espiral perfecta. Clavava el ganivet i mirava de treure'n tota la pell sense que es trenqués. Subjectava l'esmoladíssim ganivet amb la dreta mentre, amb l'esquerra i dissimulant la tremolor, feia girar la poma com si la desenrosqués. Ho aconseguia gairebé sempre. Eren molts anys de pràctica. Gairebé ho podia fer sense mirar. Sense donar-se importància. Després de deixar caure la cargolada pell groga sobre el platet, esqueixava la poma amb el ganivet i se l'anava menjant a queixalades, amb els ulls clavats a la tele.

El Joel es va asseure al lloc de la mare, va posar-li la mà a sobre i se'l va mirar una estona. Tenia raó la senyora Lourdes. El veia prou fort.

—Trobo que es mor molta gent, al gener —va dir el vell Estrada.

—Deu ser el fred.

—On era, això? —Amb la punta del ganivet, va assenyalar la pantalla.

—Als Alps italians. A la Vall d'Aosta.

—Un helicòpter?

—Sí, ha xocat amb una avioneta. Set morts. És molt estrany.

—Mira que he fet coses a la vida. Però amb helicòpter no...

—Fan excursions per veure Montserrat des de l'aire. Quan vols que hi anem? Ha de ser espectacular.

—Hauries de fer una pel·lícula de les teves, per demostrar que la gent es mor més al gener que els altres mesos...

—Pare, tens unes sortides.

—Que no és veritat? Demostra-m'ho —li va fer l'ullet, segur d'haver guanyat la partida.

—Està bé que no perdis l'humor.

Al Saül li va saber greu haver estat ocurrent. No feia ni cinc dies que havia enterrat la Maria.

—Amb què estàs, ara? A la feina, vull dir.

—Aquests dies... És un tema delicat.

—Calla un moment, que vull sentir el temps.

Tanta pressa durant tants anys i aleshores, que els dies volaven, no en tenia cap ni una. Ni ganes de tenir-ne. Ja no quedaven gestos bruscos a la seva vida. El món se li havia fet esquifit com un cabdell de llana. En tenia prou amb una llar calenta, un llibre, poques passejades —curtes, lentes—, becaines a deshora i converses amb la Maria. I, de tant en tant, quan li vagava, sentir-la tocar himnes d'amor al piano. Ara hauria de passar sense ella. En algunes ocasions la parella havia parlat, mig de broma però només amb mitja broma, sobre quin dels dos se n'aniria primer. La Maria escombrava cap a casa. El Saül també. Es creguessin o no el que deien, mantenien el joc i l'aposta, ni que fos per la mínima diplomàcia matrimonial. Al capdavall —*rien ne va plus*—, havia guanyat la Maria. No t'ho deixen triar, això. Ell, de cop i volta, havia perdut la dona i la juguesca. I li tocava estrenar una condició, la de vidu. I un estat d'ànim. La renúncia.

És la realitat, quan arriba amb l'adjectiu posat: crua.

Els pares es van conèixer en un viatge a Roma. El Joel, el Raimon i la Victòria se sabien la història de memòria. Quan no era un, era l'altre, de petits, que els demanaven que els expliquessin la primera vegada que s'havien vist. Ho trobaven la mar de divertit, per bé que la versió del Saül i la de la Maria, quan la passaven a net, eren lleugerament diferents. Al capdavall, però, l'havien hagut de narrar tantes vegades a petició dels nens que, per reducció, els dos punts de vista s'havien anat acostant fins a arribar a consensuar un mínim denominador comú de la veritat oficial de la família. El Saül, amb el maletí de la feina ple de catàlegs, se n'anava a iniciar una ruta per Itàlia per intentar vendre unes noves graelles d'acer inoxidable, ideals per fer la carn a la brasa. Al país del disseny, anar-los a encolomar un invent que havia de revolucionar les cuines era un repte que el jove Saül entomava amb la ingenuïtat de l'enginyer i la il·lusió de l'empresari. Ell era, el 1964, totes dues coses. La Maria, amb dues amigues més, la Queralt i la Goretti, se n'anaven a visitar el Vaticà. Tres dies a Roma, turisme d'anar i tornar, amb la vaga esperança de veure el Sant Pare perquè un oncle de la Queralt era la mà dreta del bisbe de Solsona i van pensar que... A Pau VI només el van veure a les postals.

A l'avió d'anada —un DC9 d'Alitalia—, el passadís dividia dues fileres de butaques a banda i banda. Les noies van fer-s'ho a pedra, paper i tisora, i a la Maria —una derrota per paper i una per tisora— li va tocar seure sola, a l'altre costat del corredor. La cabina s'anava omplint, cada vegada hi havia menys espais buits i semblava que gairebé només l'11-D quedaria sense passatger. Quan la Maria ja pensava que podria anar més ampla i que s'asseuria al costat de la finestra per anar descomptant els pobles minúsculs que quedaven allà baix, un home va aparèixer atabalat. El Saül havia filat prim. Va somriure a l'hostessa, amb l'agraïment etern amb què ho fa l'últim d'entrar a l'avió abans que tanquin la porta i passin la balda. Es va ajupir una mica, amb la passa absurda, per buscar el número de les files. De seguida va intuir que aquella butaca buida, a l'esquerra, abans de l'ala, seria el seu. Al primer cop d'ull va adonar-se que hi havia una dona molt guapa, sola, i que li tocaria seure al seu costat. La va trobar tan atractiva, amb un llibre a les mans i les ulleres de sol posades al cap, que li va venir una premonició: aquesta serà la dona de la meva vida. El pensament li va arribar com un llamp i, quan va haver entaforat el maletí al compartiment, el llamp ja havia descarregat i desaparegut. Va demanar permís per passar. Perdoni, per favor. La Maria es va aixecar i es va enretirar, aguantant-se les ulleres al cap perquè no li caiguessin. Quan tots dos van haver-se cordat els cinturons, van tenir la necessitat de presentar-se.

Ella el va trobar elegant, educat i bon conversador.

Ell va notar, durant les dues hores de vol, la bona olor de la pell de la Maria.

Quan van arribar a Roma, ja s'havien donat el telèfon.

Quan van tornar a Barcelona, el Saül la va començar a rondar.

Es van casar al monestir de Pedralbes, van fer la celebració a Los Tres Molinos d'Esplugues i van anar de viatge de nuvis a Sant Sebastià. En alguna caixa de puros guardaven fotos en blanc i negre d'aquells cinc dies en un hotel al barri vell. Semblaven dos artistes, enamorats.

El Joel va trigar deu mesos a arribar. El primer fill, el primer net de tots els avis. Quan va néixer el Raimon, la Maria i el Saül van decidir que, algun dia, anirien a buscar la nena. La Victòria no podia tenir un millor nom, per explicar el sentiment de tots plegats amb la seva arribada. Després de cinc anys d'intentar-ho, per fi hi hauria una nena a casa dels Estrada Vilalta. Tots s'hi van abocar des que va entrar per la porta. Els seus germans, els primers.

El Joel perquè era el gran, la Victòria perquè era la petita, van ser la nineta dels ulls de tothom. El Raimon es va trobar, aviat, a mig camí del nores. Mai en va ser conscient. Tampoc no es va queixar a ningú, ni tan sols ho va deixar escrit en el seu dietari, on hi havia més números que lletres. Era un nen espavilat, el Rai. Amb vuit anys, quan li van explicar que multiplicar era sumar diverses vegades va fer un somriure d'orella a orella i va dir ostres, això és xulíssim.

El seu cos, però, va començar a reclamar l'atenció amb uns vertígens, que anaven i venien, que li impedien anar a escola durant una setmana seguida. Els especialistes mai no van acabar d'aclarir què li passava. El remei era una injecció cada diumenge. Abans de sopar, la Maria li clavava l'estocada al cul. Les ganes d'estalviar-se l'agulla van aconseguir que, tot d'una, els rodaments de cap del nen desapareguessin poc abans de fer els nou. Després dels vertígens van venir les pors. Una nit, amb tots cinc asseguts al sofà en L de davant del televisor, van veure un western. Cap a les acaballes de la història, després d'una matança en una fonda, un dels dolents —que fàcil que és la vida quan pots simplificar entre bons i dolents— quedava estirat de bocaterrosa al matalàs. Era una mort més, com tantes que n'hi havia a la pel·lícula. Com tantes en tantes pel·lícules de cowboys, que eren les preferides del Saül. El braç d'aquell mort quedava, nu, penjant del llit. El cadàver havia quedat amb el coll tort i el cap posat a la sanefa del coixí. Mirava l'espectador amb la boca oberta. Un fil de sang degotava cap al bassal de les rajoles. El braç que li queia, fort i feixuc, arribava fins a terra. La mà, cargolada, era la imatge de la devastació total, la derrota sobrevinguda. Aquella nit, el Raimon va trigar molt a adormir-se. No es podia treure del cap la visió del braç, el mort, i els seus dits rendits. L'endemà li va passar el mateix. Tenia por del dolent, del braç mort, que algú li obrís la porta i li disparés i fos ell qui quedés immòbil, amb la boca oberta i els ulls esbatanats mirant al buit. Tenia por de treure el braç del llençol. Li feia angúnia pensar que podia deixar penjant la mà fora del somier i que algú, fos qui fos, amagat sota el llit, li agafés el puny, l'espantés de mala manera i hagués de fer un crit que se sentís de tres hores lluny perquè el salvessin. De tanta basarda, de tant aguantar el somiqueig i els nervis sense dir-ho ni al seu germà, el Raimon va incorporar uns hàbits nous. Van passar de dormir amb la porta ajustada perquè entrés una escletxa de llum, a dir-li al Joel que la tanqués sempre del tot. Obsessivament. Creia que, amb la porta tancada, qui entrés a casa seva per robar o per matar-los a tots abans començaria per una altra habitació.

Després, per a just abans d'estirar-se encara reservava un últim ritual. S'acotava i mirava que, sota del seu llit, no hi hagués ni déu. S'ajupia sense tenir-les totes, amb un doblec ràpid de genoll, abans de tornar-se a incorporar.

Amb els anys i l'ajuda d'una professional de l'Institut Universitari de Psicologia, va descobrir què li havia passat de petit.

Era la por a tenir por.

No hi ha res que paralitzi més. Ni l'home del sac, ni la foscor, ni la guerra, ni un tro a la nit, ni una riuada que t'arrossega, ni un gos que t'ensenya les dents, ni un soroll desconegut a l'avió, ni sortir a la pissarra quan no saps resoldre l'equació de segon grau. Ni la mort. Ella rai. El Raimon havia sentit a dir que mentre ell hi fos, la mort no hi seria. I que quan la mort arribés, ell ja no seria aquí. De què calia preocupar-se, doncs?

Som les pors que hem vençut.

El dia que en va fer tretze, el 3 de maig de 1982, el Rai ja no es recordava ni de les pors ni dels vertígens. Aquell divendres va tornar de l'escola amb una idea. Després de berenar, es va tancar al lavabo i va decidir que no en sortiria fins que no s'hagués masturbat. Tenia una gran il·lusió per resoldre el misteri de la primera palla. En els dies següents, se'n va fer moltes més. L'afició per la novetat era tanta que es va encetar i va haver-se d'esperar dues setmanes a repetir la mecànica perquè el contacte dels dits sobre la pell oberta no li fes tanta coïssor. De cop, havia entès per què la gent n'hi deia pelar-se-la. Fins aleshores, era una expressió que li sonava estranya, no en caçava el motiu. Autodidacte, durant aquell estiu a la recerca del gust i de la comoditat va provar diferents maneres de sacsejar el mànec. En alguna ocasió, també va intentar canviar de mà perquè hi hagués una certa varietat, però amb l'esquerra no se'n sortia igual. Anava a l'armari del Joel, en treia la carpeta on sabia que el seu germà amagava les revistes i se l'enduia al lavabo, assegurant-se que ningú el veia carretejar el material. Un dia que li va semblar que hi havia massa trànsit a casa i que era arriscat que algú el veiés traginar la carpeta del pecat, va haver de passar sense les fotos. Ni la senyora que es despullava a l'estable dels cavalls, ni les tetes gegants d'una actriu de la qual no havia llegit ni el nom, ni els negríssims mugrons bala del pòster desplegable del *Playboy*. Amb els ulls tancats, lliurant-se a la imaginació, el cepat Raimon Estrada Vilalta, que començava a tenir espatlles de nedador, es va trobar que li venia al cap algú de classe. Un company de curs. Va mossegar-se el llavi, es va deixar anar pensant en el Corominas —se'l va imaginar despullat— fins que va arribar a esquitxar el mirall. Amb les revistes, diria que mai no havia anat tan enllà.

El Joel era a la taula del pare per fer-li companyia. No esperava cap conversa profunda. Si no l'havien tinguda mai, tampoc no hi comptava aleshores, per més que el Saül s'hagués quedat sense l'amor de la seva vida, que s'havia anat apagant amb prou temps perquè tots se'n poguessin acomiadar. Els testos s'assemblen a les olles, havia dit alguna vegada la pobra Maria, per explicar que pare i fill eren pastats. La cabellera espessa, la clenxa insinuada al mateix costat, el nas grec i la mirada del jugador de pòquer, capaç de dir-ho tot, de no dir res i de fer-te creure el contrari si convé. Els ulls del Joel tenien una guspira i una verdor que al pare —operat de cataractes— se li havien apagat. El caminar també era el mateix, amb l'esquena dreta i el pit enfora, com si desafiessin una llevantada que els vingués de cara. La discreció, de l'un i de l'altre, se la prenien com una virtut, encara que per a les dones de la família pogués arribar a ser un defecte. A la Maria sempre li havia fet ràbia que fossin més d'actuar que de rumiar. No donaven mil voltes a les coses, tant que li agradava, a ella, treure un tema i mirar-lo del dret, posar-lo del revés, que si tomba i que si gira, buscant repelons i arguments diversos. Volia conversa, i en el Saül sovint hi trobava un frontó.

—Si et sembla bé, totes les joies de la mare seran per a la Victòria.

—Esclar que sí, pare...

—No et sap greu?

—I tant que no. Com vols que me'n sàpiga?

—Si tu tinguessis parella... Si no t'haguessis separat, vull dir.

—Que ho entenc, pare. La Marga fa la seva vida, és la mare del meu fill, però estem divorciats... Només faltaria que...

—No s'ho prendrà malament?

—En absolut.

—No la vaig veure al funeral...

—Va venir al tanatori. Et va saludar...

—Pot ser... Ho tinc tot borrós. Va venir tanta gent que no em recordo de res.

—Fas bé de donar totes les coses de la mare a la Vito. De debò. Ella també té la Lisa... Així els anells i les joies de la mare tindran dues vides més.

—N'hi ha, em sembla, que eren de l'àvia de la mare. L'anell d'orient, el de la maragda, ja l'hi havia donat en vida.

—És el que la mare es posava per les dates assenyalades?

—Sí.

—No era del Masriera?

—De qui dius?

—El Masriera. El joier. El modernista.

—Ara no em sortia el nom... Aquest ja el té la Vito, de fa temps. —El Saül va fer, amb vuit dits sobre la taula, com si fes sonar un teclat—. Només se'l treia per tocar el piano.

—És veritat. Se'l treia, per tocar, quan hi havia festa grossa. Se'l treia i el deixava sobre la tapa.

—Deia que la música no necessitava ornamentació. Els dits nets...

El Saül no es va reconèixer. Es va trobar citant la seva dona en passat, i no feia ni una setmana que l'havia deixat sol. Havia observat, en no pocs casos de matrimonis amics, que quan algú perdia la seva parella automàticament es posava a parlar com ella. Tot d'una, en el moment més impensat, la vídua acabada d'estrenar deia unes paraules o utilitzava una expressió que sempre li havia sentit a dir al difunt i que ella no havia fet servir mai. «Els dits nets». Ho havia pronunciat amb la seva veu però era la Maria la que parlava des d'enlloc. «La música no vol ornamentació». Es va prometre que intentaria fugir d'aquell fenomen. Però si ell, que n'era conscient, ja havia caigut en el parany al primer delaguard, potser era perquè es tractava d'un fet inexorable, d'una força superior que t'arrossegava a dir paraules que li havies sentit a dir mantes vegades i que tu, per més que t'hi resistissis, et trobaves verbalitzant, en un peculiar homenatge. Quin estrany mimetisme, quines trampes que ens reserva la ment, que enjogassada que és l'herència oculta del llenguatge.

El Joel va ser l'únic a saber el secret del Raimon. El primer, l'únic, i havia jurat que mai no ho diria als pares. Li agradaven els tios. Als quinze anys, el Rai havia tancat la porta de l'habitació, se li havia assegut a l'espona del llit, s'havia posat a plorar i, tal qual, li havia dit:

—M'agraden els tios.

Va triar la persona. Feia temps que ho portava a dins i tenia necessitat d'expressar-ho en veu alta. Estava convençut que, pels segles dels segles, el Joel no li fallaria. Durant dos anys ho havia anat covant, tenia dubtes, mirava si, intentava que, es forçava per, però al capdavall es va dir jo soc així, jo vull això, no faig mal a ningú, i no tornaré a caure en la por de tenir por. En les últimes setmanes havia pensat mil maneres de comunicar-l'hi al seu germà i, arribat el dia D i l'hora H del seu desembarcament íntim, no havia dit cap paraula que no tingués rumiada. Tampoc en va dir cap que no volgués dir. Els Estrada de paraules comptades.

El Joel ho va negar tot. No s'ho imaginava. No ho intuïa. No s'esperava la confessió. No li sabia greu. No era cap decepció. No era res dolent. No se li notava. No tenia ploma. No tenia per què agafar la sida. No n'havia de fer res ningú, del que fes o deixés de fer. No s'havia de precipitar a pregonar-ho als quatre vents. No creia, tampoc, que als pares els fes cap gràcia, per dir-ho suau. No creia, en canvi, que arribessin a fer com els pares del Damià, els veïns de xalet d'Olot, que van fer fora de casa el seu fill quan van saber que era homosexual.

Finalment, la paraula.

L'havia dit el Joel. Fins a aquell moment, s'havia limitat a respondre totes les preguntes que li feia el seu germà, amb el pijama amarat per la suor dels nervis, que acostuma a ser més calenta. Se sentia orgullós d'haver pogut dir la veritat en cadascuna de les respostes. El moment era massa delicat, per al Rai, per enredar-lo dient-li coses que no fossin sinceres.

Es van abraçar una bona estona. El Joel es va aguantar el plor fins que no va poder més. Notar, a raig, les llàgrimes del seu germà, el va vèncer.

—Et faig llàstima? —El Rai, preocupat, entre sanglots.

—No és això.

—Tanta pena et fa tenir un germà...?

—Em sap greu que ploris, només. No que siguis tan valent... i tan conseqüent.

El Rai va apartar la cara per mirar-lo als ulls.

—Soc gai.

—I jo t'estimo molt.

No van tenir cap pressa per acabar l'abraçada. Va durar fins que el Raimon va deixar de tremolar. Per tranquil·litzar-lo, per rebaixar la gravetat d'una escena que guardarien per sempre als replecs de la memòria, el Joel va deixar anar una maldat.

—Ja deia jo que feia molt temps que no em tocaves la carpeta de les revistetes...

—Perdona? —No se'n sabia avenir—. Ho sabies?

—Tu què et penses?

El Joel es va alçar del llit, va obrir l'armari, va entaforar el cap entre pantalons i penjadors i li va ensenyar el parany.

—Mira.

Del fons de tot, en va treure uns mitjons vermells, de Nadal, amb un dibuix d'uns rens. El parell de mitjons eren l'esquer. Els tenia posats sobre un angle de la carpeta d'una manera molt concreta que només ell sabia. Just allà i amb el ren a la vista. Era la forma de detectar si algú s'havia acostat a la seva col·lecció de revistes.

—Si algú tocava la carpeta, caçat a l'instant.

—No m'ho puc creure... —el Rai, atònit—. O sigui que sempre vas saber...

—Només esperava que no em taquessis el pòster.

—Ai, tio...

Dels mitjons, el Joel en va fer un manyoc, com una pilota de llana, i l'hi va llençar, en paràbola, sobre el matalàs.

—Agafa-la, Urruti!

El Raimon, amb reflexos de gat, va estirar els braços per enxampar-la al vol. A l'equip de l'escola, al Sant Ignasi de Sarrià, sempre hi havia jugat de porter.

A casa no se'n va parlar mai. Si més no, obertament. Ni a taula, ni al sofà, ni a la cuina mai no va ser plat. Van passar els anys i el Rai, que no volia disgustar ningú ni haver de donar explicacions, va segellar el seu secret. Quan li venia de gust compartir alguna cosa, recorria al Joel. De la seva sexualitat, però, no n'hi va dir mai ni un mot. A tot estirar, li filtrava un nom, li ensenyava una foto de l'Alessandro al pont de Bassano, li parlava d'una festa o del lloc de la penúltima escapada. L'hi comentava tot, ni que fos en veu baixa, perquè sabia que el Joel no el jutjaria. A casa, durant l'adolescència, la joventut i fins que va tocar el dos, va tenir cura de no portar-hi mai cap amic.

Tampoc cap noia. I la Maria, que veia com amb el Joel i la Victòria tots aquells anys de la febrada havien estat un anar i venir de parelles, noviets, novietes i rotllos de passa que t'he vist, sí que pensava que el Raimon era d'un reservat i d'un enigmàtic que no era normal en un noi com ell. Intel·ligent, sensible, emmarat, guapo perquè sí i amb una rialla franca. Les noies li haurien d'anar al darrere de cinc en cinc, pensava la Maria, una mare orgullosa de cadascun dels seus tres fills.

Curiosament, la Victòria tampoc n'havia comentat res, de la vida del Rai. Al Joel li hauria estranyat si no fos que coneixia molt bé la seva germana. Anava a la seva, ella. Era rematadament feliç amb la seva colla i estava tan reconcentrada en els seus estudis que havia badat. De les flaques dels seus germans, en sabia poca cosa. De la vida amorosa del Raimon, res de res.

Un dia, quan el Rai ja feia temps que vivia amb l'Allan, a Copenhaguen, la Victòria va telefonar al Joel, esverada.

—Tu sabies que el Rai és homosexual?

El silenci espès del Joel va ser la resposta més explícita. I aleshores la Vito, que li sabia greu baixar d'Arbeca, passar per ingènua i haver conegut tan poc el seu germà fins a convertir-lo en invisible, va voler-ne saber detalls, dates, anècdotes, qui era l'Allan i on l'havia conegut. El Joel va fer d'Estrada. Va explicar el mínim i es va guardar el màxim.

En una ocasió, el Joel sí que va haver d'escapolir-se de l'escomesa dels seus pares per salvar el Rai. Precisament l'endemà que el Raimon comuniqués a la família que havia trobat feina a Dinamarca, que se n'anava a treballar a l'Experimentarium i que li feia il·lusió que l'haguessin volgut en un dels museus de la ciència més interactius del món, els pares van voler interrogar el Joel. Abans de la mudança, van tenir la necessitat de saber el què. Va notar de seguida, per la manera com s'havien assegut a la taula de les grans ocasions, per com havien trampejat la conversa i perquè s'havien assegurat que la senyora Lourdes no ho sentís, que s'acostava el moment de la veritat. Trair o no trair el seu germà, aquesta era la qüestió.

Parlava el Saül, la Maria escoltava amb els braços plegats i, al capdavall, ni l'un ni l'altre van saber collar-lo prou. El Joel va trobar una escapatòria en la formulació imprecisa del pare:

—El Rai se'n va de casa... I encara no sabem si li agraden els homes, les dones o què.

—No ho sé —li va sortir a l'instant—. Pregunteu-l'hi a ell.

No ho van fer mai.

Temien que no els agradés la resposta.

8

El primer badall

Benvolgut senyor Joel Estrada,

Disculpi que li escrigui. Vostè no em coneix de res. Recorro a vostè perquè, no fa gaire, vaig sentir que l'entrevistaven en una emissora i deia que estava investigant un cas que penso que és, de ple, el que a mi m'afecta.

Espero que li pugui interessar el que em va passar fa una pila d'anys i que en els últims temps, amb tot el que ha anat sortint i he anat llegint, crec que m'ha obert els ulls per adonar-me que m'han fet viure una vida que no és la meva.

Després de donar-hi mil voltes i sense que ho sàpiga el meu marit, m'he decidit a explicar-li tot el que sé, que potser no és gaire. Espero que li serveixi per posar fil a l'agulla a aquest documental que, pel que vaig entendre, està preparant. Vostè deia, a la ràdio, que li costa molt trobar informació, que se li tanquen moltes portes i que, com més dificultats troba, més ganes té d'aclarir el que va passar. Jo també necessito saber-ho. No em penso morir sense saber la veritat.

Vaig al gra.

Li escric avui, 24 de novembre, que el meu fill hauria fet quaranta anys.

El Mateo va néixer a Barcelona tal dia com avui de 1978.

Jo tenia vint-i-set anys, el meu marit és una mica més gran i el Mateo era el nostre segon fill. La Laia, que aleshores tenia tres anys, és ara una dona fantàstica i mai no he volgut que sabés res del que li explicaré.

El meu embaràs va ser del tot normal, fins i tot millor que el primer, el de la nena. Perquè se'n faci una idea, no vaig deixar de treballar d'administrativa a una casa de pneumàtics fins quinze dies abans del part.

El Mateo es va endarrerir una setmana. Res d'estrany. Segons el ginecòleg, això pot ser habitual en un segon fill. El doctor Bonal em va visitar tota la vida i no en tinc cap queixa. Ell no feia parts.

Vaig trencar aigües a casa i vam arribar sense problemes a la clínica. Un cop ingressada, les contraccions i la dilatació també van ser del tot normals. Sense cap complicació. La Laia ja havia nascut allà, el metge era el mateix, el doctor Cabrera, i jo estava refiada que tot aniria bé. El tracte sempre era exquisit, com a tantes clíniques regentades per monges. L'hi dic sense ironia.

El Mateo va néixer a quarts d'una del migdia.

El nostre fill, però, va morir poca estona després.

Si més no, això és el que ens va dir la llevadora.

La sorpresa, com es pot suposar, va ser molt gran. La pena, inconsolable.

S'ho pot imaginar, oi? Nou mesos gestant una criatura i una il·lusió i, de cop i volta, l'abisme. És l'última cosa que t'esperes. No estàs preparat per a això.

Tot es fa fosc, tot va molt de pressa i no entens res. Quan el part et sembla que ha anat bé i li has sentit el primer plor, quan l'has tingut a sobre i li has vist el primer badall, les infermeres se te l'emporten per netejar-lo i fer-li totes les proves de rutina, al cap de no res torna la llevadora per comunicar-te que el nen s'ha mort. Fas mil preguntes però ja no tenen respostes. Ho senten molt però el nadó no havia nascut bé, el bebè havia deixat de respirar i ja ningú no hi podia fer res.

Mai, durant anys, vam dubtar que s'hagués mort. Mai.

De fet, no puc assegurar si ens van oferir veure el nen o si fins i tot jo ho vaig demanar, però sí que recordo bé que el meu marit em va dir que no calia que el veiéssim. Ho va fer per mi. Últimament ho hem parlat i ell també és conscient que les coses van anar així. I no l'hi retrec, tot i que ara pensem que potser, si haguéssim demanat veure el Mateo, haurien canviat moltes coses. Aquell dia, a l'habitació de la clínica, em va convèncer que el tràngol encara seria més gros. Em va dir: què en traurem, de veure'l? I jo, amb la fluixesa del moment, amb la desgràcia i tot plegat, potser sí que vaig pensar que era millor no veure-li la carona d'un fill mort.

Per més ràbia que em faci ara, que me'n fa molta, puc entendre què va motivar el meu marit. Potser, en aquella circumstància, no veure el Mateo era la millor decisió, per passar el dol al més aviat possible, perquè jo no em quedés amb una imatge que hauria vist, per sem-

pre més, cada vegada que hagués tancat els ulls. En aquells moments tan crítics què volíem? Deixar enrere la calamitat, per incomprensible que fos, per injusta i dura, fer el cor fort i tirar endavant. Per la Laia i per nosaltres.

I així ho vam fer i així vam viure. Anar tirant, com tothom que es converteix en un percentatge de la mala sort. Un percentatge mínim però que existeix: el de pares del primer món que perden el fill al moment del part. Una calamitat. Toca a qui toca i no tens més remei que tirar endavant. I això és el que vam fer.

En cap moment, en cap ni un, durant vint-i-cinc anys, vam pensar que ens havien pogut robar el bebè. Impossible. Senzillament, el petit Mateo havia mort al néixer.

Però tot d'una, vostè ho sap millor que jo, va començar a sortir algun reportatge en una revista. Després una altra notícia. De mica en mica s'anaven sabent coses d'una xarxa de pisos a Bilbao on passaven coses estranyes. En una altra banda explicaven com, en temps del Franco, arrabassaven els nadons a les noies joves que quedaven embarassades per donar-los en adopció. Més ben dit, per vendre'ls. Però cap d'aquells casos no era el nostre. El Mateo era el nostre fill i va néixer al novembre de 1978... Impossible, tornes a pensar. Però vas llegint, vas lligant caps i penses... I penses. I hi dones voltes i t'obsessiones i al final entres en un bucle que no et deixa viure: i si el Mateo ens el van prendre i el van donar? I si el Mateo fos viu? Amb qui viu? Com es diu? I si ell és un nen robat i no ho sap?

Aquest és el tema. Com ho podríem fer per saber-ho. I per trobar-lo?

Tot ha estat en va, senyor Estrada. Tot.

La justícia no m'ha volgut escoltar, la clínica on va néixer ja no existeix, la llevadora es deu haver jubilat i el doctor Cabrera, si encara és viu, deu ser a l'altra punta del món. Ni rastre de res ni de ningú. I jo ja no puc dormir. No puc dormir. I quan al final ho aconsegueixo, em desperto pensant en aquest nen.

Aquesta és la meva desesperació.

I la de quantes persones? Quantes mares van plorar per un fill que no era mort?

Imagini's pensar què hi havia en el taüt quan s'enterrava aquells nadons.

Posi's, sobretot, a l'altra banda. Quants fills no saben que han viscut amb una família que no els tocava, perquè els van robar?

L'hi he dit abans. No em penso morir sense saber la realitat. Més ben dit, a mi ja m'han matat. Dues vegades.

Quedo a la seva disposició per al que convingui.

Ajudi'm, si us plau.

Busco el meu fill, però sobretot busco la veritat de la nostra història.

Atentament,

Carmen M.

P.S. Disculpi la mala lletra. He mirat de fer-la tan bé com he pogut, però... Si hi ha algun gargot és culpa de la ràbia i de la impotència. Se'n fa el càrrec, oi?

9

Una vida anterior

Amb resignació. El Joel va prémer el timbre de l'intèrfon del tercer segona de la manera que es truca a casa de l'exdona. Amb els dits freds, a contrapel i amb la resignació de les coses que, a vegades, toca fer sabent que no hi ha res a guanyar. Com a mínim, es tracta de no sortir escaldat. Per més civilitzat que hagués estat el divorci entre la Marga i el Joel —en van dir de mutu acord i van establir la custòdia compartida del nen—, sempre es pot escapar un retret, una paraula que fereix, un record punxegut, una broma que no s'acaba d'entendre. No li va obrir ningú. Va esperar vint segons per prudència i va tornar a provar-ho. Cap resposta. Definitivament, ningú. Era estrany que ni la Marga ni el Leo encara no fossin a casa. L'intercanvi del nen tocava cada dijous, a les set de la tarda. El pacte era sagrat. En els últims tres anys, no constava ni una errada per cap de les dues parts. Eren dos espies soviètics que travessaven el pont a canvi de dos soldats americans a l'hora en punt, segons el pacte, ni més ni menys. Les normes de la diplomàcia. Per això el Joel trobava tan estrany que no hi fossin, ni la mare ni el fill. Ja passaven tres minuts de les set. Plovia, al carrer feia de mal esperar-se i el Joel no tenia cap missatge al mòbil que indiqués un canvi de plans. La barrumbada anava a més. Va mirar Santaló amunt per veure si hi havia algun bar on esperar-se. Va mirar Santaló avall per buscar altres opcions. Hi havia tantes cafeteries, en aquell carrer gris, que no va saber quina estaria més neta. Quan en va trobar una amb un terra prou polit —cap bola de tovalló de paper abandonada—, va adonar-se que s'acostava la Marga. Caminava atabalada sota d'un paraigua vermell del Banco Santander. No sabia que hi tingués un compte.

Abans dels dos petons, va disparar la ràfega d'excuses.

—Sortia de la ràdio amb pressa per arribar a temps. Saps el semàfor de Buenos Aires, que primer es posa verd per als que tirem amunt i després engeguen els que pugen per Casanova? Doncs una moto, un burro amb una Ducati, ha arrencat abans d'hora, jo he apurat amb l'ambre i quan girava m'ha fregat així de costat. És culpa seva.

—S'ha fet mal?

—No, no ha arribat ni a caure.

—La culpa és seva.

—Sí, maco. Gràcies per explicar-m'ho. Ja t'ho he dit jo, que la culpa era seva.

—No ho deia per...

—La fregada rai. Però l'estona de fer papers, que començava a ploure i... Ho sento.

—Tranquil·la, el Leo encara no hi és.

—Fot ràbia, tu... Mai baixo a la feina amb cotxe, perquè ho tinc aquí mateix, però aquest matí he hagut d'anar a... És igual, tu. Ara a trucar al pèrit, dur-lo al taller. Saps la murga que és...

—Vols que te'l dugui jo, a la Volvo?

—Ho faries, per mi?

—Pren-t'ho com una prova d'amor.

—Mira... No estic per a brometes. Té —va dir la Marga, passant-li el paraigua de promoció—. Tanca'l.

—De fet, diria que el cotxe no el vam arribar a canviar de nom.

—Encara està a nom teu? No m'ho puc creure. —La Marga buscava les claus dins del bolso. Per variar, no les trobava—. Tenim un fill a mitges i un cotxe a mitges?

—Però el Volvo sempre el tens tu, no ens el passem una setmana tu i una setmana jo —va somriure perquè la Marga entengués que era una broma.

—Si ens sentís el Leo, li sabria greu. —Ella li va tornar la complicitat, fent-li l'ullet mentre obria la porta—. Puges a fer un cafè i l'esperem?

—Millor que esperar-lo aquí al carrer. Gràcies. Com està?

—Com una cabra... Insuportable. L'adolescència, tu saps quants segles dura?

—No serà que ets tu, que t'hi fots nerviosa... L'has de saber portar, el Leo... —Vet aquí la broma que tenia molts números que no s'acabés d'entendre—. Què passa? Per què em mires així?

Al replà de Santaló, en el vestíbul que el Joel coneixia bé dels seus anys de la vida anterior, palplantats entre el grapat de bústies i l'ascensor per a quatre persones i tres-cents quilos de pes, la Marga va agafar-lo pels ous. Va prémer-li els texans a l'altura de l'entrecuix i se'l va mirar, desafiant. Alçava una cella macarra per dir-li tu t'ho has buscat.

—T'ha quedat clar, Joel Estrada? —va dir a l'instant que decidia indultar-lo.

—Era una conya, hòstia... I jo no tinc cap culpa si has ratllat el cotxe i estàs de mal humor...

—Joel...

La Marga li va tornar a aixecar la cella. Ell es va cobrir, automàticament.

Al pis on t'has separat sempre hi fa fred. L'escenari ha quedat congelat en els moments dels dies crítics. Res no ha canviat en el lloc del crim. Les postades, els quadres, el sofà de les llàgrimes. Tot és al seu lloc però res ja no és teu, més que el record i les converses.

—Per què us separeu? —li havia preguntat el Saül.

El Joel, en aquells dies, quan es va haver acabat tot, havia anat a la fàbrica de la Zona Franca per explicar-li al seu pare la decisió de separar-se de la Marga. Ningú no en sabia res, ningú no s'ho esperava, ningú no s'ho veia a venir després de disset anys junts, quinze de matrimoni i un munt d'àlbums de fotos on semblaven feliços. El Saül li va tornar a fer la pregunta, sense cap ànim de passar comptes, ni de reprendre'l. Era merament informativa:

—Per què us separeu?

El Joel no va saber donar una resposta clara. Es va trobar, tot d'una, titubejant davant del seu pare, de mirada imponent a pesar dels anys. No hi havia una altra persona, ni per part de la Marga, ni per part seva. No els venien de gust les mateixes coses. Cadascú tenia els seus amics, les seves pantalles i les seves sèries. Cadascú arribava a casa quan volia, els petons no hi eren ni a l'entrada ni a la sortida, menjaven a deshora —amb l'excusa que tots dos eren periodistes—, cadascú es cuinava el seu plat i, si mai seien junts a taula, era ben bé per tenir una aparença de família amb el Leo, que aquest sí que endrapava el que preparava l'un, el que menjava l'altra, i més que hauria halat perquè estava fent l'estirada, els entrenaments de bàsquet li obrien la gana i, ni que fos per l'edat, sempre tenia un budell buit.

Senzillament, res. Els dies s'assemblaven massa a la vigília. Les setmanes eren calcades a les altres setmanes. Fer plans per les vacances —estiu, Nadal, Setmana Santa— els tenia fregits. Això, que res. La puta rutina s'havia entaulat amb la Marga i el Joel i s'ha acabat el bròquil. S'havia deixatat la il·lusió, l'enamorament quedava molt lluny i en tenien una prova. Un pet impertinent de l'altre, fora de lloc, ja els molestava. Quan no era per l'espeternec, era per la catipén. Les ganyotes no s'escapaven perquè sí. Havien conclòs que no dissimular les males cares era un símptoma, el preàmbul d'una discussió que, després, mai no arribava gaire lluny. Aquest era el problema. Ni per bé ni per mal, mai res ja no arribava gaire lluny a casa seva. Més enllà de la intendència domèstica, o d'acompanyar el nen a l'escola, o recollir-lo o dur-lo al bàsquet, als entrenaments i al partit, feia temps que no tenien una conversa de les de veritat, d'aquelles que tant els estimulaven a tots dos en els primers anys de parella, quan van arribar a viure a Santaló.

El Saül, a l'altre costat de la taula d'un menú de Mercabarna, l'escoltava amb fredor. Perdia una nora igual que se li escapava mig negoci. Li sabia greu però el posat era el de tal dia farà un any. Per acomiadar-se, la va convidar a dinar.

En una taula raconera del Petit Comitè, ells dos sols, sense que ho sabessin ni el Joel ni la Maria, va fer el paper del sogre interessat, comprensiu, que sap les regles del joc. Tenia l'edat i l'educació per dir les coses que s'havien de dir i manegava les situacions amb elegància. La Marga va notar, al primer plat, abans i tot de la primera queixalada a la coca de foie del Nandu Jubany, que el seu exsogre només volia saber si el Joel tenia alguna xacra. Ella no va dir res que el pogués comprometre. Tampoc tenia res a dir. Senzillament ho havien deixat córrer perquè fins i tot els hauria fet mandra posar-se a lluitar per ressuscitar una història que havia caducat. Cada amor porta impresa una data límit. Que costi tant trobar on està escrita és, tan sols, un problema de vista.

El Leo va escriure un missatge. El van rebre, alhora, la Marga i el Joel. Van clavar una llambregada, cadascú al seu mòbil, al mateix moment.

Mantenien un grup de WhatsApp per a les coses del Leo. Horaris, normes, alguna fotografia i para de comptar. De tant en tant, el pare o la mare, quan estaven amb el nen, penjaven una foto per donar un mínim d'informació cordial al que passava sis dies sense el Leo. Cada vegada, però, més enllà del partit de bàsquet de cada cap de setmana, era més difícil fer res amb el seu fill. L'última cosa que li venia de gust era una excursió amb el pare. Menys encara amb la mare i la seva parella. El Vlado li queia com el cul. S'estimava més tancar-se a l'habitació i fer-se el món a mida. Normalment, entre setmana, el grup de WhatsApp estava ben mort i tan sols ressuscitava els dijous, el dia de l'intercanvi dels espies. L'endemà ja tornava a estar en repòs. El grup, per voluntat del Leo, es deia «Nosaltres tres».

La Marga li va dir que okey, que l'esperaven a casa.

—I tu, com estàs?

—Bé... —No tenia cap ganes d'entrar en detalls personals amb el seu ex—. Has sentit el programa?

—No. Ara fa dies que no puc. Em sap greu.

Es notava els peus molls i, asseguda a la cadira del menjador, es va descalçar. Tot d'una, ell va trobar que era un gest sensual. Tantes vegades que devia haver-la vist en aquell ritual de la Marga quan arribava a casa, i de cop i volta va trobar que aquells peus nusos tenien un què.

—Avui hem fet un tema molt bo, a RAC1 —va dir, eixugant-se els peus amb una tovallola de mans.

—Al teu programa?

—On, si no? Si m'escoltessis de tant en tant, tindríem més audiència.

—Però si sou l'emissora líder, què més vols... —Va decidir que havia de mostrar interès—. Què heu fet, avui?

La Marga va llençar la tovallola cap a la porta del safareig, va somriure de bat a bat per primera vegada en tot el vespre i va estar segura que el tema picaria la tafaneria del Joel. Li va parlar d'una moda que, com tantes, havia baixat de París. Es tractava d'una banda organitzada que robava llibres, que actuava a qualsevol hora del dia i en els llocs més impensats. Si algú es deixava un llibre a la vista, al seient del darrere del cotxe, li trencaven el vidre per endur-se'n l'exemplar. En un altre temps, de dins dels cotxes, en robaven els radiocassets; ara pispaven llibres. No els importava el gènere, l'edició o el renom de l'autor. Aquestes bandes —la policia no descartava que n'hi hagués més d'una— no deixaven res per verd. El fenomen, que havia baixat per la ruta París-Lió-Niça-Barcelona, s'havia estès ràpidament per la ciutat. Si algú caminava per un carrer amb un llibre a la mà, l'atracaven per prendre-li la novel·la. Si agafaves el metro, havies d'anar molt a l'aguait perquè, amb els dits llargs, no et prenguessin el volum de dins del senatxo. Els lladres ja no volien mòbils. Ara anaven pels llibres. Què en feien després? La policia encara no ho sabia. S'havien donat casos, fins i tot, de biblioteques particulars que havien desaparegut senceres. Els havien entrat mentre la família esquiava per Cap d'Any a la Vall d'Aran, els havien inhibit l'alarma, havien enverinat el gran danès i els havien buidat les prestatgeries. Els ordinadors, les joies, els diners en metàl·lic de la tauleta de nit no els havien volgut. La caixa forta, intacta. Havien anat directament als llibres, i s'hi devien haver estat molta estona per buidar tot allò. Al programa de la Marga Felipe —«D'una a dues a RAC 1, la Felipe i tu»—, havien portat tres convidats a l'estudi. La mar de ben triats. Un portaveu de la policia que, a falta de detinguts, va lluir dades. El Lluís de la Laie, per parlar de fins a quin punt les llibreries es veien afectades, directament o indirecta, per aquesta pandèmia de robatoris. Ho van enfocar des del punt de vista de la competència deslleial per a les llibreries. I, finament, el convidat que a producció li havia costat més de convèncer que anés a l'emissora, en directe. Era una víctima —el van mantenir en l'anonimat per desig propi— a qui ja li havien trencat tres vegades, tres, el vidre del cotxe. Era el súmmum de la mala sort. El policia el va reprendre, per antena, per no prendre precaucions i deixar sempre els llibres a la vista de tothom. L'home anònim, abatut per no haver après la lliçó, va admetre que no s'acostumava a haver de tapar els llibres sota una jaqueta o una bufanda. Després, quan arribava on havia aparcat el vehicle i es lamentava perquè li havien esmicolat la finestra, ja era massa tard. De moment, ja li havien pres un Jesús Moncada, l'última Yasmina Reza i una història del Baricco que encara no havia ni començat a llegir. La darrera novel·la del Xavier Bosch no l'havien tocat del seient del cotxe. Cap dels lladres hi va tenir el més mínim interès.

El Joel, de tot allò, només n'havia sentit campanes. Algú li havia explicat que sí, que li havien robat un llibre mentre dinava en un restaurant i s'havia aixecat per anar a fumar al carrer, però no n'hi havia fet gaire cas. Li agradava, en canvi, la passió que hi posava la Marga per vendre-li aquella descoberta. Movia les mans, a la italiana, i tota ella encomanava energia. Els ulls vius, un nas que es feia mirar i una boca grossa que, de tant vocalitzar a la ràdio, mostrava cavitats que no tothom tenia. Havien passat molts anys i massa coses entre tots dos, però el Joel s'adonava que la Marga mantenia la bellesa que l'havia enamorat. Li agradava que mantingués el costum de dur uns collarets llarguíssims, acolorits i carregats, que li penjaven fins al melic. La mirava i pensava quantes dones coneixia amb tanta personalitat. No siguis babau, es repetia per dins, per no semblar un ase embadalit. Ni per ella, ni per la història. Ell estava, ara, per una altra mena de robatoris.

Quan va sonar el timbre, la Marga es va aixecar per anar a obrir la porta passadís enllà. El Joel va aprofitar, com qui no vol la cosa, per mirar-li el paner. La Marga hi va anar a poc a poc, marcant cada passa en rajola freda, sabent —tot això que et perds— que l'estaria observant.

El Leo Estrada Felipe, sense ser conscient que eren dos quarts de vuit tocats, va arribar amb una samarreta groga dels Lakers, per sobre del jersei. Què passa, va dir en legítima defensa quan va notar que la cella macarra de la mare dibuixava un arc de desaprovació.

—Ah, ja ets aquí —va dir el Joel, assegut a la taula del menjador—. Un petó, home, que soc el pare. I fa una setmana que no ens veiem.

El Leo va bordar alguna cosa que els seus pares no van entendre i se'n va anar cap al seu refugi.

—No et tanquis. Dutxa't i canvia't, que el pare t'espera.

—Tres ordres en una frase... No està malament.

—Només em funciona l'imperatiu. I ni així...

—Què hi ha per sopar? —va cridar el Leo des de l'altra punta de pis.

—Què li has fet, al rei de casa? —va burxar-lo la Marga.

—Sorpresa. Ja ho veuràs —va respondre, en veu alta, per guanyar temps.

—Vols que et miri si em queda alguna pizza al congelador?

—No en tens pas dues? —Preu per preu, sabates grosses, va pensar el Joel.

El Joel i el Leo s'avenien. Parlaven més de bàsquet que de deures, de les notes de l'institut i de les obligacions i, així, poques friccions hi podia haver entre tots dos. D'entrada, després de la separació, el nen els ho havia fet pagar tant al pare com a la mare. Els feia tenir remordiments, mirava d'enfrontar l'un amb l'altre amb mitges mentides i arguments recargolats, i els retreia que eren egoistes perquè no havien pensat en ell. En aquells dies, que ja havien anat quedant enrere, es mostrava en desacord rotund que, com a fill únic que era, el fessin anar d'aquí cap allà, sense que ell hi tingués —encara— res a decidir. Hi podia dir, sí, però no decidir. Li semblava una putada. Els ho deia amb aquestes paraules i la Marga i el Joel quedaven, unes hores, amb el cor encongit. I si en el fons del fons tampoc li semblava tan malament que els pares s'haguessin separat, els feia creure que sí per negociar amb més trumfos a la mà. Era murri com ell sol. Després, quan va veure el pis que el Joel es llogaria a Sarrià i que ell podria triar l'habitació, i que tindria més llum i més metres que a la casa de sempre a Santaló, va començar a afluixar. La idea de tenir una habitació a cada casa li molava. I més encara si se la podia decorar al seu aire. Van comprar vinils de l'NBA per internet i van encastar un gran pòster a cada paret. En tres de les quatre fotos, hi sortia Stephen Curry. Estava segur que havia vist més vídeos del seu ídol ell, a YouTube, que el mateix representant de l'estrella dels Warriors.

De cop i volta, quan ja s'havia acostumat a setmana aquí, setmana allà del nen baldufa, van arribar els brots de l'adolescència. Els rampells del Leo anaven i venien. Tant podia estar de mala lluna, com aïllar-se, com posar-se a cantar a tota castanya sense que li importés un rave ni l'hora ni els veïns just abans de tornar-se a recloure's a la seva cova de malaquita. Tragèdia i bogeria i eufòria i sexe i desesperació i tot alhora en una estranya barreja condensada a cada hora. La psicòloga els havia aconsellat —la Marga i el Joel hi van anar junts a petició d'ella— que no li donessin gaire importància a res. Havien de deixar que el Leo fes el seu procés, que trobés els seus punts cardinals i no posar-se al seu nivell. Si cantava, que cantés. Si bramava, que bramés. I si volia discussió, que no n'hi donessin. Es tractava de no caure en la provocació. Cada dia, un parany. Cada dia, una mica més a prop del final d'aquesta guerra d'on ningú en surt sense esgarrinxades. L'adolescència és com la neu, els havia dit la psicòloga. Només desapareix si la ignores durant prou temps.

L'últim cap de setmana, a l'enterrament de l'àvia Maria, el Leo li va demanar un mocador per eixugar-se les llàgrimes. Al Joel li va agradar que el necessités. No estava convençut que el seu fill, tan dur de pelar, arribés a plorar per la seva àvia.

—En un plis ho tinc tot a punt —va cridar el Leo, de l'habitació estant.

La Marga i el Joel es van mirar amb complicitat. Sabien que, per més coses que haguessin fet junts, per més emocions noves que poguessin estrenar en el futur i per més que el Leo estigués en els anys complicats, el seu fill era el millor que els havia passat. Junts i per separat.

—Si em dones el paper de la declaració amistosa i les claus del cotxe, demà te'l duc al taller.

La Marga va haver de buscar el bolso, el maleït joc de cada dia. El va trobar sobre una cadira del menjador. Quan el va tenir, va capbussar-s'hi. Anava traient tot el que li feia nosa per furgar-hi més a gust. Al damunt de la taula hi va deixar una bitlletera, un moneder, les claus del Volvo, un guant espars, dues fundes d'ulleres de sol, unes ulleres sense funda, alguns rebuts —de benzina, de l'Intimissimi, del pa sense gluten— i, finalment, el document que buscava. Una mica rebregat. El Joel se'l va mirar, va alçar els ulls i, molt pendent que el Leo no els sentís, va interrogar la Marga:

—Això t'ho ha escrit ell?

—Sí. Què passa?

—És la seva lletra?

—Sí. —Coneixia bé el posat de problema a la vista del seu exmarit—. Què vol dir aquesta cara?

—Tu has vist què hi posa?

—No...

La Marga li va arrabassar el document de les mans.

—La seva matrícula, 2855GSW, això és el seu mòbil, i...

El Joel li va tapar la boca perquè el Leo no pogués sentir què li havien escrit.

«Vigila, Estrada».

La Marga ho va rellegir, per si no ho havia vist bé, amb el neguit del moment. El missatge era claríssim. «Vigila, Estrada». Amb la pluja, la poca llum del carrer, ni ho havia mirat i ara se'n feia creus.

—Què vol dir «Vigila, Estrada»? Saben qui ets?

—I qui ets tu, i quin és el meu cotxe i per on et mous...

—No m'espantis, Joel, hòstia. Qui pot ser? Saps de què va tot això?

—No.

—Segur?

—No encara, Marga. Però no perdem l'oremus.

Ell va tancar la porta corredissa del menjador. Ella, trasbalsada, no se'n sabia avenir. Es va treure el collaret llarg i el va deixar amb estrèpit sobre la taula. De cop i volta, tot li feia nosa.

—No m'ho puc creure... La topada no ha estat casual, doncs... —Es va treure les arracades d'una revolada—. Però en quin embolic t'has fotut, tu, ara?

—Com era el paio?

—Uf, tot ha anat tan de pressa... Un sobrat, no sé com dir-t'ho. Hem anat per feina... Plovia amb ganes, ens hem donat el mòbil, m'ha reconegut que era culpa seva, ens hem apuntat les matrícules i hem dit que ja en parlaríem... Jo tenia pressa per arribar, tu.

—Però com era, el motorista, Marga? Qui ha escrit això, ens convé tenir alguna pista.

—No ho sé. Un mitjamerda. Baixet, molt abrigat... Amb aquests anoracs tothom sembla fort. M'arribava per aquí...

—Duia bigoti?

La Marga va arronsar les espatlles.

—No s'ha tret el casc en cap moment... Què vols que et digui? Ho sento, Joel...

—T'ha fregat el cotxe i no s'ha tret el...

—Jo què sé, hòstia, si duia bigoti... Tan important és, això?

—Potser no.

El Joel va agafar el paper d'una esgarrapada i va desenfundar el mòbil.

—Què fas?

—A tu què et sembla? —No li va dedicar una mirada amable—. Trucar-hi?

La Marga es va posar ben a prop del Joel, per sentir què li responien, per identificar la veu del motorista que l'havia enredada, l'home que havia amenaçat el Joel i que els deia, als Estrada i al seu entorn, sé qui sou i sé on trobar-vos. Al cap de no res, la patacada.

Este número de teléfono no corresponde a ningún abonado.

—Merda.

—Ho sabia.

—No m'ho puc creure. S'ha inventat el número?

—Hi ha una cosa pitjor.

El silenci del Joel va ser la conclusió per a la Marga:

—La moto era robada.

—Juga-t'hi el que vulguis: robada. —Va respirar fondo—. Em temo que sí.

—Tela. Però qui et vol espantar d'aquesta manera?

El Leo va obrir la porta corredissa. Als peus hi tenia la motxilla de l'institut, la bossa del bàsquet i la bossa amb la roba interior per a tota la setmana.

—Anem o què, pare, que tinc gana.

10

La mel portà les mosques

L'hora punta. Cada feina se sap la seva. Els pediatres treballen, bàsicament, a la tarda. Més enllà de les urgències que omplen les sales d'espera dels hospitals, les consultes s'atapeeixen quan la mainada surt d'escola. Amb mitjos enganys i agafats de la mà dels seus pares, els nens van al metge per una revisió, una vacuna o una afecció sobrevinguda. Mai una mà dona tanta confiança com quan et diuen estira't a la llitera i treu-te la robeta. Malfieu-vos, nens, dels diminutius. Només són un parany.

La Victòria —a l'hospital, doctora Estrada— tenia el do de diagnosticar. En tenia prou amb tres preguntes, auscultar el pacient petit, posar-li les mans sobre quatre òrgans vitals, receptar un xarop i dir amb cinc dies de llit farem net. El nas creix amb l'experiència i la doctora Estrada ja feia vint anys que portava una bata blanca amb el seu nom.

Cada dimarts i dijous, després del torn de set hores per conveni, recollia la Lisa, a ballet. Així que queia el llostre d'Estrasburg, penjava la bata, tornava a ser la Victòria a seques, agafava la bicicleta i pedalava els tres quilòmetres comptats fins a l'escola de dansa. Aquell dijous, però, no va trobar la bicicleta. No era on l'havia aparcada. Enmig de tantes altres bicis, al davant de l'hospital, la seva no hi era. Hi havia una epidèmia de robatoris de bicicletes a la ciutat, ja havia sentit a dir que passava a moltes ciutats amb molt trànsit de bicis... Però li recava que l'hi haguessin robat als nassos de l'edifici de l'hospital. D'ençà de la dèria pels atemptats, havien plantificat càmeres de seguretat que ho enregistraven tot, vint-i-quatre, set. D'acord que la seva bici estava més aviat tronada, que ja li havia fet molt servei i que la cadena, de tant en tant, s'enganxava... Però era la seva, la necessitava i maleïa els desgraciats que l'hi haguessin fotut a l'hora que havia de recollir la seva paulova.

Va treure el mòbil i va trucar al Gerard. Li va demanar si, per un dia, hi podia anar ell. Però no va poder fer l'excepció. El Gerard, en veu baixa —per no destorbar la reunió transcendental—, li va dir que no es podia escapar, que ja havia fet hores extres de pare quan ella havia anat a Barcelona per la mort de la seva mare i que els dijous li tocava a ella recollir-la. No va dir ni un ho sento que, tal vegada, hauria matisat l'escena. La Victòria li va deixar anar un *merci bocú*, embolicat amb tanta ironia com va saber, i va penjar. No entenia per què les reunions del seu marit sempre eren més importants que les de tots els altres pares del món. Quin coet havia de posar en òrbita el Gerard que no pogués desencastar el cul del despatx? Al capdavall, dissenyaven capses per a medicaments, tenien uns clients fixos i el negoci funcionava per inèrcia. Tant li costava fer-li un favor? Un dia?

La Victòria va telefonar a l'escola de dansa, va explicar que era la mare de la Lisa i que, per un petit contratemps a l'hospital, passaria a recollir la nena una mica més tard. Li van dir que no patís, que l'esperarien fins que arribés, que mai se'ls hauria acudit deixar sola una alumna de sis anys.

No va voler agafar un taxi. Tenia necessitat de caminar i que el fred de febrer li toqués a la cara, per esbargir-se del dia, de la bici —quina ràbia— i de la insolidaritat del Gerard, que encara l'encenia més i tot. No suportava que sempre anés a la seva. Maleïa el dia que l'havia conegut. Li costava empassar-se que la persona de qui s'havia enamorat s'hagués convertit, tot d'una, en un company de pis, en un egoista recalcitrant que semblava, fins i tot, que la seva filla li fes nosa. La seva feina, les seves aficions, les seves històries sempre eren de força major. No sabia en quin moment concret de la relació la mel portà les mosques.

La Victòria tirava enrere fins al primer moment que es van veure. Sempre recordaria com va conèixer el Gerard. Ell, encara més. El primer petó va ser una nit de maig. En un d'aquells capvespres carbasses que es resisteixen a passar avall, dues infermeres de l'hospital muntaven una festa de trenta anys a casa seva, a tocar del pont de Corbeau. Una amiga en portava una altra, al pis s'hi amuntegaven joves que no es coneixien de res i, com passava a tantes festes a Estrasburg, es barrejava gent de molts països diferents. Tothom havia de dur alguna cosa per picar i una flor al trau per celebrar les trenta primaveres de la Laurence i l'Anne-Marie. Es tractava d'això, de bufar les espelmes, de conèixer gent, xerrar, fumar al balcó, menjar poc i beure fins on en tinguessin ganes. La Victòria hi va dur una truita de patates de vuit ous que va volar en un tres i no res. Qui la tastava, li regalava un breu somriure. Qui volia repetir, se'n quedava sense. Quan el plat va quedar pla, el va agafar per endur-se'l a la cuina. Hi va passar aigua, a la pica, per tornar-se'l a emportar cap a casa, quan fos l'hora. En sortir de la cuina, la Laurence li va demanar si podia treure la safata amb els gintònics que havia estat preparant en gots de tub. Amb decisió, va agafar-la per sota, amb una mà, per obrir la porta de la cuina amb l'altra, fent equilibris. Quan va anar per sortir, un home anava en direcció contrària, decidit, per passar aigua al cendrer. La topada va ser inevitable, se li va girar la safata, un vas va anar per terra, dos es van abocar sobre la camisa del noi i la Victòria encara en va caçar un al vol. Un accident.

—Hòstia. Quin greu, tio!

—T'has mullat gaire? —la pregunta retòrica de la Laurence, que havia vist la topada.

—Ja m'havia dutxat abans de la festa, però... —El noi va aixecar els ulls i va veure la Victòria al seu davant—. No passa res... Així em refresco.

—Jo sortia, no sé com no t'he vist... No sé què dir.

—És un miracle que no s'hagi trencat cap vas —va dir la mestressa de la casa.

—Portava ginebra?

—Sí, no gaire, però...

Tot d'una, descordant-se un botó, el jove es va treure la camisa com si fos una samarreta.

—Et duré un Lacoste —va dir la Laurence, que va desaparèixer cap a les habitacions.

—*Desolé*, de debò.

—Em dic Gerard. No t'amoïnis.

Esprimatxat, amb el cos nu, amb les costelles que es podien comptar, li va fer dos petons.

—Soc la Victòria, Victòria Estrada, de Barcelona... Però sempre seré la noia que et va tirar la tònica per sobre.

—Ara em duran una samarreta, no t'amoïnis.

—Et deixaria això, però no sé si t'aniria...

La Victòria va fer el gest de treure's la jaqueta texana. Però no va arribar ni a passar un braç que el Gerard l'hi va tornar a col·locar bé. A sota, hi duia una camisa blanca, amb tres botons oberts. La rosa, de pètals vermells, clavada en un trau, semblava que s'aguantés pels pits. Era l'efecte que havia buscat, quan havia sortit de casa. A l'hospital sempre anava amb cua de cavall; a la festa s'havia deixat anar la cabellera —tan fosca, cargolada de natural— fins a mitja esquena. El negre manava a la seva mirada, a les celles i a les pestanyes llarguíssimes reforçades amb un rímel ben perfilat.

La Laurence va aparèixer amb un Lacoste granat, talla set. Li anava arrapat però ell mateix va trobar que li quedava bé i no es va estar de dir-ho. Li agradava la roba serrada, que no sobrés d'enlloc.

El Gerard Giresse —aviat va descobrir que els amics li deien Gegi— era de París i se li notava en l'accent, en la manera d'agafar la cigarreta i en la seguretat amb la qual s'expressava en tot moment.

No creia, sabia. No opinava, garantia. Era un belluguet que entrava a totes les converses. Tant enraonava de fórmula 1 com explicava l'origen de la impremta o aconsellava botigues de roba d'home que només coneixia ell. Tenia una rialla ampla i cap vergonya de mostrar-se obert, jovial. Era un guapo amb serrell. I la Victòria se sentia atreta pels homes amb serrell lliure i amb personalitat. Van seure a terra, en dos coixins, i van xerrar tota la nit. Es van explicar què hi feien a Estrasburg i com havien anat a petar a aquella festa. Ella era companya de feina de les infermeres. Ell s'havia colat amb algú que tampoc coneixia les dues dones de l'aniversari, però en aquell moment ja havia valgut la pena perquè així l'havia conegut. Ella va dir no siguis fantasma. I ell li va oferir un Winston. I ella li va dir no hauries de fumar, algun dia se sabrà quanta gent ha matat el tabac. I ell va respondre que d'alguna cosa o altra ens hem de morir. I ella s'hi va tornar donant-li xifres de malalties pulmonars. I ell va riure, va ensenyar totes les dents tan blanques, i li va dir que la primera cita no podia ser més romàntica, parlant de càncers amb la dona que li havia tirat la tònica pel damunt. I ella, dura de pelar, li va retreure que hagués estat ell qui havia entrat a la cuina sense mirar. I ell que si tomba, i ella que si gira, i es va produir el que estava a punt de passar. La mirada. La que indica que tant l'un com l'altre reconeixen que l'atracció és mútua. I, aleshores, ja no cal que s'ho diguin. Parlen els ulls, asseguren els poetes. Però és la química qui ho provoca, demostren els científics.

De matinada, quan els veïns van decidir que ja n'hi havia prou, de soroll, la festa es va acabar precipitadament. Algú va proposar que podien anar a un karaoke a continuar la nit. L'Anne-Marie cantava a la coral de l'hospital i va proposar dur-los a un local nou, diferent, que havien de conèixer tant sí com no. Els va advertir que era un lloc especial. Pel camí van anar perdent gent. Encara que l'endemà fos dissabte decidien desfilar cap a casa, discretament, a la francesa. La Victòria marcava el Gerard de la vora perquè no es fes fonedís en una cantonada qualsevol. Ell, manefla, anava d'aquí cap allà com un borinot, parlant amb tothom. Al karaoke Nessun Dorma, al barri de l'Orangerie, hi van arribar una dotzena de joves decidits a cantar i a rematar la festa.

El local estava decorat amb canelobres sense encendre, cortinatges de vellut i fotografies de cantants mudades, d'altres temps. A les parets, cartells de *Tosca*, *La Bohème*, *Rigoletto*, *Lucia di Lammermoor* i altres obres italianes que s'havien representat al Teatre del Rin. Amb l'entrada, tenien dret a una consumició amb alcohol i a cantar una cançó per barba.

—No en conec ni una.

En el catàleg, tot era música clàssica. La mestressa era una aspirant a mezzosoprano que s'havia quedat a mig camí i havia tingut la imaginació, l'empenta i els inversors per posar un local singular al món. A jutjar per l'èxit, potser no n'hi hauria dos.

—Aquí no hi trobarem res per cantar.

Lieder, àries d'òpera, el *Messies*... Ni una cançó del Frank Sinatra, ni una de l'Elvis, que al Gegi li hauria agradat imitar-lo davant de la Victòria. Tenia moltes hores de mirall ballant el *Hound Dog*. S'aguantava de puntetes, remenava els malucs i batia els genolls com les ales d'una gallina fins que calcava els moviments de l'Elvis.

L'Anne-Marie, per trencar el gel, va fer que cantessin el brindis de *La Traviata*. Qui més qui menys seguia la lletra de la pantalla sense saber què estava dient. Uns l'entonaven com si fos l'himne de la seva vida, d'altres es limitaven a moure els llavis perquè no fos dit. Cadascú es desinhibia segons les copes que duia a sobre. La nit va empitjorar quan un funcionari de Bremen va gosar intentar un Ave Maria que el va començar molt més greu del que calia i ja no el va remuntar. Un altre, amb el catàleg als dits, va dir que se sabia

O Holy Night, un clàssic d'Adam, però el van xiular sense misericòrdia perquè al mes de maig ningú no estava per a cançons de Nadal. Va quedar-se aclofat a la butaca i, frustrat, ja no va obrir la boca en les hores que van ser al Nessun Dorma.

Tot d'una, el Gegi es va aixecar, se'n va anar a la màquina que llençava la música i va arrencar amb el *Fígaro*, potser l'única ària d'òpera que li sonava. I, si no, tant se li'n fotia què en sortís. *Figaro qua, Figaro là.* S'ho passava bé, no estava per romanços i era de París. *Figaro su, Figaro giù.* Tots els amics l'aplaudien i ell estava divertit. *Bravo bravissimo.* Desafinava, es perdia amb la lletra, *fortunatissimo*, però reia, gesticulava com un barber afaitant un client, es vinclava de tant riure i de tan prim com era. *Sono il factotum della città.* I la Victòria se'l mirava i el trobava captivador amb el serrell d'anada i tornada.

—Tu series una bona Carmen, amb aquests cabells tan llargs, tan morena, amb els teus ulls zíngars... —Va mirar-li l'escot de pell bruna, sense cap penjoll—. I amb aquesta flor al pit.

—Què passa? —El va desafiar—. La vols?

Per primera vegada en tota la nit, el Gegi es va quedar sense paraules.

—Te l'hauràs de guanyar —li va dir la Victòria, que era de Barcelona però que tenia arrels ves a saber on.

—No cantaràs per a mi?

—Jo toco el piano. Me n'ha ensenyat la mare. És molt bona.

—Allà n'hi ha un...

—Que no, Gerard... — Havia vist el piano de cua així que havia entrat al Nessun Dorma—. No tocaré davant de tanta gent.

—Va... Fes-ho per mi.

La va agafar de la mà, la va dur fins al Yamaha i la va fer seure a l'escambell. Just en aquell moment es va demanar silenci. L'Anne-Marie s'havia decidit a cantar. Havia pujat a l'escenari arreglant-se el vestit i havia demanat disculpes a Richard Strauss a l'avançada mentre sonaven les notes introductòries d'una cançó. Va explicar que *Morgen* era, per a ella, l'expressió màxima de felicitat. Ningú no s'ho va voler perdre. Amb elegància, el Gerard es va asseure al tamboret del piano en un gest que va semblar natural, i la Victòria, com qui no vol la cosa, es va trobar a la seva falda. No sabia com havia passat, però allà estava, sobre les cuixes del noi de la tònica. No es volia perdre l'actuació de la companya de feina, però estava pendent del braç del guapo de París que, tot d'una, li envoltava la cintura.

L'Anne-Marie cantava amb delicadesa. Al local tothom estava pendent d'ella. Ni els cambrers servien copes per no destorbar aquell poema d'amor. La cançó que Strauss li va regalar a la seva dona per al seu casament era, en el timbre de l'Anne-Marie, una sorpresa per als seus companys de feina. Algú que tenia aquella veu dolça no podia provocar cap dolor a l'hora de col·locar una via. N'hi havia que es posaven la mà a la boca davant d'aquella joia musical. Quan es va acabar, mentre tots aplaudien a mans plenes, la Victòria va abraçar el Gerard i li va clavar el petó que tots dos havien desitjat a cada nota de la cançó. Va durar mentre va durar l'ovació.

—Creus que m'he guanyat la flor, Carmen?

Ella, amb calma, se la va recol·locar bé al trau.

—*Pas encore.*

En els dies següents, la Victòria i el Gerard buscaven les hores per estar junts. Per dormir, per compartir moments i històries. Els agradava passejar per l'empedrat dels carrers del centre. Trobaven que entrar a l'Illa Gran, pels rodals de la catedral, era endinsar-se en una ciutat d'un altre temps. Qui hagués trepitjat aquelles mateixes llambordes, dos-cents anys abans, hauria vist els mateixos edificis, la mateixa estampa de l'edat mitjana. Les cases, amb les bigues de fusta a la vista o amb les façanes de pedra, marcaven les possibilitats de les famílies. Els sostres de pedra, a dues aigües, o els rètols de ferro forjat a la porta dels establiments, els transportaven a un món de Hansel i Gretel on els venia de gust perdre-s'hi. Cap a la Petita França, l'olor de sopa de ceba o de xucrut que s'escapava dels restaurants a partir de les sis de la tarda embafava els carrers d'un barri de racons prudents, ideal per als amants. Quan es ponia el sol, la Victòria i el Gerard s'asseien a la terrassa d'un *bierstub* i s'entretenien a mirar amb quina fidelitat les cases s'emmirallaven, tremolosament, en l'aigua dels canals.

Estrasburg és una ciutat que fa guaret esperant la primavera. Es reserva durant tot l'any, agafant forces, perquè l'explosió de flors vermelles als balcons, en testos i torretes faci encara més efecte. Així que arriba el bon temps, esclata l'entusiasme i converteix els carrers en un laberint adornat de vida. És com si, de cop i volta, als alsacians els haguessin donat permís per a l'alegria.

La jove parella, instal·lada ja en un pis petit de lloguer de la plaça Gutenberg que pagaven a mitges, aviat va descobrir que a l'hivern Estrasburg no et deixa triar. O et sotmet vint dies seguits sota una boira que amaga el campanar de la catedral o et regala una setmana a molts graus sota zero —quinze, vint— però amb el cel d'un blau àrtic, incorruptible. En els llargs mesos de fred, les llambordes són més grises, els carrers semblen més estrets i, quan es fa fosc, es converteix en una ciutat sense ànima, insípida, un gran museu tancat per inventari.

L'Escola de Dansa encara estava oberta. La Lisa, vestida de ballarina, amb una jaqueta de xandall a sobre, s'esperava en una cadira darrere del taulell de recepció. Es va tirar al coll de la seva mare, la Victòria es va disculpar pel retard i van baixar escales avall.

—Estàs bé?

—Sí.

—Ha anat bé a l'escola, amor meu?

—Sí.

—El dinar, què tal?

—Pse.

—Avui tocava...

—*Mac and cheese.*

—I de segon?

—Peix pudent.

—Segur que era bo.

—Què va, mama.

—Segur que sí. A tu t'agrada tot.

—La llengua de vaca no.

—I aquí, al ballet, t'ho has passat bé?

—Molt.

—Que bé, *amore*. T'estimo.

—Jo més.

—Tenia ganes de veure't.

—Jo també.

De cop i volta, la Lisa es va adonar que aquell dijous la tornada a casa era diferent.

—I la teva bicicleta?

—M'ha vingut de gust que anéssim caminant, sense haver d'arrossegar la bici... No et sembla una bona idea?

La Lisa no va respondre. Va somriure i va agafar, ben fort, la mà de la seva mare. Quan va notar la seva escalfor, ja no li va faltar de res.

II

Paraigua de silencis

Els dies de rodatge, el Joel es vestia còmode. Triava roba que pesés poc, que abrigués molt i que se'n pogués anar traient capes, segons el sol i l'hora del dia. Buscava, també, que sumant un lloc i un altre, entre l'anorac i els pantalons, tingués moltes butxaques i prou grosses per entaforar-hi de tot. El guió doblegat, les ulleres de llegir, un bidonet d'aigua... També les primeres paraules amb el convidat eren, sempre, molt calculades. Claredat i cordialitat.

—Abans de res, agrair-te que hagis vingut i que t'hagis prestat a confiar-nos la teva història. Ja veus que hem triat aquesta plaça perquè, pel que tinc entès, aquí és on va començar tot. A Duc de Medinaceli. I res, ella és la Cristina Malabrocca, la realitzadora, ja us han presentat. Estàs en molt bones mans. Una mica hippie però bona persona. A grans trets, és el que et vaig explicar per telèfon. La meva dona treballa a RAC1 i... Bé, és la meva exdona, tampoc no cal entrar en detalls, ara. Em va dir que t'havien entrevistat per explicar el teu cas, i el de la teva mare, i es tractaria ara que repetíssim davant de la càmera tot allò que vas explicar a la ràdio. Busquem el mateix efecte. Ho vas fer de primera. És per a un documental que... Tot això ja t'ho han explicat, suposo. Això vol dir que t'agraïm moltíssim, de veritat, que estiguis disposat a donar el teu testimoni, pel teu acte de valentia, pel que significa voler donar la cara i per explicar-nos-ho a nosaltres. I també vol dir que, al final, hauràs de firmar un paper. Res, un formulisme per cedir els teus drets d'imatge. Quan parlis, m'hauràs de mirar a mi. Aquí. Jo et faré les preguntes des d'aquesta cadira.

Mentre un operador de càmera aprofitava per passar-li un fil per sota la camisa, el tornava a treure per sota del segon botó i li pinçava el micròfon a la solapa, l'home —americana de pana freda, sabates enllustrades— anava dient-li que sí amb el cap al Joel Estrada. La Malabrocca feia estona que tenia les dues càmeres a punt. La primera, en un pla més obert amb el personatge centrat, i la segona, en primeríssim primer pla, per despullar les reaccions d'un testimoni que havia de ser fonamental. Una ganyota, una gota de suor, potser una llàgrima, vista de la vora, amplificaria les sensacions de l'espectador. Aprofitar les engrunes com a recurs televisiu, havia dit una vegada la Malabrocca en una conferència sobre l'impacte dels plans curts de la cara de les persones. El bo sembla menys bo; el dolent, més dolent. L'assassí, més cruel. La mateixa realitzadora va fer de claqueta, amb les dues mans, per sincronitzar el so amb la imatge.

El Joel, assegut a tocar del trípode de la càmera principal, va posar tot el verí a la primera pregunta:

—Tu ets un nen robat?

El Santiago Melo, amb l'emoció a la nou del coll, va mirar l'objectiu:

—Suposo que sí.

La Malabrocca va tossir perquè el Joel entengués que calia aturar la gravació. El Joel va deixar que ho expliqués la realitzadora. Ell tampoc sabia què havia passat.

—Perdona, hi ha una cosa que no t'hem dit... —Es va ajupir, per posar els ulls a l'altura del testimoni, que no entenia què havia fet malament—. En el documental, la seva veu, la del Joel Estrada, no ha d'aparèixer. Ell no hi surt. Això vol dir que, tant com sigui possible, en la resposta hauries d'incloure la pregunta, perquè si només dius sí o no, per exemple, l'espectador no entendria a què et refereixes i a nosaltres ens costaria més aprofitar la resposta.

El Santiago Melo, de quaranta-dos anys, va somriure nerviós i va dir que entesos, que ho miraria de fer però que no prometia res.

—El més important és que et sentis tranquil... —va dir-li el Joel—. Si després a nosaltres ens costa més muntar-ho, és el nostre *metier*. Tu no t'amoïnis i estigues tan còmode com puguis.

La Malabrocca el va afusellar amb la mirada abans de reprendre la gravació des de l'inici. Buscaven, tant sí com no, la primera afirmació.

—Sí, jo soc un nen robat.

—A quina edat ho vas saber?

—Molt tard... Perdó. Als trenta-sis anys vaig descobrir, d'entrada, que jo era un nen adoptat.

—No t'ho havien dit mai?

—No. Els meus pares em van dir que no havien trobat el moment i que després ja no havien sabut com dir-m'ho. Pot sonar absurd, però és així.

—A l'explicació dels pares ja hi arribarem. Mirem de seguir el fil cronològic. Com descobreixes que ets un nen adoptat, doncs?

—De la manera més absurda.

Va veure que la Malabrocca retirava l'ull del visor i, enfilant un dit, li feia el gest perquè ho repetís amb la frase sencera.

—Perdó, perdó... —Va respirar fondo i hi va tornar—. Vaig descobrir que era un nen adoptat d'una manera molt absurda. Per accedir a una feina, en una institució pública, em van demanar que aportés, entre altres papers, un certificat literal de naixement. I per això vaig venir aquí, en aquesta plaça. Aquest edifici d'aquí al darrere és el Registre Civil.

—I què va passar?

—Vaig agafar tanda, em va tocar, em van despatxar... És un tràmit com se'n fan mil cada dia. T'ho fan al moment. Ja vaig veure que la funcionària de la finestreta, quan va tornar amb el certificat, em va fer una mirada estranya... Però no ho vaig saber interpretar, francament. I tampoc hi vaig donar més importància. Quan vaig ser al carrer, aquí mateix, vaig llegir el paper perquè estigués tot bé i no hagués fet la gestió en va. Però, tot d'una, no entenia res. S'havien d'haver equivocat. Hi posava que pare i mare eren desconeguts. Adopció. I aleshores els noms i cognoms dels pares adoptius, els dels meus pares, vaja...

—I? Recordes què vas pensar?

—Vaig pensar que només podia ser un error. Era impossible, però em vaig haver d'asseure perquè... S'havien equivocat, segur. Si fins i tothom diu que m'assemblo al meu pare...

—Vas demanar explicacions als teus pares?

—Naturalment. Tan aviat com vaig sortir d'aquí, vaig anar al pis dels meus pares, que estan jubilats, a Vilassar. Els vaig trobar tots dos a casa i així que em van veure entrar es van adonar que passava alguna cosa greu. Vinc del Registre Civil, els vaig dir, i els va canviar la cara. Vaig donar-li el paper a la meva mare, que va començar a plorar i a abraçar-me i a dir que m'estimava molt... O sigui que era veritat... Van ser dies molt durs. Duríssims. No ho desitjo a ningú. Em va costar temps perdonar-los, molt temps. Són els meus pares, però mai no ha tornat a ser el mateix. La indignació no passa amb els anys. —El Santiago va perdre la mirada plaça enllà i va trigar uns segons a reaccionar. La Malabrocca havia passat al pla curt—. Perdoneu, això últim, això dels meus pares, si els perdono no els perdono i tot això, m'estimaria més que no sortís.

—Cap problema, ho respectarem, i tant que sí. No t'amoïnis. Estàs bé per continuar?

—Sí, sí...

—Seguim, jo no he deixat de gravar —va xiuxiuejar la Malabrocca a l'orella del Joel.

—Què et van dir els teus pares quan vas descobrir que eres adoptat?

—Els meus pares em van dir que quan era petit no havien trobat necessari que ho sabés, que no era convenient. Que no m'ho van dir per protegir-me... I després que ja no havien trobat l'ocasió i que la muntanya se'ls havia anat fent alta i més alta... És així de bèstia. Durant molts anys vaig tenir molta ràbia, molta, cap a ells.

Van deixar que s'eixugués els ulls i es moqués.

—A quina edat has dit que vas saber que eres...

—Als trenta-sis anys. Fins als trenta-sis no vaig saber que era adoptat. Us imagineu què és començar una segona vida als trenta-sis?

—Què vols dir? —Com més curta la pregunta, més sincera la resposta.

—Que em mirava al mirall i no sabia qui tenia al davant. És un xoc. El col·lapse absolut. Començava de zero, tots els records eren com de mentida, un malson gegant, havia viscut una vida que no era la meva. Sí que era la meva, però no era la que em tocava... Res no tenia base. Vaig estar més d'un any de teràpia, preguntant-me qui era.

El Joel va saber retenir-se tres segons:

—I qui ets?

—Ara ho sé. Soc el fill d'una dona a qui l'Església catòlica va arrabassar el fill perquè era massa jove per tenir-me.

—Com ho has sabut, tot això?

—No ha estat fàcil. Aquesta és una altra batalla. Tot costa molt en aquest món d'opacitats, perquè aquí hi ha gent que va cometre un delicte i per tant entrem en un paraigua de silencis i camins sense sortida que fa que sigui molt difícil arribar enlloc.

—Tu què vas fer?

—Home... Des que vaig saber que era adoptat vaig voler buscar qui era la meva mare. Necessitava reconstruir la meva història i el que he anat trobant ha sigut cada vegada més demencial...

—Ho pots desenvolupar, sisplau? —Intervenia el mínim possible, per no trencar el fil.

—Tenia dret a saber d'on havia sortit i a conèixer la meva mare biològica. Igual que ella tenia el dret a saber que jo era el seu fill. Em van parlar d'una organització, que es diu Orígens, que es dedica a buscar els rastres de les adopcions. Són gent que funciona com un rellotge. Han buidat tots els registres històrics de centres i hospitals, i centralitzen totes les dades i totes les recerques. Vaig anar a Orígens i vam estar de sort, de molta sort, perquè amb la meva data de naixement i els cognoms dels meus pares adoptius van poder arribar a aconseguir la fitxa de la meva mare.

—Per què dius «vam estar de sort»?

—Perquè a Espanya hi va haver el part anònim fins al 1999. Això què vol dir? Que no calia que constés el nom de la mare biològica en el certificat de naixement. No calia. No era obligatori. I, per tant, era una figura legal nefasta perquè es va convertir en un niu per a tota mena d'operacions.

—Operacions? De quina mena?

—Fosques. Estranyes. El part anònim, per

exemple. És això que deia. El part anònim permetia falsificar documents i permetia, sobretot, el tràfic de menors, bàsicament adopcions irregulars *a tutti pleni*.

—La llei ho permetia, sí, com has dit, fins al 99. I tu vas néixer el...

—Jo soc del 1978. Vaig néixer el dia que a Espanya es va despenalitzar l'adulteri, el 19 de febrer. Per això dic que, d'entrada, vam estar de sort perquè teníem el nom i el cognom de la dona que em va parir.

—Vas poder localitzar la teva mare?

—No. Em vaig fer il·lusions, perquè a la fitxa constava un domicili i un telèfon, però no hi va haver manera. Vaig saber qui era i com es deia i, més o menys, he anat sabent coses de la seva vida, però... res. La meva mare va morir mig any abans que jo sabés que era adoptat. Malauradament... No ens vam arribar a conèixer... Per sis mesos no... —Li costava parlar sense commoure's. Va obrir les mans, que tenia enllaçades davant del pit, per excusar-se. El Santiago, amb la pena als ulls, no podia continuar.

Un camió d'escombraries va interrompre el rodatge. Fer enregistraments al carrer té aquesta pega. El Joel s'estimava més gravar sempre les entrevistes en espais tancats, per la tranquil·litat i per aconseguir un so millor. La Malabrocca insistia, en canvi, que les pel·lícules havien de respirar i, sempre que podia, buscava l'autenticitat d'un rodatge a l'exterior. El Santiago va aprofitar la pausa. Es va aixecar per estirar les cames, per beure aigua de l'ampolleta que li havien donat i per preguntar com ho estava fent. Ningú vol quedar malament, a la televisió. Mentre buidaven el contenidor de vidre dins del camió, el Joel va comentar que ell també tenia una germana adoptada, també del mes de febrer, però que era quatre anys més gran que ell. El Santiago va demanar si tenia temps de fumar un cigarret. I dos, si convé. A qui se li acut fer la recollida del vidre per reciclar a aquesta hora, va preguntar el Joel. I la Malabrocca es va enfilar dient-li que millor de dia que de nit. A veure si tot aquell terrabastall de vidre l'havien de fotre mentre la gent dormia. Va guanyar sense discussió. El Joel tampoc no en volia fer plat i pretenia, de totes totes, mantenir calent el testimoni. No li convenia que el Santiago es refredés i li va parlar de dates, precisament. Tothom que havia furgat sobre els nens robats creia que se cenyia a una cosa molt del franquisme, que havia començat després de la guerra i que era, gairebé, una qüestió moral. Les mares solteres, les mares joves sense un pare conegut, les menors que quedaven embarassades, se les apartava de la circulació, com a pecadores que eren, i se'ls arrabassaven els fills després de parir per donar les criatures en adopció a famílies que sí que les mereixessin i les poguessin cuidar. Però pel que estava veient el Joel després de molts mesos d'investigació, la pràctica havia seguit fins i tot després de la mort de Franco. Quan el Santiago va néixer, el dictador ja feia dos anys llargs que era mort. I havien trobat altres casos en què el robatori de nens havia passat fins molt enllà, a l'inici dels noranta, just quan el part anònim encara era possible. Es parlava de casos escabrosos en una clínica de Madrid. El Santiago també n'estava al cas. El camió del vidre —entrar a la plaça, buidar el contenidor i sortir de Medinaceli— va durar tot un cigarret.

—Podem continuar? —la Malabrocca, per feina.

El Joel i el Santiago es van tornar a asseure cara a cara.

—Com vas saber què havia passat en el teu naixement?

—La meva mare no la vaig conèixer. Però Orígens sí que va poder localitzar la seva germana, la meva tieta, i li va escriure una carta per dir que el seu nebot vivia, que jo existia, i que tenia interès a parlar-hi. I ho vaig poder fer.

—Què et va dir, la teva tieta?

—Em va explicar d'on eren elles, com havien arribat a viure a Rubí, que la meva mare amb divuit anys es va embolicar amb un noi, va quedar embarassada i es va trobar sense saber què fer fins que la van acollir a Barcelona, als Hogares de Santa Isabel, que es feien càrrec de noies joves com ella que es quedaven prenyades.

—Què vols dir que es feien càrrec de noies...

—Que les monges les tenien allà amb elles, que els donaven llit i menjar i consells durant tot l'embaràs fins al moment de parir.

—I després?

—Hi havia de tot, suposo. Unes dones devien voler donar el fill en adopció i d'altres no.

—I la teva mare? Quin va ser el seu cas?

—La meva tieta ho té molt clar: la mare em volia tenir i fer-se càrrec de mi. El 19 de febrer de 1978 la meva mare em va parir, em van separar d'ella i em van donar en adopció als primers de la llista.

—La teva mare va cobrar per donar el seu fill, per tant?

—La meva mare no em va donar. Em van robar. Li van dir que una pecadora com ella no tenia dret a res, li van treure dels braços el bebè que era jo i no en va saber mai més res.

—Insisteixo. A la teva mare la van compensar econòmicament per prendre-li el fill?

—Ni un euro. Ni una pesseta, vaja... Li van arrabassar el nadó després del part i bona nit.

—Els teus pares van pagar per tenir-te?

—M'han assegurat que no... I vull creure que no. Més mentides, ja no ho crec... No ho vull creure, vaja.

—Anem acabant, Santiago... Però ens faltaria saber la història dels teus pares adoptius.

—Els meus pares, sí.

—Eren conscients que feien una cosa mal feta?

—No, en cap cas. Els meus pares, passats els trenta anys llargs, tant el pare com la mare, i després d'intentar tenir fills i veure que no se'n sortien, després de visitar metges i especialistes, van llençar el barret al foc i es van centrar en una adopció. Ells estaven convençuts que la meva era una adopció en tota regla i amb totes les garanties. Els van dir que la mare era una noia soltera, jove, que donava el seu fill perquè ella no el podria criar.

—No sabien que el prenien a ningú.

—Pel que m'han jurat, no. Mai. En cap moment. Mai van pensar que robessin cap nen.

—Però, insisteixo, alguna cosa devien pagar per tenir-te?

—Van pagar el just, el normal, el que et sol·licitaven per una adopció.

—No van pagar dues-centes mil pessetes?

—Ni dues-centes mil pessetes ni un milió. He sabut que hi havia tots aquests negocis. Que a Bilbao, i a Madrid i a Saragossa... i suposo que aquí a Barcelona també, s'arribava a pagar per un nen robat el mateix que es podia arribar a pagar per un pis de l'època. Però els meus pares no van pagar.

—Tampoc et van dir que fossis adoptat...

Va rebufar. Es va quedar sense paraules:

—Això és un cop baix.

—Tens raó. Perdona. —Es va escurar la gola—. No ho posarem. Acabem, ara sí: t'ha quedat alguna cosa per dir... que jo no t'hagi sabut preguntar?

El Santiago va fer que no amb el cap. Va anar per aixecar-se i treure's el micròfon, però s'hi va repensar. Va tornar a encastar el cul a la cadira i va dir, sí, em ve de gust dir una cosa. Va mirar a la càmera que el filmava en primeríssim primer pla. El focus sobre la boca.

—Les monges que han jugat a ser Déu canviant el destí de les persones, així es rosteixin a l'infern.

12

D'aquesta dutxa no en sortiràs sec

Va assegurar-se de portar la Wilson a sobre. Dissimuladament, la va treure de la butxaca de l'anorac i la va dur a l'habitació. La Frida, de coll musculós, sense papada, s'havia entretingut amb una mosca al passadís de rajola hidràulica. La tocava amb la pota per assegurar-se que estava morta, que ella havia guanyat la batalla i que, com a mínim aquell espècimen concret, ja no l'empiparia mai més. Quan la Daria va entrar al lavabo a desmaquillar-se, el Joel va amagar la pilota de tennis sota el coixí. Per si de cas. Els divendres a la nit no acostumaven a fer l'amor. Hi arribaven massa rebentats per la feina de la setmana. Ella era tutora d'ESO a l'IPSI, una escola del carrer Borrell on encara es trobaven alumnes amb ganes d'aprendre alguna cosa. Els seus eren de primer d'ESO. Nens i nenes de dotze anys, tan xuclats els uns, tan apersonades les altres, ells tan ingenus, elles tan sàvies. Adolescents de primera hora que truquen a la porta de la vida amb la insolència de qui intueix que arriba el seu moment. Aguantar els nanos, rai. Suma-hi les classes, multiplica-ho per la correcció de treballs i exàmens, resta-hi la pau estantissa d'un cafè a la sala de professors, cadascú amb els seus problemes que, en veu alta, passen a ser els de tots. El brogit constant de l'escola és com la remor de la mar —deia sempre la Daria—, només t'adones que el senties quan te n'allunyes.

El divendres era la nit de descompressió. En tenia prou amb un ramen amb el brou de mil aromes i una conversa de sofà, sense pressa, amb el Joel. No calia més tros de pau. Era el ritual de cada quinze dies i, aquella setmana que no tocava, havien fet una excepció. Era el divendres-dissabte-diumenge que el Leo havia de ser amb el seu pare, però el noi havia demanat d'anar a dormir a casa d'un amic, el Mika. El Joel, amb una trucada a la mare del base de l'equip de bàsquet, es va assegurar que fos veritat. Les versions, per una vegada, quadraven. Quan va haver esvaït els dubtes, van quedar que el recolliria abans de dinar. El Leo li havia garantit que no sortirien de casa. El pla era un altre. Volien fer-se unes fotos —una sessió de fotos, havia dit— per a un calendari del bàsquet. Res dolent, va insistir. El Joel va arquejar les celles i el seu fill va deixar anar un t'ho prometo per guanyar-se la confiança.

—Senyor amoïnat... Hola. —El dit gros de la Daria va tustar la planta del Joel. Li havia vist uns ulls de llebre morta que no li havien agradat gens. No feien per ell—. Hola, tu.

Al sofà de les tres places, cadascú jeia en una punta, capicuats. Els agradava parlar de cara. La manteta era la frontera compartida, els peus es convertien en el punt de trobada.

—Explica'm alguna cosa de l'escola...

—No. Si abans no em dius què et passa.

—Va...

—A l'escola res. Un divendres qualsevol. Tothom més esvalotat sospirant pel cap de setmana.

El Joel es va aixecar a contracor. Se'n va anar fins a la cadira on havia penjat l'anorac i, de la butxaca de l'infern, en va treure un paper amb una punta doblegada. L'hi va donar a la Daria sabent que, en aquell instant, començaria un interrogatori que podia durar fins a l'endemà. Ella, d'entrada, no va lligar caps. Tot allò li era nou.

—Què vol dir «Vigila, Estrada»? —Els ulls li rebotaven del paper al Joel i del Joel al document. De sobte, el cor se li havia accelerat i havia de lligar caps a preu fet—. És una amenaça?

—Què vols fer-hi? Millor això que un cap de cavall a dins del llit.

—Però què ha passat?

La Marga, el Volvo, una Ducati amb un adhesiu amb el dibuix de «The Yellow Submarine», la fregada, la pluja, els papers, el casc, el bigoti. L'hi va explicar ras i curt, amb la unitat mínima d'informació.

—Creus que és pel documental?

—No se m'acut res més... —El Joel, de retorn al sofà, es cobria els peus amb la manta de mirar la tele. Sempre hi feia fred, en aquell pis a tocar de la Monumental.

La Daria va rebufar.

—Ja t'ho vaig dir... D'aquesta dutxa no en sortiràs sec.

—En sortiré viu, que ja és molt.

—Estàs preocupat?

—Francament? No gaire. —La mania, tan seva, de fer-se el milhomes.

—Doncs jo t'ho he notat. Alguna cosa... De seguida que has passat per la porta he pensat... Mau.

—Agradable no ho és, esclar. Però ho porto bé.

—Molt. I tant, ja ho veig...

—No t'amoïnis, sents. Només és feina.

—No és cap broma, Joel. Digue'm que tens cobertura aèria.

Ni en tenia, ni en volia. El Joel va explicar que aquesta vegada treballava sol. No hi havia un encàrrec previ de cap televisió. No volia protecció. S'estimava més fer-ho sense xarxa. Ell investigava, ell s'ho produïa i, quan tingués la pel·lícula feta i muntada, ja sortiria a oferir-la com un representant de carquinyolis que va de confiteria en confiteria a vendre el seu producte. Ell no vendria galetes seques. Precisament perquè el tema costaria d'empassar-se i perquè seria una feina impecable, estava convençut que l'hi prendrien de les mans. Si no era Netflix seria HBO i, si no, algú acabaria pagant. Segur. La dèria era destapar un dels grans tabús dels últims cinquanta anys i provocar una sacsejada que permetés que més mares poguessin trobar els seus fills, que més fills sabessin qui va ser la seva mare de debò. Però no volia aixecar la llebre abans d'hora. Havia decidit finançar-s'ho ell, amb Arbre Produccions, amb la seva sòcia a prova de bombes, la Cristina Malabrocca, i no dependre de ningú més. Els nens robats era un tema massa gros, i terriblement sensible, perquè les televisions poguessin aguantar les pressions. Amb una trucada del bisbat, amb un burofax d'un metge dient que els portaria als tribunals, li haurien dit ves amb compte, contrasta-ho bé, no diguis res que no puguem demostrar, potser convindria que matisessis el muntatge, vols dir que ho hem d'emetre, no t'enganxis els dits, Estrada, hauries de buscar testimonis de l'altra part... Esclar que els buscava i que els tindria, però no volia que ningú es posés nerviós i el desviés del seu objectiu. Les coaccions, per espantar o per desactivar, podien ser el pa nostre de cada dia si treballava per algú altre. La teranyina de complicitats estava massa estesa, en aquell cas, i no volia quedar-hi atrapat. De cap de les maneres. El poder sap com actuar en aquests casos, que per això és poder i no vol perdre els seus privilegis. El Joel només li va voler posar un exemple. El del doctor Eduardo Vela, el ginecòleg i director de la Clínica San Ramón de Madrid. La justícia el va declarar culpable però la mateixa justícia el va absoldre a l'instant. Era el primer cas de nadons robats que arribava a judici i va tenir un final que va deixar tothom amb un pam de nas. La denunciant, la Inés, havia nascut a la Clínica San Ramón el juny de 1969. Als divuit anys, quan els seus pares li van dir que era adoptada, es van ensorrar i li van explicar la veritat. Desfets, li van confessar que l'havien comprat i de quina manera ho havien fet. El Joel havia seguit el judici a l'Audiència de Madrid. La Inés considerava que el doctor Vela l'havia sostret de la seva autèntica mare i l'havia lliurat a una dona estèril que, per indicació de la clínica, hi havia anat simulant l'embaràs amb coixins a la panxa. Com més mesos, coixins més grossos. L'acusació demanava tretze anys de presó per a l'Eduardo Vela per detenció il·legal, suposició de part i falsedat documental. Eren, pel cap baix, els tres delictes que havia comès. El doctor va arribar al judici amb vuitanta-cinc anys i es va fer l'orni. Primer va assegurar que no recordava si a la seva clínica s'hi feien adopcions il·legals. Després va afegir que no sabia qui s'encarregava d'omplir el llibre de registres de naixements. La desmemòria per sistema. Però hi havia documents que l'incriminaven. Anys enrere, dues periodistes franceses havien parlat amb el doctor Vela i l'home havia reconegut —sense saber que l'estaven gravant amb càmera oculta— que el 1969 havia regalat la Inés a la seva mare adoptiva. El jurat va admetre que el doctor era culpable perquè els fets havien quedat demostrats, però el va absoldre perquè va considerar que aquells mateixos fets ja havien prescrit.

—Quan prescriu, un delicte així?

—Mai... Si hi ha una partida de naixement falsificada, mai. Però l'Audiència de Madrid va sentenciar que el cas va prescriure el dia que la Inés havia fet divuit anys.

—No m'ho puc creure.

—Què et sembla? Et roben el dia que neixes i prescriu, automàticament, quan et fas major d'edat. Si no ho has denunciat abans, t'aguantes. Si no hi ha un registre de naixement, et fots. Per cert, la Inés no va poder trobar la seva mare biològica perquè els historials clínics també havien desaparegut. El doctor ho havia cremat tot.

Els ulls de la Daria estaven preocupats. No se'n sabia avenir.

—Tu no creus que... —pensava i dubtava, atònita—. Vols dir que tancar així el primer judici no era la manera de desincentivar molts altres possibles casos? Era dir-los no cal que aneu a la justícia que el vostre cas està arxivat.

—Ha prescrit, sí. No perdeu el temps en judicis i a buscar culpables. Busqueu la vostra autèntica mare si voleu, trobeu la vostra filla si podeu, però no toqueu la pera, no furgueu, deixeu estar els metges, les clíniques, les monges. És exactament això. Massa gros perquè s'enfonsi tota la martingala. Un govern rere un altre, en democràcia, que no hi han volgut entrar...

—Per por de prendre mal.

La Frida, sempre tan ben raspallada, es va enfilar al sofà. O sobrava gos o faltava butaca. Era massa esquifit per a tots tres i el Joel es va incorporar. Encara sabia més coses sobre el doctor Vela. Una revista, la *Interviú*, va publicar un reportatge que posava sobre la taula les pràctiques macabres del ginecòleg. Per fer creure a les mares que el seu bebè havia mort després del part, els ensenyaven el cadàver d'un nadó embolicat amb una tovallola.

Ho feien de tal manera que només se li veiés la carona. Era un nadó que guardaven en una de les neveres de la clínica del Paseo de la Habana. Acabava de morir i estava fred? En aquell moment del tràngol, cap mare s'adonava que era impossible que el cos estigués congelat? Segurament mai acostaven prou el bebè gèlid a les famílies perquè ho notessin. Ves a saber quantes vegades va colar aquella enganyifa macabra. Desenes, potser centenars durant dues dècades... Molts anys després que el fotògraf d'*Interviú* aconseguís colar-se a la clínica i retratés el bebè morat que amagaven a la cambra frigorífica, el metge va concedir una entrevista i va parlar del cas amb una naturalitat que esgarrifava. No vaig congelar un nen —va dir en Vela—, sinó molts. Ho feia cada vegada que es moria un nadó acabat de néixer i no sabia de què. El deixava allà, a les càmeres, fins que li podia fer un estudi forense per esbrinar la causa de la mort.

—No me n'expliquis més, d'aquest home. Quin horror.

—La va palmar l'any passat, no gaire després del judici.

—Aquest segur que no és el que et persegueix...

Van riure. Feia estona que ho necessitaven, tant com descordar-se el botó dels texans. La Daria no se'n va estar.

—De qui sospites?

Ell va aixecar els dos braços i va rebufar abans de respondre:

—De tothom i de ningú, suposo.

—Penses fer res?

—Continuar investigant?

—Vull dir, de... denunciar-ho, explicar-ho a algú.

—De moment... no cal, oi?

—Joel, t'ho he dit abans. Això no és cap broma...

Va acabar dient el que no volia explicar.

—M'he vist amb l'Eva Bosch, de manera informal.

—No sé qui és.

—La intendent dels Mossos. Una bona policia. És amiga del Dani Santana.

—El periodista?

—Ella el va ajudar molt quan el van intentar pelar... La indústria farmacèutica, no sé si et sona.

La Daria va estirar el llavi per dir no sé de què em parles. El Joel no va voler que ella es neguitegés més per un «Vigila, Estrada» en un paper i va deixar anar dos badalls per tancar el tema. Sí, havia fet un cafè amb l'Eva Bosch, de paisà, a la cafeteria de Casa Mimosa, un hotel cèntric amb un badiu discret, però ningú no n'havia de fer res. La intendent de la policia —cabell recollit amb cua d'esquirol— li havia fet cinc preguntes clau i ell les havia respost, una per una, intentant trobar alguna coincidència que permetés estrènyer un cercle imaginari. Qui sap que fas aquest documental? A qui molestarà l'emissió? Amb quina gent has contactat? Qui t'ha dit que no vol aparèixer a la pel·lícula? I l'última: creus que necessites alguna mena de protecció?

El Joel li va dir que li enviaria un correu electrònic amb totes les persones que havia entrevistat, el nom de les clíniques on havien nascut els bebès que havien canviat de mans, la llista de metges i llevadores i monges i congregacions que, d'alguna manera, poguessin aparèixer en la seva investigació. Li va agrair l'interès, li va donar records per a l'amic comú —fa massa temps que no veig el Santana—, i li va preguntar si ja havien esbrinat alguna cosa de l'estranya passa de robatoris de llibres que hi havia a la ciutat. Va ser la primera vegada que el Joel Estrada va sentir un nom: el Cara de Mosca. Tal com el va sentir, el va oblidar. L'Eva Bosch el va advertir que era cent per cent confidencial i que no en podia fer cap ús.

—Els periodistes mai expliquem el que ens han dit avui. Però demà...

—Del Cara de Mosca ni una paraula. Em sents?

Al pis de la Daria, a tocar de la Monumental pel cantó del carrer Lepant, el camí del sofà al llit era molt curt. El matalàs —ni individual ni de matrimoni, ideal per a un de sol, condensat per a una parella— s'encastava a l'angle del capçal i de la finestra. L'amfitriona dormia amb calces i una samarreta finíssima després de tantes posades i de tantes rentades. El Joel, fora de casa, dormia conill. Tenia el costum, però, d'estirar la funda nòrdica fins a les lumbars. No li agradava que, mentre dormia, pogués entrar la Frida i escalés per ensumar-li segons què.

El divendres a la nit no acostumaven a fer l'amor. El dissabte al matí, sí. Començava l'un o començava l'altre i s'hi estaven fins que en tenien prou. No hi havia ni despertador, ni escola, ni feina. Ni pressa. I les preocupacions quedaven fora del parèntesi màgic. La Frida, gelosa de mestressa, també hi volia ser, i el Joel, juganer, havia de treure la Wilson del racó del llit per tirar-li la pilota passadís enllà i que la gossa sortís atabalada de l'habitació a caçar-la amb la boca per reiniciar la partida. Però al tercer dia la Frida ja li havia vist el truc i ja no s'ho empassava. No hi havia manera que l'animal s'engresqués amb la piloteta de tennis i, per dir-li Joel, avui et fotràs, no apartava el morro de damunt del llit.

—Tanta nosa, t'hi fa?

—Dona...

—Si no fot res...

—És molt maca, és la teva gossa, ja ho entenc... Però no saps mai per on sortirà... Tanques els ulls i quan els obres...

—Però què vols dir? —La Daria gaudia deixant que el Joel, nu, hagués de passar la vergonya de demanar-li el que no gosava—. No t'entenc...

—Que el llit ja és prou petit per a tots dos...

—És una qüestió d'espai, vols dir?

—Daria, sisplau, que si pots treure la Frida de l'habitació. Vull follar a gust, només amb tu, tranquil·lament...

—Ah? Era això?

Va agafar la Frida per la pell del clatell. Vine, bonica, que veuràs què tinc per a tu... La va deixar a la cuina i, quan va tornar a l'habitació, la Daria s'havia tret la samarreta gastada i l'havia llençat al passadís. Havia quedat sobre la rajola freda perquè la Frida, si s'enyorava, s'hi entretingués una estona, rebregant-la.

—Tanca, corre, que tornarà...

—Vols callar, pesat... —Va treure la pilota del costat del coixí i la va deixar a la tauleta de nit—. No sabia que jugaves a tennis...

—Jo no. Són de la meva mare... Me les va deixar en herència.

—Per espantar gossos quan vas follant per les cases? —li va clavar un petó.

—Això mateix. A cada armari hi tinc un pot de pilotes.

El Joel s'hi va tornar pinçant-li el llavi. Durant una estona llarga, ja no van parlar més. A l'altra banda de la porta, la Frida només sentia pessics de veu, bramuls, afirmacions que es repetien i algun xiscle amb els colors de l'aurora boreal.

Quan semblava que havien acabat, la Daria s'hi va posar al damunt, com una amazona. El Joel va entendre el joc del deixar-se fer. Per res del món no s'havia de moure. Havia de deixar que la Daria cavalqués al trot, ben a poc a poc, fins que tots dos junts descobrissin un nou territori.

Es van estar al llit fins a migdia. Quan el Joel va sortir per dutxar-se, la Frida va córrer a ocupar el seu lloc, a tocar de la paret, aprofitant l'escalfor del sol a la finestra. La Daria encara s'hi va girar una estona. Ell, vestit i a punt de marxa, la va despertar amb un petó fresc.

—Me'n vaig. He de recollir el Leo...

—Adeu, amor.

—El cap de setmana que ve tindré més temps. El Leo estarà amb la seva mare. Tres dies per fer el que ens vingui de gust...

—El que ve? No t'ho he dit? —Es va desvetllar de cop i volta i es va incorporar—. Sí que t'ho vaig dir, oi?

—El què?

—És el cap de setmana que marxem amb el Koldo, a Navarra.

—Qui és el Koldo?

—Un professor de l'escola. El coordinador de l'àrea de castellà. Ens vol ensenyar les vinyes dels seus pares. Hi anem amb la Cèlia, una altra tutora de l'IPSI... No t'ho havia dit?

Amb la cara pagava.

—Et sap greu, Joel?

—No, no... Per què me n'hauria de saber?

Es va acotar per parar la galta.

—T'estimo...

—Suposo que a aquesta hora trobaré un taxi, aquí a la Gran Via, sense problemes.

Al mirall de l'ascensor va assegurar-se que s'havia cordat bé la camisa. Hi tenia molta mania. Cada botó al seu trau. Després, va fer-se dues ganyotes. Xuclava les galtes, amagava les dents i posava la boca de pinyó. Volia veure, de prop, com era algú amb cara de mosca. A la tercera, se'n va sortir.

13

La memòria dels anys

El Saül, després de remenar el calaix de les corbates, es va posar l'última que li havia regalat la Maria. Es va fer el nus anglès de dues voltes i es va abaixar el coll de la camisa. El braç, però, es desorientava darrere del clatell i ja no arribava a fer la lleugera contorsió que hauria calgut per no dependre de ningú. Va demanar a la senyora Lourdes que l'ajudés, sisplau, a girar-li el coll emmidonat. Des dels setanta-molts notava, sense dir-ho ni a la Maria, que anava perdent alguns gestos. El pitjor era que ja no tornarien. En portava el càlcul: cada sis mesos, una mica menys de mobilitat. Aquí i allà. Així o aixà. Mai res no era de sobte. De mica en mica, amb la discreció del calendari, el cos li anava robant agilitat. Els ossos eren, cada cop, porcellana més fina. Tot passava com qui no vol la cosa, amb poc dolor, per la memòria dels anys. La musculatura més resseca, els braços lents, la invasió silent de la rigidesa, els reflexos d'abans-d'ahir. El Saül va considerar que s'havia fet vell el dia que, a la platja de Vilanova i sense comentar-ho a ningú, els genolls no es van veure amb cor de saltar les onades. I ara, de què li servia tenir unes mans fortes si tremolaven com un chihuahua?

De tota la col·lecció de corbates, va triar la que li havia regalat quan en va fer vuitanta-cinc. Era d'un verd taula de billar que es veia des de lluny. El Rai i la Vito li van dir que anés a la botiga a triar-ne una altra de menys cridanera, que segur que la mare guardava el tiquet regal de Furest. Però la Maria s'hi va negar de patac. Va insistir que pobre d'ell que la canviés, perquè aquella l'havia escollit ella i el verd era, a aquestes altures de la vida, el color de l'esperança. I va saltar el Rai i va donar la raó a la mare. A Europa sí, el verd és el color de l'esperança, però el món és molt divers i als Estats Units és el color dels diners. I pels àrabs significa fertilitat. I tots van riure, al voltant de la taula, perquè no veien que el pare estigués ja per aquestes alegries sarraïnes. Aquell migdia, va bufar les espelmes amb empenta —un 8 i un 5 que ell va fer clavar del revés sobre el sacher—, va lluir la corbata fins a l'hora d'anar a dormir i ja no se la va posar mai més. Fins a aquell moment. El primer matí que havia decidit, tant sí com no, que aniria al cementiri a parlar amb la Maria.

La senyora Lourdes es va xivar. Va trucar al Joel i el va avisar que al seu pare li ballava pel cap d'anar a veure la mare. Volia agafar el cotxe i plantar-se, tot sol, al cementiri de Sant Gervasi.

—Ni parlar-ne, pare. —El Joel li va telefonar a l'instant—. Només m'has de dir quin dia hi vols anar, et recullo a Vallvidrera i t'hi duc.

—No et volia molestar, fill.

—Hi som per això. Només faltaria.

—M'agradaria anar-hi sol.

—Ni parlar-ne. Quan vols que t'hi acompanyi?

—Ara.

Van pactar una hora del matí i el Joel es va comprometre a portar unes flors, les que trobés. Serien boniques, no calia que patís. Un cop assegut al cotxe, el Saül pràcticament no va dir res. Responia curt a les preguntes del seu fill. Anava concentrat, amb el neguit d'una primera cita. Tenia la sensació d'anar a una trobada única. Només parlaria ell però tenia por de no recordar-se d'expressar tot el que sentia i que, en els últims dies, d'ençà de la desaparició de la Maria, li havia rondat pel cap. Sabia que els silencis de la seva dona serien tan significatius com les seves paraules. Li feia l'efecte que, segons com anés la conversa, no hi hauria una segona oportunitat.

Van tenir sort d'aparcar a prop de la porta principal. El Joel el va ajudar a sortir del cotxe i, després, li va donar el bastó.

—No em cal per a re. Posa't aquí.

Van caminar de bracet, amb compte perquè el pare no ensopegués.

—No et vulguis fer el pinxo, tu ara... —el Joel, amb la vista clavada als peus—. És un camp de mines, això.

El terra dels cementiris, irregulars i plens d'obstacles, és un trencacames. Quan no és un panot fora de lloc, és una branca despistada o una arrel de xiprer que ha bufat el camí. Qualsevol petit monticle, qualsevol protuberància subterrània, sembla algú que truca per escapar-se de la sepultura. És la lluita dels difunts per sortir. Qui no faria com ells? Els morts escuren la imaginació, perquè ja no tenen res més.

Xano-xano, ranquejant, van arribar a l'illa 64. La seva. Els pares del Saül, el Jaume Estrada i la Teresina Morales, havien triat un nínxol arran de terra. Res d'escales. Massa perillós. Que ningú s'hagués d'enfilar per posar una rosa, ni per netejar la làpida, ni per resar. La tomba, a peu pla i a l'alçada dels ulls. Els havia semblat ideal quan la van comprar després de la passa de grip que es va endur tants amics. Més pràctic per a tothom i amb més cabuda. Els havien garantit que hi podrien entaforar fins a tres taüts, un sobre l'altre. En ser el primer de la renglera, just a l'angle, encara n'hi cabria un quart. Per llei de vida, el Saül tenia coll avall que seria el seu. No tenia pressa, però veia que els dies ja anaven més ràpids que les seves cames.

A peu de la làpida, dues corones s'aguantaven l'una en l'altra, per la quietud. Pels dies que duien a la intempèrie, les fulles encara eren prou verdes. Tan sols les faixes s'havien embrutat, de les puntes, per les pluges dels últims vespres. El Joel va dipositar el ram de seixanta euros, ben acolorit, a tocar del marbre. El baf de les flors els va tornar al matí de l'enterrament.

—Les hauries de fer treure, abans no es ressequin.

—Ara buscaré l'encarregat...

El Saül es va desenganxar del braç del seu fill. El Joel li va entendre el gest. Volia estar sol.

—A veure si trobo algú, per aquí... Tens un banc darrere teu, pare.

—Estic bé. —Els dos copets al colze significaven un ves, ves, convençut.

—Ho dic per si vols seure. No et facis el valent, que ens coneixem.

Quanta gent en un mateix nínxol. Al marbre lateral, en una llesca estreta de dalt a baix, hi havia fet gravar —amb lletres daurades— el nom del pare, el de la mare i ara el de la Maria, per ordre de desaparició. El resum d'una vida. La persona reduïda a unes majúscules. Un nom de pila amb dos cognoms i dues dates. Neixes per atzar i te'n vas quan la loteria diu que s'ha acabat la broma. I prou. El Saül contemplava les inscripcions del marbre i buscava similituds en les dates, regles de tres que li permetessin establir una norma per la qual els Estrada eren més de morir-se a l'estiu i els Vilalta més a l'hivern. Jugava amb les progressions. Si el pare al juliol, la mare a l'agost, ell seria, potser, carn de setembre.

Va mormolejar un parenostre a tres passes de la Maria. El va dir a consciència. Es va saltar algun vers, per descuit, no perquè estigués en contra de cap afirmació concreta. Senzillament, feia tant temps que no el deia que estava desentrenat i, encara que no ho volgués admetre davant dels fills, la memòria començava a fer de les seves. Ans deslliureu-nos de qualsevol mal. Amén.

Sense donar l'esquena a la família en cap moment, va netejar el banc amb el mocador i s'hi va asseure.

Es va distreure mirant al voltant. Repassava els noms que encerclaven el seu nínxol i s'entretenia comptant quant temps portaven allà dins. No va reconèixer ningú entre els veïns de la pau eterna. En l'entorn més immediat, va detectar poc moviment. A tot estirar, una àvia del 2017. Més enllà, i més amunt, un matrimoni que se n'havia anat el mateix dia. Coincidències d'aquesta mena passen poc. Un accident de cotxe, potser... El tapís sencer de l'illa era heterogeni. Flor seca per a uns, versos gravats per a altres, alguna fotografia en blanc i negre que fa més dol, i creus de totes les mides per donar i per vendre. Li va semblar que les làpides amb vidre estaven menys empolsades que les que no en tenien. El marbre negre potser lluïa més que el blanc, de pedra freda. De mica en mica, la seva mirada va tornar avall, a la Maria i a les corones. N'hi havia una que havien enviat des de Copenhaguen, els companys de feina del Raimon de l'Experimentarium.

Com qui no vol la cosa, el Saül va arrencar en veu baixa.

—Hola, pare; hola, mare. Maria, amor meu, ja soc aquí. És tan estrany parlar-nos així. Jo estic bé. He trigat a venir, potser... Tens raó. Em calien uns dies. Volia que em veiessis fort. No pateixis per mi. Me'n vaig sortint i me'n sortiré. Els nanos estan bé, cadascú a una punta de món... El Joel no, ronda per aquí. M'ha volgut acompanyar tant sí com no. Són dies molt rars, aquests... A casa hi ha poc soroll. El menjador està molt buit... I et van venint pensaments i coses, ja t'ho pots... El cap no para. Voltes i més voltes.

Tot d'una li va fer vergonya que algú el pogués sentir. Va mirar a un costat i a l'altre. No hi va veure ningú. Però no volia que algú pogués pensar on va aquest senyor tronat, aquest avi que repapieja, parlant tot sol. Va decidir continuar conversant amb la Maria d'una altra manera. Per dins.

No he vingut per fer inventari. He vingut per fer-nos companyia, per veure't, per dir-te hola, soc aquí. Per ser-te franc i dir-te que trobo que tot això, que és tan feixuc i tan incòmode, digue-ho com vulguis, ho estem manegant com a nosaltres ens agradaven les coses. Endreçades. Amb dignitat, sense drames ni exageracions. L'edat ja no ens fa estar per gaires marrameus, oi, noia? N'havíem enraonat alguna vegada, recordes, de com les oscil·lacions, amb els anys, cada vegada són més acotades. Fins i tot la tristesa no és la d'abans. No per això s'estima menys. Però n'has vist tantes, de verdes i de seques, que aprens a conformar-te allà on abans t'hauries rebel·lat. Re... Que ho vam deixar tot prou en ordre, em fa l'efecte, oi? Dins de com ha anat tot, Maria, podem estar satisfets d'una cosa. M'agrada pensar que no ens ha quedat res per dir. Tot allò que calia, ja ho hem fet en vida. És veritat que... Hem tingut totes les hores del món per explicar-nos-ho tot. Camí dels cinquanta-sis anys junts, si no m'he descomptat. Ja no quedaven secrets, entre nosaltres. Què més vols? I si te'n guardaves algun, te l'has endut aquí dins i ara ja sí que no hi haurà qui te l'arrabassi. Ai, Maria, Maria, Maria...

En les últimes setmanes, quan tots sabíem, i tu la primera, que el compte enrere s'havia posat en marxa, ens agafàvem de la mà i parlàvem de tot. Però sobretot del més important. L'essència. Aquestes converses m'han deixat un bon regust. Altra gent, la que se'n va de cop i volta, no pot fer-ho. Sempre hi ha algú, i tots en coneixem, que li ha quedat alguna cosa al pap. Una il·lusió, un retret, un record, tant se val. O unes paraules d'aquelles que mai trobes al moment i quan et decideixes a fer el pas ja és massa tard. Nosaltres, Maria, ho hem fet prou bé fins al final, no t'ho sembla? Els últims dies, quan ja només et quedaven encesos els teus dos ulls, els ullarros blaus que em van enamorar a Roma, ens miràvem i ens enteníem. Era dur, no era fàcil, però vist ara a mi em fa l'efecte que també ha estat de les coses boniques que haurem compartit. M'estimo més mirar-m'ho per aquest cantó, què vols que et digui?

M'està passant una cosa, ara mateix... T'explico, et parlo, m'imagino la teva cara i em trobo parlant a la Maria jove, la de Sant Sebastià, la de la nostra lluna de mel. No la Maria d'última hora, de pell i os. Quan vaig veure que et marxava la gana... Però, ho veus? Em ve al cap aquell viatge, la il·lusió d'arribar en tren a Sant Sebastià i passejar, tots dos sols, per la platja. El primer matí ens vam fer pujar l'esmorzar a l'habitació i érem feliços per la novetat, per les coses que no havíem fet mai. Obríem el finestral, amb la mica de balcó que teníem, i sentíem la gent parlar a sota, al mig del barri vell... I un dia que no va parar de ploure, ens agradava el repicar de l'aigua a les llambordes i la mica de fred que entrava i no ens vam moure del llit. Recordo més coses de l'any de la maria castanya que les de la setmana passada. El viatge. El nostre viatge va ser el del Japó, abans que nasqués el gran. Si dius: tria una tarda de la teva vida... Aquests jocs que s'empesca la Vito... Escull una tarda de la teva vida? Trio aquella... Davant d'aquelles flors de cirerer que volaven i s'escampaven pel vent. Quina sensació de llibertat. Tu vas dir... No sé si ho diré igual, però ja saps a què em refereixo... Que la sublimitat era allò. La fragilitat d'aquelles fulles, recordes? Que havíem d'aprendre que tot era efímer, també la vida, delicada com les flors dels cirerers... En teníem milers davant nostre. Aquella pluja rosada ens va emocionar. No es podia ser més feliç. No hem vist, Maria, un paisatge igual. O potser era el moment. Estàvem tots dos junts i no necessitàvem res més, i ens deixàvem endur per tanta bellesa.

És curiós, noia, com d'una vida en queden els viatges. Ho havíem comentat més d'una vegada i ara ho sabem del cert. Fas maletes, aparques hores i costums, obres els ulls, descobreixes racons, et bellugues per llocs que et ve de gust conèixer. I t'adones, quan ets fora de casa, que el mateix sol es pon de manera diferent en un arrossar al Delta, a la Lapònia més blanca o sobre aquella planúria de tulipes en què ens vam quedar sense rodet. A falta de fotos, vam seure, vam contemplar l'espectacle i vam acabar aplaudint un capvespre qualsevol. Un regal de la naturalesa, no t'ho sembla?

Tot és nou, tot és fora de guió, en un viatge.

A casa, ho reconec també a misses dites, potser he estat massa de rutines i d'hores en punt. Més de camins drets que de dreceres. De mirar massa endavant, potser, i poc al costat. I al costat hi eres tu. En aquests dies, Maria, també m'ha passat pel cap, més d'una vegada, la nostra enganxada. La de debò. No n'hem tingut tantes, tampoc, Maria, però aquella va ser forta. La que va sotraguejar els fonaments. Culpa meva, ho admeto. Una paraula dita sense pensar, en un moment que no tocava. La recordes, oi? Bajanada. D'aquesta no me n'oblido i mira que hi ha vegades que, segons com, dic una cosa per una altra. Bajanades, va ser així, en plural concretament. Parlàvem de... Era l'inici de... Quan vam començar a enraonar de si jo m'havia de jubilar o no, de si havíem de vendre l'empresa o no, de si... i tu estaves moixa. Jo anava parlant i tu feies una cara de set déus. En el fons, feia estona que notava que passava alguna cosa, però no deies res. Fins que vas explotar. Poques vegades has muntat un gori, ni amb mi ni amb ningú, però aquell dia vas rebentar. Estàvem parlant dels meus plans, de si em convenia o no que em retirés, i tu vas saltar... I jo què, vas dir, cridant. I et vas començar a enfilar. Que si a tu t'havia passat la vida volant, que ningú t'havia preguntat què volies ser, ni si t'ho passaves bé, ni de si aquella era la vida que havies somiat, ni si en realitat havies tingut mai algun somni, si ni tan sols havies tingut dret a intentar-ho... Ens vam mirar. Tu estaves encesa i a mi, encara no sé per què, se'm va acudir dir això són bajanades, Maria. Quants dies vas estar sense parlar-me? Una setmana? Més i tot, diria.

Anàvem a dormir a deshora, quan venies al llit jo et deia bona nit de la manera més neutra possible, sense cap intenció, només perquè notessis que mirava de tornar a la normalitat, i tu ni tan sols rebufaves. M'ignoraves. A la novena o desena nit, sí, vas dir un bona nit, encara dolguda, i l'endemà vam començar a rebaixar la tensió. No en vam parlar més, d'aquell episodi. Sempre més vaig tenir cura de no dir que res fos una bajanada, al teu davant. Amb el temps, però, m'he anat adonant de què volies dir. I era greu. Era... Com se diu? Nuclear. Era nuclear, el que reclamaves, era just, sobretot, i jo ho vaig despatxar amb una paraula desafortunada. Entenc, ara, que et sentissis menystinguda, que creguessis que no havia estat a l'altura, ni aquell dia ni la pila d'anys abans, ni tot el que ha vingut després. No hi ha excusa, ni pretenc que ho sigui, però els ulls d'ara, Maria, no són els del món d'ahir. A la nostra Vito tot això no li passarà. Prou que se'n cuidarà ella mateixa. En té més de quaranta. És una dona feta i dreta. No s'arronsa ni s'arronsarà. Ha fet el que ha volgut, ha tingut els seus ideals, ha lluitat i se n'ha sortit. Sap quina és la vida que vol tenir i no hi renunciarà per res ni per ningú, i farà bé.

Al Rai, en canvi... Aquesta és una altra història, Maria. Això també ho veiem ara. Al Raimon no li vam fer prou costat. Vam deixar que s'ho passés tot sol. No vam saber com fer-hi front i vam fer el pitjor de tot. Re. No vam tocar el tema. Ens estimàvem més no saber, no mirar, no preguntar... Tan valents que hem estat per a unes coses i tan covards per a aquesta. Què ens hauria costat agafar-lo i dir-li Raimon, t'estimem, sigui el que sigui, ets el nostre fill, som aquí per al que convingui. No vam saber fer ni això. Per estalviar el tràngol d'un moment, remordiments tota la vida. El pas l'havíem de fer nosaltres, no trobes, i vam perdre l'ocasió. Ell va patir, moltíssim. Segur. S'ho va passar malament, no ens volia fallar, i ara que el veig feliç no tinc ni la mica de vergonya d'avi per demanar-li perdó. Ara diràs això són romanços, Saül, però el temps també era un altre, llavors. Tot això era tabú, es vivia d'amagat, ho vèiem però no ho vèiem. La paraula sonava molt grossa.

Ara no actuaríem igual, segurament. Vull pensar que no, vaja. Però ja és massa tard, el Rai està feliç i els companys de feina del museu de la ciència t'han enviat una corona. Des de Dinamarca, quin detall, Maria. Quins tres fills que tenim.

Per ser que no volia fer inventari, déu-n'hi-do, no trobes, noia?

Per cert, Maria, deixa que riguem una mica... Has guanyat l'aposta. La primera a marxar has estat tu. Sort que no ens hi havíem jugat res. Ja que he perdut, miraré de trigar a venir. T'aviso perquè ho sàpigues. Aquest racó està bé, veig que té moltes hores de sol, però a casa estic millor. Ni que sigui per les vistes. Cada vegada que veig Barcelona allà baix, penso com t'agradava. La primera vegada que ens van ensenyar el pis i tu vas veure la terrassa i tot allò al teu davant vas dir que sí, que allà hi passaries la vida. Vam notar, a l'instant, que aquella seria casa nostra. Vam patir perquè no ens prenguessin el pis. No sé, fins i tot, si vam pagar una mica més del que ens demanaven d'arres perquè també hi havia una altra parella que s'havia enamorat d'aquelles vistes. A casa... L'habitació està igual. Els nois van treure la teva roba i les teves coses del lavabo. Ho van fer per mi i perquè no s'hi hagués de posar la senyora Lourdes. El primer cap de setmana, tot fora. Ni me'n vaig adonar. Tota la teva roba i les teves coses... Els marcs de fotos que tant et miraves i remiraves, però, això sí que ho van deixar al seu lloc. Ara m'hi entretinc jo, una estona. N'hi ha una, del nostre viatge de nuvis... La del balcó de l'hotel de Sant Sebastià que estem tots dos asseguts a terra, amb la bata posada. Estàvem guapos, Maria. I radiants. Nosaltres també vam ser joves. En canvi, hi ha una foto que ja hauríem d'haver tret. La del casament del Joel i la Marga... Una història caducada, la del Joel i la Marga. M'estranya que no aprofitessis el marc per posar-hi una foto del Leo o de la Lisa, que la veiem poc, allà a... Estrasburg. El Joel el veig bé, amb aquesta noia nova que va amunt i avall... És igual, ara no recordo com es diu.

Saps què? Ara riuràs, Maria. Ja em semblava que em deixava de dir-te'n una... L'altre dia vaig obrir el piano. Em diràs no l'has obert en cinquanta-cinc anys i ara t'hi poses? Re... Vaig tocar tres notes, amb aquest dit. Vaig veure que la senyora Lourdes m'espiava des de la cuina i vaig tornar a abaixar la tapa. Em vaig sentir enxampat, com un nen. No volia que em veiés... L'orgull dels Estrada, què vols fer-hi? De tant en tant, quan estic sol, també tinc dret a emocionar-me, jo, alguna vegada.

Ai, Maria, quina putada fer-se gran...

Perdona, no he vingut aquí a plorar. Estic fort, jo.

Has vist quina corbata duc? Em va fer il·lusió trobar-la i vaig pensar, calla, ja sé quin dia me la posaré. És la manera que tinc de dir-te hola. I que et trobo a faltar. I que t'he estimat molt. La manera de donar-te les gràcies per tots aquests anys de... Això nostre ha estat bé, oi? Jo n'estic convençut. I orgullós. Tranquil·litat, confiança... Dies millors que d'altres, moments bons, d'altres que la vida ens ha ventat algun bolet, però els núvols sempre acaben passant... Potser podríem haver fet més? A bona hora... I arriscar-nos i fer algun d'aquells plans que fèiem al llit, ho vèiem clarissim, i l'endemà a l'hora d'esmorzar ja quedava arraconat perquè el dia a dia... Parlo de fa molts anys, quan els dos grans eren petits. Ara rai. A misses dites és més fàcil dir això sí, això no, però hem arribat fins aquí i no està gens malament. Em fa l'efecte que no serveix de re mirar on han anat a parar els trens que ens van passar davant dels nassos. T'ho he dit, per cert, que l'altre dia vaig obrir el piano? Ara riuràs. Vaig tocar tres notes, amb aquest dit, que és el que se m'està més quiet.

—A veure si fotràs una becaina, aquí al sol... —El Joel, per darrere, li va posar la mà a l'espatlla.

—No t'havia sentit.

—Què fas?

—Re... Companyia a ta mare. —Es va mocar amb estrèpit—. Has trobat algú?

—Demà trauran les corones, no t'amoïnis. Les nostres flors les deixaran aquí, uns quants dies. —Va picar a terra amb els talons—. Hauríem d'anar tirant, pare. Aquí no trigaran a tancar.

—Tanquen, el cementiri? Que tenen por que s'escapin? —Va recolzar-se al banc, per aixecar-se—. Do'm la mà.

El Joel s'hi va posar al davant i li va parar els dos braços perquè s'hi agafés. Només n'hi va caldre un.

—Vols que diguem un parenostre?

—No cal, noi. No cal.

Abans de la primera passa curta, pare i fill van dedicar una darrera mirada a la Maria. El Joel va pensar adeu mare, t'estimo. El Saül li va dir noia tornaré abans que no et penses. Si hagués estat sol, li hauria enviat un petó amb la mà. Amb prou màgia perquè volés amb una acrobàcia fugissera, com les flors de cirerer.

14

Perdona que dispari amb bala

El Joel va arribar amb taxi a l'estació de Sants un matí que no es manifestava ningú. El rellotge del McDonald's marcava les nou en punt. Passat el control de seguretat de l'alta velocitat es va tornar a penjar la cartera sobre l'espatlla, va prendre's un suc de taronja a peu dret i, quan li van donar permís, va baixar cap a l'andana. Al cap de trenta minuts clavats ja era al lloc de la cita: a l'estació de Camp de Tarragona, enmig d'enlloc, massa lluny de tot arreu.

El bar, sense personalitat ni confort, feia olor de lleixiu i de baieta bruta. Cadascú tria, per a les reunions, un lloc que li escau. Per telèfon ja havia tingut la sensació que aquell seria un testimoni rebec. Singular, si més no. La dona, que caminava sense balancejar els braços, encarcarada, no es va fer esperar.

L'Anna Molina era eixuta. Duia la duresa als pòmuls i tenia la mirada d'abans-d'ahir, que no corresponia a una dona que encara no arribava als cinquanta. Per més putes que les hagués passat, les seves canes semblaven més de deixadesa que de patiment. Al Joel el va sorprendre, d'entrada, la manera de donar la mà. Lluny del cos, amb l'avantbraç rígid com un ariet perquè no s'hi pogués acostar a fer-li dos petons. Ni ho va intentar.

Van asseure's en una taula del bar de l'estació. Ell, amb un tovallonet de paper, va eixugar les gotes de cafè amb llet d'algun passatger que, a aquella hora, ja devia ser a Madrid.

—Per què m'has volgut veure?

L'Anna Molina va dipositar la safata amb un te negre i la tassa sobre la taula. El Joel duia el got de Coca-Cola esbravada a la mà:

—He llegit la teva història en dos diaris diferents i no en trec l'aigua clara. Hi ha coses que no coincideixen.

—I t'estranya? Periodistes. S'escriu per aproximació. No em diràs que no ho sabies?

—Dona...

—Com és la vostra màxima? No deixis que una mentida t'espatlli una bona frase?

Pàl·lida com el pergamí, mentre parlava es passava la llengua per les dents, com si jugués a desencastar una pellofa d'un queixal corcat. El Joel va treure la llibreta, el bolígraf blau i els va deixar sobre la taula.

—Tens intenció de prendre notes?

—T'estimes més que gravi la conversa amb el mòbil?

—A mi m'és igual. De tot el que jo et digui aquí no en podràs fer res.

—Però, a mi... Ja t'ho vaig dir per telèfon, vaja... M'agradaria que de tot això en deixessis testimoni en un documental.

—Em vas dir el títol, oi?

—*Qui ha robat el meu fill?* És el títol provisional.

—No soc la persona. A mi em van robar la germana.

El Joel va callar. Sabia, per experiència, que aquella dona estava a punt de vomitar-ho tot. La veritat, quan es barreja amb indignació, amb el desconsol d'una pèrdua, amb una lluita d'anys en va, amb la bilis del picar en ferro fred, amb la sort tan crua, amb massa llàgrimes de coixí, acaba per regirar l'estómac i aprofita qui vol escoltar la seva història. La mirada no era cansada. Era ràbia al blanc dels ulls.

L'Anna Molina va arrencar.

Al desembre de 1975, quan ella tenia dos anys, havia de néixer una germana. Es diria Sofia, com la reina acabada d'estrenar. La mare va trencar aigües i el pare la va dur a l'Hospital de Tarragona.

La Sofia va néixer bé i el pare, que era dins del quiròfan, la va poder veure. La mare, però, per una complicació del part, de cop i volta es va posar molt malament. Tant, que la van traslladar volant a Barcelona, a l'Hospital de la Vall d'Hebron. El pare va anar amb ella a dins de l'ambulància. L'endemà del part, la mare va morir. Amb el tràngol, van ser els tiets els qui van anar a recollir la Sofia a l'Hospital de Tarragona. I, allà, va passar l'inesperat. Els van dir que la nena també s'havia mort. El pare, quan l'hi van comunicar amb tant tacte com els tiets van saber, no s'ho podia creure. El pobre home havia perdut, en dos dies, la dona i la filla. Què havia de fer? Van decidir enterrar-les juntes, al mateix nínxol. Aquell dia, la Sofia era en una capseta blanca, tal com l'havien tret de l'hospital. El pare va voler-la veure, però les claus que els havien donat no hi havia manera que obrissin, i al capdavall, per no allargar més l'escena del cementiri, ho van deixar córrer. I així el senyor Molina i l'Anna van anar vivint junts, tots dos sols, durant anys i panys. Cap al 2010, quan havien passat trenta-cinc anys de les dues morts de la família, les televisions van començar a parlar d'un cas que sortia a totes hores, a totes les cadenes. Una monja, sor María, que durant mitja vida s'hauria dedicat a organitzar el robatori de nens acabats de néixer. Eren, pel cap baix, adopcions irregulars. Les denúncies li queien una rere l'altra i les càmeres perseguien una monja que ja no s'aguantava dreta. Arran d'aquell cas, en van anar apareixent d'altres, i al final, de tant veure i de tant llegir coses, un dia al pare va començar a rondar-li una idea. I si potser la Sofia tampoc no havia mort? I anava repetint una frase sempre que sortia el tema: «A la meva filla, jo sempre la vaig veure viva, però mai la vaig veure morta». Ho van rumiar molt, va parlar amb l'Anna, amb el seu advocat i van decidir engegar el procés. Van fer tots els tràmits per exhumar el cadàver i veure què hi havia dins de la capseta blanca que els havien donat. La paperassa, els permisos, la justícia, tot costava molt, però ho van aconseguir. El dia de l'exhumació, l'Anna Molina i el seu pare eren a primera fila. Quan van obrir i van veure l'esquelet d'un bebè van respirar fondo. Van pensar que la recerca no havia estat en va. La Sofia havia mort, l'havien enterrat, no hi havia cas. Havien esvaït els dubtes i quedaven conformats... Fins que van arribar els resultats del laboratori. La primera sorpresa va ser que aquelles restes no pertanyien a cap nena. Eren d'un nen que havia mort poques hores després de néixer. Lògicament, l'ADN de les restes d'aquell nen no es corresponia ni amb la mare ni amb el pare de l'Anna i la Sofia. I tant si hi havia cas. La Sofia Molina es devia dir d'una altra manera i devia viure a l'altra punta de la Península, perquè així era com funcionava el negoci, per no deixar rastre. Un bebè robat a Tarragona el venien a uns pares de Sevilla. Una nena de Bilbao anava a parar a Madrid. Un nen de Barcelona se l'enduien, pagant la quantitat pactada, cap a Màlaga, Valladolid o on fos. En molts casos, aquest era el *modus operandi*. S'actuava en xarxa i la probabilitat d'un retrobament casual es diluïa, pràcticament, a zero. Es digués com es digués, visqués on visqués, es dediqués al que fos, la Sofia tenia quaranta-sis anys i qui sap si tindria alguna semblança física amb l'Anna. La mirada, els pòmuls ossuts, les galtes còncaves... La fesomia era l'única pista que podien tenir.

L'Anna Molina ho va explicar tot, fil per randa, sense emocionar-se. Com si hagués repetit la història mil vegades i n'hagués fet durícia.

El Joel, que s'havia estimat més escoltar-la que apuntar res, va decidir parlar.

—Precisament, si surts al documental, algú podria dir a la teva germana... He vist per la tele algú que s'assembla molt a tu, algú que té gairebé la teva mateixa edat.

—No, gràcies.

—No què?

—Odio la tele. És una paròdia de la vida. No hi vull sortir, jo, a fer el ninot...

—Però és per una bona causa. És la teva causa.

—Una paròdia barata de la vida —va voler matisar.

—Pot ajudar-te a trobar la teva germana.

—Joel... Joel, oi?

—Sí.

—No et conec. No dubto que vulguis fer la teva feina. Potser el teu documental serà rigorós i potser, fins i tot, me'l miraré, perquè el tema em toca en pell pròpia. Però no ens enganyem. Tu no ho fas per mi, ho fas per tu. Pel teu ego, per la teva audiència, per dir jo he descobert no sé què. Pel prestigi. Sí o no? Perdona que dispari amb bala...

—Cap problema.

—Posem-nos en un impossible. Posem que m'acabes convencent que he de sortir al teu reportatge... No et facis il·lusions, és un cas hipotètic. —Va tornar a escurar-se el queixal amb la llengua—. Quedarem un dia, vindràs amb les càmeres, voldràs que et repeteixi tot el que t'he explicat avui, parlarem moltíssima estona, l'entrevista durarà dues hores, i després, quan em vegi per la tele, sortiré deu segons aquí, deu segons allà, passa que t'he vist i, a sobre, dient unes frases que no són les que a mi m'interessa que se sàpiguen.

—És una manera de veure-ho.

—Una, no. És la manera. El muntatge serà el que et vagi bé a tu, no a mi. Aleshores, qui està fent el favor a qui: tu a mi, o jo a tu?

El Joel va posar un dit sobre el mòbil perquè li donés l'hora. 11.48. Faltaven vint minuts perquè el tren el tornés a Barcelona:

—Potser no tots som iguals...

—Tu creus que em solucionaràs la vida? Portem prop de deu anys batallant amb el meu pare i tu creus que m'ho solucionaràs amb seixanta minuts de pel·lícula?

—Sacsejarem consciències, si més no.

—Ui, sí... Un bon tros a l'olla.

—Val la pena provar-ho. —El Joel va començar a témer que se li escaparia aquell testimoni i va mirar de guanyar-se l'Anna d'una altra manera—. Admeto la crítica. No et dic que no. I segurament que no fem bé la nostra feina, però igual que no faré una defensa del gremi, perquè és veritat que, en fi, deixem-ho córrer... Però tampoc admeto les generalitzacions de tota la tele és una bírria, una paròdia de no sé què...

Per primera vegada en tot el matí, aquella dona esquerpa va deixar escapar mitja rialla. Irònica.

—I quina sort que tinc, tu. Enmig del bassal de merda, jo he anat a topar amb l'única floreta. Amb l'excepció que confirma...

—Mira, et proposo una cosa: si no et fies de

mi, vine al muntatge. Gravem l'entrevista i, quan munti el documental, t'asseus al meu costat i em dius el que hi posaries de la teva declaració. Enganxa aquí, talla allà... Què et sembla?

La mirada de l'Anna Molina el va rebentar.

—I tu ets un periodista? Ara em vols passar el mort a mi? Ets tu qui has de fer la feina... A veure si encara...

—No m'has entès.

—O tu no t'has explicat. Et dic que no et podràs aprofitar de la meva història. Ho sento, noi.

—Aleshores... —El Joel, resignat, es va guardar el mòbil a la butxaca del pantaló—. Puc saber per què m'ho has explicat, tot això?

—Perquè obris els ulls. No te'n sortiràs, Estrada. La justícia ha arxivat dos cops el meu cas. Només ens queda recórrer a Europa, i ja veus la confiança que hi tenim...

—Precisament per això, Anna: quan la justícia fa aigües, el periodisme té el deure de...

—No em facis riure, per l'amor de Déu.

—Per explicar-ho, per denunciar-ho...

—Vinga, home. Saps qui era, tu, Robin Hood?

—... —El Joel va mirava d'endevinar per quin costat li cauria el calbot.

—Robin Hood anava a cavall... No amb alta velocitat. Ves a agafar el tren, corre, que no el perdessis.

El Joel va tancar la llibreta, es va aixecar i li va parar la mà. L'Anna Molina no va fer ni el gest d'encaixar-l'hi.

—Bon dia.

—Et desitjo sort, Anna.

—Jo també, noi. Gràcies pel te. —Es va mullar els llavis i el va tornar a escopir dins de la tassa—. Ha quedat gelat. No val res...

El tren d'alta velocitat va entrar a l'estació a l'hora en punt, amb el lliscar d'última hora, sense fer soroll. Va buscar la seva butaca, s'hi va arrepapar i va dir que no volia cap diari, gràcies. Ja els havia llegit a l'anada i tenia pressa per prendre notes. Va abaixar-se la tauleta i va treure la llibreta per apuntar-hi les dues primeres paraules que li van venir al cap. *Modus operandi.* De tot el que li havia dit l'Anna Molina, sabia que si es recordava d'aquella expressió llatina tota la resta d'idees anirien sortint soles.

Les va apuntar a raig.

S'havia de distingir entre bebès robats i falsos fills. El cas de la germana de l'Anna era un nadó robat. Qui fos, l'havia fet passar per morta. Qui l'havia comprat l'havia registrat directament, amb ves a saber quin nom i amb el cognom dels seus nous pares. Els seus pares biològics no en sabien res. Era impossible seguir el rastre. En el certificat literal de naixement no hi constava la mare biològica per enlloc. Dins del taüt li havien posat un nounat que no era el seu. La Sofia era una nena. I els van posar el cadàver d'un nen.

Un fill fals és una altra cosa. És una adopció disfressada. La mare biològica està d'acord a entregar el seu fill. Amb diners o no a canvi. Amb intermediaris o no. Però hi està d'acord. La trampa: no consta com adopció en el registre civil. Els pares adoptius li posen els seus cognoms ja d'entrada, com si fossin els de debò. Aquesta és la similitud entre uns i altres.

Què hi ha més, bebès robats o falsos fills? El Joel, quan ho va haver acabat d'escriure, va subratllar la pregunta. El seu documental ho havia de respondre.

Modus operandi.

Al registre de defuncions consta que la Sofia va néixer morta. No és cert. El pare la va veure viva. Error administratiu o formava part del negoci? Va tornar a subratllar la pregunta. I un nom. No era la primera vegada que sortia. Arcarazo. Enrique Arcarazo. Espanya no fa res. Europa tampoc. Notes. Tenia el costum d'agafar la llibreta i repassar-la de dalt a baix, full a full. Passava el rasclet per no deixar cap indici penjat.

El Joel va aixecar la vista. A la seva dreta, li va

semblar reconèixer el campanar del Vendrell que passava com una fuetada. Sabia que Pau Casals, de ben petit, tocava l'orgue barroc d'aquella església que ara ja havia quedat enrere. Al capdavant del vagó posava, a cada moment, la velocitat. A tres-cents quilòmetres per hora va tornar a agafar el bolígraf de fer feina.

Certificat de defunció. Un altre cas similar al de l'Anna. Hospital Clínic l'any 88. Potser el 89. Diuen que mor un nen en néixer. Els pares no veuen el nen mort en cap moment. Quan demanen el certificat de defunció els diuen que no el tenen. Tampoc no hi ha el registre del nen mort a pompes fúnebres. Aconsegueixen exhumar el cadàver. Dins de la caixa hi ha, tan sols, una cama amputada d'un home adult. La justícia arxiva el cas. Per què? Cal trobar aquest testimoni. Entrevistar-lo. Doble subratllat.

Li va vibrar el mòbil. En tot el trajecte no havia tret el telèfon del seu lloc, la butxaca esquerra del pantaló. Va respondre tan fluixet com va saber.

—Daria, soc al vagó de silenci. No puc parlar. Et truco després...

—...

—Ah, d'acord. Doncs parla tu, només...

—...

Primer li va fer l'efecte que no entenia el que estava escoltant. Mirava per la finestra i ja no veia res. La seva cara s'anava desfigurant al vidre a tota velocitat fins que, tot d'una, ja no es va reconèixer:

—Un moment, un moment.

El Joel va treure els auriculars de la cartera, els va connectar al telèfon i se'ls va col·locar a l'orella perquè no se li escapés cap de les paraules que la Daria havia començat a esbrossar.

—Digues.

—...

—Una mica millor, sí. Però no puc parlar.

La Daria no va parar de donar explicacions, des de la sala de professors. Estava sola i, amb tots els companys donant classe, s'havia assegurat que ningú no la sentís. No era, aquella, una conversa per a un gremi tafaner.

El Joel va tancar la llibreta i, amb una mà, va plegar la tauleta per tornar-la a la posició original. El bolígraf va rodolar per terra. No va tenir esma ni de collir-lo. Es va aixecar i va sortir del vagó. Es va situar a l'interregne entre els dos cotxes, en terra de ningú, en aigües internacionals. Allà, davant de la porta d'un lavabo que anava espetegant pel balanceig suau del tren, no la sentia tan bé però ell tindria algun dret de rèplica. Com a mínim, dir-hi la seva.

—Però què vol dir que el Koldo se t'instal·la a casa?

—...

—Ni que sigui per uns dies.

—...

—Ningú ve a viure a casa teva si tu no...

—...

—Si fa obres al seu pis... No ho sé, que vagi a casa de... Tu, quan fas obres, te'n vas a casa d'algú?

—...

—No m'ho diguis més, que és un bon tio. Ja sé que puja muntanyes... Alpinisme, sí, no volia ofendre. I que és tan valent i...

—...

—Però no en podem ni parlar tranquil·lament, Daria? Portem uns mesos, un any, ja, que em pensava que eren...

El Joel va reconèixer, de fons, aquells lladrucs. Sentia la Frida que bordava, enjogassada. A peu dret, amb gent que s'anava acostant arrossegant la maleta perquè ja ensumaven l'estació de Sants deu minuts abans d'arribar-hi, es va imaginar l'escena. El Koldo, l'alpinista valent, el professor impecable de castellà, l'hereu d'unes vinyes a Navarra, intentant treure la gossa de l'habitació de la Daria per tancar la porta. Ell a dins, la Frida a fora perquè el Joel ho sabia molt bé: el desig, quan s'embala, va per feina.

—Mira, Daria, fes-me un favor. Només un. Ves al teu lavabo, agafes el meu raspall de dents i el llences a la brossa.

Què hi feia tota aquella gent, al seu voltant? Quina mania. Que donen un premi, potser, al que baixa primer del tren? El Joel va desfer el camí, lluitant contra la fila índia. Havia de tornar al vagó per recollir la jaqueta, l'abric i la cartera.

—Em sembla que abans li ha caigut això. —Una empresària de comarques li aguantava el bolígraf amb dos dits.

—Ai, gràcies, no me n'havia adonat.

—Vostè és l'Estrada, oi?

—No. —Va pensar que no podia quedar com un estúpid—. Però m'hi dec assemblar molt. No és la primera vegada que m'ho diuen.

Abans de desar la llibreta i el bolígraf, el Joel es va deixar caure sobre la butaca. Es resistia a creure que la Daria fos un final de trajecte.

Va ser l'últim a baixar de l'AVE.

Es va penjar la cartera a l'espatlla i va deambular per l'estació per anar a agafar un taxi. Esperava que la marabunta que havia sortit davant seu n'hi hagués deixat algun.

15

Tanta pedra ratada

Un estiu.

El Saül va dir-los que, al cap de quinze dies, arribaria a casa el fill d'un advocat italià a passar la primera setmana de juliol. Li havia demanat un favor, hi havia de quedar bé —el negoci és el negoci—, i no va saber dir que no. Va suggerir que el Joel i el Rai, els ganàpies de casa, s'ho arreglessin perquè el nano pogués dormir amb un dels dos. L'altre, que posés un matalàs a l'habitació de la Vito, que per una setmana de clapar a terra no es moriria ningú.

—Sí, home —va protestar la petita.

La segona a dibuixar una ganyota de set déus va ser la Maria.

—M'ho podries haver dit, trobo.

—Què passa? —Aquella sortida sí que no se

l'esperava, el Saül—. Tenim dues setmanes per reaccionar. No ens atabalem.

—Però que hi seràs gaire, tu, per casa, aquells dies? Em feu gràcia... Aneu a la vostra, els homes.

—M'hi he vist obligat, Maria, què vols que... És l'advocat que tenim a Vicenza, ja el coneixes, el que és vidu. M'ha dit si el nen podria venir una setmana, a esbravar-se i a conèixer Barcelona...

—A esbravar-se? —va saltar la Maria.

—Però quina edat té? —va preguntar el Joel.

El Saül va treure's un paper rebregat de la butxaca i el va desplegar.

—Es diu Alessandro. Alessandro Lombardo. En té disset.

—Com tu, Joel.

—Que m'ha tocat el mort, vaja... —resignat.

La Maria continuava girada:

—Tens alguna foto del nen aquest? L'hem d'anar a buscar? Saps si té una al·lèrgia? Què sé jo... Menja de tot, aquest nen?

—Hòstia, calmem-nos tots, Maria, per l'amor de Déu, que només és una setmana...

La Maria es va aixecar per no continuar discutint davant dels fills. A ella li agradava tenir-ho tot controlat, i de cop i volta un imprevist li podia desguitarrar la seva pau cronometrada. Voldria que l'Alessandro de marres estigués a gust, que tot sortís bé i, tal com tenia endreçats els hàbits, aquella arribada era una sacsejada. Com a mínim el seu marit s'havia de posar al seu lloc. No es podia sorprendre, al damunt, que li fes morros. Si hi havia algú que es podia ofendre, era ella.

El Saül el va anar a recollir a l'aeroport. El Joel i el Rai el van acompanyar a contracor, remugant des de casa fins que el seu pare va dir prou i va posar unes ranxeres del Jorge Negrete perquè callessin. Amb la foto a la mà —l'advocat Lombardo, a petició del Saül, havia enviat una foto del seu fill per correu—, els nois anaven descartant les persones procedents del vol de Milà que desfilaven per la porta d'arribades internacionals. Els que arrossegaven més d'una maleta i carretons, fora. Famílies fora. Dones fora; homes, tampoc. De joves sols no n'apareixien tants. De fet... El van reconèixer de seguida. Era el mateix ros oxigenat de la foto, amb els cabells de príncep medieval. Duia la camisa espitregada, una cadeneta al coll i una sivella metàl·lica, grossa, desvergonyida. La vista del Raimon se'n va anar als pantalons. No tant per clars o per serrats, que també, sinó per curts. Deixaven un pam de turmell a la vista. Més avall —quina extravagància—, mocassins sense mitjons.

La desimboltura de l'Alessandro es va fer palesa al primer delaguard. Xerraire, manefla, sense un bri de timidesa. En el camí de l'aeroport a Vallvidrera, assegut com a copilot del Saül, ho va preguntar tot. Del cotxe, de la família, de l'idioma... Edifici que veia, cosa que assenyalava perquè li diguessin què era. A mesura que va anar enfilant la muntanya de Collserola se li va aparèixer el mar darrere Montjuïc, el Camp Nou va treure el nas, va preguntar per aquelles llums verdes —són les del Corte Inglés, va dir el Joel— i, allà baix de tot, va descobrir la Sagrada Família. Va preguntar si hi anirien, si podrien pujar-hi a peu fins al capdamunt, quants graons hi havia, quin any s'acabarien les obres... En arribar al Tibidabo va treure la seva millor rialla. Allò sí que no s'ho esperava. Un parc d'atraccions, allà dalt? Millor això que la Sagrada Família... Hi podrem anar? El Saül va dir que sí, que esclar, que només faltaria. Als seients del darrere, els germans es van entendre amb la mirada. Sabien quina excursió els tocaria fer. No van dir res, però estaven d'acord amb l'Alessandro. Millor el parc d'atraccions que la Sagrada Família. Semblava simpàtic, aquell noi.

A casa tampoc no parava. Cantava, ballava, feia pessigolles a la Victòria i deixava que n'hi fes. A res deia que no. A tot responia, per mi perfecte. Vols baixar a Barcelona? Era que sí. Ens quedem a la piscina? També. I allà, enmig de la zona comunitària, amb altres veïns, amb un banyador amb l'ànec Donald i ensenyant les costelles, tornava a cantar, a ballar, a tirar la Victòria a l'aigua o s'hi llençava ell, fent la tombarella endavant o el salt mortal cap enrere que esquitxava tothom. L'Alessandro, a més a més, dibuixava bé. Amb tres gargots veies la torre de Pisa, una sirena o el perfil del Xarlot. El Raimon, que també hi tenia la mà trencada, competia amb ell a veure qui feia un millor retrat de la Vito, que no hi havia manera que s'estigués quieta. Un vespre, fins i tot, el convidat de disset anys es va oferir a fer un plat de pasta per a tots. Es va tancar a la cuina amb la senyora Lourdes i va prohibir l'entrada perquè no li descobrissin la recepta. Per sopar, tots plegats es van llepar els dits amb unes tallarines amb ceba i anxoves.

Ni a la nit no passava desapercebut, l'Ale. Quan tots se n'anaven al llit, ell agafava un volum qualsevol de l'Astèrix i, tan sols mirant els dibuixos, intuint el text i imaginant-se la història, es petava de riure al llit del costat del Joel. El Raimon, a l'altra banda de la paret, amb un matalàs als peus de la seva germana, sentia l'Alessandro i se li encomanava el bon humor.

Al Tibidabo van decidir que hi anirien a peu. Del pis dels Estrada a Vallvidrera al parc d'atraccions tampoc n'hi havia per a tant. El Joel, el Rai i l'Alessandro es van llevar d'hora, van esmorzar de valent i van començar a tirar rampa amunt. Quan hi van arribar, esbufegant, tot just obrien les portes. Van donar un volt, van identificar les zones i van decidir com atacarien el matí. La dèria de l'Ale era una. L'havien sabut des del primer moment. La muntanya russa.

—Qui s'hi atreveix?

S'hi van apuntar tots tres. Van aprofitar que, a aquella hora, no hi havia cues. Els van fer seure en una mateixa vagoneta, però dos de junts i un al darrere.

—Tu amb mi, Rai, que tinc molta por. —L'Ale, enjogassat.

Van asseure's al davant de tot. Les cames els anaven justes, tant de llarg com de costat. Encara més quan els van passar la barra de protecció.

—La primera vagoneta m'encanta. Sempre fa més impressió... Que no hi hagi ningú davant.

—Aquí semblarà que saltis sobre la ciutat...

—Hi has vingut moltes vegades?

—Esclar... —va mentir el Rai abans del seu debut.

—Saps què és el que més m'agrada de tot? —L'Ale es va haver d'afanyar perquè el motor ja arrencava—. Això, aquest neguit d'abans. La pujadeta nerviosa, aquesta que sembla que...

Ja no va poder dir res més. Va fer un crit que va despertar Barcelona. Es va deixar anar de la barra, va aixecar els dos braços i va tornar a cridar, feliç. La seva cabellera anava cap a la cara del Raimon... Però no li molestaven aquells pèls que li anaven a sobre. Tancava els ulls per no veure el panorama al davant, el cingle, el no-res... I a cada revolt i a cada *looping* sentia el seu amic més a sobre, encastant-lo contra el costat de la vagoneta. Instintivament, l'Ale es va posar la cadeneta a la boca, perquè tenia por que li volés. I, fins a la darrera embranzida, va tornar a aixecar els braços, com si hagués marcat el gol d'una final.

—Uau. Què? Què? Què? —L'Ale tenia l'adrenalina en festa grossa.

—T'ha agradat?

—Hi tornem a pujar, oi? Vinga, Rai, tornem a la cua, que no hi ha ningú.

—Jo us espero aquí —va dir el Joel, amb la llet de l'esmorzar amunt i avall.

—Ara posem-nos al revés —va proposar l'Ale—, que així m'aixafaràs tu a mi.

En les tres últimes nits de l'Alessandro Lombardo a casa dels Estrada hi va haver un canvi d'habitacions. El Raimon s'ho va manegar, com qui no vol la cosa, per convèncer el Joel. Era just que ell també dormís a terra, en un matalàs, amb la seva germaneta. Si eren sis nits, havien de ser tres i tres. El Joel no hi va veure segones intencions, va trobar que l'argument era irrebatible, va agafar els pantalons curts del pijama, el seu coixí i van fer el canvi de torn.

Quan l'Alessandro va tornar a Itàlia, els Estrada van trobar la casa buida. El Raimon mirava de fer el cor fort, però estava enyorat. Una setmana, fins que l'estiu va recuperar el tremp i l'alegria.

Al cap de pocs dies, el Saül es va plantar a l'hora de sopar amb una carta de l'advocat Lombardo. La va llegir en veu alta, perquè la sentissin tots. L'Alessandro havia tornat encantat a casa, tot eren bones paraules i agraïments pels amfitrions. I hi havia una menció especial per a la Maria, que havia tractat l'Ale com si fos un més de la família. Fins i tot donava records per a la petita Victòria, tan eixerida, que s'havia encarregat de fer-li pessigolles al seu fill. Al final de tot, després de la signatura enrevessada, hi havia un postscriptum.

Mai no havíem plantejat això com un intercanvi, però si el Joel o el Raimon, o tots dos, volguessin passar una setmana a casa nostra, tant l'Alessandro com jo mateix estaríem encantats i honorats de rebre'ls l'estiu que ve. Sense compromís.

El Raimon, després del primer moment, abans que el seu pare tingués temps de desar la carta dins del sobre, va pensar que i tant si li faria il·lusió d'anar-hi. Molta. Però no en va dir res, a ningú. Va viure tot el curs amb les ganes d'anar sol fins a Vicenza i retrobar aquell Alessandro que l'havia captivat. Havia dut a revelar el rodet de les fotografies del dia que havien pujat al Tibidabo i, de tant en tant, les mirava i les classificava. Per ordre de guapo. Per ordre de rialler. De més a menys preferides. Tancat al lavabo, s'hi va entretenir no poques estones.

Quan s'acostava el bon temps, un dia que amb la seva mare canviaven la màniga llarga de l'armari per la màniga curta, va decidir-se a fer el pas:

—Aquest estiu... Saps l'oferiment que ens van fer els italians, els Lombardo? He pensat que potser m'agradaria anar-hi.

—A tu? A Itàlia? Per què?

—Per sortir, no ho sé. Per fer alguna cosa tot sol, sense la família, per veure llocs nous... Vicenza està a prop de Venècia. M'agradaria anar-hi.

—No et fa por?

Ai, mare..., el mes que ve en faig setze, t'ho recordo.

—Ja en parlarem.

—No, mare. Ja t'ho estic dient ara. Quan dius ja en parlarem és la teva manera de fer entrar una idea en una via morta.

—Però...

—Sempre fas el mateix.

Perquè no fos dit, la Maria va remar a favor de la causa. El Joel va dir que passava d'anar-hi i el Raimon va volar, tot sol, amb Alitalia fins a l'aeroport de Milà. L'abraçada que li va fer l'Alessandro a la terminal va ser, ni més ni menys, com l'havia somiat. Ni més. Ni menys. L'abraçada de dos bons amics que fa temps que no es veuen i que s'han trobat a faltar. En les dues hores d'autopista, amb l'advocat Lombardo amb el peu a fons, es van posar al dia de tot un any. L'Alessandro, amb els cabells més retallats però igual de rossos, havia fet els divuit, s'havia tret el carnet de conduir però el seu pare encara no li deixava agafar el Lancia fora dels carrers de Vicenza.

A casa —un pis cèntric, gegant, de sostres alts i amb unes golfes que eren el paradís de l'Ale—, el Raimon va tenir una habitació amb lavabo per a ell sol. Li van donar un joc de tovalloles i la planificació, en un foli acolorit, que pare i fill havien preparat per a tota la setmana. Era una proposta.

Res no s'havia de fer sí o sí. A part del dia que l'advocat s'agafava festa per dur-los a Venècia, cada matí els dos nois farien una escapada i, a la tarda, es quedarien a casa o podien sortir a rondar, a fer un gelat o una llimonada. No havien de donar explicacions a ningú. Únicament, si no sopaven a casa, havien d'avisar. La primera nit, van insistir que telefonés a Barcelona. La Maria ja esperava la trucada. Li va dir que el viatge havia anat bé, que la casa tenia la combinació justa d'antic i modern, que el senyor Lombardo era molt agradable, que l'endemà anirien a Venècia i que si no tornava a trucar seria un molt bon senyal. De la sensació de llibertat que havia experimentat des que havia aterrat a Milà no en va voler dir res.

A Vicenza, els dies volaven. De Venècia es quedava amb el passeig en góndola per canals estrets. De Vicenza, amb el matí que havien perseguit conills pel Parco Quierini. També havia trobat curiós el Teatro Olimpico, el primer teatre cobert amb teulada de la història. Un guia els va explicar que el decorat fix, tot de fusta, el feia diferent de qualsevol altra sala al món. En va comprar una postal per enviar a casa. A la tarda, quan fessin una llimonada, l'hi escriuria a la Vito.

L'Alessandro no parava. De cop i volta, feia broma amb els diferents accents d'Itàlia. Va explicar-li que, al seu país, mirar d'encertar d'on era cadascú per la manera d'enraonar era un divertiment molt comú. Va insistir a jugar-hi fins que tots dos, asseguts a la terrassa del Caffè Garibaldi a la Piazza dei Signori de Vicenza, van començar el repte. L'Ale deixava anar un mateix refrany vocalitzant-lo de les maneres més diverses i el Rai havia de dir d'on era aquella parla.

—*O mangiar quella minestra o saltar quella finestra.*

Per més rodes que feien, només endevinava la paròdia napolitana. Hi havia molts més dialectes que regions o ciutats coneixia el Rai. Qui no aspirava les ces, retallava les vocals al final de les paraules, i qui no, posava veu de nas, com una oca. Semblava que l'Ale se sabia totes les parles i, comediant com era, passava de l'una a l'altra per xerrar molt i no dir res. El Raimon, captivat per l'exhibició, ho va tenir clar. Et guanyaries la vida, a la ràdio, li va dir.

—A la ràdio? —Va fer veure que es posava seriós—. Periodista, jo? Ja no li puc donar més disgustos al meu pare.

Aquella nit, després de sopar, van pujar a les golfes a jugar als escacs. Una vegada rere l'altra, el rei blanc de l'Alessandro anava per terra. El Rai recuperava, al tauler, les partides que havia perdut en l'excitació verbal al Caffè Garibaldi.

—Et puc preguntar una cosa? —L'Ale, arrenglerant els peons.

—...

—Per què jugues amb les dues mans sota la taula? No és lleig? No és una falta d'educació? Sembla que...

Quan el Rai ho va haver entès, es va posar vermell.

—Vols saber la veritat?

—Només si m'ha d'agradar.

—No les amago. És un truc que li vaig sentir explicar a un campió del món. Amb les mans sota la taula, t'ho penses dues vegades abans de fer un moviment. És una qüestió de prudència. Es tracta de no precipitar-se.

—Ja t'he dit que no m'agradaria l'explicació. M'imaginava...

—Va. Col·loca els alfils a lloc.

L'endemà, van agafar un tren regional i, de sol a sol, van anar a passar el dia fora de Vicenza. L'Alessandro, amb una motxilla groga a l'esquena, se'l va endur a pujar al castell de Marostica i, havent dinat, a visitar una destil·leria de grappa, a

Bassano. S'esmunyia la setmana i volien que el camí durés i no s'acabés. L'excursió era el menys important. La ciutat emmurallada, els merlets de ves a saber quin segle, el castell de baix, els campanars esmussats, tanta pedra ratada... Veien tot el que l'Ale havia programat, però la mirada del Raimon passava per damunt d'edificis i racons en un vol superflu. Com si, al damunt dels decorats, hi haguessin posat el tel dels somnis, com si tot l'embolcall fos l'indici que aquell dia seria diferent de tots els altres que el Rai havia viscut durant més de setze anys.

Al final de la visita a la destil·leria Poli els van donar un didalet de grappa, per tastar, cortesia de la casa. El Raimon es va mullar els llavis. L'Alessandro se'l va empassar amb dos glops.

—No et fa cremor?

—Al contrari...

—T'has posat vermell de cop.

—Jo? —L'Ale va dissimular-ho tot menys el color—. És el nostre digestiu.

—Et dono el meu...

—No t'has emborratxat mai, tu?

—La veritat...?

—S'ha de provar tot, en aquesta vida.

—I si n'hi compro una ampolla petita al teu pare? Li he d'agrair d'alguna manera tota aquesta setmana... O te la beuràs tu, l'ampolleta?

Tot d'una, l'Alessandro va pensar que era el moment. Es va treure la motxilla groga de l'esquena, la va deixar a terra i es va acotar per obrir la cremallera.

—T'he dut un regal.

—A mi?

—Si el tens, el pots fotre al riu...

El Raimon, atabalat, va desembolicar el paquet. Pel tacte... Un llibre. De tapa dura.

—El tens?

—Evelyn Waugh. *Return to Brideshead*. No.

—A mi em va encantar. Pots saltar-te pàgines si et ve de gust. No passa res. Jo sempre ho faig. La història s'entén igual.

Va obrir el llibre i el va ensumar.

—Una dona?

—No, què va. Dos homes, dos amics... El Charles i el Sebastian.

—Evelyn... A l'autora, em refereixo.

—Què va... —L'Ale va riure a la seva manera, amb la boca ben oberta, sense cap complex—. Evelyn Waugh. És un home... Era. Era un home, vaja. Un gran fumador de pipa. T'he trobat aquesta versió en anglès, que és l'original.

—Millor que en italià, sí. Per a mi, sí. —Va fer una bola amb el paper d'embolicar i l'hi va llençar a l'Ale, que la va caçar al vol—. Faré els deures. T'ho prometo.

—No hi estàs obligat. —Li va tocar la barbeta—. Que no t'obliguen a res, a tu, en aquesta vida.

El Raimon admirava la seguretat de l'Ale. En el dir i en el vestir. En els gestos, en la manera de parlar amb un cambrer, de fer el salt mortal per llançar-se a la piscina de casa o la forma de relacionar-se amb ell, sempre còmplice, tan captivador. Només es portaven dos anys, però el Rai es preguntava si totes aquelles certeses maduraven amb el temps. La personalitat arribava tot d'una, als divuit, amb la possibilitat de votar?

L'Alessandro va tenir molt d'interès a ensenyar-li el pont de Bassano. Era especial, li va dir per convence'l de caminar una estona més. Era un viaducte de fusta, cobert, no gaire llarg. Es falcava sobre un riu, el Brenta, que baixava amb empenta. Era, sobretot, un pont amb història i amb una cançó. A la Primera Guerra Mundial, hi havien passat les tropes italianes que enfilaven cap als Alps. A la Segona, una explosió l'havia destrossat i l'havien hagut de reconstruir de dalt a baix. A la paret de l'edifici on s'aguantava el pont tapat de fusta encara s'hi veia el solc de les bombes.

—I la cançó?

L'Alessandro li va tararlejar la tornada.

—*Sul ponte di Bassano, là ci darem la mano ed un bacin d'amor.*

—Es nota, Ale, que la grappa t'està fent efecte.

El tren de tornada estava molt atrotinat. Pitjor i tot que el del matí, a l'anada. L'olor de ferro era més intens. Durant una pila d'anys, milers de mans amunt i avall havien acabat brunyint els agafadors. No hi havia cap mànec de porta que no s'hagués rendit. La bravada de l'orina reconcentrada impregnava, segons com, tot el vagó. Les butaques, desgastades de cul, havien perdut la sanefa de l'estampat per no recuperar-lo mai més. L'Ale i el Raimon van triar dos seients a favor de la marxa del tren. A la mateixa estació de Bassano, un home acalorat, que havia hagut de córrer perquè no se li escapés l'oportunitat de tornar a casa, es va asseure al seu davant. Durant dues parades, els joves no es van dir res. Ja feien prou d'aguantar-se el riure. No volien que l'home pensés que es fotien d'ell. Ni l'un ni l'altre, per si de cas, no gosaven mirar la boca de rap del senyor, que no parava de suar. Feien esforços per badar per la finestra o per clavar els ulls passadís enllà. L'Ale, tanmateix, era un provocador. Obria la cama i, amb el seu genoll, picava a la cama del Raimon, que no sabia on posar-se. Així que l'home rap va agafar les seves pertinences i va baixar a Schiavon sense acomiadar-se, els dos joves van esclafir a riure. El rap encara no havia posat una aleta a l'andana que primer l'Ale i després el Raimon es van posar a imitar les bocades d'un peix. Com més lletjos, com més esqueixaven la ganyota, més es partien de riure.

Tan bon punt va arrencar el tren, van refredar el joc.

El vagó havia quedat, pràcticament, per a ells sols. L'Alessandro va allargar el coll i va mirar endavant i enrere, com si busqués algú. Quan es va adonar que ningú no s'asseuria al seu davant, va posar la mà, oberta, sobre els texans del seu amic. Amb decisió, sense témer el rebuig. El Raimon va notar l'escalfor a la cuixa i, sense deixar de mirar les cases que desapareixien a tot estrop, li va posar la seva al damunt. Pell amb pell. S'hi van estar cinc segons, que van semblar mil. Amb les palpitacions del Raimon a dos-cents, van encavalcar els dits i van estrènyer les mans. L'Ale li va mirar els ulls, tan blaus, enfervorits per moments. El Rai, però, els va tancar de seguida. Volia assaborir els altres sentits. El palp de l'Alessandro, el perfum de la seva pell... i el soroll del sotragueig del tren desbocat que agafava la velocitat del seu cor.

No li va deixar anar la mà. Tan sols, amb una emoció que recordaria mentre fos viu, la va arrossegar cuixa amunt i la va col·locar sobre el seu còdol. I va prémer. I van prémer. Una vegada, dues, compassadament, com si manxessin suaument sobre un roc cada vegada més dur.

No van poder esperar a arribar a Vicenza. Van baixar a la parada següent. Sandrigo. Per sempre més seria un nom lligat al Raimon. Sandrigo, rere l'estació, en un pas estret que portava de no sabia on a no li importava quin indret. Allà, amb l'últim ressol, es va plantar, va respirar fondo, va cloure les parpelles i va esperar els llavis de l'Ale. El va sorprendre, però, amb una carícia. Li passava la mà per la cara, amb el tacte melós. De seguida li va entregar un dit, tafaner, perquè el tastés. El Raimon se'l va passar d'una banda a l'altra de la boca com si fos una llengua. I ja no hi va haver treva.

El primer petó va ser llarg. Tranquil.

El segon, després d'agafar aire, de somriure's amb una complicitat estrenada, va tenir fúria i necessitat i entusiasme i tot alhora. Sandrigo. S'estrenyien la cara i els faltaven moments. L'Alessandro va confessar, a cau d'orella, que se'n delia des de l'estiu anterior. El Raimon va dir que i tant, que ell també. Acumulava estacions esperant l'instant que certifiqués la idea que tenia d'ell mateix. Tot d'una no calien més enganys. Era l'acròbata que havia passat la corda fluixa. Se sentia alliberat. Adeu fantasmes. Per fi sabia qui era el Raimon Estrada Vilalta. I li agradava. Molt. A Sandrigo, prop de Vicenza, va esvair els seus dubtes.

Al mateix instant, però, els va convertir en secret.

16

Cada dia era divendres

Durant uns moments, va dubtar. El Joel sortia de la presentació d'un llibre d'un amic periodista, a la Central del carrer Mallorca, i va mirar si encara era a temps d'arribar a sopar a Vallvidrera amb el seu pare. L'acte havia començat un quart d'hora tard i s'havia allargat més del que ningú no hauria desitjat. Havia xerrat l'editora, havien encarregat una glossa de l'autor a un antic professor que quequejava i, finalment, el protagonista, refistolat i encantat d'escoltar-se, va esplaiar-se sense pressa. Va agrair, va parlar, va llegir, va explicar per què s'havia passat a la ficció, va assenyalar els capítols que li havien quedat més rodons, va citar alguna patum i, amb les pessigolles de la vanitat pels núvols, va autoesmentar-se fins que li va pujar el sucre. La dona que s'havia assegut a tercera fila, a tocar del Joel, va sacsejar el canell per assegurar-se que no se li havia aturat el rellotge. Després, encara, els assistents que omplien la cafeteria de la llibreria van fer una cua anglesa per comprar la novel·la i una altra, d'igualment ordenada, per a les signatures. Amb el llibre a les mans, va adonar-se que a la coberta hi havien posat una fotografia de l'autor. Era idea seva. Va pensar —i l'editorial no s'hi va negar— que potser així en vendria tres mil més. Per la dedicatòria va valdre la pena tanta espera.

Per a l'admirat Joel, tu sí que en saps, col·lega.

A les nou tocadíssimes, quan la lluna ja havia començat l'elegant passeig de cada nit, va dubtar de si enfilar cap a saludar el pare, treure el nas i fer-li mitja hora de companyia o tirar Gran Via enllà i plantar-se a casa de la Daria. Amb el volant a les mans, es va guiar pel rampell. Va poder més el cor que el cap. Va aparcar en una zona de càrrega i descàrrega del carrer Lepant, a tocar de la plaça de toros, però no va baixar del Saab. Tal com havia enfocat el cotxe, podia veure el seu balconet. Amb els dos testos arrossinats i els dos geranis, no hi cabia ni un peu. A dins hi havia llum. Amb la cortina a mig córrer, però, no clissava res de res. Ni ombres d'ella, ni rastre del

Koldo. Ni vestit ni despullat. El dubte, frenètic en aquell moment, ja era un altre: pujar o no pujar. El Joel necessitava parlar amb la Daria, cara a cara, perquè encara no es podia acabar de creure que, tot d'una, l'hagués despatxat i no s'haguessin vist més. Volia saber si l'havien aviat per un temps, si era un parèntesi o què carai havia passat, perquè no entenia com havien anat a espetegar en aquella situació. Com un perdiguer amagat rere d'un matoll, va repassar les hores decisives. Ella se n'havia anat de cap de setmana amb el company de llengua castellana i, a partir de l'excursió a Navarra, a La Rioja o on collons fossin aquelles vinyes, passa que t'he vist. Era això? El Joel s'havia instal·lat en la fase de la negació i no se'n podia escapar. Tenia els dos peus en un aiguamort i no els podia treure.

Al cap de cinc minuts de fer guàrdia amb el pols disparat, va trobar un moment de calma per trucar a casa del pare. Va donar temps perquè agafessin l'aparell sense fils. Abans s'hi hauria posat la mare. La Maria, per sistema, era qui tenia el costum de despenjar. Sempre. I ai de qui agafés l'auricular abans que ella.

S'hi va posar la senyora Lourdes. Estava enrogallada. Feia estona que no parlava amb ningú.

No calia que digués qui hi havia a l'altra banda del telèfon. Era l'hora que acostumava a trucar el Joel. La senyora Lourdes tenia els tres fills clissats. La Vito trucava cada dos dies, abans de sopar. El Rai era de diumenge al matí. Fos qui fos, ella els coneixia per la veu.

—Li passo el seu pare?

—No cal, no cal.

—Està llegint el diari davant de la tele...

—No el destorbi. Com el veu?

—Està bé, no pateixi. Sense novetat. Ah, bé, sí, n'hi ha una... Ara s'ha deixat barba...

—El meu pare, barba?

—Diu que no s'hi veu prou, per afaitar-se. I que... —la senyora Lourdes va fer veure que se li escapava el riure—, diu que així tapa els replecs d'acordió que se li han fet aquí sota...

—A veure si se'm tornarà presumit, ara, el vidu, amb vuitanta-...

—Vuitanta-set.

—Està bé que estigui de bon humor.

—Li surt ben blanca, com els cabells...

—Veurem què dura.

—No li quedarà malament.

—Passi-me'l un moment, doncs, que li diré bona nit.

De cop i volta, es va córrer la cortina vaporosa del pis de la Daria i es va obrir la finestra. Va témer que tragués el cap i li reconegués el Saab. En tot Barcelona no hi devia haver un altre Saab de color merda d'oca com el seu. D'un gest de cul, va tirar el seient enrere i va inclinar-se cap a la butaca del copilot per amagar la seva figura. El retrovisor era un bon escut. Com a mínim, que el cotxe semblés buit. El vidre s'havia obert un pam. L'espai just per ventilar un menjador que era una capsa de mistos. Potser una mica més d'un pam, no gaire més. Era l'escletxa justa perquè hi passés un braç. Ho veia i no s'ho creia: va aparèixer una mà amb un cigarret. El fum s'escapava amunt. La cendra, en canvi, volava avall després d'un toc sec de dits. La Daria no fumava. No tenia ni un cendrer a casa. La mà entrava a dins i, després del temps just d'una pipada, tornava a buscar la xemeneia de l'espai obert. Mai havia deixat que ningú fumés al seu pis, i tot d'una, el Koldo —la mà només podia ser seva— se saltava la prohibició. Quin canvi de normes tan intolerable. Si era tan muntanyenc i tan escalador i tan esportista, el company d'escola de la Daria, què fotia perjudicant els seus pulmons?

Decantat cap a un cantó del cotxe, el Joel va recordar l'última vegada que havia aparcat en aquella zona de càrrega i descàrrega, per esperar la Daria. No feia pas tant. Aleshores la il·lusió impregnava cada moment que passaven junts. Un divendres, l'havia recollit a la sortida de l'escola i, amagat entre mares, avis i cangurs, li havia fet una sorpresa. Va acompanyar-la al pis i va deixar que pugés a agafar roba per a dos dies, el biquini i les quatre coses que necessités. I prou. No li va dir on anirien. Cap més pista, ni una sola instrucció. La Daria es moria de ganes de saber on la duia, i en les dues hores llargues d'autopista, rumb al nord, no va deixar d'especular amb opcions que el Joel va anar descartant. En passar la frontera de França, la Daria es va rendir.

Van deixar l'autopista, van continuar per una carretera sense trànsit i, quan va poder, el Joel va aturar el cotxe en un terraplè. Feia molts quilòmetres que tenien un petó pendent. Després de partir-se de riure per un camioner que feia un riu a la intempèrie, a contravent, van aprofitar per descapotar el Saab. L'últim tram de camí el van fer a poc a poc. Descompartien vinyes, paladejaven l'aire del Rosselló i intuïen que, rere els turons, descobririen el Mediterrani. La Daria, amb una mà recollint-se els cabells curts que voleiaven, alçava el cap per mirar el cel porpra de les tardes llargues. Cada dia era divendres, quan estaven junts.

—Benvinguda a Cotlliure.

—Cotlliure... M'ho havia imaginat.

—Sí, a bona hora. No ho has dit fins que no has vist el rètol.

—El meu avi me'n parlava. De les anxoves, pot ser?

Van dormir al Relais des Trois Mas, un hotel amb moltes estrelles al qual s'entra amb curiositat i se'n surt amb admiració. Tenien una suite amb terrassa, amb vistes a la badia i a l'església dels Àngels al fons. A la primera escletxa de sol, el Joel es va desvetllar. No es va moure del llit. Es va girar perquè li quedés la cara de la Daria al seu davant, de coixí a coixí. Li agradava sentir-la respirar, profundament, sense preocupacions, de la manera que dormen les ànimes entregades. No va fer res per despertar-la. Tan sols esperar. Deixar que correguessin les hores fins que, tot d'una, va obrir un ull que va tornar a cloure de seguida. Les parpelles encara manaven més que ella.

—Bon dia, Joel...

—Bon dia, amor...

—Ja estàs despert...?

No li va voler dir que fa cinc quarts que t'observo. Li va pentinar una cella i, sense deixar-la de contemplar, va xiuxiuar-li un pensament:

—Hi ha una cosa al món que només tens tu.

—Jo? Quina sort. —Encara parlava d'esma—. Que m'hagis trobat, vull dir...

Li va fer la sensació que la Daria s'havia tornat a adormir. No era una impressió.

Es van fer portar l'esmorzar continental a la terrassa de l'habitació, sota l'ombra d'uns pins centenaris. A la safata —dolç, salat i amor pels detalls— no hi faltava de res. La confitura de taronja amarga era del mateix hotel i, sobre el pa i la mantega, hi cantaven els àngels. El Joel en va preparar una torrada per a cadascú. La Daria, dutxada i amb el barnús de l'escut brodat del Relais, ja s'havia eixorivit.

—Allò que m'has dit abans, que tinc jo i que no té ningú més...

—He dit tot això? Ho has somiat.

—No, no. I tant, que n'estic segura.

—Ho sento, Da. Era abans, això. Aquell moment ha sortit volant.

—Va, Joel —Pretenia arrencar-l'hi amb una carícia al coll—. Però és una cosa física o del meu tarannà o és de...

—Que no ho recordo, em sap greu...

El Joel va eixugar-se els llavis en el tovalló de fil. Va estampar la rodera del suc de taronja sobre l'escut de l'hotel. Allò, si ho deia, ho havia de pronunciar amb la boca neta i amb totes les síl·labes. La veritat necessita una veu ferma.

—Trobo que tens... la flor de tot l'any.

—Ah... Sona bé. Però això és bo o és dolent?

—A tu què et sembla?

La Daria, sorpresa, es va col·locar bé el coll del barnús:

—I dius que no ho té ningú més.

—No.

—En tot el món?

—Jo no l'he conegut.

—La flor de tot l'any. Caram..

Ella va llepar el ganivet de la melmelada i va mirar a l'horitzó. Esperava que el Joel anés més enllà.

—És una flor especial. No en sé el nom científic. La perpetuïna o una cosa així; no me'l facis dir. És una planta amable. Un cop creix, sempre té la seva millor cara, mai no s'asseca. Sempreviva, en diuen, em sembla.

—Està bé... M'has comparat amb una planta.

—No, perdona, amb una flor magnífica. Única... com no n'hi ha cap altra.

Ella va agafar el mòbil i va buscar imatges de la perpetuïna. Google és ràpid, quan vol.

—Quina soc, jo? Aquesta malva o més aviat la groga...

—Però has vist quines flors tan maques, tan positives... Són boniques, o no?

—Saps què diuen a la Xina? —La Daria va

deixar el mòbil cap per avall—. Si vols ser feliç tota la vida, fes-te jardiner.

El Joel no s'hi veia, francament, amb les tisores de podar. Va intentar dir alguna cosa no gaire estúpida:

—Jo, amb tu, ja en tinc prou per ser feliç.

Ella va sospirar, d'aquella manera que es presta a mil i una interpretacions. Jo, amb tu, en tinc prou per ser feliç. L'hi havia dit, sí. I no se'n penedia.

Al carrer Lepant, una dona que estava negra de tant donar voltes amb el cotxe li va fer un senyal. El Joel, amb un dit, li va dir que no, que encara no se n'anava. El perdiguer encara no havia acabat la guàrdia. Va tornar a mirar amunt. Quan la mà d'home es va acabar el piti, va llençar la burilla al carrer sense mirar si passava algú. Després de l'aparició de la cua de la Frida —un vist i no vist—, el Koldo va tornar a tancar la finestra d'aquell balcó de rajola i mitja. Efectivament, el company d'escola de la Daria s'havia instal·lat a casa. El Joel va entendre que no era la nit per parlar amb ella. El pla, estroncat. No era moment de trucar al timbre i demanar per pujar. Però tenia una conversa pendent. L'última no havia anat com volia. En absolut. No s'esperava que la Daria li sortís amb aquell estirabot. El Joel es va haver de sentir dir que n'estava massa, encara, de la Marga.

—Però què dius, Da? Jo? De la Marga?

—Se't veu a la cara...

—Per favor...

—Quan parles d'ella, se't nota, Joel. No hi pots fer més.

—Però què t'empatolles?

—Tu no te n'adones, però jo t'ho veig de tres hores lluny.

Ho va negar de mig a mig. No era veritat. Era una excusa que la Daria havia dit per agafar distància. O per no dir la veritat, que el Koldo follava com els àngels i que ell, enmig de tot aquell batibull, li feia més nosa que servei.

Quan van penjar, el Joel va mirar-se el melic, per si l'acusació de la Daria estava fonamentada, ni que fos en algun punt subtil. I no ho estava. No li volia cap mal a la Marga, ja portaven tres anys separats, la seva ex vivia amb el Vlado —un home que ni fu ni fa—, però ja no estava enamorat d'ella. Ni pensaments. Per haver-ho deixat córrer, ni tan sols havia tingut remordiments, dels de debò, dels que fan patir, dels que broten com les males herbes per més que les arrenquis. Així de fàcil: la Marga era passat. Era cinc àlbums de fotos que potser no miraria mai més, però tampoc no en volia renegar. Havia estat companya de classe al Sant Ignasi durant tot el batxillerat, van matricular-se junts a periodisme, van pujar en tren durant cinc anys a la universitat, van sortir no recordava ni quant temps, van muntar el pis de Santaló amb tota la il·lusió, van hipotecar-se plegats per fer les obres, van anar al Grand Canyon pel viatge de nuvis i, per damunt de tot, la Marga sempre seria la mare del seu fill. I pel Leo, esclar, el que convingués. Encara que no fossin parella, els tocava compartir reunions i intendència d'un adolescent que s'havia d'observar de la vora. Però el contacte era mínim, i l'amor, a l'aigüera.

Tampoc tenia per què donar-li tantes explicacions, a la Daria, de si als migdies posava la ràdio per sentir, o no, el programa de la Marga Felipe. Compartien mitja vida d'anècdotes, vivències i moments. Què havia de fer? Esporgar-los? Ell era un Estrada. No era d'anar pregonant als quatre vents ni històries, ni cabòries. Menys encara els sentiments. Però potser amb la Daria havia badat, per parlar massa poc. Amb l'oasi de calma potser ella no en tenia prou. Potser l'art de l'amor és, al capdavall, com l'art de la guerra. A vegades, per salvar el castell has de deixar que juguin al teu jardí.

Va arrencar el motor, va sortir de la zona de càrrega i descàrrega i va travessar la ciutat en cotxe.

A les emissores de la ràdio del Saab només hi feien futbol. El Barça jugava un partit de Champions. Eren els minuts finals i tothom semblava molt esverat. Podia ser la primera vegada a la història de guanyar a Old Trafford. Una fita, deien els locutors de veu aguda.

Amb els carrers buits, el Joel va aprofitar per jugar amb els semàfors d'Aragó. Els anava desvirgant d'un en un. Tot just es posava verd, accelerava fins a la travessia següent per tornar a canviar vermell per verd just en l'instant que passava per la meta. Sabia que només a la nit, sense trànsit, podia aconseguir aquella sincronització. En arribar a Urgell com a guanyador, va girar a la dreta per enfilar cap a Sarrià.

A casa, la porta del carrer era oberta de bat a bat. Algun veí devia haver-la deixat falcada per sortir sense claus a passejar el pug —el seu gos de ciutat— per la plaça Artós. Res de nou. La va tancar i va esperar que l'ascensor tornés a la planta baixa. La maquinària, lenta, el va pujar fins al quart. En obrir la porta, va percebre una ombra estranya. Algú, arraulit, movia l'estora del seu pis.

—Hola? Bona nit?

Tenia espatlles d'home. Ni tan sols es va girar.

—Escolta, tu...

Anava vestit amb una jaqueta negra i la caputxa posada. L'ombra va engegar a córrer escales avall.

—Ei, què fas? —va dir el Joel, per acte reflex.

L'encaputxat saltava els graons de tres en tres. S'agafava a la barana i, d'un bot, s'impulsava fins al següent replà. El Joel, sense rumiar-s'ho, va perseguir-lo un pis, dos, tres... En arribar al vestíbul l'home de negre havia fugit cap a la plaça i, sense deixar de córrer, es va perdre enmig de la gent que sortia dels bars de veure el partit. El Joel va esbufegar i va mirar el mòbil —faltaven tres minuts per a les onze— per ser precís, per si calia posar una denúncia. D'una llambregada, va repassar el voltant del portal, per si hi veia cap moviment sospitós. Després, va pujar l'escala a peu. Si era un lladre d'àtics, potser l'havia enxampat a temps. No li havia semblat que la porta del seu pis estigués esbotzada. No trigaria a saber-ho. Una veïna, en reconèixer la figura del Joel per l'espiell, va treure el cap. Era l'àvia del segon, la que tenia el marit a l'última pregunta.

—Passa res...?

—No, no... Tranquil·la. Un nano, que ha baixat saltant...

—Quin terrabastall, mare de Déu —va dir l'àvia, tornant a tancar la porta.

—Bona nit.

El Joel va arribar al quart amb la boca seca pels nervis. La segona porta, la seva, semblava sencera i tancada. El pany, intacte. Els ulls, de cop, li van anar a l'estora. Hi havia un sobre de paper kraft, apaïsat, del mateix beix que la catifa on tenia el costum d'escurar-se els peus. Els colors es confonien. Potser per això no l'havia vist abans, atabalat per l'estrany comportament de l'home de negre. Al sobre no hi havia el seu nom, ni cap indicació escrita per a ningú, però el va agafar sense vacil·lar. Només podia ser per a ell. Va entrar el pis i va obrir els llums. Tot era al seu lloc. Va llançar les claus i la jaqueta sobre el sofà, es va asseure i va notar la suor freda entre els cabells i la closca. Amb l'obrecartes, va esquinçar el sobre mirant que no es fes malbé.

—Hòstia.

Una, dues... No s'ho podia creure. Tres fotografies del Leo. Se li va fer un nus a la gola. El seu fill despullat. Una d'esquena, una de perfil i una de cara. Cap nota. Cap advertiment. Cap pista del tracte brut que li proposaven. No calia.

Hi ha dies que la vida no et deixa en pau.

17

Aquest blau grec

La Victòria, en fugir d'Estrasburg i en posar el peu a terra a Copenhaguen, se sentia observada. Com el delinqüent que s'escapa del lloc dels fets i per més que s'allunya de la zona zero sense haver deixat cap rastre continua notant les mirades al seu damunt. Tothom s'ha sentit així, observat, alguna vegada. I qui ho negui, menteix.

Aquell dia, la Victòria percebia que tots els ulls la detectaven i la perseguien. No feia res dolent, esclar que no. Però li semblava que era al centre de la diana —al punt vermell exacte—, com si tothom, sense conèixer-la de res, la culpabilitzés per allò que només ella sabia que pretenia tirar endavant. Caminava amunt i avall, amb la seva discreció acostumada, però era com si portés una pamela extravagant al damunt del cap i tothom es girés en veure-la passar. Però no duia barret, ni anava nua pels aeroports, ni tenia un gra gegant al front que obligués els passavolants a mirar-la de fit a fit. Ella, però, ho vivia com si l'estiguessin escrutant. I no era la primera vegada que li passava des que tenia ús de raó. Ni la segona. Recordava, amb detalls de fitxa policial, cada vegada que havia viscut aquella experiència de sentir-se el melic del món i, en canvi, voler passar desapercebuda de totes totes.

Un dia, en una excursió amb l'escola per dibuixar la fageda d'en Jordà i les zones volcàniques de la Garrotxa, es va aguantar massa el pipí, no va gosar amagar-se rere un arbre per la recança que la pogués veure algun nen de la classe i va tenir una pèrdua. Més enllà de la incomoditat, de la mica d'humitat a les cuixes i de la vergonya íntima que va experimentar, ningú no se n'havia adonat. Només ho sabia ella, però —no hi podia fer més— creia que, de cop i volta, tots els companys la miraven com si sabessin el seu secret i se'n burlessin. Pitjor encara, com si totes les mestres l'observessin amb la displicència de pensar mira aquesta bleda de quart que no se sap ni aguantar, la Victòria Estrada, qui havia de ser si no...

En una altra ocasió, que també recordava com si fos llavors mateix, s'havia sentit protagonista en contra de la seva voluntat. Sortia de la consulta de la seva ginecòloga, li havia certificat que estava embarassada i, en el camí cap a casa, quan encara no li havia pogut comunicar al Gerard la bona nova, va notar que al carrer la gent la mirava diferent, com si dugués el seu misteri escrit a la cara i els que caminaven en contra direcció li anessin descobrint el meravellós secret al seu pas. No podia ser casualitat que, de cop i volta, tothom la mirés. Seria mare, sí, portava una vida a la panxa i, tot d'una, estava convençuda que tothom l'observava per la seva nova condició encara oculta per a la resta de la humanitat. Aquell dia venturós, la Victòria va constatar que les persones reflectim, als ulls dels altres, les nostres emocions més inflamades.

El divendres del seu viatge, en canvi, no era un dia feliç. Se sentia observada mentre arrossegava una petita maleta amb rodetes per l'empedrat dels carrers de Norrebro, el barri que s'havia posat de moda en un tres i no res. De ser un catau gairebé marginal, un reducte per a la immigració al centre de Copenhaguen, a ser un imant per als moderns, una festa multicultural amb molta vida. A la maleteta, la Victòria duia la muda justa per passar el cap de setmana a casa del seu germà. Li havia trucat i li havia dit Rai et vinc a veure. Tinc un problema. Em vull separar.

Des que havia deixat el Gegi a casa sense que el marit se sabés avenir que passaria sol aquell *weekend*, des de l'instant que li havia fet una abraçada inacabable a la petita Lisa i havia tancat la porta del pis de la plaça Gutenberg, tots els ulls la culpabilitzaven. Des del control de seguretat de l'aeroport d'Estrasburg fins als ciclistes que havia d'anar esquivant per Copenhaguen. Quina mania, tothom contemplant de dalt a baix la seva pena. O eren els remordiments, el que miraven? Odiava aquella sensació, però no hi podia fer més. Ella era la primera de patir, al seu damunt, aquell encaparrament, l'estrany embolcall dels dies especials. Tant espurnejava l'aura de la dona que ja en tenia prou i que havia decidit canviar de vida? Tallar en sec per tornar a començar. Tant se li notava?

El Rai va baixar a obrir-li la porta i la va omplir de petons. Intuïa que, si d'avui per demà, la seva germana havia comprat el bitllet i s'havia plantat a Dinamarca quan encara hi havia restes de neu bruta a les voreres, és que necessitava alguna cosa més que una abraçada. Aquella no era una visita de cortesia. Li va agafar la maleta i va passar al davant. Els graons de fusta, esquifits i enfilats, exigien una certa traça per posar els peus de costat i anar descomptant aquelles escales fins al primer replà.

—Heu pintat?

—Just abans de Nadal. T'agrada?

—Sembla més...

—Minimalista?

—Mola així tan blanc, amb el contrast de les bigues blaves. Atrevides, eh?

—Va ser idea de l'Allan, aquest blau grec. Dona castanya, trobo.

Era el pis de dos entusiastes de la ciència. Un pòster amb quatre cares d'Einstein, vist per l'Andy Warhol, acoloria un menjador que s'acabava en un cop d'ull. En algun moment li preguntaria a l'Allan per què sempre van retratar aquell home amb la llengua fora. Ell, que preparava un doctorat en físiques, segur que en tindria la resposta. Aquestes curiositats, el Rai i l'Allan les sabien totes. Eren l'un per l'altre. Formiguetes del coneixement, fures de l'erudició. Lluny de reptar-se a veure qui sabia més coses, s'estimulaven l'un a l'altre explicant-se noves teories sobre l'angle màgic de grafè quan es torna superconductor o descobertes del primer híbrid de dues espècies extintes, una dona neandertal i un home denisovà. Ho havien vist a la revista *Science*, que n'eren subscriptors. Per llegir i comentar l'article del descobriment del desenvolupament cèl·lula per cèl·lula que podia capgirar les investigacions de les properes dècades, podien estar-se dos dies sense menjar. Així estaven d'esprimatxats. Els texans, serrats de cuixa, els ballaven de la cintura. Com que feien la mateixa talla, tenien un sol armari i compartien la roba. Tot era de tots dos, aquest era el pacte.

—No hi és, l'Allan?

—Ha baixat a comprar cúrcuma. Et vol fer una sopa de no sé què m'ha dit.

La Victòria es va deixar anar. Es va asseure en una cadira, va posar el cap entre les cames i va arrencar a plorar. Tot el que s'havia aguantat des que havia sortit de casa, ho va treure llavors. Per l'estona que s'hi va estar, el Rai va témer que fos una d'aquelles tristeses de les que no se'n van.

Li va posar la mà al clatell i li va fer fregues al cap. Dissimuladament, amb l'altra mà, li va escriure un whatsapp a l'Allan perquè fes un volt més llarg, abans de tornar a casa. Després, va deixar el rotllo de paper de cuina a l'abast de la Vito perquè la seva germana s'anés mocant. No li va preguntar què et passa. Quan li vagués, ja enraonaria. Quan els sanglots li van permetre endreçar els pensaments, va començar.

—He fracassat. No suporto el Gerard. M'he equivocat de marit.

Va tornar a acotar el cap. El bassal de llàgrimes i baves començava a dibuixar l'illa de Mallorca sobre les rajoles.

—Això no és cap fracàs, Vito. No ho és. No fotis.

A poc a poc va anar parlant, com podia.

El Gegi no és un mal tio. Li sabia greu dir-li que es volia separar però, ofuscada com estava, no hi trobava cap més sortida. Ja no li veia cap de les virtuts que l'havien enamorat. Li sabia més greu per la Lisa que no pel Gerard, que no s'hi hauria de matar gaire per trobar-ne una altra. No, no tenia ningú més, que sabés. No hi havia terceres persones, aquest no era el problema. El problema era... No ho podia dir en singular. Eren tots. Estrasburg li quedava petit, li semblava un poble, ell s'hi avorria. S'avorria a casa, s'avorria a la feina, s'avorria al carrer, s'avorria amb la nena i tenia la certesa, i les proves en pell pròpia, que amb ella no només s'avorria, sinó que trobava que era un corcó, que li proposava fer coses i més coses per trencar el vidre que els separava i tot eren ganyotes per resposta. En el fons, el diagnòstic estava cantat. El Gegi enyorava París, la vida, la marxa, el poder fer i desfer sense donar explicacions a ningú. Enyorava, i no ho sabia, ser jove i no tenir responsabilitats. El compromís l'engavanyava. La pedanteria que havia enamorat la Victòria s'havia anat corcant massa de pressa. Ja no cantava, no ballava, no era el belluguet simpàtic amb qui se n'hauria anat a la fi del món. S'hi podia conviure? Sí. Sense conversa, sense màgia, sense riures dels d'abans, quan tot els feia gràcia.

Quan penses en abans, malament rai. Si l'abans sempre és millor que ara, la parella du el perdigó a l'ala.

De cara a la galeria no els faltava de res. Ella amb el sou de doctora amb totes les hores donades de mes en mes, ell fabricant en cadena les capses per a medicaments de mitja França... Aquest, gràcies a Déu, no era el problema. Senzillament... No, de senzill no en tenia res. No volia que se la mengés la rutina, l'anar fent, el dia a dia amb poques il·lusions. Més enllà de la nena, que s'ho mereixia tot, què més hi havia al seu pis de Gutenberg? El fred del carrer estava calant ja a casa. Temia acostumar-se a allò —no sabia ni com dir-ne— que no anava enlloc. Li feia por encomanar-se de la deixadesa existencial del Gegi, que havia passat de ser un entabanador amb les dents blanques a un home que amb una tele, una cervesa i dos gols del PSG en tenia prou per passar una tarda. Per no haver-hi, a casa no hi havia ni discussions. Cendrers bruts sí, tants com vulguis. I l'olor del Winston impregnada per tot arreu. D'això, però, pràcticament ni se n'adonava. O sí, perquè, al capdavall, tot suma. O com deia la Victòria, tot resta. Més enllà de la Lisa, la parella no estava construint el que més necessitava: coses sòlides. Si seguien per aquell camí, on desembocaria tot plegat? Ella no s'hi veia. No s'hi veia aguantant, resignant-se, convertint la seva vida en el qui dia passa any empeny. Els pares no li havien ensenyat això. I la mama potser sabia la teoria però no havia tingut els nassos de posar-ho en pràctica. Quantes amigues de la mare no s'havien convertit en col·leccionistes de frustracions? Però la mama, la Maria Vilalta Campabadal, era d'una altra generació. En canvi, ella... Havia nascut al setanta-quatre, li tocava viure al segle XXI, no volia ressecar-se, ni conformar-se amb unes formes de convivència antigues, caducades. Aguantar no era, per a ella, un verb que ningú hagués de conjugar. Suportar-se i prou tenia, a la llarga, danys col·laterals. I a la curta, també. El remei, per a la Vito, encara era més clar que el diagnòstic. No volia seguir amb el Gegi. Per dolorós que fos el trencament, preferia plorar molt durant dos mesos que anar-se lamentant cada dia de cada dia pels segles dels segles. Aquest era el tema.

El Raimon va beure tot un vas d'aigua abans de dir-hi la seva:

—Tu has de pensar en tu. No t'has de justificar. No has de donar explicacions. És la teva vida, només en tens una.

—Ja ho sé, Rai. Però no és fàcil.

—Esclar que no. Però tu tens les armes i la intel·ligència per fer-ho.

—Sí, però... —Va mirar els ulls blavíssims del seu germà—. Com s'ho prendrà, el pare?

El Rai va riure per sota el nas.

—De debò, t'importa gaire?

—És el pare.

—Vuitanta-set anys, vidu... No et sembla que ja està de tornada de tot?

Va espetegar una porta. L'Allan, tip de rondar per Norrebro amb la bosseta de menjar a la mà, va tornar a casa. Va tancar l'entrada del barri amb un cop sec perquè el Raimon percebés que, una hora i mitja més tard d'haver sortit a comprar la cúrcuma per ratllar, es disposava a pujar les escales amb els peus entrenats per grimpar de costat. La Victòria es va afanyar a eixugar el bassal de terra —Mallorca i Menorca, ja— sense estalviar paper de cuina. En fer-se els dos petons, l'Allan es va adonar de l'escena. Els ulls vermells la delataven.

—Ei, què passa aquí?

—Res. Un mal moment.

El Rai va arquejar les celles perquè l'Allan entengués que el disgust no era culpa seva.

—Benvinguda a Dinamarca, el país amb el dret a somriure.

Els germans Estrada van fer els honors a la sopa de miso amb cúrcuma. És veritat que li donava un toc indi a un plat que la Victòria va menjar sense gana. Durant el dinar, al taulell de la cuina amb tres tamborets alts, no van deixar que parlés ni que pensés.

El Raimon els va fer memòria de la primera vegada que la seva germana l'havia anat a visitar a Copenhaguen. Ell s'havia posat malalt, amb febre sostinguda, cruiximent d'ossos i uns rodaments de cap que no s'hi veia de cap ull. La Victòria, estudiant de medicina, li havia dit demà passat em planto aquí i et vinc a veure.

—No cal, dona, de debò...

—Però deixa que vingui a cuidar el meu germanet, home...

—T'ho agraeixo, Vito. Però no cal.

—I així conec la ciutat, que no hi he estat mai...

—També tenim metges, aquí.

—No em prohibiràs venir-te a veure... Hi ha vols barats i no vull que estiguis sol.

—És que no n'estic, de sol, si és això el que t'amoïna. Hi ha una cosa que has de saber...

La Victòria va callar, esperant a veure com es trencava la pinyata i quina sorpresa en cauria de dins.

—Vito? —El silenci perdurava—. S'ha tallat?

—No, no... soc aquí.

—És que no estic sol, jo... Visc amb l'Allan. —Ja està, ja ho havia dit—. No és un company de pis qualsevol. L'Allan és la meva parella.

—Ah... Molt bé. —Ja no es podia fer enrere, hauria semblat que...—. Vindré igualment. Et vull veure, peti qui peti.

—No ho sabies?

—No, no —la Vito, com si res—. De moment, fes llit, tu.

Va penjar d'un germà i va telefonar a l'altre.

Per la manera de dir hola, el Joel ja va saber que a la Vito n'hi passava alguna. Aspra com un tronc de regalèssia.

—He parlat amb el Rai.

—No es troba bé, oi?

—Tu sabies que era gai?

—A veure, Vito...

—M'ho ha dit ell.

—Jo...

—Tu ho sabies? —Abans que el Joel pogués respondre sí o no, ja n'hi havia caigut una altra—. Per què no me n'has dit res?

—Dona... Les preguntes de dues en dues... els periodistes sabem que no són bones. Sempre n'hi ha una que queda per contestar. Quina vols que et respongui?

—La primera. Tu ho sabies, Joel?

—A tu què et sembla?

—Que sí...

—Doncs ja està.

—Des de quan?

—Ho veus? La segona pregunta ja no te l'he respost.

—Joel, mira. No em vacil·lis, ara... No estic enfadada. Una mica sí, d'acord. Esclar que n'estic. No entenc que ell no m'ho hagués dit. Però tu... Tu encara menys.

—Què sé jo... Donàvem per descomptat que ho sabies. Saltava a la vista.

—I una merda. No és veritat.

—Ets molt llarga, tu, per favor...

—No saltava a la vista de res. No fotis.

—Si no se te'n passa mai ni una.

—Doncs ara em sento burra a parir. Burra de collons. Sobretot, no m'explico la vostra traïció. M'heu deixat fora de les vostres coses...

—No és veritat.

—No m'ho vau dir perquè jo... —Es va frenar a temps. Era un argument que no havia fet servir mai. Podia fer massa mal.

—Ai, Vito, per favor, no vegis fantasmes que no són... Ja saps que el Rai és el més Estrada de tots. Les coses seves són seves. Si hi ha alguna cosa que no la vol explicar, no l'hi treus ni amb alicates.

—Però jo soc la seva germana, hòstia, és que no ho entenc...

—No hi ha res de dolent.

—Esclar que no... Precisament per això. No m'ho podíeu dir? Francament, és que...

L'un va respirar fondo. Ella s'hi va tornar, més fondo encara.

—Què vols que et digui, Vito?

—I els pares, ho sabien? Perquè si també ho sabien els pares i jo soc l'últim mico...

—Naturalment que no saben que viu amb un home...

—Allan, m'ha dit. El coneixes, tu, l'Allan?

—Suposo que el Rai ho ha viscut sempre així, d'amagat, pels pares... Per no disgustar-los, ja saps com són...

—Hòstia, Joel, em sap greu per ell, esclar que sí, i ja em posaré a la seva pell, però d'aquí a una estona... Ara tinc tanta ràbia que hagueu passat de mi, tanta...

Quan van penjar, el Joel s'havia tret un pes de sobre. Ja no estaria en fals amb la seva germana. No només ja no caldria amagar-li res, sinó que havia esquivat respondre la pregunta clau. Des de quan ho sabia? A la Vito li hauria sabut encara més greu descobrir, al damunt, que un dia, quan el Rai tenia quinze anys, havia tancat la porta de l'habitació, se li havia assegut als peus del llit i, entre sanglots, li havia dit m'agraden els tios. Amb aquestes paraules exactes, tants anys enrere. I ella, a l'altra banda de l'envà, en la inòpia, llegint què? Els Hollister?

Amb la millor cara, la Victòria s'havia presentat a Copenhaguen per veure el seu germà aquella primera vegada. El diagnòstic semblava que l'hi havien clavat. El Rai havia agafat una mononucleosi. Mai sabria si per un petó o per un vas mal rentat. La causa ja era història i ningú no n'havia de fer res, d'on hagués posat els llavis. Amb vint dies de llit en va tenir prou per tornar a fer el que els metges en diuen vida normal. En el seu cas volia dir llevar-se, fer un cafè amb l'Allan a la cuina de casa, agafar la bicicleta i pedalar cap a l'Experimentarium, on l'esperaven set hores de feina que, cada dia, li semblaven excitants. *Hygge*, en deien al seu país. *Hygge*, la felicitat en les petites coses.

Van rentar plats a sis mans. El Raimon els ensabonava, la Victòria els eixugava amb el drap i l'Allan els posava a la lleixa, al costat de la resta de vaixella. Després, van celebrar la mica de sol de la tarda per comprovar que allò que havia dit l'Allan mentre bufaven la sopa, i que a la Vito li havia semblat una exageració, era una veritat demostrable: des de qualsevol punt de Copenhaguen s'arriba a peu a una zona verda en un quart d'hora, a tot estirar. Hi van jugar. Ella triava un punt en el mapa, posava el cronòmetre del mòbil en marxa i caminaven sota un cel noble, de blau de plata. Tiressin per on tiressin, en menys de quinze minuts arribaven a un parc, uns jardins o una zona on la gent semblava feliç sobre l'herba fresca.

Després de tres comprovacions, la Victòria es va donar per vençuda. Va claudicar just davant d'una pastisseria.

—Fixeu-vos en aquest aparador —va dir-los l'Allan—. Què hi veieu?

La Victòria era llaminera com la seva mare. Potser la tradició havia guanyat la genètica.

—Pastissos de color vermell?

Un pastís sempre ens retorna a la infantesa.

—No hi veieu res més?

L'Allan també tenia una història de La Glace. De fet, la parella del Rai tenia una curiositat sobre cada punt de la ciutat.

—Tu, abans de treballar al museu, havies estat taxista o guia turístic?

La pregunta de la Vito els va fer riure.

—No, què va... —El Rai es va avançar a la resposta—. Ell fa trampes. El seu pare va ser alcalde de la ciutat. Una legislatura i mitja. Per això s'ho sap tot.

—Una legislatura i mitja? —La curiositat de Victòria va poder més que ella—. El van treure a mig mandat?

—No... —El Rai va maleir haver encetat el tema—. Es va morir.

—Estava fent el discurs d'inauguració d'un

festival d'estiu... I s'hi va quedar, davant de tothom. Un vessament cerebral i bona nit.

—Vaja, pobre. Em sap molt greu.

Tots tres es van veure, desdibuixats, en el reflex de l'aparador de La Glace. A l'altra banda del finestral, s'amuntegaven pastissos de tota mena. Manaven el vermell i la mantega. La Victòria era de dolç, però se n'estava fins que, als vespres de nervis, decidia que un dia era un dia.

—Tu no ens havies d'explicar no sé què... —El Rai va trencar el gel.

—Sí, i tant. Aquest pastís d'aquí és una especialitat de la casa. Té nom d'escriptora.

—Un pastís amb nom d'escriptora?

—Una pista? —El Rai anava molt perdut.

—*Memòries d'Àfrica.*

—Isak Dinesen... —La Victòria va provar-ho.

—Deu punts.

—Però Isak és nom de dona? —El Rai no ho entenia.

—Karen Blixen va agafar com a pseudònim el nom d'un home.

—Una més a la colla —va precisar la Victòria.

—Has llegit *Memòries d'Àfrica*?

La pregunta de l'Allan va ser directa. Va dir que sí. Era que no. Havia vist la pel·lícula. Una història d'amor rotund. L'última cosa que la Victòria necessitava en aquell moment. L'endemà a la nit tornaria a Estrasburg, hauria de parlar amb el Gerard i, en aquella hora del vespre, se li feia una muntanya tan costeruda que no hi volia ni pensar.

—Estava tan guapo el Robert Redford... Ja li començava a sortir una arrugueta aquí. —L'Allan es va despentinar la cua de la cella.

—A mi m'agradava més la Meryl Streep. I mira que amb la Meryl Streep sempre veig la Meryl Streep.

—Doncs jo... Què voleu que us digui? —El Rai, obrint la porta de la pastisseria—. Jo em quedo amb la música...

Els va fer riure amb ganes. L'Allan, simpàtic, estava inspirat: no jutgis mai un llibre per la seva pel·lícula.

—O sigui, que cap dels tres ha llegit la novel·la, vaja.

—Però no ho direm a ningú —va segellar el Rai.

Van asseure's a la taula que els van indicar. Van demanar un te i una ració de pastís amb tres forquilletes. Karen Blixen tenia gust de mousse de cafè i avellana torrada.

18

Les normes de la casa

El Joel li va arrencar un pacte al seu fill. El Leo, compungit, després de plorar amb el cap entre els genolls, després d'haver-ho negat tot fins que no va tenir més remei que admetre-ho perquè el seu pare li va posar les tres fotografies sobre la taula de la cuina, es va ensorrar davant de l'evidència. Quan va haver recuperat la respiració, li va dir al seu pare que l'hi explicaria tot a canvi d'una sola cosa. Que la seva mare no en sabés res. Ja m'ho pensaré, havia respost d'entrada el Joel. Després, trobant-lo tan perdut, veient amb quina ràbia havia estripat dues de les tres fotografies i d'un rampell s'havia tancat a la seva habitació a bramar sense consol, s'hi va repensar. Va entrar al seu darrere i es va asseure al somier del llit. El

Leo havia entaforat la cara en el coixí, que va quedar moll de seguida.

—Tots hem fet coses, als catorze anys, que ens semblen la fi del món i després...

L'un parlava i l'altre no parava de somicar. El Joel li va posar una mà al clatell —suat és poc— sota la mata de cabells. De tant en tant, el pare deixava anar una frase. Primer la pensava, després valorava si aquelles paraules farien prou de pare —el punt just d'estricte, el punt just de pare— i, aleshores, les deia. Per greu que sigui, Leo, no passa res. M'ho has d'explicar. Ens ho hem de dir tot, entre nosaltres. Si no, no et puc ajudar. Però has d'entendre que... això que ha passat és greu. Pot tenir conseqüències per a la teva vida. No se sap per on poden arribar a circular, aquestes fotos. El Leo va tombar el coixí. Buscava un costat sec on entatxonar la galta. Les baves i les llàgrimes havien de quedar a l'altra banda.

—L'hi diràs a la mare?

—Què et fa por que sàpiga?

—Les tres fotos —encara entre sanglots—. Tot.

—Fem una cosa...

Van segellar el pacte amb una abraçada. La mare no en sabria res, per boca seva, però a canvi el Leo no li havia d'estalviar ni un sol detall de la seva història. Ni un. No es podia guardar res.

El Leo va demanar per anar-se a dutxar i, després, li explicaria la pel·lícula sencera. Ni en pintura, va respondre el Joel, que no volia donar-li l'oportunitat de repensar la versió sota l'aigua freda.

—L'acord val per ara. O m'ho expliques o...

De costat, asseguts al llit, amb l'esquena sobre el pòster de l'Stephen Curry i els peus al matalàs, el Leo va explicar el que recordava de la nit de divendres que va passar a casa del Mika, el base del seu equip de bàsquet.

—Tot és tot, Leo. Cada detall, cada minut, em sents?

—Que sí, hosti, ja ho he entès.

Era un divendres dels que li tocava estar amb el pare. Al sortir de l'entrenament, el Mika li havia recordat que havien de fer unes fotos per al calendari de l'equip per a la temporada següent. Li va demanar permís al seu pare i ell, després de telefonar a la mare del Mika, li havia dit que sí que es podia quedar dormir a casa del seu amic i que el recolliria l'endemà abans de dinar. El Joel recordava el dia, la trucada i la resposta de la dona assegurant que els nois no es mourien de casa i que no anirien de festa. I van complir. El problema va passar entre les quatre parets del soterrani de casa del Mika. És una habitació per als mals endreços. El Leo ja hi havia estat en altres ocasions i la pudor de canonades és sempre la mateixa. Hi ha una mica de tot i res gaire endreçat. Les maletes de tota la família, una bicicleta estàtica, un taulell amb eines penjades a la paret, el rebost de les conserves que no caduquen, una col·lecció de coixins pollosos i unes làmpares que són allà perquè s'han cansat d'il·luminar una família que ha fet els quartos a cabassos amb la paqueteria a domicili. També hi ha un sofà ratat i un equip de música, una bona cadena Denon amb altaveus gegants. És la sala on el Mika i els seus germans —en té dos de més grans— passen les hores amb els amics. És un espai humit, amb poca cobertura de mòbil. Quan els fills hi són, els pares no hi poden baixar. Són les normes de la casa.

El club havia encarregat tres fotografies individuals a cada jugador. La foto de grup, tots junts i uniformats, ja la farien al pavelló, en un dia d'entrenament. Les que necessitaven aleshores eren un frontal de cadascú amb el xandall oficial, una altra amb el vestit de l'equip —pantaló negre, samarreta vermella— i una tercera de més divertida, amb una pilota, fent algun malabarisme. Havia de ser un divertiment. El Leo va agafar el mòbil i li va ensenyar al seu pare les tres fotografies que li havia fet ell al Mika. Després, va buscar al whatsapp les tres que el Mika li havia fet a ell i que li havia enviat: amb xandall, de vermell i negre, i aguantant la pilota amb un sol dit. Ni abans, ni després, no n'hi havia cap d'ell despullat. Del Mika, tampoc.

El Joel no lligava caps. Tot aparentava normalitat per una situació que no ho era gens.

—I aleshores, aquestes que m'han enviat?

La veritat. Malament rai, quan costa de dir.

El Mika, després de les fotos, va treure una shisha, va omplir-la d'unes aromes amb gust de vainilla i van anar pipant durant la nit. Ell no hi estava acostumat. No ho havia fet mai, però no va voler ser menys que el capità del seu equip. Primer es va marejar com una mala cosa, després va entrar en un globus i volava i flotava com si pengés d'un núvol. Es va desinhibir, es va deixar anar, es van despullar i, no acabava de saber com, havien acabat fent-se fotografies. Per no res, per jugar. No per enviar-les a ningú. Ni sèxting ni cap altre objectiu. Per a ells i, després, per esborrar. Suposava. Com en una fitxa policial, s'havien posat de cara, de perfil i d'esquena. Nusos, això sí. Però per passar una bona estona. Mera innocència.

—Què passa? —La mirada del pare li feia mal—. No em creus?

—El pacte era que m'ho expliquessis tot...

—Ja està. Tot. Què més vols?

El silenci del pare l'incomodava encara més que els ulls de càstig.

—Com han sortit aquestes fotos? No en tinc ni idea. El Mika no és un traïdor. Segur que ell no les ha fet córrer. A ningú, em va dir. Jo vaig esborrar les seves. Ell...

Inquisitivament, el pare sense dir res va poder més que ell. El Leo va claudicar: el Mika no només va fer el ritual de la catximba. També havia tret el paper de fumar, el cartronet i la petaca de l'herba que tenia amagada a la bossa d'esport. Es va cargolar un porro i l'hi va passar. Pipaven la maria, ara l'un, ara l'altre, i ell s'havia col·locat. Aquella experiència, del tot nova per a ell —«t'ho juro, pare, t'ho juro»—, l'havia instal·lat en un atordiment estrany. La mandra de pensar era una sensació que no havia tingut mai, també aquella felicitat on tot li semblava florit i bonic. El Mika es va treure la samarreta de l'equip. I ell també. I els pantalons. I ell al darrere. I els calçotets. Tot era tan confús, estranyament divertit. Van decidir fer-se fotos. De cara, de cul i de perfil. Es partien de riure. Al final, es van fer una palla. Qui acabava més ràpid, guanyava.

Tota la història. La nit al soterrani del Mika fil per randa. Quan ho va haver explicat, el Leo va tornar a plorar desconsoladament. Es va abraçar al seu pare per amagar la vergonya. Li clavava la barbeta a l'espatlla, per assegurar que no es poguessin mirar a la cara. Quan la respiració l'hi va permetre, va tornar a parlar, encaixats com estaven:

—Estàs enfadat?

—Home... A tu què et sembla? Disgustat.

—No em podràs perdonar mai...

El Joel es va separar per poder-lo mirar als ulls.

—No és això, Joel. Perdonar? Què vol dir? Ets el meu fill... Tot passa. Sempre es perdona, esclar que sí, però aquesta és una lliçó que no oblidaràs. La droga, les fotos..., no t'hi has posat per poc, trobo.

—Ho sento molt. T'he fallat. Ho sento...

El pare li va fer un petó al front.

—Com t'han arribat, a tu, aquestes fotos? —va dir mentre intentava posar el somiqueig en punt mort.

—M'hauràs de deixar el teu mòbil. Una setmana.

—És un càstig?

—És un premi.

—Me'l requises?

—No. Ves-te'n a rentar la cara. I quan tornis, apunta'm en un paper totes les teves contrasenyes i els teus codis.

—Però...

—No em sembla, Leo, que estiguis en situació de poder protestar. Renta't la cara, va...

De camí al lavabo, el Leo encara no les tenia totes:

—No n'hi diràs res a la mare, oi?

—Com hem quedat, tu i jo?

Va girar cua i va buscar el cos del pare. El Joel el va abraçar com es consola el perdedor d'una final.

L'Eva Bosch —camisa blava, uniforme planxat— es va mirar el mòbil que el Joel li va deixar sobre la taula del seu despatx. La intendent dels Mossos anava per feina. A la comissaria hi havia molta moguda. Poques hores abans havien detingut el lladre de llibres de Barcelona. Feia mesos que li anaven al darrere, li havien preparat un parany a la Biblioteca Central i el Cara de Mosca hi havia caigut de quatre potes. Uns dies a la presó no els hi trauria ningú.

—Un Huawei. Què t'hi passa?

—És del meu fill. Han circulat unes fotos seves. Ell, despullat. Té catorze anys. No cal que et digui res més.

—Són aquí, les fotos?

—Diu que les ha esborrades. Les hi va fer un amic, les va enviar de mòbil a mòbil... Però em consta que algú les té.

—Qui les té?

—No ho sé.

—L'amic del teu fill...

—Ell assegura que no. Diu que només les hi va passar al Leo.

—Qui és el Leo?

—El meu fill.

—Et preguntava per l'amic... Què tal?

—És de fiar. En principi. No ho sé, un fumeta però...

—Me l'has de deixar. Dona'm quaranta-vuit hores.

El Joel va notar que feia nosa. Va deixar el full del bloc amb totes les contrasenyes del telèfon i es va aixecar. Quan era a la porta, va tornar enrere.

—Puc donar la primícia?

—De què em parles?

—Que heu detingut el Cara de Mosca.

—Pobre de tu.

—Els periodistes som com els policies en una cosa: treballem les vint-i-quatre hores.

Ni el va sentir. Un impuls va activar l'Eva Bosch:

—Tot bé, tu? Res més, de tot allò?

—De què em parles...?

—Del «Vigila, Estrada». T'estaven...

—Tot bé, gràcies. Cap notícia.

—Et faré rastrejar el mòbil del... del nen. Vine demà passat.

Se'n va anar sense litúrgies, com ho fan la premsa i la bòfia quan saben que la conversa tindrà una segona part.

La Cristina Malabrocca, a la sala d'editatge, havia començat a muntar sense ell.

—Perdona el retard... —El Joel va penjar la jaqueta al respatller de la cadira amb rodetes i es va acostar per veure les dues pantalles més de prop—. La intendència domèstica, ja se sap.

—Cap problema. He començat amb imatges de recurs. Les transicions són el que més em preocupa. De material, de testimonis, en tenim per donar i per vendre. Però la resta fa de mal il·lustrar. Façanes d'hospitals, passadissos, lliteres... De seguida està gastat, tot això, a nivell d'imatge. Ens falta més moviment... Entrar no sé on... Penso en paisatges, en un aire metafòric, però tampoc se'n pot abusar.

El Joel l'escoltava mentre muntava la seva parada. La llibreta, la carpeta amb les transcripcions, el mòbil silenciat, el bolígraf blau i el marcador fluorescent del color que més li agradava, el groc Deutsche Grammophon. Ell estava a punt per engegar la sessió. S'havia reservat el dia per muntar, fins que es fes fosc. La Malabrocca es va passar les dues mans pel cap rapat, com si volgués enretirar els dubtes que la neguitejaven:

—M'he estat mirant les declaracions que has estat subratllant de tots els testimonis i, si ho posem tot, ens n'anirem a hora i mitja mínim de pel·lícula. Mínim.

—Ni en pintura, noranta minuts. A HBO, si en fotem més de cinquanta, no ens ho compren.

—HBO? Piques alt, estimat.

—Tenim un tema de collons. El tema. —El Joel va estirar la trena de la seva sòcia—. Ens ho trauran de les mans.

—Amb les hores que hi portem invertides... Si no ho venem bé, ens hi enganxarem els dits.

—Una hippie com tu treballa per la pasta, ara? Si volguéssim ser rics no ens hauríem fet periodistes.

—I tu, què? Treballes per salvar el món, oi?

Va afusellar la seva sòcia amb la mirada però la va indultar amb les paraules:

—De moment, amb salvar la família ja em conformaria.

—Passa res?

Les imatges continuaven congelades a les dues pantalles. Des que havia arribat el Joel, aquell testimoni havia quedat mut. L'advocat que havia presentat la denúncia a la fiscalia pels nens robats els contemplava, quiet, gens afavorit, amb la boca guerxa.

—Un porro, el meu fill.

—Ja em diràs... quin problema.

—S'hi posa d'hora, als catorze.

—D'hora? —La Malabrocca es va partir de riure—. Benvingut al club.

Va prémer el *play* per continuar el muntatge.

Tallar i enganxar, amb sentit, amb una voluntat estètica, que s'entengués, però sense donar-ho tot mastegat, sense que calgués subratllar les evidències, pressuposant que l'espectador és intel·ligent. Amb intenció. Amb el seu segell. El documental com a cinema. El cinema com una de les més belles arts.

L'advocat de la pantalla va tornar a enraonar. Representava la defensa de centenars d'afectats.

—Aquest no és un testimoni directe, cada frase que digui ha de ser un titular. Si no, no té sentit.

—He posat les que tu has subratllat. I en són moltes. Massa i tot, potser.

«Jo acuso l'Estat de no haver vigilat que es cometessin aquests delictes. Un setanta per cent dels robatoris van passar en hospitals públics».

«No podem pretendre una recerca administrativa de cada cas, el que volem és que la justícia actuï contra la xarxa que hi havia muntada».

«Quan parlo de tres-cents mil casos de nens robats, és la suma de nens robats i, sobretot, de falsos fills, els que s'inscriuen sense deixar rastre dels pares biològics en el registre».

«Espanya ha de tenir un criteri unificat sobre la prescripció d'aquests delictes, i no el té. Cada jutge va a la seva».

«Robar un nen és un delicte de lesa humanitat. No prescriu mai».

Stop. La Malabrocca va tornar a aturar la imatge. Amb el Joel s'entenien amb un gest, amb un petar de dits o una tos de formiga.

—Tot el que diu aquest paio és interessant, però així, totes seguides, és massa... Les declaracions es mengen les unes a les altres. Trobo jo.

—Per acumulació tot sembla menys fort del que és...

—Aquests tres-cents mil casos... —La tendència de la Malabrocca de malfiar-se de segons quins testimonis—. Tu recordes d'on surt, el càlcul?

El Joel va mirar la transcripció de l'entrevista. Li sonava on ho deia. Beneïda memòria fotogràfica. Al tercer full, ho va trobar.

—El càlcul l'ha fet ell. Diu: «Si, dels casos de nens adoptats que han passat pel meu despatx, un quinze per cent són robats o falsos i ho extrapolo a Espanya... Si hi ha dos milions de nens adoptats, el quinze per cent són tres-cents mil».

—*Voilà!* I es queda tan ample.

—Ho diu ell. No ens ho inventem nosaltres...

—El periodisme és l'art de l'aprofitament. Ho diu algú, ens va bé per a la nostra tesi, ho posem. Vols una infusió? —va dir la Malabrocca, enretirant la cadira d'un cop de cul que no era nou.

El Joel va fer que no amb el cap.

—Et lio un porret, doncs?

Ell va riure sense ganes.

—No estic per a bromes, Cris.

Van parlar sobre l'aprofitament. No era una exclusiva de cap ofici. Tothom, un dia o altre, utilitza les idees dels altres. El meu germà científic, va dir el Joel, podria explicar descobertes d'Einstein que no eren teories seves sinó de Mileva Maric, la seva dona. Al món de l'empresa, Zuckerberg no es va aprofitar dels bessons Winklevoss per crear una xarxa social pròpia?

—Els escriptors mateix. Si en coneixes algun que no devori les vides de les persones que té al voltant, me'l presentes. Cada frase, cada anècdota, cada experiència vital és susceptible de sortir en un llibre. Tot s'aprofita. És com el porc. O no?

Li va vibrar el mòbil. El Joel el va agafar, d'esma. Acabava de rebre un missatge de veu. El número era desconegut. L'àudio durava dotze segons. No hi va donar cap importància. Fos qui fos, no tenia res a amagar a la seva sòcia. Va apujar el volum i va escoltar la nota d'àudio sense haver d'acostar l'orella al telèfon.

> Estrada. Ha arribat el moment de parlar. Dissabte, a la bolera del costat del camp del Barça. Tot sol. A la una en punt. Per cert, té una bona cigala, el teu fill.

El silenci es va fer espès.

—M'ho guardaré per a mi, no t'amoïnis —va gosar dir la Malabrocca, amb prudència.

—Al contrari. Convindrà que m'ajudis.

Haurien de preparar, amb molta cautela, el rodatge següent.

19

Les abraçades d'home fan soroll

El Gerard Giresse no ho va entendre. Va agafar la parca i se'n va anar a donar un tomb sense que la Victòria pogués acabar d'explicar el perquè. Quan el Gegi va intuir que li plantejava la separació, que per ser precisos l'hi estava comunicant com un fet sense volta de full, va fugir abans que en un rampell poguessin anar mal dades. Va caminar sense rumb pels carrers d'Estrasburg. Ofuscat com estava, no es va adonar que el cel temperamental d'Alsàcia no amenaçava res de bo. La ràbia el devorava. Li impedia pensar res que tingués coherència. Les imatges li passaven pel cap, de tres en tres. Tot era confús. Buscava moments dolents en els records fugaços, es repetia les paraules escopides en alguna discussió antiga i mirava de saber quan se li podia haver assecat l'ànima a la seva dona, com li acabava de dir. No ho entenia. Devia haver estat en l'escapada de cap de setmana a Copenhaguen. Quins pardals li havia ficat al cap el finolis del seu germà? A sant de què venia que la Vito li parlés d'un món interior, quina bajanada. S'acabava de seguida, això. La vida estava fora, amb els amics, al restaurant, a la pista de pàdel, al compte corrent. Les abraçades d'home fan soroll. El Gegi ho practicava gairebé de forma inconscient. Era dels que encaixava bé, envoltava amb els dos braços i picava repetidament l'esquena com si, en aquell clapoteig buit, hi hagués tota la satisfacció masculina concentrada. Algú darrere una bufanda el va saludar pel carrer, però el Gegi, tancat en ell mateix, ni se'n va adonar.

Hi havia d'haver un altre home, segur. De la manera que era la Vito, l'hi hauria negat ni que fos sota tota tortura, pel mutisme reconcentrat dels Estrada amb les seves coses. Tots pastats amb el mateix motllo. Aquella decisió sobtada només podia respondre a això: s'havia enamorat d'algú altre. Com més voltes hi donava, més s'escalfava. Quin dret tenia la Vito per, de cop i volta, dinamitar-li la seva vida. Quan tot estava a lloc, la Lisa, la feina, el pis, els caps de setmana, sexe dos cops al mes, qui collons era, ella, per engegar-lo d'aquella manera, per rebentar-li l'orgull en mil bocins... Què s'havia pensat? Va treure el mòbil. A l'agenda, va buscar el telèfon de la Sinatra. El va trobar per Rébecca Sinatra.

—Ens hauríem de veure.

—Vens tu al despatx?

—No. Quedem a Le Clou quan obrin. A tres quarts de dotze trobarem taula, segur.

—He de portar res?

—Paper i llapis. I ganes de burxar.

—És la meva feina, Gerard. Per això em truques, oi?

La Sinatra, de mare argentina i de pare normand, feia vint anys que treballava de detectiu a Estrasburg. Havia començat d'últim mico en una agència gran que treballava gairebé en exclusiva per al Parlament Europeu i, quan en va saber prou i va comparar el seu sou minso amb els honoraris de l'agència, es va establir per ella mateixa. Tota sola. No volia treballadors ni problemes. Al rètol de la seva oficina, als afores de la ciutat, hi posava que era fisioterapeuta. Si mai algú pujava a l'entresol a demanar-li un massatge, li deia que tenia totes les hores donades, que estava de baixa o, senzillament, no obria la porta fins que el client es donava per vençut i girava cua. El Gerard l'havia contactada una vegada que havia tingut un problema d'amenaces de mort a la feina. Amb dues setmanes de diferència, uns dies després que una vaga aturés la fàbrica de cartonatge per envasar medicaments, havia rebut dos escrits, a mà, en els quals, després de dir-li el nom del porc, algú li feia saber que el mataria. La Sinatra va estudiar el cas, va analitzar aquells dos manuscrits i va agafar mostres grafològiques de cinc treballadors. Els cinc finalistes. Van acabar acomiadant un mosso del torn de nit. La manera de fer les «t» el va delatar. Per més que ho va intentar dissimular a l'hora de l'examen, se li van escapar dos barrets, a la consonant, que van servir com a prova incriminadora. Des d'aleshores, cada vegada que li havia convingut un cop de mà, el Gerard contactava amb la Sinatra.

Aquell cas, però, no era professional.

—Més delicat, doncs.

—Ho vull saber tot de la meva dona.

—On es fa les ungles? El rastre telefònic? Els correus electrònics?

—Quina part de «tot» no has entès?

—Ho tinc clar, doncs.

La Sinatra —narius a la vista— no havia apuntat res. Ho gravava tot amb el mòbil al damunt de les tovalles de quadrets.

—Creus que hi ha un altre paio?

—Apaga això.

La Rébbeca Sinatra tenia una habilitat. Podia clicar molt ràpid, dues vegades, el seu mòbil. S'havia passat hores i més hores de guàrdia, dins d'un cotxe, jugant amb el cronòmetre del seu telèfon. En vuit dècimes, l'engegava i el tornava a parar. Era el seu rècord. No havia trobat ningú que la superés. Va fer veure que apagava les notes de veu de l'iPhone i, amb el doble toc imperceptible, el va tornar a engegar.

—Ja està. Et deia... —Va girar el mòbil i el va posar de bocaterrosa—. Creus que hi ha un altre home?

—O una dona. Se me'n fot. Però algú més hi ha que li menja el cony. A mi no se'm deixa d'un dia per l'altre sense un motiu.

—Tu ets de París, oi?

—Per...

—M'ho havia semblat.

—Sinatra, estalvia't les brometes, avui. Tu investiga, d'acord?

—T'he de posar deures, doncs. I si me'ls pots fer, millor avui que demà.

Van sortir de Le Clou, el Gerard va passar a buscar el cotxe pel garatge a tocar de casa i es va plantar, al port del Rin, a la plaça de pàrquing reservada al president de l'empresa. No va saludar ningú. Es va tancar al despatx i va prohibir que li passessin trucades. Que ningú no el destorbés, com si no hi fos. Va obrir l'ordinador i, d'un en un, es va posar a fer la llista que li havia demanat la Sinatra.

El doctor Moreau. Companys d'hospital. També pediatre. Més gran que ella. La Vito l'admira. Va ser un mentor en els primers anys a la ciutat.

Travis Dévère. Un pare de l'escola. La seva filla és amiga de la nostra. Hem fet sortides junts, les dues parelles i les nenes. La fa riure, el cabró.

Orson no sé què. També de l'escola. Va ser tutor de la Lisa i la Vito el trobava molt mono. Fumava pipa. Tabac holandès. Impossible. La roba li faria olor.

Pablo. El lampista. Espanyol. No en sé gaire res, però no hi ha mes que no passi pel pis a arreglar alguna aixeta, canviar bombetes... Tarifa fixa pel manteniment. Du aquells pantalons que, quan s'ajup, ensenya la bústia. No vull ni pensar que sigui ell.

Éric Déhu. Un amic seu, del gimnàs, crec. A vegades han anat al teatre junts. Hauria jurat que era gai.

L'Ivo. No recordo de què es coneixen. A vegades s'escriuen wp. Fabricant de crispetes per a microones. Sempre me'n foto, d'ell, per les crispetes. Només faltaria que fos aquest.

Jérôme Maldecul. El veí de sota. Està casat. Tres fills. Qui vol sortir del foc per caure a les brases?

El Jean-Marie Letrou. El meu soci. Té el 19% de les accions. No crec que compartim res més. Però tu has dit que no es pot descartar ningú...

Va rellegir el correu abans d'enviar-lo.

Li van sortir vuit noms. Li semblava impossible que la Vito preferís cap d'aquells homes a ell. Però no podien deixar res per verd. Com li havia insistit la Sinatra, si hi havia una tercera persona, segurament seria qui menys es pensava. Si hi havia algú més, el trobaria. Tothom que té un amant deixa més molles de pa que no es pensa. Era una dita argentina. I si no era veritat, havia quedat bé deixar-la anar a l'hora del cafè. Al capdavall, ella tampoc no era fisioterapeuta.

El vespre va ser incòmode. La Victòria estava pendent dels sorolls de l'escala, per si el sentia pujar. Preparava el plat de verdura per a la Lisa i segons el brogit que notava de fons aparcava el pelapatates per parar l'orella. De tant en tant, mirava el rellotge per endevinar a quina hora el seu marit —la paraula ja li feia nosa— saludaria amb un hola soc jo, com havia fet els últims anys. O, potser, ja no diria ni això. Segons com entrés, sabria el grau d'enuig, de decepció o de fúria que gastaria.

El Gerard va ficar la clau al pany sabent que, en el millor dels casos, per més civilitzats que fossin tots dos, encara que intentessin no perdre els estreps, la nit acabaria fatal.

—Hola —va dir el Gegi, a seques, a un quart de vuit.

Va tenir cura que la porta no espetegués més que de costum.

—Ves a fer un petó al pare, corre. —La Vito va treure el tovalló de la falda de la Lisa.

Feia fred, a la cuina. Tot el pis tenia la gelor que precedeix les paraules corcades. Fins que la Lisa no se'n va anar a dormir, van xerrar del temps. I de l'escola, i de la tele i de res que fos enfonsar els peus en sorra humida. Quan la Vito va tornar d'acotxar una nena feliç que no podia ni imaginar com li canviaria la vida a partir que es despertés, el Gerard l'esperava al sofà.

—Potser que parlem...

Ella va defugir el sofà. No es va voler posar al seu costat. Va enretirar una cadira del menjador i s'hi va asseure, per estar més alta que ell. Qüestió de domini. El Gegi, amb les mans llaçades i sense trencar el silenci, va aixecar els dos polzes, demanant una explicació.

—Gerard, mira, vull que fem les coses bé. Amb tranquil·litat, sense pressa...

—O sigui, la decisió és definitiva.

—Sí.

—No hi pot haver marxa enrere?

—No. Hi he pensat molt. Ho sento.

—Què entens tu per fer bé les coses bé... Deixar-me, així, quan ningú s'ho esperava. Tocar el dos? Fugir? Quin és el verb que he de fer servir, quan em preguntin què ha passat?

—Em refereixo a rumiar les coses. Conviure en pau fins que estiguem d'acord amb com ho fem amb la nena, amb el pis. Com ens ho manegarem a partir d'ara...

El Gerard va rebufar.

—Ja t'entenc... —Va rebotar la mirada a terra i la va tornar a alçar per no perdre la força—. Vols dir, vols que acordem un pla per allargar el meu infern...

—No té per què ser-ho. Som persones civilitzades, no ens volem cap mal l'un a l'altre, em sembla. No és una rebel·lió d'un dia per l'altre.

—Així que podem continuar dormint junts? O hem de continuar dormint junts perquè la Lisa no pensi res? Això com funciona? Digue-ho tu, si ho tens tot tan pensat.

—Que no és això, home...

—Com es diu?

—Perdó...

—Com es diu?

—Qui?

—Ell. L'altre. Qui és?

Es van aguantar la mirada.

—El conec?

La tensió, en carn viva. La Victòria va comptar

fins a cinc abans de respondre l'interrogatori. El Gerard es va avançar:

—Totes aquestes converses no em serveixen de res, Vito. La d'avui, la de l'altre dia. M'importa una merda qui es quedarà el piano. I el pis. Dius el que diu tothom, no m'estàs explicant la veritat. No fas bandera, tu, sempre de la sinceritat? Digues les coses a la cara, les que hagis de dir...

—Perdona, però em sembla que he estat prou clara. T'he posat totes les cartes al davant, des del primer moment. No t'he amagat res, Gerard.

Ella va saltar de la cadira al sofà sense adonar-se'n. Van tocar genoll amb genoll. Ell tenia l'esquena recta, com un vigilant de pinacoteca.

—Hi ha un altre home, oi?

—Que no, Gegi, no siguis tossut. Creu-me. Quin sentit tindria enganyar-te?

—Això em pregunto jo — va dir amb la veu covarda.

—Si m'hagués enamorat d'algú, què? M'hauria armat de valor per dir-t'ho.

—O no.

—Quin sentit tindria no estar amb la persona que volem estar?

—Ho veus... Ho acabaré descobrint.

—No et torturis amb coses que no són. De debò que si hi hagués un altre home, jo...

—És l'Éric, el del gimnàs —se la va jugar a una carta.

—Com pots pensar una cosa així...

—No m'ho negues.

—Esclar que no és l'Éric. Ni l'Éric ni ningú... En quin idioma vols que t'ho negui? No emboliquis ningú més, sents? La història la vam començar nosaltres dos, acabem-la també nosaltres dos. Fem-ho bé, si pot ser, fins al final.

—Quins ovaris que tens, Vito, de veritat...

—Com pots pensar que jo t'he fotut les banyes? Em fas pena, sincerament.

El Gerard es va aixecar com si l'haguessin punxat:

—Tu no me'n fots cap ni una, de pena.

—No ens esverem, va. Per favor. Seu.

Ell se'n va anar fins a la cuina. Va obrir la nevera. Va mirar dins, d'esma, com qui busca la solució en la llum blanca, en la mica de brisa o en un tros de formatge. No va tocar res. La va tornar a tancar com l'havia obert.

—Aleshores —va optar per asseure's a la cadira—, el problema soc jo?

—No és qüestió de culpes, Gerard. Culpes, no culpes. El món no va així...

—Ara m'explicaràs tu a mi com va el món.

—Mira, jo no et penso fer cap retret.

—Gràcies, dona, quin detall. És que només

faltaria, vaja... Això és el teu germà, oi? El Rai, que t'ha omplert el cap de... Segur que va ser ell qui et va dir que no passaràs a la història per ser, només, la mare de la Lisa. Quines idees... En mala hora et vaig deixar anar a Copenhaguen.

—Em vas deixar? —La Vito va agafar el bolígraf i la llibreta que la Lisa havia deixat sobre la taula baixa i va guixar-la amb ràbia—. En fi, res, és igual.

—No, tens raó. Això no ve d'ara. Quan vas tornar de l'enterrament de la teva mare ja et vaig notar... una mica...

—Com? A veure.

—Diferent. —Va buscar una paraula millor—. Diferent, sí.

—Però, de veritat, Gegi... Al·lucino. —Va arrencar el full dels gargots i l'hi va llençar als peus.

—No sé què vau xerrar, allà, els tres germans... Moltes hores junts, per conspirar.

—Un moment, amor meu.

—No em diguis «amor meu». No siguis cínica, almenys.

—Però com volies que tornés, si havia enterrat la meva mare? Ballant sevillanes? Que pocs revessos que t'ha donat la vida, a tu.

—Oh, sí, la teva mare... —El Gegi va notar que anava amb el gas a fons, però ja s'havia embalat i no va poder parar—. La mare dels teus germans, diràs.

—Què hi té a veure, això, ara? Gerard, per favor...

—Vols que et digui què hi té a... Que sempre has sigut la diferent, tu. L'adoptada, la que va arribar al final i que el Joel i el Rai mai no t'han considerat dels seus. Però no passa res. Això no compta, es veu.

—Però què t'empatolles, tio...

—No m'ho neguis, ara. O em diràs que els pares estimen igual els fills de veritat que els que no ho són.

—Escolta, no t'ho permeto. Això sí que no. La mare i el pare no me'ls toquis, sents? Em sents bé?

—És una qüestió de sang, nena.

—T'has passat un colló, Gegi. Un colló i mig. Com pots ser tan cruel? Els fills són els fills. Biològics o no. Tots som de debò.

El Gerard va somriure amb suficiència, per remarcar que li perdonava la vida.

—Està bé que t'ho vulguis creure.

—Ets un imbècil. Has anat a ferir. No sé com t'he aguantat tant temps. Em pensava que et coneixia però està clar que no en tenia ni idea... Com pots arribar a ser tan rebuscat?

—Un mal diagnòstic de la doctora Estrada... —Va arrufar el nas—. Ho veus, com sí que, al final, m'has fet retrets? Em deixes tu a mi i, a sobre, m'he de sentir dir tot això... Ets el súmmum de la manipulació, nena.

—Has anat a fer mal i no t'ho perdono. Això sí que no...

La Vito va caminar fins a la finestra i, d'una sola estirada, va descórrer la cortina que donava a la plaça. Va veure Gutenberg de cul. Va concentrar la mirada en el verdet del coure de la llarga capa. L'estàtua, il·luminada fins a mitjanit, portava anys donant-los l'esquena. Els pensaments li anaven a mil per hora. Pel carrer no hi quedava ni una ànima, com si el fred hagués confinat tothom. No va tenir pressa a girar-se. Sacsejades les emocions, necessitava retrobar la calma abans de tornar a obrir la boca. El Gegi n'hi havia dit de molt gruixudes. Massa. No podia ignorar tantes ofenses. A poc a poc, quan es va veure prou serena i amb forces per plantar cara, va mirar el Gerard a distància. Amb el disgust marcat als pòmuls, la Victòria Estrada Vilalta, filla del seu pare i de la seva mare, va dictar la sentència.

—Això que m'has dit és com si m'haguessis clavat una pallissa. Has estat cruel. Et demano que marxis.

—Però...

—Ves-te'n. No et vull veure més.

—Saps què et passa? Que els remordiments no aguanten les paraules ben dites.

—Que te'n vagis, t'he dit.

El cop de porta, brusc, va despertar la Lisa. Es van posar juntes al llit dels grans. La nena va plorar de l'ensurt. La mare, per haver llençat tants anys amb un cretí de cap a peus.

Quan la Rébecca Sinatra va trucar al Gerard per dir que ja tenia l'informe a punt, ell ja feia cinc dies que s'havia instal·lat en un hotel. Van quedar a la cafeteria del Cour de Corbeau. Van acabar aviat. El seguiment de la Victòria havia revelat que tenia una vida exemplar. De casa a la consulta i de la feina cap a recollir la Lisa i cap a casa. Un dia a dia que, de tan endreçat, podia semblar avorrit. Cap embolic al gimnàs, cap rastre de res, ni al telèfon ni a les xarxes socials. Això sí, la investigadora li va fer un advertiment:

—Estaria bé que vigiléssiu el Pablo, el lampista...

—El del manteniment? Què vols dir?

—Té un historial de robatoris en diferents cases.

—Impossible.

—No heu trobat a faltar res?

—Però si és un mec de confiança.

Quan somreia, la Rébecca ensenyava el cervell a través del forat del nas:

—Doncs per això mateix.

La Sinatra facturava per hores treballades. Va deixar el sobre al costat de la sucrera. El Gerard Giresse el va obrir, va mirar el total i ho va trobar car. La Rébecca sabia que els detectius que busquen unes banyes sempre tenen el mateix problema a l'hora de cobrar. Si la investigació no descobreix res, el client creu que la minuta és exagerada. Ha pagat en va. Si el seguiment descobreix una infidelitat, pitjor encara. El client paga a contracor perquè, a més de cornut, li costa una pasta. A sobre del disgust, un dineral. El Gerard Giresse va posar la factura dins del sobre i li va tornar.

—Mira, guapa, fes-me-la a nom de l'empresa.

20

Qui no ho sap tot, no sap res

El Joel, amb un cafè carregat a la cuina de casa, havia engegat la ràdio per anar-se desvetllant. La tenia posada però, a les vuit del matí d'aquell dissabte, no sentia res. Soroll, i para de comptar. En tenia prou amb la companyia d'aquell eco llunyà. Tot d'una, el seu món girava al voltant de cinc dones. S'adonava, però, que cap d'elles no sabia la veritat completa.

A la Marga no li va voler explicar que circulaven unes fotos comprometedores del seu fill. Voltaven, però no sabia per on. Algú les tenia, i a aquelles altures de la història només tenia una cosa clara: que, fos qui fos, no en volia fer un bon ús. Tot era massa incert i massa greu per fer-la patir sense poder-li dir tranquil·la Marga, no t'esveris, que ja està solucionat. A més a més, havia pactat amb el Leo que no n'hi diria res a la mare. Trencar aquell pacte amb un adolescent significaria que li retirés la confiança durant anys i panys.

A la Daria, si el volgués escoltar, potser sí que l'hi hauria explicat tot. O potser no, tampoc. S'hauria preocupat massa. Ja no eren tan sols les coaccions que rebia perquè tragués els peus de no sabia quin camp de mines, sinó que, fos qui fos, li feia xantatge amb el seu fill. Però això ja no l'hi havia pogut arribar a confessar perquè la Daria s'havia enderiat amb el seu company d'escola, aquest refotut Koldo que s'havia colat entre ells dos en el moment que més la necessitava. No se la podia treure del cap.

La Vito, a Estrasburg, ni tan sols sabia en què estava treballant el seu germà. Ella, en la distància, només demanava explicacions de com estava el pare i si el Joel hi estava prou a sobre perquè no li faltés de res a l'avi Estrada. I ara no era el moment de destorbar-la. La Vito ja pujava una paret prou dreta per desempallegar-se del Gegi, el cretí del seu marit, que, encara no sabia com, s'havia trobat consolant la seva pena sota un edredó fred d'hotel.

A l'Eva Bosch, la intendent dels Mossos, la utilitzava. Tant com ella al Joel. Era el joc recíproc habitual. Els periodistes i els policies s'espremen mútuament amb el fals *fair play* d'un partit de solters contra casats. L'un cargola cap aquí, l'altre gira cap allà i, de mica en mica, tots dos van lligant caps. Un indici, mitja pista, un *off the record*, una informació que jo sé i que tu no tens i que te la canto com qui no vol la cosa a canvi de... La resta, fins a completar la història, ja és cosa teva. Entre ells dos mai no hi havia hagut res. A tots dos els agradaven les dones. La matinada que es van conèixer, però, el Joel encara no tenia aquella informació. Tampoc sabia que l'Eva Bosch acabava d'entrar al cos dels Mossos d'Esquadra i, quan va veure que dos borratxos de bar la volien arrambar contra la màquina del *pinball*, va intervenir per treure-la d'aquell mal tràngol sense saber que ella es podia defensar tota sola. «Perfectament», com ella li havia recordat, amb els anys, moltes vegades.

La nit abans, l'Eva Bosch —de paisà també semblava que anés d'uniforme— l'havia citat al Pipper's per tornar-li el mòbil del Leo i dir-li què hi havia trobat.

Amb la Malabrocca, la cinquena dona, era diferent. Ella sí que sabia coses. La casualitat —el motor de l'existència des que naixem fins que morim— havia volgut que ella sentís la conversa que només era per a ell. Fos qui fos, algú amb veu de domador de gossos l'havia citat aquell migdia, a la una, al Bowling Pedralbes. Sense que el Joel ho pretengués i sense que ella en tingués cap intenció, havia escoltat la nota de veu que havia rebut el seu soci. Inevitablement, li havia vist la preocupació als ulls. Per més que el Joel hagués volgut fer com si sentís ploure, aquell missatge l'havia trasbalsat. Algú sabia alguna cosa greu del seu fill, però si la Malabrocca havia tingut la prudència de no preguntar, no seria ell qui li desvelés el misteri. Li havia demanat, això sí, que l'ajudés. Havia d'estudiar el terreny i veure de quina manera podia enregistrar tot el que passés a la bolera. No només la imatge sinó també la conversa. Sobretot, les paraules, la prova de càrrec davant d'un jutge.

Cinc dones amb la veritat a mitges. Qui no ho sap tot, no sap res.

El Joel es va preparar un crostó integral amb un tall de gouda, va picar un grapat d'avellanes i va repassar les seves últimes hores. Quan va entrar al Pipper's, l'Eva Bosch s'asseia a l'última taula del bar, la bona, la de l'angle, la que queda més arrecerada perquè la resta de clients no escoltin la conversa sense voler. Encara no s'havia assegut, que l'Eva Bosch va treure el Huawei del Leo de dins de la motxilla i el va deixar sobre la taula.

—Què?

—Tot fos tan fàcil com això. Agafa una croqueta.

—De què són?

—No et fies de mi, ara?

—Qui ho diu, que no? Només vull saber què em fico a la boca.

—Estrada, això no sona gaire...

—No suporto les de pollastre.

—De pernil ibèric. Són famoses, les d'aquí.

—La meva mare les feia de bacallà.

En va agafar una, amb dos dits.

—No et cremis.

—Les fotia bones com ningú, la mare.

El Joel la va tastar i la va deixar caure al platet.

—T'ho he dit. Les fregeixen al moment. És la gràcia. Si s'estoven, no valen gran cosa.

Amb un tovalló de paper es va eixugar els dits. Quan va haver-se empassat la mitja croqueta, passant-la d'un costat a l'altre per no escaldar-se el paladar, va fer un glop de cervesa.

—Així què? —Va sospesar el telèfon del Leo—. Fàcil, has dit?

—A veure... Al mòbil no hi ha cap foto del teu fill despullat, ni del teu fill ni de cap amic seu, ni de ningú. —Es va eixugar els llavis—. Al mòbil no, però al núvol sí. N'hi ha tres de seves i tres del seu amic...

—El Mika. Les del Mika les va fer ell amb el mòbil. Les altres, les hi van enviar després. Pot ser?

—Quants anys té el teu fill?

—El Leo? Prop de quinze. Encara no.

—Doncs ell ja ho hauria de saber. I tu també.

—El què?

—Aquest mòbil està configurat perquè faci, automàticament, una còpia de seguretat de les fotos al núvol. Totes van cap allà. No cal fer res. S'envien soles. Ho té configurat així... A ningú li ha calgut fer cap atac per saber les credencials del teu fill ni per poder-hi entrar. Ni *phishing* ni res. Recordes quina era la seva contrasenya?

—De memòria...? Et vaig donar el paperet.

—1234. Així de fàcil. L'error de tothom que va amb el lliri a la mà.

—Què vols dir?

—Que és així d'innocent. Que sigui qui sigui, per accedir al seu núvol i recuperar les fotos, ha tingut molt poca feina. No cal ser espia. Qui volgués, provant el *password* més comú al món, n'ha tingut prou.

—No sé si és bo o dolent, tal com ho dius...

—Primer, fes que canviï la contrasenya. Això és de calaix. Aneu al núvol i esborreu també les fotos d'allà... i compra-li un mòbil nou, tu que pots.

—Ara hi corro. Té algun problema, aquest aparell?

—El problema el tens tu, pel que veig. Ho saben tot del teu fill, Joel.

—El Leo l'hem de deixar al marge d'això, tant com es pugui. Jo ja m'espavilaré.

—El nen al marge, i tant, blindem-lo. Es fa fotos en pilotes però hem de fer com si res... —Va agafar l'última croqueta i la va mossegar. L'Eva Bosch va parlar amb la boca plena—. Et puc preguntar, a tu, què et passa?

—He tingut setmanes millors.

—Et puc ajudar?

—Ara mateix, no...

—No dubtis a dir-m'ho. Que no sigui massa tard.

—Ja ho has fet, Eva.

—Extraoficialment, que consti. D'això del mòbil no cal que ningú en sàpiga res, d'acord?

—Com sempre.

Van brindar amb cervesa. La mirada de l'Eva Bosch tenia rebotiga. El Joel va percebre com és de delicat dringar la copa amb algú que té un do per ensumar el perill.

La Cristina Malabrocca havia arribat a la bolera poc abans de les onze. L'última vegada que hi havia anat encara no duia cap pírcing. I el primer, al nas, se l'havia fet als setze, de regal d'aniversari. Li va semblar que, trenta anys després, el Bowling Pedralbes no havia canviat gens. Potser, a tot estirar, hi havia una taula de billar i unes màquines simuladores de cotxes de carreres, prop de la porta dels lavabos, que no recordava que hi fossin. A la recepció despatxaven les sabates tricolors reglamentàries a un grup de noies que debutaven en aquell esport. De les catorze pistes, n'hi havia la meitat d'ocupades. En una punta, li va semblar que hi havia una partida professional. Les boles eren acolorides, lluents, amb unes aigües dibuixades que, en lliscar per la fusta, rodaven deixant una estela màgica. Cadascú tenia la seva i, després de cada tirada, esperaven que la cinta transportadora els la tornés. Els participants anaven amb un polo blau amb un escut al pit, elles remataven l'equip amb una minifaldilla blanca. Tots portaven canellera. Entaforaven els tres dits en els forats, es concentraven, marcaven les quatre passes i, a l'instant de deixar anar la bola, ja sabien quantes bitlles tombarien. Els *strikes* se succeïen i quan, de tant en tant, els quedava una peça dreta, l'estampaven amb la segona tirada, sense compassió. El retrunyir de les bitlles espetegant entre elles era constant a la sala. I quan no eren els deu ninots que esclataven, era la remor constant de les màquines que les tornaven a col·locar. Era, gairebé, un brogit hipnòtic. Al cap d'una estona de ser a la bolera, ni t'adonaves d'aquell estrèpit invasiu. Per enregistrar qualsevol conversa, però, el sorollot era una dificultat que havia de tenir en compte. I encara més de tan lluny com ho hauria d'intentar. Li venia de gust una infusió, però el terra del bar encara desprenia la fortor de fregat i es va estimar més esperar-se.

—Fins a quina hora es pot prendre alguna cosa, a les taules?

—Fins a la una, el que vulguis, noia.

—I després?

—Reservat per donar dinars. Qui vulgui alguna cosa, aquí al taulell.

La Malabrocca va entrar al lavabo que tenia una cadira de rodes dibuixada a la porta. Va passar el baldó, es va asseure a la volandera i es va posar el cabàs sobre les cuixes. Va assegurar-se que aquella càmera que havia llogat, petita com un confit, gravava amb la qualitat que li havien dit a la botiga dels espies. Certament, havia filmat tota la seva passejada. La taula de billar, els volants de fórmula 1, les noies que llogaven les sabates, la partida dels professionals, la conversa amb el cambrer i els tamborets alts del taulell on s'hauria d'asseure el Joel i qui fos que el volgués extorquir. Sempre un pla fix, obert sense arribar a ser un gran angular però sense possibilitat d'acostar-se a l'objectiu. La imatge, fins i tot en moviment, era més nítida del que es pensava. Havia vist dotzenes de reportatges amb càmera oculta que donaven menys nitidesa que aquella. Va tornar a col·locar la càmera de botó al forat del senatxo, va fer un riu i va sortir al carrer, a prendre l'aire. Asseguda al pedrís de la jardinera, va escriure un whatsapp al seu soci.

Serà millor que gravis la conversa amb el teu mòbil. Hi ha un soroll de mil dimonis, aquí dins. No puc garantir res.

Ok. Vindré d'hora.

Asseu-te a la barra. Ho tindré tot a punt.

Sort.

Tranki, tio.

Després, va treure un paper, la petaca i es va cargolar un cigarret. Tocava esperar.

A dos quarts d'una, el Joel va baixar del taxi i va entrar a la bolera amb les mans a la butxaca. S'havia posat un blazer beix, discret. A l'infern, només hi duia la cartera, la llibreta, el bolígraf i el telèfon. Les claus de casa i les monedes, al pantaló. Al primer cop d'ull, va clissar la Malabrocca.

S'entretenia fent caramboles al billar americà perquè no se li esmunyissin les boles i hagués de tornar a pagar. No li va fer cap senyal. Va passar de llarg per mirar com la gent es divertia tirant bitlles. A aquella hora, ja no hi quedava cap pista buida.

Al cap d'una estona de fer veure que badava, es va dirigir cap a la zona del bar. Va estudiar el taulell i va enfilar-se a un tamboret alt, de cara a la porta de vidre. Li agradava veure venir qui hagués de veure venir. Quan va tenir el Joel col·locat, la Malabrocca es va asseure a l'altra banda de la barra, davant per davant. Va enfocar el senatxo cap a l'objectiu. La màquina ja gravava. Només tocava esperar.

No hauria dit mai que una bolera fos tan bon negoci. Dissabte al matí, no parava d'entrar gent enriolada, disposada a esperar el seu torn per fer una partida. Quan faltava un minut per a la una, quan la boca del Joel es començava a assecar i es feia passar la set amb una cervesa de barril ben gelada, un home menut va entrar, solitari, amb les ulleres de sol posades. Caminava amb la falsa modèstia dels perdonavides, marcant bé les passes, com acostumen a fer els baixets perquè es noti que han entrat. Sense que hagués donat cap senyal d'haver detectat el Joel Estrada, s'hi va acostar i s'hi va asseure al costat. A la seva esquerra. Just on la Malabrocca havia calculat que era el millor angle per al seu objectiu. Va pujar al tamboret com qui grimpa un graó alt i es va guardar les ulleres de sol a la butxaca interior. Duia una jaqueta negra, de motorista de diumenge.

—Així m'agrada, Estrada. Puntual. Com la gent seriosa.

—No estic per compliments.

—Has vingut sol?

—Sí. —Va mirar al voltant—. Esclar.

—Hi vens sovint, aquí?

—Mai. M'hi has citat tu. Detesto les bitlles.

La Malabrocca tenia raó. Aquell home tenia veu de domador de gos.

—Ho hauries de provar. Tenen la seva gràcia. Jo hi havia jugat de més jove. Fotíem campana, veníem aquí i...

—Ei, ni he vingut a jugar a bitlles ni estic per hòsties...

—Ui, ui, ui, Estrada. Que tens la paella pel mànec, tu?

—De què hem de parlar?

El domador va treure el mòbil, el va deixar sobre el taulell i va picar amb tres dits sobre l'inoxidable perquè el Joel hi deixés el seu.

—Apaga'l.

No va tenir més remei que fer lliscar la pantalla amb un dit per apagar-lo, de mal humor. No hi volia passar el matí, amb aquell merda seca.

—És intolerable, el que has fet.

—Jo?

—Tu, vosaltres, qui sigui... Amb les fotos del Leo. Intolerable.

—El teu fill, si vols que t'ho digui, m'importa un rave.

—Per això negocies amb les seves fotos.

—Quines fotos?

—A tu què et sembla?

—No en farem cap ús. Vols que les esborri? —Es va fregar les mans, palmell amb palmell—. Esborrades, xip-xap. Ja no les tinc, mira que fàcil. I tu?

—Jo què?

—Què et costaria mirar cap a una altra banda?

—No t'entenc. No sé què em vols...

—Joel Estrada. No ens mamem el dit. I tu tampoc.

El cambrer, amb una panxa de ciutat, els va interrompre.

—Què serà?

—Res, gràcies... Ara marxem. I la cervesa d'aquest senyor la pagarà aquella dona d'allà, la que va rapada, al final del taulell.

—Perdona? —El cambrer va mirar la Malabrocca, que menjava una oliva com si res.

—És la sòcia del senyor Estrada... De manera que no hi tindrà cap inconvenient.

El domador va agafar els dos mòbils de sobre el taulell, va tornar l'iPhone al Joel i va saltar del tamboret alt.

—Anem.

De l'ensurt, al Joel se li van glaçar els pulmons. Gairebé tant com la gerra de cervesa que va deixar sobre el taulell. Es va guardar el mòbil i va baixar del tamboret, amb cautela, per calcular cada moviment. De passada, va mirar la Malabrocca. Amb un gest lleugeríssim de mandíbula i un parpelleig que podia semblar un tic, va indicar-li que no. Ella va entendre que no els havia de seguir i va deixar que el domador i el Joel abandonessin la bolera per la porta de vidre. L'home caminava a poc a poc, marcant les passes més exageradament. El Joel, al seu darrere, es fixava en la clepsa d'un home que, per l'aspecte, semblava innocent com un gestor de poble. No van anar gaire lluny. Van esperar que un gos acabés d'esquitxar la paret abans de tornar al camal de l'amo i es van asseure al pedrís de la jardinera.

—És molt lleig dir mentides, Estrada... Deu venir de família.

—Quina mentida?

—Cristina Malabrocca... M'havies dit que havies vingut sol.

—No sabia què em trobaria. Què vols de mi? Digues.

—Que no t'equivoquis amb la pel·liculeta que estàs fent.

—I tu què saps?

—Tens un punt de vista equivocat, Estrada. El món és molt petit. Has estat furgant, has estat preguntant, has fet entrevistes que no tocaven...

—Això ho decidiré jo.

—I tant... Per això t'aviso que estàs fent les preguntes equivocades. Trobo que tens... Com ho diria? Una obsessió amb el Quique Arcarazo que no té cap sentit. A tothom li preguntes el mateix i busques les mateixes respostes de tothom. I no les trobaràs. Mira, perquè et quedi clar... Només t'ho diré una vegada. Ell ni té, ni ha tingut mai, cap xarxa de res. Ni a Barcelona, ni a Espanya, ni enlloc.

—Per això t'envia, per coneixe'm...

—Tot el que feia era legal i està documentat.

—Per això no ha volgut que l'entrevistéssim. Que es deixi gravar, doncs. Si tot és tan diàfan, que m'ho expliqui ell, tot això.

—Et diria la veritat.

—Ah sí? Quina és?

El domador va obrir les mans, com si anés a dir la cosa més òbvia de la història de la humanitat:

—Que ell feia un bé social. A l'Arcarazo sempre el va moure el mateix: ajudar les famílies que no podien tenir fills que en poguessin tenir...

—Sí, robant nadons en connivència amb clíniques, amb monges, amb infermeres.

—Mai. Ho veus com vas desencaminat?

—T'ha fet venir l'Arcarazo. Ell va espantar la meva dona, ha capturat fotos del meu fill, t'ha fet venir aquí perquè, naturalment, tots els negocis que feia eren nets com una patena.

—Tu ho has dit. Tot net.

—I uns collons!

—No t'esveris, Estrada. No estàs en condicions de fer-ho, t'ho asseguro. —Es va espantar una mosca del front—. Ell no sap res d'aquesta trobada.

—No ni poc. Ets el seu advocat?

—Com si ho fos. —Es va posar una mà en un pit. Després, a l'altre—. Ai, em sap greu, m'he deixat les targetes de visita, avui...

El Joel no suportava el cinisme d'aquell paio. L'hauria agafat per la solapa, però se'n va estar.

—No sé què pretens, encara...

—La idea és molt fàcil: aquest documental no el podràs fer.

—Qui ho diu, que no?

—M'ho diràs tu mateix.

El Joel i ell es van mirar als ulls, desafiant-se.

—Sí, sí, tu mateix d'aquí a una estona —hi va tornar l'home, que no s'arronsava.

Tenien les pupil·les com dos caps d'agulla vermella. Era odi.

El domador es va treure un paper doblegat de la butxaca. El va desplegar, amb parsimònia. I l'hi va plantificar a un pam dels nassos.

—Veus això? —Va esperar dos segons, sostenint el paper—. Ho reconeixes?

—És la firma del meu pare.

—Autèntica?

—Sí. Ho sembla. I què?

—Has vist la data? —Va acostar-li una mica més el full de rebut—. Quin dia va arribar a casa, la teva germaneta?

—... —El Joel es va quedar de pedra; no podia dir res.

—Victòria, oi, es diu? Era el 7 de febrer de 1974, potser?

—Tot això és... és mentida. Un muntatge.

—T'agradi o no, la teva germana no la van adoptar, la van comprar.

—I una merda.

—Els teus pares la van comprar.

Va deixar que el Joel entomés aquelles paraules amb la pausa del torturador. Li brandava el full amb la firma al seu davant. Quan el va veure desencaixat, va tornar a la batalla:

—Quina sorpresa, oi, la Victòria, tan guapa, tan morena? O no em diràs que no ho sabies? De debò que els vostres pares no us ho van explicar mai... Que estrany, no trobes, Estrada?

El Joel no es va ensorrar. Havia d'aguantar el tipus com fos:

—En qualsevol cas... —Buscava la manera de sortir de la boira sense que semblés que s'havia perdut—. Això no vol dir que...

—Què? Que fos robada? —El domador va forçar la rialla—. No passa res, pots acabar la frase. Veig que ho vas entenent.

Li va posar una mà sobre el genoll i el Joel l'hi va enretirar d'un cop al canell, amb molt males puces. El domador hi va tornar:

—L'Arcarazo no es dedicava a robar nens. Ara ho has entès? No ho va fer mai. No t'equivoquis, en la teva obra mestra.

Va tornar a doblegar el paper i se'l va ficar a la butxaca d'on l'havia tret. L'home va continuar xerrant un parell de minuts que van semblar vint. Donava instruccions, perfilava la seva extorsió, amenaçava, d'aquella manera tan entrenada que tenia. En sabia tant que tot agafava un aire de suggeriment, no de xantatge. Aconsellava de la manera que ho fa el poder, que sembla que t'està fent un favor.

El Joel, confós, ho sentia tot amb sordina. Mirava d'encaixar el que acabava de veure amb la versió que tota la vida havia sentit a dir als seus pares, tot i que d'aquell dia en concret —ara que hi pensava— és veritat que en parlaven poc. De cop i volta, res no casava. Se li havia desguitarrat tot.

Acabada la reunió, l'home es va aixecar del pedrís i va caminar deu metres fins a la moto que havia aparcat, al costat de tot un enfilall, al damunt de la vorera. Al dipòsit hi lluïa un adhesiu del dibuix psicodèlic de «The Yellow Submarine». Es va posar el casc, va arrencar la Ducati i va tocar el dos en direcció al Camp Nou fent espetarregar el motor. A l'instant, la Malabrocca va sortir de la bolera.

—Ho tinc tot gravat. —Estava eufòrica—. He revisat l'escena de dins, es veu prou bé.

El Joel no va reaccionar. Quan va poder, va alçar el cap i li va fer que no a la seva realitzadora. Aquesta vegada el seu gest, evident, desesperat, no permetia una segona interpretació.

21

He vist científics que creuen en Déu

El Rai li va dir que sí, vine'm a veure, si vols, si és tan urgent com assegures. Però què hi pot haver de tan greu que no em puguis dir per telèfon... o amb una videotrucada, si del que es tracta és de veure la cara que faig quan m'ho dius. La pega? És que no soc a casa, no torno a Copenhaguen fins demà passat, són dies de feina i no puc baixar a Barcelona. El Joel va insistir que l'hi havia d'explicar en persona, però que no patís, que el pare estava bé —anar fent, com sempre, vaja— i que ell, de salut, estava fort com un roure, que no era res d'això, no es tractava d'una qüestió de vida o mort. En aquest sentit podia estar tranquil. Davant de tants enigmes, el Rai va oferir una solució. Aquells dies era a Londres, en un congrés de paleontologia sobre triceratops.

Entre una cosa i l'altra —seminaris, conferències, dinars amb científics i els *tea-breaks* obligatoris— el tenien ocupat tot el dia però, si necessitava dues hores, es podien trobar a la terminal de Gatwick, a la zona de trànsit internacional. El Raimon esperaria el seu vol cap a Dinamarca; el Joel aniria i tornaria de Barcelona, el mateix dimarts, sense sortir de l'aeroport.

En el vol d'anada, al Joel li va tocar finestreta. En un cel net de maig, sense núvols, va poder contemplar sencera, de sud a nord, la costa atlàntica francesa. Semblava que el pilot jugués a resseguir tot el litoral, tan escarpat en un cantó, d'un blau absolut a l'altre. Amb el nas arrugat al vidre, sense ningú assegut al costat, va tenir una hora llarga per pensar en l'enrenou de dimensions incalculables que estava a punt de provocar. La terra, a vol d'ocell, eixampla els pulmons i fa la sensació que tots els problemes d'allà baix ho són una mica menys. Al capdavall, formiguetes. És el que som. Al Joel, però, li costava molt relativitzar el que havien fet els seus pares. La mentida, la traïció. La ràbia pel delicte, perquè tenia clar que era un delicte, de qui venia un nadó però també de qui el comprava com si fos una mercaderia. Va tenir temps de pensar si s'ho havia de quedar per a ell.

Potser tenia algun sentit no dir res, fabricar una gran capa de silenci on ja n'hi havia una de gruixuda. I deixar en pau el pare, que ja tenia aquella edat que ja és igual de què et moris. I mantenir la família en la inòpia, i estalviar una sacsejada emocional a la Vito perquè continués fent la seva vida com si allò no hagués passat. Una patacada així, pel cap baix, li esguerraria la biografia. Havia viscut sobre una mentida que es podia convertir en un turment. Segons com s'ho prengués —i només hi havia una manera de prendre-s'ho— podia ser un bumerang que li tornés nit rere nit i que no la deixés dormir mai més. Però tenia dret a callar? En sabria? De camí a Londres, era massa tard per veure el Raimon i dir-li que, en el fons, no li havia d'explicar cap cosa de l'altre món i que només tenia moltes ganes d'abraçar-lo. Un atac d'amor fraternal dut fins a les últimes conseqüències és molt humà, però poc freqüent, no colaria. Dos avions en un dia, per una abraçada...

El Joel, amb els dits salats pels cacauets, va recordar en quines ocasions havia fallat ell al seu pare. No havia passat gaires vegades, però havien estat sonades. Un estiu, un dia que la mare tocava el piano vertical de casa, el Raimon s'havia posat a fer música al seu costat, sense saber-ne. Tenia sis o set anys i premia tecles sense solta ni volta, inventant-se sons que els destorbaven a tots. Feia xafogor i, a casa, no hi havia gaire bon humor. La Vito, que tot just començava a caminar, volia que l'agafessin en braços i ningú no estava per ella, el pare parlava per telèfon i cridava més que de costum perquè no sentia què li deien. La mare amb Khatxaturian i el Rai, dret, estossinant el piano a la babalà, tocava la pera a tothom. Era, tot plegat, una olla de grills. El van avisar una vegada, dues... tres. Però ningú no feia res d'efectiu perquè el nen permetés que la mare continués el seu concert casolà i els deixés a tots en pau. El Rai, com si sentís ploure, martellejava un do o un fa i un no sé què sostingut sense cap musicalitat. En un moment que la mare es va aixecar de la banqueta per fer una moixaina a la Vito i agafar una altra partitura, el Joel va córrer cap al piano i, mentre el Rai s'entretenia amb les negres més agudes, va tancar la tapa amb força i li va enganxar els deu dits. Tots deu. Els crits es van sentir a tota l'escala de veïns. El pare, que havia intuït l'acció, va penjar d'una revolada, es va acostar cap al Joel traient fum pel nas i li va girar la cara d'una bufetada. El Rai encara va estar de sort. Només li van haver de posar la fèrula a dos dits. Trencament de les falangetes de l'índex i el mitger. No es va poder banyar en tot l'estiu.

Tot està en la infantesa, va pensar el Joel contemplant les sorpreses de la terra. Aquella banya d'allà baix devia ser el Mont Saint-Michel... Algun dia li agradaria anar-hi amb la Daria, a veure la marea. Li havia dit que no hi havia estat mai i no conèixer la Normandia és com no haver tastat el pa amb xocolata.

El pare no li havia pegat mai més. No era el seu estil. L'altra vegada que l'havia hagut de castigar de valent, havia estat més sibil·lí. Al menjador del Sant Ignasi, el Joel n'havia fet de tots els colors per escaquejar-se de dinar. La majoria de les ocasions no el pescaven. Ni quan llançava el peix sota la taula, ni quan donava menjar a algun company a canvi de deixar-li copiar els deures, ni quan dipositava la safata sobre la taula per fer veure que anava a omplir la gerra d'aigua i se n'anava directament al pati. Quan s'acabava el torn del dinar, els monitors es trobaven que havia quedat, intacta, una safata sobre la taula i ja no eren a temps de resoldre a qui corresponien les llenties i el tall de carn de sola de sabata. Aquell misteri els passava unes quantes ocasions a cada curs, la direcció de l'escola n'estava al cas, però mai van trobar qui era el nen o nena que se'ls escapava. El Joel era molt hàbil per desaparèixer a l'instant —sempre trobava les dècimes de segon oportunes— que els monitors s'entretenien amb algun altre alumne que protestava perquè hi havia un cuc a la poma o perquè li havien posat una mandonguilla més que a la resta. Cap company el va delatar i ningú va saber que el nen que no dinava era el Joel Estrada Vilalta. No ho haurien dit mai. Si haguessin fet apostes, no l'haurien encertat. Una vegada, però, sí que el van enxampar. A cinquè d'EGB, un dimarts que tocaven cigrons estofats, el Joel no va trobar qui se'ls hi volgués menjar. L'única manera que se li va acudir de fer-los fonedissos, en lloc d'empassar-se'ls, va ser ficant-se'ls a la butxaca de la bata. Cullerada a cullerada, hi va abocar tota la ració de cigrons calents. Quan fos al pati, ja aniria al vàter, estiraria la cadena i avall que fa baixada. Però no hi va arribar a temps. Quan va ensenyar la safata per demostrar que estava neta, una monitora —Natàlia, es deia Natàlia, la filla de puta— va adonar-se que la butxaca de la bata blava regalimava i havia canviat de color. Els cigrons suquejaven i el càstig va arribar a la mateixa escola. El van portar al menjador de professors, li van servir un plat sencer de cigrons i no es va moure d'allà fins que no se'ls va acabar. No hi va haver compassió i el Joel es va perdre la primera classe de la tarda perquè encara no havia escurat el plat. Quan va arribar a casa, ho va haver d'explicar a la mare. Formava part del pacte que havia fet amb l'escola. I la mare l'hi va explicar al pare i el sermó, de tots dos, va durar més d'una hora. Quan el Joel va deixar de somicar i va haver promès que no ho faria més, que s'ho menjaria tot, i va admetre que, al capdavall, els cigrons no eren tan dolents com es temia, a la setmana següent es va produir el daltabaix. La senyora Lourdes, quan va anar per tirar a rentar els texans del Joel, va trobar que la vora d'un camal estava descosida. A dins, hi quedaven restes de peix. Ella sí que ho va dir a la mare, i el Joel ho va negar tot. Ell no s'havia dedicat a trencar el fil amb unes tisores. Ell no havia convertit aquell espai en una butxaca on entaforar-hi restes de bruixa arrebossada. No sabia per què els seus pantalons feien, tot d'una, aquella olor de subhasta de peix. Ni, tampoc, com hi havien anat a parar aquelles restes de... Mentir no li va servir de res. Entre les proves que tenien i els seus antecedents, el Saül i la Maria van estar d'acord que al seu fill li convenia una pena exemplar. Una sanció de la qual es recordés tota la vida i que el rescatés del pou alimentari on havia caigut. A partir d'aquell cap de setmana, el Joel ja no va dinar més amb els pares i els seus germans. Mentre la família menjava, ell, apartat de la taula, els havia de llegir un llibre en veu alta. Com si fos en un monestir de monjos, ell dinaria abans, el plat que toqués sense dir ni piu, i tot sol. Després, mentre els pares, el Rai i la Vito fessin primer, segon i postres, el Joel els llegiria els capítols que toquessin. Els llibres els triaven els pares. I se'ls en fotia que no fossin adequats per a la seva edat. Si el Joel no entenia el que deia en veu alta, que s'espavilés. L'estranya condemna va durar tot un any i va començar amb el diari d'Anna Frank, que els mantenia a tots amb les orelles dretes. En algun moment, el càstig es va fer més cruel, quan els havia de llegir la vida del jove Hans Castorp a *La muntanya màgica*. La mare, després de la sessió de lectura, repetia que aquella novel·la era una simfonia de la vida. Ell, en aquell totxo, només hi comptava morts. I, tossut com era, no deixaria de ser un llepafils.

Si no has tingut sort amb els pares que t'han tocat, la vida acostuma a ser un malson. El Joel, en canvi, considerava que li havia tocat la rifa, tot i aquests càstigs que, en el fons del fons, podia arribar a considerar que eren merescuts. Mai tot són flors i violes, naturalment, però no hauria canviat els seus pares per cap dels pares dels seus amics, en cap moment dels seus cinquanta tocats. Hi havia jugat moltes vegades i la conclusió era sempre la mateixa: sempre guanyaven els seus. Però, precisament perquè havia idealitzat la família Estrada Vilalta, de cop i volta la decepció era més grossa. La sorpresa, impensable. Aterraven a Gatwick i encara no s'ho creia.

Meeting point. N'hi diuen així per no confondre ningú. El Joel va arribar-hi primer. Tot i que venia de més lluny que el Rai, tenia un avantatge. No havia hagut de passar el control de seguretat i, en canvi, el seu germà es va trobar una cua de mil dimonis i, a sobre, va voler negociar perquè no li prenguessin el tallaungles que portava embolicat amb paper de vàter dins de l'estoig de les pintes. No se'n va sortir.

Mentre feia temps, el Joel va enviar una nota de veu a la Daria. No li va voler trucar. A aquella hora devia estar fent classes de llengua a uns ganàpies amb poques ganes de distingir entre el complement directe i l'indirecte, i en un missatge podia acotar els seus pensaments:

> Daria, hola. No diries mai on soc? Fent temps a l'aeroport... de Londres. He vist una botiga d'esports que venien pilotes de tennis de promoció, i de seguida he pensat en la Frida. És una manera elegant de dir-te que he pensat en tu, no trobes? Bé. Soc aquí, esperant el meu germà. Si t'explico el motiu del viatge, a tu que t'agrada escriure, en podries fer una novel·la. Torno avui mateix. Fa dies que no ens veiem. Què et sembla si quan arribi a Barcelona, que no sé quina hora serà, quedem, sopem i t'ho explico? Al·lucinaràs. Vinga, va, que fa dies que tinc ganes de veure't. I has de saber aquesta història. Per a mi és important el teu consell. Ja em diràs el què. Vagi bé...

Quan el Rai va arribar al punt de trobada, faltava una hora perquè s'hagués de dirigir a la seva porta d'embarcament.

—Em sap greu...

—No passa res. Ja estem junts.

Es van fer dos petons i es van fondre en una abraçada.

—Ja em diràs, Joel, què és tot aquest misteri...

—Anem a seure.

Van buscar un racó arrecerat, lluny del quiosc, perquè no hi passés tanta gent. Rere una botiga de rellotges cars, van trobar dues butaques baixes, entapissades del blau rotund de Gatwick. El Rai va posar la maleta als peus. El Joel havia viatjat amb les mans a les butxaques. Un cop allà, va comptar fins a tres, va treure l'aire pel nas i, amb el discurs que havia assajat mentre s'esperava, va deixar anar la bomba.

El Rai es va quedar sense paraules.

El Joel, de moment, no volia passar del titular. Havia de deixar que el seu germà entengués cadascuna de les frases que acabava de sentir. La història era massa bèstia per pair-la d'entrada.

—Com ho saps?

—No t'ho creus?

—No. Impossible.

—Jo també em pensava que no s'aguantava per enlloc. Però... ara no en tinc cap dubte.

—El pare no faria mai una cosa així. I la mare, menys. No pot ser. Impossible, Joel... Que no, home.

—He vist el rebut... L'he vist. L'he tingut a les mans. La firma del pare conforme li entregaven una nena...

—Pot ser fals, el document.

—Rai...

—Què? En aquest món pot passar de tot... La gent està molt grillada. Hi ha gent disposada a fer de tot... Jo què sé... Jo he vist científics que creuen en Déu. A partir d'aquí...

—Rai... Per favor.

—Tu has vist algú més recte que els pares? Digues...

—Per això, em sorprèn tant com a tu. Per això t'ho...

—Un rebut... Ja em diràs tu què prova, un rebut? Sí, esclar... que rebien una nena... adoptada.

—Robada.

—Hi ha d'haver una confusió. Segur.

—De debò tu creus que hauria vingut fins aquí per dir-te una cosa així, si no la tingués clara?

El Raimon va trigar a reaccionar. Va repenjar l'esquena, va posar els turmells sobre la maleta i es va quedar mirant el sostre. No va dir res durant una estona. Tot d'una, notava un focus d'alta potència que il·luminava els Estrada, el seu passat, el seu present i el seu futur.

—Ho sap, la Vito?

—Esclar que no. No ho sap ningú.

—Per què m'ho has dit, doncs?

—Perquè m'ajudis. Per compartir el pes que porto a sobre. I perquè estic convençut que un dia o altre, si m'ho guardava per a mi, el xantatge hauria arribat directament a la Vito. I m'estimo més que siguem nosaltres que l'hi diguem que no un fill de puta amb ganes de fer-li mal.

—Però qui? Per què? Per què ara?

El científic volia les respostes. El periodista, per una vegada, no feia les preguntes. En aquella ocasió, ell era el protagonista malgrat la seva voluntat. I prou que li recava.

Sense entrar en detalls, el Joel li va narrar alguns episodis que havien passat des que havia ficat el nas en el cas dels nens robats. A mesura que avançava en el rodatge del documental, a partir que algunes pistes estrenyien el cercle sobre l'Enrique Arcarazo, havien anat per ell, a través del seu entorn. S'havia trobat amb coaccions cada cop menys sofisticades, cada vegada més mafioses. A l'enterrament de la mare ja havia hagut de fer fora un paio perquè aquell no era el moment d'anar-li a enviar un missatge. Pocs dies després, una Ducati havia fregat el cotxe de la Marga. Va semblar un accident de trànsit per culpa de la pluja. En una cruïlla, un havia arrencat abans d'hora, l'altre havia passat en ambre i havien xocat. Tot plegat no res, una fregada. Però no era una topada fortuïta. Aquell dia, a la Marga, li van donar un paper amb dues paraules: «Vigila, Estrada». Vigila què? La gota que havia fet vessar el vas, però, eren unes fotos del Leo que un encaputxat es va encarregar de deixar-li a l'estora de casa. Tres fotos del Leo despullat eren l'esquer per a una extorsió fastigosa. Va anar a una reunió a la bolera per solucionar el xantatge per les fotos del nen però el Leo no era problema. El tema era que li fessin descobrir com els pares havien aconseguit la Vito, acabada de néixer.

—Tot això que m'expliques és...

—L'evidència que el documental anava ben encaminat? —va anticipar-se el Joel, amb ironia.

—És fastigós, perdona. Saps qui és l'home de la bolera?

—No encara. El tinc filmat. Però a l'Enrique Arcarazo li deia Quique, amb una familiaritat que... Pensava que m'enviarien un esbirro per espantar-me, francament. Anava preparat per a això, però em va sortir amb el tema de la Vito i em va matar.

—Quina edat té, ara, el Leo?

—Catorze.

—Hòstia... Són molt cabrons. Ves amb compte, tu, Joel...

—Per mi no pateixis...

Va veure la mirada del Rai i va haver de rectificar. Era amb el seu germà, potser la persona que més havia estimat mai, el primer a ser-hi quan n'hi passava alguna, i si tenia alguna flaquesa no li havia de saber greu demostrar-la:

—Que no pateixis més del compte, volia dir.

—Però què penses fotre amb el documental?

El Joel va alçar les espatlles de la manera que ho fan els que estan a punt de llençar el barret al foc:

—Tot això no és agradable. Saben qui és la meva exdona, saben com trobar-la, m'han demostrat com és de vulnerable el meu fill, s'han presentat al replà de casa per dir-me que, si volen, em poden estovar a base de bé. Igual que es van quedar a la porta, un dia me'ls puc trobar a dins del pis...

—I segurament saben que jo visc aquí... Vull dir a Copenhaguen.

—Esclar.

—I també deuen conèixer l'Allan.

—No t'estranyi. Ens tenen a tots fitxats. Però, saps què? —Es va escurar la gola—. Jo a ells també.

—No et fotis el valent. No val la pena.

El Rai estava noquejat. Ja eren dos. Darrere seu, un home gegant amb una veu neulida s'havia comprat un Tag Heuer. Se l'emportava posat i li estaven eixamplant la cadena.

—Has anat a veure el pare?

—El pare? No, tio... No he tingut collons.

—Ja t'entenc... —El Rai, fotut, no sabia ni què dir—. Potser és millor no esvalotar el galliner abans d'hora, oi?

—No ho sé. Això acabarà explotant. Però no tinc cap ganes de veure'l.

—Si arribo a ser a Barcelona, vaig i el mato.

El gegant del Tag Heuer, satisfet amb la joguina nova, va fregar la maleta del Rai amb les cames i va demanar disculpes en alemany, que segons com semblen menys disculpes.

—Penso en la mare... Saps allò que deia sovint? Em sembla que s'està complint.

—No recordo què vols dir...

—Jo soc el pal de paller d'aquesta família. Quan jo no hi sigui, tot anirà caient... —El Rai va imitar la seva veu.

—És veritat que ho deia. No crec que es referís a això, Rai.

A la pantalla encara no sortia la seva porta d'embarcament.

—És que som aquí, parlant-ho nosaltres dos, i encara no m'ho crec. És surrealista.

—És l'hòstia.

—El més fort que ens ha passat mai.

—Molt greu. Molt.

—Què fotem, ara? Què cony fotem? —va remarcar les síl·labes.

—Què hauríem de fer?

—Tu en tens alguna idea?

El Rai es va posar dret i es va estirar els pantalons amunt perquè no fessin arruga.

—Cancel·lar els dos avions, comprar-nos un bitllet cap a Estrasburg i presentar-nos tots dos a veure la Vito. És el que hauríem de fer.

—Ho dius de debò? No porto ni un jersei per anar de viatge...

El Rai va riure abans d'afegir:

—Pots fer com de petit, a les colònies de La Nou de Berguedà, que et posaves els calçotets un dia del dret i un dia del revés.

Va aconseguir que el Joel també rigués.

—Venint cap aquí pensava una cosa... —Va dubtar si dir-la. Va guanyar el sí—. Tot és a la infantesa. És l'autèntica pàtria.

22

No et pots posar a la meva pell

Van fer un pacte. La Daria pujava a sopar a Sarrià i el Joel posava el pis i el syrah negre que tant li agradava. Ella portava la combinació de sushi i sashimi i ell prometia explicar, fil per randa, aquell misteri familiar que l'havia dut a Londres, com un llamp, a compartir-ho amb el seu germà. Ella hi anava amb la recança d'haver estat poc pel Joel els últims dies, i ell es moria de ganes d'estar amb la Daria, tots dos sols. Que no parlarien del Koldo, no van haver de negociar-ho. Que passarien la nit junts, tampoc.

L'endemà al matí, la Daria no tenia pressa. No havia d'anar a l'escola fins abans de dinar. Va fer un pipí, es va rentar les mans i va tornar al llit.

—He estat pensant en tot l'embolic. Déu-n'hi-do.

—T'ha costat dormir?

—Més que a tu... No sé com us ho feu, els homes. Es pot ensorrar el món, podeu tenir el problema 3XL, que us foteu al llit, i clapeu com un soc. En canvi, nosaltres...

—Què has pensat?

—És que no sé si ho veuràs igual... Si em fico on no em demanen, m'ho dius...

—Què has pensat, Dari? Digues, no passa res.

Ella es va col·locar bé el coixí, per falcar-se millor en el seu braç.

—Que al teu pare li heu de donar la possibilitat d'explicar-se... Igual que has parlat de les fotografies amb el teu fill, i us ha anat bé, i dius que el nano ha reaccionat, trobo que hauríeu de parlar amb el pare.

—Però...

—Un moment.

—No és el mateix.

—No diguis res. No dieu sempre, els periodistes, que s'han d'escoltar les dues parts?

—Què vols contrastar, tu, d'aquesta història?

—Però amb el pare hi heu de parlar, no fotis. No podeu fer com si res...

—Daria... —li va tustar el nas, amb repetició.

—Què? Que calli, oi?

—No és això... —Però una mica sí, va pensar abans de notar que li vibrava el mòbil—. Hòstia. Ara no l'agafo.

—Què passa? —La Daria va reaccionar en veure el nas espantat del Joel.

—És la meva germana. No m'hi poso. No sabria quin paperot fotre-li, ara.

—Tampoc hi vols parlar?

—Sí, esclar que sí... Però vull pensar bé com l'hi dic. Les paraules són importants.

Va allargar el braç per tornar a deixar el mòbil a la tauleta de nit. Com si allunyant l'aparell fos menys incòmoda la trucada. Al setè ring, la Vito va penjar.

—Em vaig a dutxar. —El Joel es va alçar del llit—. Vens?

No va tenir temps ni de respondre que n'hi va passar una altra pel cap:

—Per cert, tu no m'has de dir res?

—Jo...? —Desorientada—. A tu?

—Pensa una mica, dona.

Li va venir de cop, com una fiblada de vespa.

—Ai, el ram, el ram. El ram, i tant. Perdona, Joel, ahir se'm va oblidar, amb tot el tema. Perdona, perdona. Quines flors tan boniques... Per favor, com me n'he pogut oblidar. Ho sento...

—Com que no deies res, pensava... A veure si no l'hi van enviar...

—Sí, sí, sí, impressionant. Perdona. Però no ho facis més. A l'escola tothom en parlava. Tothom em preguntava: de qui són? Qui te les envia? Que és el teu aniversari, avui? Com si només es poguessin regalar flors per l'aniversari... Saps què passa? Que no estem acostumats a rebre rams de flors, a l'escola. Els professors, a tot estirar, rebem mocs. Els tutors, bronques i mocs: ració doble.

—Ara no em diràs que no t'ha agradat?

Abans de contestar, la Daria va deixar escapar els ulls lladres.

—Molt.

—No t'he sentit bé —va fer-se l'orni i es va tornar a estirar al llit—. Disculpa... és que no t'he sentit...

—He dit... Moltíssim.

El Joel es va sentir guanyador. Tenia comprovat que un ram no falla mai. No hi ha missatge que faci més efecte. Si s'envia amb el cor i es fa arribar a l'hora justa, victòria assegurada. A qui no li agrada que li diguin coses amb flors?

La primera vegada que havia constatat l'impacte d'un ram va ser el dia del seu casament. Quinze dies abans havia anat a la floristeria Prat a encarregar el *bouquet* per a la núvia —seguint les indicacions precises de la Marga— i en va demanar un altre d'igual, però una mica més petit i amb les flors més atapeïdes. Era per a una persona molt especial que no podria ser al seu casament. Recolliria el ram a la floristeria de la plaça Bonanova i l'hi duria el mateix dia de la boda. Ho tenia tot rumiat. Al matí aniria d'excursió en cotxe fins al Baix Penedès, i així no pensaria en el cerimonial de la tarda fins que pràcticament se'l trobés al damunt. Una hora d'anar, una hora de tornar i una bona estona per fer companyia a la seva àvia. Com menys estona tingués per posar-se les sabates noves i fer-se el nus de la corbata, millor. A més distracció, menys nervis.

Dels quatre avis, l'àvia Camila —la mare de la mare— era l'única que havia canviat de segle. I de mil·lenni, com repetia sempre ella amb el cap claríssim. Feia gairebé un any que s'estava en una residència on, més enllà de l'olor de pixum de gat, no li faltava de res. Tenia les cures i les atencions que necessitava. Les vistes a la mica de jardí terapèutic s'havien convertit en el seu paradís. El Joel va obrir la porta de la 108 amb una mà. L'altra, l'amagava al darrere.

L'àvia Camila no va poder dissimular la sorpresa. Estava asseguda a la butaca alta de cada dia. La camisola, color d'armanyac, li feia salut. El cabell blanc, net, pentinat enrere, denotava que l'havien dutxat no feia gaire.

—Però si vam parlar ahir...

—Esperaves visites, àvia, que vas tan mudada?

—Què hi fas aquí? Si em vas trucar per recordar que avui et casaves...

—A la tarda, a les set... No me n'he oblidat. No pateixis.

—Avui no comptava pas amb tu, nino. Si deus estar...

El Joel li va enretirar del davant la tauleta amb rodes. Hi tenia una ampolleta de colònia i una pinta. Va tenir cura que no s'aboqués l'aigua del got.

—Quina mà vols? —Abans que pogués respondre ja havia triat per ella, i li va presentar el ram—. És per a tu, àvia.

—Oh! —No se'n sabia avenir—. Per a mi?

Es va acotar per donar-li el *bouquet*.

—Per a la dona més guapa del món.

—Pots comptar...

—És exactament igual que el que durà la Marga.

Primer es va tapar la boca amb la mà. Després li va fer dos petons al Joel i va agafar el ram, subjectant-lo amb respecte, com si no el mereixés. El va mirar una bona estona amb ulls esquifits i se'l passava d'aquí cap allà, amb una il·lusió que ja no sabia que tingués. Era com si els reis li haguessin dut la millor joguina a l'edat que ja no passen. Tot tan blanc, el trobava molt elegant. Amb les peònies i les roses blanques perfumades. Va trobar de molt bon gust que manessin les anemones, amb el botó negre al mig, que les feia tan originals i que recordaven als nuvis que durant el matrimoni també hi hauria, de tant en tant, alguns dies foscos. Se'l va acostar encara més i el va ensumar.

—Això és... Com se diu?

—Eucaliptus, àvia.

—Eucaliptus... —El va olorar, encara una vegada—. Dona frescor. I tant que sí. Que sigueu molt feliços, nino.

Quan la Marga i el Joel van desempallegar-se del *jet-lag* del viatge de noces, van tornar a la residència del Penedès a veure l'àvia Camila, que els va rebre a la butaca alta de sempre. Li van ensenyar algunes fotos del Grand Canyon —que era un dels llocs on ella sempre hauria volgut anar— i unes quantes, triades, del casament. A canvi, ella, orgullosa, els va mostrar el ram de núvia que li havia dut el seu net. Fins a l'últim dia, un mes i mig després, va presidir l'habitació. Li semblava que l'eucaliptus mantenia la frescor de la vida.

—No m'havies parlat mai de la teva àvia... —La Daria es va rascar el nas. No era al·lèrgia. Era la coïssor de la gota a punt de caure—. Diu molt de tu, aquesta història, senyor detallista. Quants rams deus haver enviat, tu, en els últims cinquanta anys?

—Jo? Dos. —Va aixecar una cella—. El de l'àvia i el teu.

—Que m'ho cregui.

—Aquest és el segon. T'ho prometo.

—Quin *cantamañanas* que estàs fet.

El Joel va canviar el rictus. Va abandonar la mandíbula fatxenda i, en un tres i no res, es va posar seriós.

—Ui... A tu t'acaba de passar alguna cosa pel cap.

—No, no...

—Un pensament negatiu. I tant!

—És igual. —El Joel sabia que ho acabaria dient, però li feia por només de...—. Penso si l'àvia sabia... com va arribar la Vito a casa nostra.

—És tan delicat, tot això. Era la mare de la mare, has dit?

—Sí. Aquestes coses, s'enraonen? Una filla confessa una cosa així? No m'agrada el verb, «confessar». No m'ha agradat mai.

—No ho crec, vaja... Això no s'explica. Mai. A ningú. Per més confiança que tinguis.

Van notar que el Joel rebia un missatge. Al cap d'uns segons, un altre. No va mirar el mòbil. La Daria, jugant amb els dits dels peus —a l'escola sempre li deien que amb les ungles tan ben pintades no semblava filòloga—, no va voler que el Joel es continués fent preguntes tòxiques que no duien enlloc. En va proposar una:

—Aquest Arcarazo, que vas dir ahir... Qui és?

Ell va abocar tot el que sabia. Desendreçadament. L'Arcarazo no era ni metge. Era un estudiant d'enginyeria que havia arribat a Barcelona als anys cinquanta, no havia acabat la carrera, s'havia casat i havia muntat una organització per donar nens i nenes en adopció. Passava per ser una obra familiar. I potser inicialment era així. Va començar per assignar els nadons de mares solteres a famílies que buscaven poder tenir un fill. Gestionava els nadons d'aquestes mares que vivien en pisos de l'Església per amagar la seva panxa i que volien donar el seu fill, perquè no el podrien mantenir o per la vergonya de no poder dir qui era el seu pare. A partir d'aquí, el negoci dels Arcarazo havia expandit els seus tentacles en moltes direccions, i cap de bona. Encara que aquelles mares solteres volguessin els fills, se'ls prenia la criatura per donar-la a algú que pagava per tenir-la. A mesura que el boca-orella funcionava, qui volia adoptar una criatura sabia que el més ràpid i el més fàcil era posar-se en contacte amb la seva organització i la tindria sense haver d'esperar gaire. Només es tractava de ser discret, pagar i no preguntar. I, pagant una mica més, aquella criatura que havies de suposar que era òrfena, podies triar si volies que fos nen o nena. Per satisfer tanta demanda, van començar els jocs de mans als hospitals. Just després del part, els bebès es morien. Els pares desesperats no veien mai el cadàver perquè qui havia de pensar que algú els pogués mentir amb una barbaritat així. Es falsificaven els certificats de defunció, els bebès ressuscitaven i l'endemà anaven a parar a unes altres mans. Aquesta pràctica es va estendre no només en clíniques vinculades a l'Església. San Cosme y San Damián de Barcelona, sí, però moltes més. L'Arcarazo treballava a tot arreu, amb gairebé tothom. Hi ha casos denunciats a l'Hospital Clínic, a la Vall d'Hebron, a la Mútua de Terrassa, a Reus, a Lleida, a Sabadell, a Tarragona. En clíniques petites dominava el cotarro. En clíniques grans tot passava més desapercebut. Als vuitanta el van investigar arran d'una denúncia, però van tancar el cas i va continuar fent una fortuna, acumulada durant trenta anys.

—Tu creus que és ric?

—És multimilionari a costa del delicte, Dari. Però em diuen que ara no s'aguanta els pets. Ja em diràs de què serveix, tot això, per acabar morint-te com tothom...

La Daria es va tapar amb el llençol. Se li havia refredat el cul.

—Per què ningú no li ha posat la mà a sobre?

—Perquè ningú no té proves. La prova. Ens en falta una. Amb una n'hi hauria prou per començar a desmuntar tot el tinglado. Perquè la fiscalia no s'hi ha posat a fons. Perquè ningú del seu voltant no ha cantat res de res. Ningú no piula. La xarxa de silencis i de fidelitats que s'ha construït al seu voltant, en tot aquest món, és... No té res a envejar amb la màfia. Pitjor que la màfia. El pecat és tan gros que ningú no el confessa. Que mai ni una sola col·laboradora seva no se n'hagi penedit, durant tants anys, amb tants casos, és insòlit. Però és així. Pensa que associacions com SOS Bebès Robats ha arribat a posar un número de telèfon a disposició de testimonis i col·laboradors, perquè els truquin de forma anònima, i no els ha trucat ningú. Ni un sol treballador se n'ha anat de la boca. I després... —Va aixecar un dit, com si se li hagués acudit una altra idea—. Diguem-ho tot, perquè ell ja s'ha encarregat prou de tenir un bon nom. Quan devia ensumar-se que li trontollava el negoci, va fer una donació important a l'Hospital de Sant Pau, el van ensabonar l'alcalde, el ministre de sanitat, *tutti quanti*, i li van posar un semàfor verd al diari. L'Arcarazo, allà retratat, semàfor verd a *La Vanguardia*. Què més vols? Automàticament, el full d'antecedents penals s'esborra, es dilueix... Quanta gent, en aquest país, es neteja la imatge amb la beneficència? Tu dones un milió per a la ciència, i ja ets intocable. Fas una aportació a un hospital, intocable i respectat. La reputació, aquí, es paga amb diners. I després tens barra lliure per fer el que et roti que ningú no et buscarà les pessigolles. Ho tenim muntat així. La clau és que es filtri, que se sàpiga que ets tan bona persona.

—Hi ha excepcions.

—Naturalment. Aquí, els dos o tres que posen calés de veritat, allò... milions i milions, ni surten als diaris, ni volen que se sàpiga, ni concedeixen entrevistes... Dos o tres, no n'hi ha més. Però la resta? Digue'm tu una bona causa i et diré els interessos que hi ha al darrere.

—No siguis així, tampoc...

El Joel va allargar el braç i va agafar el mòbil, d'esma. A la pantalla havia quedat l'últim whatsapp que havia rebut mentre parlaven.

El missatge. Si deia el que deia, era molt gruixut.

Ets un fill de puta.

S'ho va tornar a mirar. Li va semblar que no ho havia llegit bé. A vegades, una llambregada ràpida al mòbil provoca malentesos.

—Un moment, Daria. —No hi havia marge d'error. Les cinc paraules no permetien una segona interpretació—. He de trucar a la meva germana.

—T'has quedat... Estàs pàl·lid.

—Ha passat alguna cosa, amb la Vito. O hi ha d'haver un error, no ho sé. Perdona...

El Joel es va posar els calçotets per sortir de l'habitació. Se'n va anar a seure a la cadira de la cuina. Al segon truc, va despenjar la Victòria. El

Joel, que no lligava caps però que es temia el pitjor, ja no va ser a temps de badar boca. La cascada li va caure al damunt.

—M'heu destrossat, Joel. M'heu matat. És molt bèstia, molt. Aneu tots a la puta merda. La mare, el pare... Per què? Eh? Saps què és que et diguin que tota la vida és mentida? És tan fort que... No ho sé... És per fotre's un tret. A sobre tu ho sabies i no m'ho has dit, quin covard. Des de quan ho saps, tu? Em sento... pitjor que una merda. Estic devastada. Colèrica és poc. M'heu matat... I això no es pot perdonar, mai. Em sento traïda... Estic tan enfadada, tant, que no puc ni pensar.

—No ploris, per favor, que no t'entenc.

—M'has fallat, m'has donat pel sac a base de bé... M'has traït, tio, fins quan pensaves amagar-m'ho? Eh, digues? Fins quan, hòstia?

—No sé de què em parles...

—Vinga, home, per favor... A sobre no et facis el... Tu, com sempre. T'hauria de penjar el telèfon. No sé ni per què parlo amb tu... M'ho han dit tot, sents? Tot. No fa ni tres hores, i saps com em sento? Com una puta merda.

—No cridis, sisplau!

—Com una merda és poc. Però com vols que no... Posa la cara a la pantalla, que et vull veure. Connecta't. Vull que em vegis tu a mi, perquè se m'ha ajuntat tot, em sents, i vull que em puguis mirar als ulls, si tens decència. Joel, hòstia, com m'has pogut fer això? Tu ho sabies. Tu ho sabies i no m'ho has dit. Des de quan ho sabies? De debò que no ho puc entendre. No puc.

El Joel i la Vito van connectar per videotrucada. La cara estava difuminada, però les faccions es dibuixaven prou per notar que l'havia consumit la ràbia. Tenia els pòmuls foscos, com si no hagués dormit en dues nits. La cabellera ondulada era un garbuix. Estava despentinada, havia plorat i tenia la fúria als ulls. La cendra de les bosses li enfosquia la mirada negra. Segons com, semblava que s'hagués esgarrapat. Veure-la encara li va fer més impressió.

—Ho sento molt, Vito, res no ha anat com havia d'anar.

—Que res no ha anat com... Quins collons. No sé qui són el pare i la mare... Els nostres pares, te n'adones?

—Qui t'ho ha dit?

—Només és això el què t'interessa? Qui m'ho ha dit? Per què? Tens por que t'espatlli el teu documental? Esclar... Maleït documental. Com a mínim servirà per treure tota la porqueria d'aquesta família. La merda, me la menjo jo i només jo, com sempre. Però això és molt gros, tio, que no te n'adones? Com em pots dir, ara, «no sé de què em parles»... Ho saps millor que ningú. Que la meva no és una adopció qualsevol, que jo vaig ser un bebè robat, que he viscut una vida que no és la meva, que tot és una puta enganyifa des del dia u. Que me n'assabento com me n'he hagut d'assabentar, per la persona que menys m'ho podia imaginar, i no entenc res de res i em cago en tot, perquè m'heu robat la vida, hòstia, perquè me l'heu fet malbé, perquè tot és mentida, perquè no sé ni qui soc per culpa dels pares i per culpa de tots vosaltres... Saps què significa que et diguin que ets una nena robada als quaranta-cinc anys? No, no ho saps, no t'ho pots imaginar. No t'ho pots arribar a imaginar, hòstia. No et pots posar a la meva pell, és impossible. Totes les converses que he tingut amb la mare, eren mentida, també? Tot ha estat un teatre per dissimular que jo... Qui m'he de creure a partir d'ara, quan m'han enganyat tota la vida? La confiança. Quina paraula... Quina farsa. És tan fort, tot això... Em sento estafadíssima, estic que... No ho sé... Faria un disbarat. Estic tan enfadada, tant!

—Vito, escolta, jo...

—I saps qui m'ho ha hagut de dir? —Li va venir una glopada—. Ho vols saber?

Va parar en sec. Va deixar el telèfon de qualsevol manera, amb el visor enfocant el sostre, i va desaparèixer. Al cap de no res, sentia la Vito, de fons, vomitar sense parar. Cada nàusea arrencava de més avall. Estirava la cadena i mig minut després hi tornava. S'hi va estar una estona, fins que l'última bilis, amarga de mil dimonis, va pujar de l'avern. El Joel sentia com obria l'aixeta, glopejava aigua i l'escopia. Quan va notar que la Vito tornava a agafar el telèfon, va intentar dir-li el que havia estat pensant sobre la manera com l'Enrique Arcarazo havia estat actuant durant anys, com tal vegada els seus pares també havien estat víctimes d'un parany. Però no va poder. La Victòria, amb el dolor al rostre, no el volia sentir, i encara no havia acabat de dir-li tot el que la ràbia li feia esputar. Ni de bon tros.

—No vull saber res més del pare, em sents? Per mi ja està mort. El dia que vam enterrar la mare, també podíem haver cremat el pare... Tots dos junts, amb el seu secret, a les cendres.

—Dona, Vito. Potser l'has d'escoltar...

—Oh, sí, a bona hora. Mig segle després... El Saül Estrada, l'empresari just, l'home venerable que regalava la panera de Nadal als seus treballadors, i la senyora Maria, sempre tan perfecta, sempre al seu lloc, que bé que toca el piano, senyora Maria, que bé que entona, s'hauria hagut de dedicar a la música, senyora Maria... Doncs la senyora Maria i el teu pare, Joel, van robar una nena. Una nena que soc jo. Com et quedes? Com et quedes, digues?

—...

—Com a periodista és espectacular, oi? Ja ho entenc... Però el titular de la notícia resulta que soc jo. Quina cagada, eh? A sobre, ara, et dec fer nosa pel teu projecte...

—No diguis això.

—Qui més ho sap?

—Aquest no és el tema, ara, Vito...

—Qui més ho sap?

—És el de menys, això. El que és greu és el cas, és el que van fer els pares i com ho van fer... Jo estic amb tu, al teu costat. A totes. Això no ho dubtis ni per un moment.

—Que qui més ho sap?

—... Ningú.

Les dècimes de dubte el van matar.

—A part de tu... Qui més, Joel?

La imatge, d'Estrasburg a Barcelona, era borrosa. La mirada, esmolada com una daga lluent.

—El Rai.

—El Rai. Ho veus? N'estava convençuda. —La Vito es va tornar a enfilar—. El Rai. Tu i el Rai. Us ho manegueu tot entre vosaltres, com sempre. El refotut paternalisme dels Estrada... Amagant la veritat, no fos cas. La nena al marge de tot, la nena que no ho sàpiga, la nena que no pateixi, la nena posem-la en una campana de vidre, sempre l'última, no fos cas que se'ns destarotés i sabés que vam pagar per arrabassar-la d'una mare que no la volia perdre, que patiria molt, la nena... Perquè ser adoptat és una cosa, i et planteges la teva vida, l'altra vida, la d'uns pares que no coneixes. Com devien ser, de què devien viure, d'on eren per tenir la pell morena que tinc... Però passes una època i t'hi vas fent... Ets adoptat, pàgina. Ja està. He tingut sort, m'han donat una oportunitat que no hauria tingut, pàgina. Però això és una altra cosa, hòstia, i aquesta sí que és greu. Molt greu. Això és un deliri que no te l'acabes mai, suposo. Doncs mira, ara us ha explotat tot a la cara. A mi la primera, esclar...

—Això no té res a veure...

—Mira, Joel, calla, no em facis parlar, no em donis lliçons. De res, m'entens? No estàs en condicions. No ho estàs...

—Només vull...

—Que callis. Que callis, hòstia! Que callis!

Tampoc no sabia què dir. Havia quedat exànime. A ningú no li agrada veure una germana patir així. I la Victòria tenia raó. Ell havia fet prou entrevistes a dones que, tot d'una, havien descobert que eren nenes robades per saber que hi havia una coincidència en tots els casos. D'aquell fet no se'n sortia mai més. Entrava dins de la pell i ja no en fugia. Hi seria present cada dia, per sempre. Pitjor encara, no només marcava el futur per anys que visquessis sinó que desdibuixava el passat. Íntegrament. Tots els records caducaven de manera fulminant, cada instant de la vida que havies viscut prenia un altre sentit i fins i tot les postals familiars més amables es tornaven agres, en un blanc i negre turmentat. Pel que li havien dit tots els testimonis mirant a càmera, al daltabaix ningú no s'hi acostuma. Amb prou feines s'hi pot conviure. L'obsessió t'ho canvia tot. El tarannà, el to, l'humor i la lluïssor dels dies. No tenia per què pensar que el cas de la Vito —per més intel·ligent que era, per més doctora en medicina que fos, per més empatia que tingués dins i fora de la consulta— pogués entomar aquell cop d'una manera diferent. Se t'ensorra la casa als teus nassos i tu no hi pots fer res.

—Assabentar-me'n d'aquesta manera encara fa més mal, saps.

Per primera vegada en tota la trucada, la Vito havia asserenat la veu. El Joel no la va voler interrompre. S'havia assegut per mirar-la, escoltar-la i aguantar el xàfec.

—Estàvem amb el Gegi, asseguts en un banc, al carrer... Parlàvem del pis i dels diners. Temes desagradables de la separació. Per més bé que vulguis fer les coses, sempre acaba sent un niu de... Què t'he d'explicar, oi? M'ho discutia tot, ja saps com és. Sempre té raó, té una idea i no hi ha qui el mogui d'allà... En fi, suposo que per això també me n'he cansat. Total, que ell s'ha anat enfilant i aleshores ha anat a ferir. Directament em diu, amb tota la mala llet: Què has de saber tu, que ets una nena robada? He entès que era una manera de menystenir-me, encara més... Despectiu, saps? Per això no li he fet gaire cas. I aleshores insisteix que sí, que sí, que tu ets una nena robada, i que el Joel ja ho sap i tu vius a la inòpia... I li he dit però tu què collons t'empatolles i aleshores sí que he al·lucinat amb tota una història que no sé si he entès perquè jo estava ja tan cremada que tot m'ha semblat... No ho sé. Impossible. Surrealista. No em podia creure el que estava sentint. El Gegi m'ha dit que un home es va posar en contacte amb ell, que li va dir que li havia d'explicar una cosa íntima de la seva dona, ara que s'havia assabentat que estàvem en procés de separació. O sigui, hi ha algú que ho sap tot. Van quedar a l'estació de l'alta velocitat, d'aquí a Estrasburg. Un home, baixet, que parlava anglès i no sabia ni gota de francès, li va comentar que tu estaves fent un documental sobre un tema delicat. Els bebès robats a Espanya. El Gegi, pel que he entès, li va respondre que ell no en tenia ni idea, perquè amb els seus cunyats hi té molt poc contacte. I aleshores li va explicar que a tu t'havien demostrat que jo era una nena d'aquestes i la teva resposta havia estat sorprenent: que havies demanat que no m'ho diguessin, prohibidíssim, i que havies decidit continuar la pel·lícula endavant, peti qui peti.

—Això és mentida, Vito.

—Deixa'm acabar. Van explicar que jo no havia nascut ni a Barcelona i que l'endemà el pare havia pagat cent mil pessetes i havien quedat en un bar, al costat d'un hotel, que li van dir el nom del carrer però el Gegi no va entendre què li deien, i allà havien fet la transacció. Ho sabien tot, la data exacta, del 7 de febrer. L'any. Tota la pel·lícula, sents? Qui agafa un avió fins a París, un tren bala cap aquí per explicar tot això, amb tants detalls, si no és veritat?

—Vito. Em sap molt greu. Tot. Tot, no cal dir-ho. Jo, de tot això, me'n vaig assabentar fa... Què? Dissabte. Dissabte passat. Que a mi em coaccionen perquè no foti el nas on no em demanen? Sí. Però això és el de menys. Que ahir vam parlar amb el Rai sobre què fer i com dir-t'ho, això sí que és veritat. No per amagar-t'ho, no ho hauríem fet mai, sinó sobre la millor manera de... O la menys dolenta, vaja. Però no és veritat que jo digués que tu no ho podies saber. Això no ho he dit mai. Mai. T'ho prometo. Tampoc vaig calcular, però, que s'empescarien això de venir aquí, parlar amb el Gegi, aprofitar que us esteu separant... Ho saben tot, Vito. Absolutament tot. És senyal que els estem collant... Però ja res no val la pena. Anàvem a denunciar un cas...

—I teníem el cas a casa. I soc jo, el cas, m'entens? Quina puta gràcia, oi? És que encara no m'ho crec. És molt gros. Soc jo el secret més ben guardat.

—Costarà que tornem a tenir el cap clar. —Es va adonar que la Vito mirava per la finestra—. Però hi ha una cosa... Em sents?

—Esclar.

—Hi ha una cosa que un dia o altre haurem de fer. Vaja, l'hauràs de fer tu. Encara que ara no ho vegis...

—Parlar amb el pare?

—Sí —amb la boca petita.

—Ni en pintura. Mai més. No ho penso fer.

—No dic ara, no dic demà. Però... Cara a cara. Tu i ell, deixa passar uns dies.

—He d'anar a buscar la Lisa. T'he de deixar. M'he d'arreglar una mica. Ella no es mereix veure'm així. Ella no n'ha de saber res.

—No, no, millor que no. Esperem que el malparit del teu ex no li digui res.

—No tindrà collons.

—A tu t'ho ha dit.

—A mi em volia fer mal. A la seva filla segur que no. Penjo, Joel, ja en parlarem.

—T'estimo —ho va balbucejar amb prudència, esperant la clatellada.

—Adeu. No estic d'humor.

La Daria va obrir la finestra, per ventilar l'habitació, es va posar una samarreta del Joel i se'n va anar a trobar-lo a la cuina. L'havia deixat en pau. No volia molestar. Tot i que la porta estava ajustada, havia lligat caps de fora estant i es feia el càrrec de la gravetat de la conversa.

—Em sap molt greu. —De cop i volta, cada paraula pesava molt—. Per tu. I per ella. Pobra.

—No m'entra al cap com els meus pares van poder fer una cosa així.

—No s'entén, no.

La Daria, amb la samarreta que li arribava fins als genolls, es va asseure al seu costat. Veia el Joel tan abatut que no gosava ni moure's. Tan sols li despentinava els pèls del braç. Ella va respectar la pausa. Només se sentia el rellotge de paret. Dos minuts després, algú havia de trencar el gel.

—Què et demana el cos, Joel?

—Ara? Vols que t'ho digui? Trucar al meu cunyat. L'excunyat...

—Al Gegi? Per dir-li què?

—Que es podia fotre la llengua al cul. Així de clar.

La busca llarga va continuar marcant el pas. Desfeia segons al rellotge de la cuina, l'un rere l'altre, atiant la gravetat del moment.

—Què penses fer amb la pel·lícula?

El Joel va apujar les espatlles i les va tornar a lloc.

—Tal com va tot... Em fa l'efecte que només puc fer una cosa.

—Et puc donar un consell? —Li va posar una mà a la nuca.

—Tu tens permís per fer el que vulguis. —No va poder forçar ni mig somriure—. Digues.

—No et rendeixis. No fa per tu.

El Joel va acotar el cap entre els genolls per amagar la plorera. S'hi va estar una estona, bramant com un nen. Havia mirat de retenir-se, però aquella mà calenta, al clatell, el va ajudar a treure tota la pena.

23

La poesia s'ha de llegir en veu alta

Quan el va tenir al davant, la Cristina Malabrocca va entendre per què li deien Cara de Mosca. Aquell home de metre i mig tenia les faccions esquifides, les galtes xuclades i els ulls rematadament junts. El que cridava més l'atenció era la forma del seu front pelat. De sobte, poc per damunt de les celles, tirava enrere com si hagués d'arrencar el vol en qualsevol moment. Tot ell desprenia un aire eteri, aerodinàmic. El vestit negre, de dalt a baix, era la coartada perfecta per al sobrenom. Cara de Mosca, però, no era un àlies que s'hagués posat ell. Si no hagués estat perquè havia sentit a la ràdio que es buscava un lladre de llibres que tenia cara de mosca, el Rafa Soler mai no hauria sabut que la policia l'anomenava així. Responia a la descripció que en va fer una de les seves primeres víctimes a l'hora de posar la denúncia a la comissaria. Una nit, a l'hora que els amos de la casa eren al primer son —el Rafa sabia que el primer son acostuma a ser el més profund—, havia entrat a una torre antiga de Vallcarca, prop del pont. Segons havia controlat en les últimes setmanes, a la planta baixa hi havia una biblioteca de tres parets i fusta noble que ocupava del sostre fins a la rajola amb dibuixos modernistes. Del carrer estant, havia observat que en un dels angles hi havia un seguit de volums que semblaven d'alguns segles enrere. Amb dos bots va ser dins del jardí. Certament, no tenien gos. Les anotacions eren correctes. Després, amb una ventosa i molta cura, va treure un vidre petit. No volia trencar res. Tot just fer-se l'espai per poder passar la mà, obrir la finestra i ja seria dins. Ho tenia tot planificat. Els amos dormien al primer pis i, si actuava ràpid i sigil·losament, en menys de dos minuts seria fora amb el botí a la bossa. No va comptar, però, que es disparés l'alarma. Mentre la família era al pis de dalt, deixava connectada l'alarma parcial a la planta baixa. Quan va començar a sonar amb un estrèpit que va despertar tot el veïnat, el Rafa va córrer cap al racó de les prestatgeries, va entaforar a la bossa els sis llibres que li van semblar de més valor —tenia el nas afinat per als incunables— i va tocar el dos. Poc abans de sortir per la finestra, es va encendre el llum de la biblioteca. L'amo, amb pijama i una navalla suïssa a la mà, li va dir que s'aturés. Les mirades es van trobar. El Rafa treballava a cara descoberta. No tenia res a amagar. A l'hora de posar la denúncia davant d'un policia amb l'alè d'abans-d'ahir, l'amo de la casa només responia les preguntes que sabia:

—Què li han robat?

—Mitja dotzena de llibres.

—Res més?

—Diria que no.

—Joies? Rellotges? Ordinadors, telèfons, tauletes...

—Crec que no. Sis llibres.

El policia va aixecar la vista.

—I per això posa una denúncia?

—El lladre sabia el que es feia. Entre els llibres hi havia dos incunables.

Ho va teclejar a l'ordinador com si sabés què apuntava.

—Incunables. Molt bé.

—Molt bé no. Són llibres anteriors al 1500. Es cotitzen molt més que l'or.

—Ja. Dos llibres vells. Ha vist qui entrava a casa?

—L'he vist sortir. Ha sonat l'alarma, he baixat tan ràpid com he... i me l'he topat. De cara. Una persona sola. Un moment de res.

—Alguna característica? Un accent estranger, alguna raça, algun tatuatge...

—No. Res. No ha parlat... Anava tot vestit de negre i...

—Què?, digui.

—Res... Quan l'he vist he pensat que tenia cara de mosca.

—Cara de mosca.

El policia de guàrdia ho va apuntar sense saber, en aquell moment, que seria una pista clau per acabar detenint, prop d'un any després, el Rafa Soler.

En les hores posteriors que l'emmanillessin, la investigació va anar recuperant llibres que amagava en un doble fons d'un magatzem de Sant Andreu. Sense que ell volgués delatar ningú, en una operació de matinada van anar caient alguns dels seus esbirros. El clan del Rafita, que era així com s'autoanomenaven, entrava a cases, buidava biblioteques, trencava vidres de cotxes si quedava un llibre a la vista, atracava persones pel carrer si duien una novel·la sota el braç, ficaven la mà als bolsos al metro buscant un recull de poemes... El que no feien mai, per norma del clan, era afaitar llibreries. Pel clan del Rafita eren un lloc sagrat. Tenien prohibit rampinyar a les llibreries. Prou que ho fan els pirates a través d'internet.

Mentre va ser en presó preventiva, el Joel Estrada va tenir l'ocasió d'anar a veure el Cara de

Mosca a Brians 2. Una sola vegada. Va tenir quaranta minuts per parlar amb ell, en un locutori, a través del vidre.

—He vingut perquè m'ho ha demanat l'Eva Bosch...

El Cara de Mosca va gesticular perquè entengués que no el sentia. Va despenjar un telèfon de baquelita encastat al marc del vidre. No hi havia dial. Tan sols l'auricular. No servia per trucar a ningú però era imprescindible per poder-se comunicar amb les visites.

—No el zento. He d'agafar el telèfon aquest, zi no jo no...

Es va quedar dret. El Joel, també. Mai no havia entrat a una presó. No havia pensat que li tocaria viure una escena que tenia moltes menys capes d'èpica que a les pel·lícules. Des que havia arribat a Brians 2, duia una hora i mitja de tràmits, registres i sales d'espera abans d'arribar a parlar amb el Rafa Soler. Un cop al seu davant, semblava, ell no en tenia cap ganes.

—Em dic Joel Estrada, he vingut perquè m'ho ha demanat l'Eva Bosch.

—No zé qui éz.

—La intendent dels Mossos. Una de les que més mana a la policia. Sí que la coneix. Diu que vostè té una història i que a mi m'interessarà saber-la. Què vol explicar?

—Jo?

—Miri. M'han dit que tenim trenta-cinc minuts, fins que soni un timbre i es talli la comunicació, o sigui que anem al gra, deixem estar les falses modèsties i expliqui'm què vol.

—Jo no vull rez. Zortir d'aquí, vull. Amb quinze diez ja n'he tingut prou. Ja eztà?

Va fer el gest d'anar a penjar el telèfon.

—No. Esperi... —El Joel no entenia per què el Cara de Mosca se li posava gallet. Va mirar d'estovar-lo amb el seu tema—. No és un bon lloc per llegir, aquest?

—Això zí.

—Què llegeix, ara, Rafa?

—Un clàzic. *Matar un rozinyol.* El coneix?

Definitivament, el Cara de Mosca era papissot. El Joel va fer com si no ho hagués notat.

—Vostè és aquí per robar llibres?

—Això diuen.

—Per què ho fa?

—Perquè m'agrada. Perquè éz méz fort que jo.

—Però per què llibres i no... què sé jo, Rolex?

—I per què no?

—Si és per revendre-ho... amb rellotges de luxe, amb joies... Què sé jo. Cotxes. Amb cotxes en trauria més que amb llibres.

—Però a mi m'agrada llegir. No éz tan estrany... Abans hi havia méz gent com jo.

—Més gent que robava?

—Que llegia.

—Miri... No em vacil·li.

—Ho hem de tornar a pozar de moda, no troba?

—Què li agrada llegir?

S'ho va rumiar. Quan es concentrava ajuntava encara més les pupil·les, la mosca. Semblava que busqués la resposta a la punta del nas.

—M'agraden, zobretot, elz llibrez que no volz que z'acabin.

—Però això no ho sap al moment de començar-los.

—I tant... Z'enzuma. Z'intueix.

—Què ensuma?

—Depèn.

El Joel estava a punt d'acabar la paciència. El problema no era que fos zopes, el que era complicat era relacionar-se amb aquell home que et desafiava constantment. Tenia arguments per a tot i no sabies si era un premi Nobel o un paio astut que li faltava un cargol.

—De què depèn, doncs?

—Del gènere.

—M'ho pot desenvolupar... —va ajuntar les mans, com si pregués—, sisplau?

—La novel·la parla de mi. L'azaig parla de nozaltrez.

Ho va deixar anar com si fos una veritat absoluta. Com si ho tingués rumiat i reposat.

—I la poesia?

—Ah, la poezia... —Al Cara de Mosca se li va afuar el mentó només de pensar-hi—. La poezia z'ha de llegir en veu alta. Zap per què?

—No... —El Joel es va disculpar amb la mirada.

—Perquè zi llegeixez per dinz, elz verzos zón del poeta. Si llegeixez en veu alta, el poema arrenca del teu dolor.

—Vostè és un romàntic.

—I això éz bo o éz dolent?

—A vostè què li sembla?

—Que la veritat es pot veure des de moltes perspectives. Què sap vostè de mi? Què expliquen els mitjans de la meva detenció? Què en sap, ningú, del que he fet, del que he deixat de fer i per què actuo com actuo? Vostè és periodista, oi?

—Més o menys.

—Ja no els interessa explicar la realitat, a vostès. Ara construeixen llegendes. Si són veritat o no, tant se val. Quina decepció. Per això més val tornar als llibres.

—Perdoni... I no s'ofengui... Vostè ha après a dir la essa ara, de cop i volta?

—Ho veu? Li he construït un personatge. I s'ho ha empassat. No ha verificat res, s'ha pensat que jo era zopes i hauria dit a tothom que el Rafita Soler era...

—Escolti. A mi l'Eva Bosch m'ha dit que vostè tenia un documental. Jo em dedico a això, sap? A agafar històries, històries reals, històries singulars, que tinguin alguna gràcia i convertir-les en pel·lícula. Vostè roba llibres, jo faig documentals. Cadascú tira per on li reca.

—I què vol dir?

—Vol una pel·lícula sobre vostè o no?

—Sobre mi?

—Sobre aquesta dèria seva, sí, i el seu clan, i la moda que hi ha per Europa de robar llibres.

—Això eztà pazant? No ho zabia...

—Rafa... No hi torni.

—Perdoni. —Quan va somriure, el Cara de Mosca va mostrar les dents, encavalcades unes sobre les altres en una boca estreta—. Per a la pel·lícula, com li convé més que parli?

—Miri... Fins on sé, el seu cas és prou original. És cridaner. És nou. Algú que, en comptes de robar quadres, roba llibres cars i els porta a subhasta...

—Això no ho he fet mai.

—Però escolti...

—Jo? Mai.

—Per què es pensa que l'han ficat aquí dins, doncs?

—Robar per revendre? Robar per subhastar? Per qui m'ha pres?

El Cara de Mosca va fer el gest de la cremallera als llavis. Després va girar un dit, assenyalant avall, per fer-li veure al Joel que aquella conversa s'estava enregiztrant. Enregistrant.

—Fem una cosa. És una proposta. Una primera proposta. Si mai surt d'aquí dins, jo estaré encantat de parlar amb vostè. Estic convençut que podríem fer una pel·lícula collonuda, diferent. Crec que li aniria bé, fins i tot de cara a l'opinió pública, que es conegués el seu cas. Jo ara tinc molta feina, estic embolicat en una altra història, i el meu ego el tinc a lloc. És vostè qui m'havien dit que potser necessitava notorietat.

—Jo?

El Rafita Soler es va acostar al vidre fins a encastar-hi el nas, que se li va arremangar.

—Voztè creu que tinc telegènia?

—Segur que sí.

—M'ho diu perquè tinc cara de mosca?

—No. L'hi dic pels seus ulls eixerits.

—Quan sigui fora el buscaré.

—El trobaré jo. No s'amoïni. Records a la Harper Lee.

—De part zeva —va dir el Rafa Soler abans de penjar el telèfon de baquelita.

El jutge d'instrucció, després de la vista oral, va

quedar tan atònit que el va deixar en llibertat provisional amb càrrecs. No es va atrevir a decretar cap fiança econòmica. Al capdavall, només roba va llibres, segons va deixar escrit en el redactat oficial. Li va semblar un cas tan insòlit que, si no hagués estat per la insistència dels advocats de l'acusació particular, hauria mirat cap a una altra banda i hauria arxivat el cas.

La segona trobada entre el Rafa i el Joel va ser en un banc de carrer, als jardinets de Gràcia, que ni acaben de ser Gràcia ni són uns jardinets, però com a punt de trobada impersonal i discret els va servir a tots dos. El Cara de Mosca —tan fort com baixet— tornava a vestir de negre rigorós, de cap a peus, com si fos el seu únic uniforme. Va anar per feina:

—La meva advocada diu que no hi tinc res a perdre, si fan una pel·lícula de la meva vida. Però tampoc res a guanyar.

—M'està demanant quartos?

—Ho ha semblat?

—Aquí no es paga a ningú. Vostè té dues coses que el farien un personatge original, que es posaria el públic a la butxaca: té una vida interessant i té coses a dir.

—Sobre què?

—Literatura, per exemple. Asseure un escriptor en una butaca, ben il·luminat, amb un fons neutre i que reflexioni sobre el seu ofici, l'ànima, les seves muses, jugar a buscar l'autor dins de la seva obra... Tot això està molt vist. No ho troba avorrit?

—Molt.

—En canvi... hòstia. Un lladre de llibres. I saber els motius que l'han dut a... I veure com actua i preparar un rodatge d'un assalt.

—No me la puc jugar, home... Que no ho veu?

—Actuarem amb xarxa. Però hem de filmar un robatori, això ho tinc claríssim. Tinc la casa, tinc la persona... La localització és perfecta. Té tants llibres que no se'ls acabarà.

—Insisteixo... Si em tornen a enxampar, abans del judici... Vaja, ni pensar-ho.

—Actuem amb xarxa, Rafita. Vostè creu que jo li posaria un parany així si no ho tingués tot endreçat?

—Quina xarxa?

—La Cristina Malabrocca, la meva realitzadora, vindrà amb vostè. Hi ha unes càmeres molt lleugeres, avui, per filmar aquestes coses. Vostè creu que exposaria la meva sòcia, si hi hagués algun risc?

—Jo actuo sol.

—Però jo poso les condicions.

—Insisteixo. Tot això té una pinta molt estranya... —Es va pentinar el bigoti fi—. És arriscat cagar-la amb el criteri dels altres.

—Mira... Rafa —va haver de frenar-se per no dir-li pel seu àlies—. A la vida només t'has de fer una pregunta sobre la persona que tens al davant: la voldries al teu equip o a l'equip rival?

—Jo acostumo a jugar sol.

—No és veritat... I, que ho sàpiga, jo el voldria sempre al meu equip.

El Cara de Mosca no recordava l'última vegada que algú que no fos del seu clan l'havia afalagat.

—Però, si ens pesquen, qui ens salvarà?

—No ens enxamparan. Tenim xarxa.

—Digui-me-la.

—Confiï en mi. No l'hi puc revelar. Jo també m'hi jugo bastant més que la meva feina.

—Jo no em refio de ningú. Ni de John Irving. Tothom et pot fallar.

El Cara de Mosca va acotar el cap i es va quedar immòbil. Rebufava i semblava que busqués la inspiració a la punta de les sabates. Vint segons després, quan va aixecar la barbeta, només va fer una pregunta:

—M'assegura que es veurà per tot el món, això?

L'endemà, a l'oficina de la productora, a Collbató, van començar a posar fil a l'agulla. Quan la

Malabrocca el va tenir davant per davant, a l'altre costat de la taula, va entendre per què li deien Cara de Mosca. Quan li van posar el nom de l'objectiu en un paper, no li sonava de res.

—Enrique Arcarazo? No sé qui és. Segur que té molts llibres?

Va deixar el paper sobre la taula i es va fregar les mans com si, tot d'una, la mosca tramés alguna cosa.

24

La nostàlgia ja no és el que era

De cop i volta, la por.

La por de tornar a casa.

La Victòria Estrada Vilalta, ara que sabia que no mereixia ni l'Estrada ni el Vilalta, que tots dos cognoms li feien tanta nosa com la seva pròpia vida, va decidir baixar a Barcelona. Va fer cancel·lar totes les visites de la consulta de divendres i dilluns, va deixar que la Lisa passés un cap de setmana llarg amb el seu pare, la va abraçar fort fins que no va poder més del mal a les tetes, va agafar el cotxe a trenc d'alba i va enfilar autopista avall. D'Estrasburg a Barcelona, a cent trenta per hora, si només s'aturava a omplir el dipòsit, en deu hores seria a lloc. Amb dos pipís, dos cafès i un entrepà de pa de goma d'àrca de servei, en tindria prou per passar el dia en ruta. I una mica de música, per no pensar tant. Va deixar que el seu spotify li disparés, a l'atzar, cançons dels intèrprets que tenia a la S. No en va taral·lejar ni una. Van sonar Supertramp, Serrat, Sau, Sting, Schubert, Suzanne Vega... però ella tenia el cap en una altra banda. A casa. A Vallvidrera. Al pare, que havia passat d'heroi a monstre com si fos un malson, al piano de la mare fent-li classes asseguda al seu costat, a l'armari de la roba dels pares amb l'olor tan pròpia de l'ant de les jaquetes, a les sabates noves i el drama de cada vegada de no voler llençar les capses buides, al dia de folrar els llibres de l'escola —i l'art de la mare perquè no hi quedés cap arruga—, al silenci del pare el dia de portar les notes a casa, al dia que els tres germans van ajudar a arrencar tota la moqueta per posar parquet i la sensació que tenien d'estar-ne fent una de grossa, a la serenor de la senyora Lourdes amb la seva primera regla i com la va ajudar a manegar-s'ho amb aquella andròmina del tap i el fil, a la vegada que van arribar de sopar a fora i els lladres els havien regirat el pis, a la inauguració dels Jocs Olímpics asseguts davant de la tele que estrenaven per a l'ocasió, a la nevera on els iogurts estaven en fila índia, segons la data de caducitat. Per al Joel els de llimona, per al Rai, els naturals enriquits amb sucre, per a ella, els que portaven trossets de gerds. El decorat de la infantesa. Havia cregut que era feliç. I ara, en canvi, mentre avançava una processó de tràilers entre Lió i Nimes, el ressentiment ho envernissava tot.

«La nostàlgia ja no és el que era». La frase estava penjada a la sala d'espera d'una psiquiatra de l'hospital. Era una ocurrència de Simone Signoret. En alguna ocasió n'havien fet broma, les dues doctores, i ara la Victòria Estrada n'experimentava la lectura més cruel. Ni les flors de Bach no li feien efecte. Es pot calmar el cervell, però no l'ànima. La por no era el passat. La recança era mirar endavant i conviure amb la realitat que li havia caigut al damunt.

Tenia la necessitat d'aclarir les coses amb el seu pare, si és que hi havia res a aclarir. En pocs dies, havia passat per totes les fases. De no voler-ne saber mai més res, de fer creu i ratlla per sempre i decidir que no la veuria mai més —ni a ella ni a la seva neta—, a pensar a denunciar-lo, a creure que, per més que els fets semblaven molt clars, també ell tenia dret a defensar-se.

Tothom té una vida per explicar-se.

El seu pare també. Si no ho havia fet fins llavors, potser havia arribat el moment de forçar-lo. Quan es trobessin cara a cara, què? Per més que li cremessin les paraules, intentaria que no arribés la sang al riu.

Baixava a casa, sí. I no era un rampell. S'havia estimat més baixar en cotxe per tenir tot aquell pou d'hores per a ella, sense que res ni ningú la destorbés. Tornava a Barcelona, veuria el pare i l'escoltaria, però feia unes quantes nits que, mentre girava el coixí sense poder dormir, sentia la rabiosa necessitat de saber qui era la seva mare. I, si era viva, trobar-la. Com fos.

Se la imaginava. Com ella, si fa no fa, però una mica més baixeta. Amb els ulls bonics, amb arrugues al voltant, la pell igual de bruna, potser gitana o, segons com, llatinoamericana, per bé que als anys setanta no n'hi havia tantes per aquí. Potser hauria tingut altres fills, la mare desconeguda. O potser no, i hauria arrossegat, per sempre, la immensa pena de pensar que la seva filla s'havia mort. Pitjor encara si, en algun moment, havia sabut que li havien pres la criatura acabada de néixer. La Victòria sabia què sentia per la Lisa. Era el mateix, segurament, que la dona desconeguda hauria percebut per ella. Un sentiment com no n'hi ha cap altre. És l'amor incondicional. La constància. El ser-hi sempre. L'avançar-te a les seves necessitats. A qualsevol edat. Cada dia de cada dia. És posar límits però saber-hi fer excepcions. És convertir la faldilla en una campana on amagar-se, és matar un escarabat per més esgarrifança que et facin els insectes, és dormir al llit plegable d'un hotel sense persianes si unes ombres li fan basarda, és canviar-li el plat a un restaurant si el que li han dut no li agrada. Però l'amor incondicional podia ser molt més bèstia que les servituds quotidianes i un grapat de manies petitburgeses.

La Lisa, a l'escola, tenia una amiga, la Martine, que s'havia quedat sense mare quan tenia tres anys. Quan van ser més grans, un matí, aprofitant que la professora de plàstica no s'havia presentat, una nena de la classe li va explicar a la Lisa com era que la Martine només tenia pare. Havia estat un accident. Una desgràcia de trànsit al mig de la ciutat. L'havia atropellada un autobús. Li havia passat pel damunt. La història feia esgarrifar. La petita Martine s'havia escapat de la mà de la seva mare, més per joc que per dolenteria, i havia anat per travessar el carrer sense mirar enlloc. La mare, en adonar-se que l'autobús girava la cantonada i no veuria creuar la criatura, es va llançar en planxa per donar-li una empenta i enviar-la cap a l'altra vorera. La Martine es va salvar. A la calçada, però, hi va quedar el cos de la mare sota les rodes de l'autobús. Tot i la frenada del conductor, que havia reaccionat ràpid, la patacada va ser mortal.

La Victòria hauria actuat igual per la seva filla. No hauria dubtat, ni per un moment, de tirar-s'hi. Era un instint, un acte reflex. La Maria també ho hauria fet per ella, tot i que aquest era un pensament que li feia tanta angúnia que va necessitar aparcar-lo lluny del seu cap. El que li recava era que la seva mare de debò, la desconeguda, no hauria pogut salvar-li la vida per més que ho hagués desitjat. Ni això ni res. Ni donar-li l'empenta, ni donar-li un biberó, ni consolar-la en un revés de la vida, ni abraçar-la per dir-li Victòria ets la millor i estic molt orgullosa de tu. Res. Li havien arrabassat la possibilitat de viure amb la seva filla.

Durant molts quilòmetres d'autopista cap al sud, el seu monòleg interior no avançava. Era el peix que es mossegava la cua. Havia quedat atrapada en la idea que la seva mare hauria volgut passar-se nits sense dormir per les seves rebequeries de petita, sense dormir per les esquerdes de l'adolescència, sense dormir per desitjar que tot li sortís com es mereixia. El patiment i la felicitat que caminen de bracet, per falcar les passes. La seva hauria estat una mare com totes. Era el vincle etern. El lligam. El record del cordó que es va tallar, només, físicament.

Els diaris anaven plens d'històries de camps de refugiats, a qualsevol continent, on les mares feien qualsevol cosa per una mica d'aigua i un rosegó per als seus bebès. A la Plaza de Mayo, a Buenos Aires, quants anys —dècades— feia que les mares imploraven trobar els seus fills desapareguts durant la dictadura? Eren mares, i àvies, disposades a sacrificar-ho tot per la remota possibilitat d'algun dia, potser, tenir alguna pista del que havia passat amb el seu nano. Fos viu o fos mort, ho haurien canviat tot per un indici.

No calia anar a situacions extremes. A la consulta la doctora Estrada veia, cada tarda, casos de mares que haurien pagat el que no tenien per saber què li passava a la seva filla o, senzillament, perquè el seu fill es trobés una mica millor. El patiment, latent, més o menys dissimulat, hi era sempre. Els ho notava a la veu, en un gest, en una simple ganyota o ni que fos en la manera d'asseure's a la punta de la cadira. La postura les delatava. L'aire que quedava entre l'esquena de la mare i el respatller era proporcional a la preocupació per la salut d'un fill. Ho tenia comprovadíssim.

A l'altura de Besiers, l'asfalt llambrejava per tantes hores de calor. Amb les ulleres fosques posades, amb una mà al volant i l'altra al damunt de la cuixa, la Victòria va pensar en les amigues d'universitat que, acabada la carrera, no havien tingut fills perquè no havien volgut. En algun sopar de retrobament sempre n'hi havia alguna que, a peu dret, a la copa de benvinguda, ja deia alguna frase similar a «jo em faig el càrrec del que és tenir un fill». No, ningú no se'n pot fer el càrrec. Li feia ràbia que ho diguessin. Era com si li clavessin una plantofada. Si no ho has viscut, calla, li hauria respost la Victòria Estrada, i s'hauria quedat ben a gust.

Amb la Lisa, tenien el costum de dir-se que s'estimaven. Quan ho deia la Vito, la seva filla havia agafat el tic de respondre «i jo més», a la qual cosa la seva mare afegia: «No, jo més». I aleshores la Lisa doblava l'aposta i s'anaven enfilant l'una i l'altra en un joc divertit que podia durar fins que una de les dues es donava per vençuda. Al final, una nit recent, quan la Vito ja sabia el frau de la seva vida, va treure's un argument de la màniga per guanyar la partida definitiva amb la seva filla.

—No, Lisa. Jo t'estimo més a tu, vols saber per què? —La nena va esbatanar els ulls—. Perquè jo he estat filla i he estat mare. Jo puc comparar i tu no. I sé, com tu sabràs algun dia, com s'estima un fill. Tu encara no ho pots saber.

A la Lisa li va tremolar la barbeta. No li havia agradat la resposta. Tenia alguna cosa de retret i un molt d'injustícia. Ella, a la seva edat, no podia competir. Per orgull, perquè en el fons els testos s'assemblen a les olles, es va aguantar el plor. Tot d'una, abans d'arrencar cap a la seva habitació, va deixar anar l'última paraula:

—I jo més.

Va entrar a Barcelona per la Meridiana a l'hora que el sol començava a badallar. Estava tipa de cotxe, esgotada pel viatge i amb ganes d'arribar a lloc.

Es va instal·lar en un hotel de les Corts, en una cadena impersonal. No li importaven les estrelles de l'establiment, ni que l'única habitació individual que els quedava donés a darrere i tingués les cortines ratades. Tan sols necessitava pagar tres nits per avançat i poder aparcar.

Es va dutxar per treure's l'olor de volant, es va estirar al llit i va quedar com un soc. Amb els ulls tancats, les línies discontínues de l'autopista li continuaven passant per davant. Es va despertar al cap d'una hora i mitja, amb molta boira. No sabia ni on era ni si ja estava a l'endemà. Per refer-se i baixar a menjar alguna cosa, va tornar a passar per aigua tèbia. Després, enroscada amb la tovallola humida sota les aixelles, es va asseure a l'espona del llit. Va agafar el mòbil i va escriure al Joel. El missatge el tenia clar. L'havia rumiat molt.

Soc a Barcelona. Demà al matí aniré a veure el pare. M'agradaria que hi fossis.

25

La carpeta blava

L'olor de casa. No n'hi ha dues d'iguals. La Victòria Estrada Vilalta, que no tenia sang dels Estrada ni dels Vilalta, però que havia nascut, crescut i viscut al pis de Vallvidrera com la petita dels germans, va travessar el llindar de la porta. A l'instant, va notar l'aroma casolana. La barreja de sempre a la punta del nas. De perfum d'insecte socarrimat al focus de l'entrada, de lleugera infusió de marialluïsa de la senyora Lourdes, del vapor remot de la planxa i, sobretot, de moqueta de paret del rebedor impregnada de vivències familiars. Casa seva. A la tercera passa, li arribava ja la loció blavissa del pare, que es posava, sens falta, després d'afaitar-se. El Saül, dia sí dia no, agafava la brotxa i s'ensabonava cara, coll i barres, a consciència. Després, mirant de contenir la tremolor de la mà dreta, es passava la maquineta i buscava simetries en el dibuix de les galtes. Primer la dreta, després l'esquerra. Cada vegada s'hi entretenia més. Cada any s'hi veia menys. Durant uns dies s'havia deixat barba. Després, se la va treure perquè feia vell.

Quan la Victòria va trucar al timbre, no feia ni una hora que el pare s'havia llevat, vestit i afaitat. No feia ni vint minuts que havia arribat el Joel, que es va assegurar de ser a casa abans que arribés la seva germana amb el paquet bomba.

La senyora Lourdes va obrir la porta. No esperava la seva nena i va tenir una gran sorpresa de veure-la. Es van abraçar, la Vito va percebre el socarrim, la planxa i la moqueta cansada i, de seguida, l'*after-shave* del pare.

—És al menjador?

—Sí, sí, deu acabar d'esmorzar...

—Ha arribat el Joel?

—Sí, és amb ell.

La senyora Lourdes va entendre que la Vito en duia alguna de cap. Mai no havia estat tan directa, tan seca, tan poc Vito.

—La tindrem gaires dies per aquí?

—Em sembla que no.

—Avui sí que es quedarà a dinar...

—No. No ho crec.

—Només ho deia per si havia de preparar...

—No faci res, Lourdes, gràcies. —Va intentar no semblar estúpida del tot—. He vingut a parlar amb el meu pare.

Entesos. El mutis de la senyora Lourdes va ser professional. Que sabés estar en el seu paper i que dissimulés l'ofensa, però, no volia dir que ella no tingués cor. Fos quina fos la mosca que hagués picat la Vito, ella no es mereixia aquella entrada eixuta, com si fos una dona de fer feines qualsevol que cobrés per hores per arreglar la cuina, netejar la tassa i tocar el dos en autobús.

—Hola. —El Joel va fer un petó a la galta de la Vito. No va gosar dir res més. Esperava la seva reacció. No sabia per on sortiria la seva germana. Confiava, fos quin fos el guió que dugués al cap, que s'imposarien les maneres dels Estrada.

La Victòria va enretirar el tamboret de sota el piano i s'hi va asseure, amb el teclat a l'esquena. Li interessava tenir el seu pare de cara, a l'altura dels ulls. El Saül —camisa blanca ben planxada, la màniga llarga de sempre— no va entendre que la Vito baixés d'Estrasburg, arribés a casa i no li fes dos petons. Amb prou feines un hola escanyolit, a distància.

—Passa res? I això? Aquesta visita...

—Sí que passa, sí. He vingut a tornar una cosa.

La música comença i, aleshores, passa alguna cosa. S'ha de seguir la partitura fins al final. La

Victòria es va treure l'anell d'orient i, sense girar-se, amb un gest reverencial, el va deixar damunt d'una tecla blanca. Un mi.

—Què t'hi passa, a l'anell de la mare?

—No és meu, pare. Ni l'anell ni la mare no em corresponen. Els dits nets, deia la mare, abans de tocar aquest piano, recordes? I se'l treia i deixava la maragda modernista perfecta, l'anell de l'àvia, aquí sobre presidint el concert. La música no necessita ornamentació, deia abans d'arrencar a tocar. I era veritat. Allà, l'únic que hi havia de debò era la música. Ni la mare era la mare, ni tu ets qui ets, ni jo soc la vostra Vito... És molt bèstia. Ho sé tot. És molt greu i t'ho diré amb les millors paraules que pugui. Però el fet és molt greu. Vosaltres no em vau adoptar. Vau fer una cosa horrible.

—Nosaltres?

—Em vau robar. Ho saps molt bé.

—Però... —Va picar amb la mà sobre la taula—. Això no és veritat.

—Un moment. I tant si ho és. No ens esverem. Fem les coses civilitzadament, igual que hem actuat tots aquests anys. Ara no vindrà d'un últim dia.

—Vito, t'equivoques.

—No. Ni gota, m'equivoco. En algun lloc, potser tu em sabràs dir on, hi deu haver encara ara una mare que em busca, quaranta-cinc anys després... O potser ni tan sols em busca perquè li van dir que jo havia mort quan vaig néixer. Tu creus que hi pot haver una mentida pitjor?

—A veure... —La boca se li havia assecat de cop. Gairebé no li sortia la veu, al vell Estrada.

—Hi pot haver res més cruel?

—Un moment...

—Per a ella i per a mi. No hi ha res pitjor, per a una persona, que la mort d'un fill. Però sí... Hi ha una cosa pitjor. Que estiguis convençuda que la teva filla ha mort i resulti que, en realitat, te l'han robada.

—Vito...

—No. Deixa'm parlar. Aquest dret el tinc. Com a mínim aquest, el tinc. Sisplau... —Va bastir un silenci llarg, fins que el pare va acotar el cap—. Gràcies. El teu problema soc jo.

El Saül va frenar la defensa i, per no mirar la Vito, va clavar la vista enlloc. El Joel, assegut a l'inrevés en una cadira, posava la barbeta al respatller i tancava els ulls esperant el xàfec. Coneixia bé la Vito. Si la seva germana actuava amb aquella fredor, el pitjor encara no havia arribat. Temia la seva serenitat calculada. Primer el caos, després no se sap.

La Vito va recollir-se els cabells i es va deixar anar. Intentaria dir-ho tot, més o menys, com ho havia rumiat durant les llargues hores del viatge de baixada.

—Jo, que quedi clar, he estat una nena feliç. A la consulta veig nenes amb molts problemes, molts. De salut, nenes que no estan mai bé, però sobretot nenes que només de veure com les tracten els seus pares ja penses ai... I al revés, sents nenes que quan escoltes com contesten a la mare ja intueixes com van les coses a casa seva. Aquí no. Les coses com són. No m'ha faltat mai de res. En aquest sentit, una vida, com diuen a Alsàcia, de pa de pessic. Amb tot el carinyo de la mare, tota la complicitat amb el Joel i el Rai, que han estat dos autèntics germans a prova de tot, i amb la teva manera, molt teva, d'estar per mi. Cap retret. Al contrari. Ningú creix sa si no l'han estimat de petit. I jo, tot aquest amor l'he tingut. Petons i pessigolles, què més vols? Sempre heu fet vostres els meus problemes, quan se'm trencava una joguina o quan no volia anar de colònies per por de marejar-me a l'autocar. Heu respectat les meves petites coses, de les més greus a les més absurdes. Després he vist, quan he estat mare, que dir «abriga't» també és una manera d'estimar. Vau saber dir que no quan tocava. Els límits, tan necessaris per madurar... Encara que quan ho vius, els no, els prou, els fins aquí, costin tant d'entendre i d'empassar-se. M'heu fet forta i valenta. I independent, una eina imprescindible per a una dona. Vau tenir paciència en els anys estranys de l'edat de la lloca, que suposo que no van ser fàcils per a ningú. M'heu donat suport, amb els estudis, amb les amistats, amb tot el que he volgut fer. Ens hem estimat, a la família, a canvi de res. Sense esperar mai un retorn. Sense ser, potser, els més creatius, els més enginyosos, ni els més perfectes. Una família com tantes. Com tothom, amb estones per a tot, per avorrir-se, per divertir-se, per burxar-se o per tirar-se els plats pel cap. Els pares no es jutgen, senzillament són els pares. I aquesta és la pega. I per això soc aquí. Per dir que com que tot ha estat una bassa d'oli, ara l'hòstia és molt més forta. Saber que tot això és una mentida, aquest engany continuat, sostingut, de quaranta-cinc anys se'm fa insuportable. Insuportable és la paraula. Hauria estat millor, molt millor, viure a l'infern i així ja m'hauria aclimatat a tot això. Ara no, de cop i volta, he passat del tot al res. De la felicitat a la mentida. A la traïció, al delicte, a la merda més absoluta. —La Victòria va tancar el piano amb l'anell a dintre—. Ho enteneu, ara, com em sento?

Quan un silenci dura massa, es pot arribar a mastegar.

El Saül plorava sense fer soroll. La debilitat dels Estrada, cap endins. De tant en tant, balbucejava paraules que no s'entenien... Complaure, Maria, cap mal a ningú... Indesxifrable. Després, va ofegar els mots en les llàgrimes.

A la butxaca del Joel, el mòbil no deixava de vibrar. Va mirar qui li trucava. Mal moment per agafar el telèfon a la Malabrocca. Encara va trucar dues vegades més, abans que ningú digués res.

El silenci gris va durar una estona.

El pare es va treure un mocador, es va sonar amb ganes i, rebregant la tela humida, va agafar aire i va provar de fer memòria. Va mirar d'explicar un episodi que havia esborrat del tot, a la manera dels homes quan hi ha una nosa que els destorba.

—La vostra mare, ho heu de saber... La mare estava malalta. —Va dir, com si fos un titular que calia que els seus fills entenguessin bé—. Després de néixer el Rai... No en recordo el nom... Ho sento.

El Saül va entaforar el mocador a la butxaca i va fer el gest d'aixecar-se. Va posar tot el pes en un respatller per fer el contrapès de la palanca. Quan va tenir el bastó a la mà, la senyora Lourdes va aparèixer a la sala, per frenar-lo.

—On va?

—El nom de...

—Què vol?

—Anava a buscar la carpeta.

—La blava?

—Blava, sí.

—Ja sé on és. L'hi duc jo. Segui.

El Joel, de reüll, va mirar la Vito. A casa hi havia algú més que estava al cap del carrer. Massa descobertes, en un mateix moment.

—No s'hi fiqui, Lourdes, sisplau. —El Joel, sec, va intervenir amb el to més exquisit que va saber.

La dona es va quedar aturada. Ni anava ni venia. Esperava indicacions del Saül, que encara era dret, s'estintolava a la butaca. Amb el bastó va assenyalar la direcció. Cap al seu despatx.

—Dugui la carpeta, sisplau... —I, amb cura d'encertar el paner al coixí, es va tornar a asseure.

—Què vol dir que estava malalta? —va preguntar el Joel.

—Ara quan em dugui la... No en recordo el nom. Vull dir —li va sortir un rampell— que... Sempre hi ha una raó, m'enteneu?

De l'últim calaix de l'escriptori, allà on la senyora Lourdes sabia que el senyor Saül guardava tota la paperassa de la senyora Maria, en va treure la carpeta amb gomes, d'un blau escolar. Estava entaforada al cul del calaix i va haver d'aixecar un feix d'arxivadors, per poder-la arrencar. Va assegurar-se que fos aquella i, reverencialment, va portar la carpeta blava fins al menjador. La duia plana, subjectant-la amb les dues mans, talment una safata amb les medalles olímpiques. Va passar per davant de la Victòria i el Joel i l'hi va donar al senyor Saül.

—Segur que és aquesta?

—Historial mèdic, hi diu?

—Do'm, pare. —El Joel va agafar la carpeta—. Què hi hem de trobar, aquí dins?

—El nom. De la dallò...

—La malaltia?

—Sí.

La carpeta. Les gomes. El seu espetec. Els dits. Els nervis. De dins, en van sortir resultats d'anàlisis de sang de la Maria Vilalta Campabadal. Dos per any. I tot de proves dels anys setanta. Histeroscòpies, histerosalpingografies... Tot de l'inici de la dècada. Al final de tot de la carpeta, un full. I un diagnòstic firmat per l'especialista que el Joel va llegir en veu alta.

—Síndrome d'Asherman.

—Asherman, diu? —El Saül, fent memòria.

—Síndrome d'Asherman. No sé què és.

—Va tenir una infecció uterina després de tenir el Rai... —La senyora Lourdes va fer l'apunt i va callar, prudentment.

—Digui-ho tot i acabem d'una vegada... —El Saül estava, com tots, de mal humor—. Jo no recordo res...

La Victòria, que portava estona en xoc, va demanar sisplau a la senyora Lourdes que fes cas al seu pare, que s'assegués a la cadira que li havia plantat al davant i que digués tot el que sabia de la seva mare d'una tirada.

—La senyora Maria va tenir una infecció postpart. Del naixement del Raimon, em refereixo. Una infecció a l'úter. La van tractar amb antibiòtics i tot allò va generar el que els metges en van dir unes adherències. Adherències que impedien un altre embaràs. No podria tenir fills. Això, però, no va ser immediat. Van trigar a diagnosticar-l'hi. De fet, va superar la infecció, es va recuperar i se'n va oblidar. Tot ens en vam oblidar. Ho va superar sense donar-hi més importància, semblava que no tindria cap seqüela. Però...

Va callar, com si no gosés dir més.

—Continuï, per favor. —El Saül, impacient.

—Res, això. Que quan va intentar tornar-se a quedar embarassada, per buscar la nena, ja no va poder. De cap de les maneres. Es va fer totes aquestes proves que hi ha a la carpeta, va visitar no sé quantes eminències i la conclusió va ser aquesta que diu per aquí... La senyora Maria va quedar morta. Infertilitat secundària postinfecció. —Va mirar el Saül—. És així, oi?

—Clavat.

Es va tornar a entaular el silenci més pregon.

—I què? —va arrencar la Vito, freda, amb tanta serenor com va saber—. Em sap greu que la mare ja no pogués tenir més fills... Com tantíssimes dones. Però una cosa no treu l'altra. No poder tenir fills i fer el que vau fer, tu i la mare... No és causaefecte, no fotem. És un frau, el que ara hem descobert, de la pitjor manera. Ho hem descobert perquè vosaltres no ens hauríeu explicat mai...

El pare es va escurar la gola per interrompre-la. Va parlar amb la veu desmaiada.

—Ningú no és bo o és dolent.

—Ara ens explicaràs com és la vida.

—Això no és un judici, Vito.

—No. És molt pitjor, és l'enganyifa de la meva vida. Què et sembla?

—La mare no podia tenir més fills, t'he dit... Les cartes són les que et toquen. Aquestes? Doncs jugaré amb aquestes.

—Quines putes cartes, pare? Vau robar una filla. Jo soc una nena robada, t'ho repeteixo amb totes les paraules. Saps què significa, això, per a mi? No. No t'ho pots ni imaginar.

—Però...

—Que no pots. Calla. —I aleshores, quan no va poder més, va dir el que havia pensat que no diria—: Quant valc? Quant valc, jo? Quants diners vau pagar per robar-me?

—Vito, ja està bé. —El Joel, patint per l'un i per l'altra.

—I saps què sou vosaltres? —Ella s'enfilava, encara.

—Noia, afluixa. —El pare es va imposar, amb la mirada ofesa. No estava disposat que li diguessin lladre—. No en vam ser mai conscients. Vam anar on ens van dir que anéssim. Vam fer el que feia tothom...

—Sí, home, tothom... Però què t'empatolles?

—Deixa que s'expliqui... —El Joel, moderador del final d'una família.

—En aquell moment, veient com va quedar la teva mare, tan tocada, vam anar on ens van dir. Vam anar allà i ens vam posar a la llista d'adopcions. Què vam pagar? El que ens van demanar. No sabíem si era molt o poc. Era el preu de l'adopció... No et plantejaves si...

—Vau demanar que fos nena.

—Sí, esclar... Nena. Ens van preguntar: què volen? Nena.

—Tenia un altre preu, suposo... No vau triar que fos blanca del tot. Llàstima, oi? Què, era una altra tarifa, suposo?

—Vito, hòstia, frena una mica...

L'extintor va funcionar. La flama va acotar el cap a l'instant. Les estelles, però, continuaven enceses.

—Què he de fer perquè em perdonis? Digues... què he de fer?

La Victòria va brandar el cap. Era un no. Era un no has entès res. Era un com vols que perdoni una cosa així. El Joel va empassar-se la saliva abans de dirigir-se a la seva germana.

—Jo ho diria d'una altra manera... Què hem de fer a partir d'ara? El passat ja no el podem canviar. —La mirada del Joel va buscar la seva germana—. Segur que hi has pensat.

—No ho sé. El cap fa dies que em va a mil per hora. Esclar que hi he donat voltes. Milions de coses, he pensat...

El Joel va acostar-se a la cadira on s'asseia la senyora Lourdes, encarcarada com una jutge de salt de longitud. Ho havia escoltat tot, amb discreció, des de primera fila. La clau per estar tants anys en una mateixa casa era endevinar el seu paper a cada moment. Amb respecte, el Joel li va posar les mans al damunt de les espatlles sense saber que feia una pila d'anys, dècades potser, que ningú no la tocava.

—Això, si no li sap greu, és una cosa entre nosaltres.

La dona va entendre el missatge. Quan es va alçar, el Saül va intentar salvar l'aliada:

—La senyora Lourdes és de la família, no fotem.

—Que curiós... —La Victòria no va poder més—. Ella és de la família i resulta que jo no.

Les mirades anaven i venien i rebotaven a les prestatgeries i els miralls i als paisatges dels quadres figuratius del menjador dels Estrada. El sarcasme els va deixar a tots sense paraules. La primera que va gosar esquinçar la pausa incòmoda va ser la senyora Lourdes. Va mirar la Victòria amb els ulls neulits de sempre —sense compassió, amb tendresa rere les ulleres blanques— i li va dir una cosa que necessitava expressar-li sí o sí:

—La seva mare era una bona persona.

Si no ho deixava anar, no s'ho hauria perdonat. Va recollir els papers que havien quedat damunt de la taula, els va desar a la carpeta blava, va passar les gomes procurant no fer soroll i va desaparèixer de la sala amb la barbeta alta de la dignitat. Un cop al despatx, va guardar l'historial de la senyora Maria allà on havia passat mitja vida. Desvelat el secret, continuaria reposant al mateix lloc. El calaix és el refugi on dormen les millors històries.

El mòbil del Joel li tornava a vibrar a la butxaca. La Malabrocca insistia a parlar amb ell. No era, però, el moment d'agafar-lo. Quan la realitat és ferotge, les interferències s'esperen.

Així que es van quedar tots tres sols, la Victòria va obrir la porta corredissa i va sortir a la terrassa. Necessitava que li toqués l'aire. Va caminar amunt i avall amb passes curtes i, després, es va deixar caure a la canadenca. Els barrots de la barana no li privaven de veure Barcelona als seus peus. De lluny, les ciutats no canvien mai. Rere de cada finestra, però, les vides volen. Com agraïa aquell llevant a la cara tan roent.

—Ajusta, noi. —El pare s'aguantava el cap amb la mà al front—. Fes-me el favor.

El Joel va obeir. Va sortir al balcó, va tancar la porta de vidre i es va asseure al costat de la Vito. Hi ha dies que les terrasses no són per contemplar la ciutat, són per plorar.

—Hi passen tantes coses, allà baix —va dir ella, reposant la mirada en l'horitzó d'edificis.

—Em sap tan greu... Tot.

—Ja... —Es van agafar la mà—. Però jo no l'hi posaré fàcil com el Rai. Ell va marxar de casa, i del país, per no incomodar-los. Entens, oi, que jo no puc deixar passar tot això? Em fot molt no saber qui soc jo. Però encara em reca més no saber qui és el pare.

—Si sabés com ajudar-te, Vito... —Li va estrènyer el palmell—. T'estimo, sents? Faria qualsevol cosa per tu.

—Avui...

—Què? Digues...

—No res...

El Joel va insistir i la Vito va acabar dient el que no volia dir:

—M'esperava un altre paper de tu, avui... No havies de fer d'àrbitre en aquest partit.

—Però...

—És el problema més petit de tots els que tinc, però, avui, havies de fer de germà. D'una manera més, no sé com dir-ho... Ja entenc que és el teu pare.

—No sé ni què dir-te, Vito. Esclar que et vull ajudar, no és fàcil, he fet el que millor he sabut, no volia estroncar els teus raonaments, no sabia com tenies plantejat...

Ella el va mirar amb la indulgència dels ulls negres.

—És igual. No sé per què t'ho he dit... —Va decidir avançar—. Tu recordes el Nico Nicolau?

—El vicepresident del Parlament Europeu? —va respondre, refent-se.

—Quan es va morir la mare us vaig explicar, a la cuina del teu pis, que m'havia demanat de casar-nos per fer carrera política, que no em faltaria de res... Parlo de fa molts anys.

—Sí, collons, esclar. El dia que et vas aixecar del restaurant i vas fotre el camp.

—El que no em passi a mi... —Va somriure sense ganes—. Penso si l'hauria d'anar a trobar.

—Per...

—No ho sé. —La Vito tenia la vista a l'horitzó—. Tu sabies això de la síndrome aquesta?

—Ni idea. Per què deies això del Nicolau?

—Perquè Europa hi faci alguna cosa. A Espanya la fiscalia, la justícia, ningú no ha fet res amb els nens robats...

—Ja. Què m'has de dir...

—Han de fer que els estats de la Unió s'hi comprometin. Collar-los, què sé jo... Alguna cosa. Un gest.

—És una bona idea.

—Servirà de res?

—Per conscienciar, per denunciar... Tot suma. El podria fer sortir al documental, i que es comprometi en alguna cosa... Mentre no es vulgui casar amb tu...

Va aconseguir que la seva germana insinués una rialla sense que li vingués de gust.

—Saps què? —Per uns instants no van pensar en el que no podien deixar de pensar—. Potser ara li diria que sí...

—No fotis.

—Pitjor no m'hauria anat. Què t'estimes més, un polític cretí o un cretí de París?

—Tindràs anys millors.

—Ja no ho sé.

—El 2020 serà collonut, ja ho veuràs.

El Joel es va aixecar de la canadenca. Sempre l'havia sorprès que una butaca de llistons de fusta, amb el cul a tocar de terra i els genolls a l'altura de les orelles, pogués ser tan còmoda. Va entrar a casa en el moment que un dragonet que havia estat atent a la conversa entre els germans s'amagava en una esquerda. A dins s'hi estava calent, amb l'ambient enfebrat. El pare, motxo, agemolit, no se'n sabia avenir.

—Com està la Vito?

—Pots comptar... Abans has dit una gran veritat, pare. Que ningú és bo o és dolent. Tot té matisos...

—Però la teva germana no ho vol sentir.

—No m'estranya, pare. Fes-te'n el càrrec.

La senyora Lourdes, sense fer soroll, va aparèixer per servir una infusió. Primer va deixar la safata, i després li va acostar la tauleta.

—Gràcies, Lourdes. Nosaltres —amb els artells va comprovar que la tassa bullia— no podíem saber que la mare volia aquella nena... Pensàvem que la Vito era òrfena, o que la donaven en adopció. Era, de fet, una adopció.

La senyora Lourdes, amb una cella, va demanar permís al Joel per intervenir.

—Digui, digui...

—Ningú sabia que feia mal a ningú. La gent ho feia de bona fe, creia fins i tot que es donava una oportunitat i una família a un nadó que quedava desvalgut. Aquesta era la idea. Qui no s'havia de fiar d'unes monges? O d'uns metges? De tot això que està sortint ara, ni pensaments. De qui som fills? La senyora Maria i el senyor Saül hi han posat tot el sentiment, en la Victòria. Si la Vito és una bona mare per a la Lisa és perquè n'ha après dels seus pares. Tu, Joel, si ets un bon pare per al Leo és perquè has tingut uns bons mestres. Un fill porta molta feina, i a tu, a la Vito i al Rai us han cuidat tota la vida...

—Només faltaria... —El Joel no estava per a sopars de duro. Ni tan sols s'havia adonat que la senyora Lourdes, tot d'una, l'havia tutejat—. Perdoni, però no és això.

—Sí que ho és. Jutjar el passat amb els ulls d'ara és molt fàcil.

—No dic que sigui fàcil ni difícil. —El Joel ho va voler precisar—. Pot semblar trampós o injust, però és el que és. No fotem...

—Ara sabem que hi ha dolents que eren molt dolents. Ara s'ha descobert. Ara. —La senyora Lourdes tenia arguments a punt. No era la primera vegada que hi pensava—. Llavors ningú no ho sospitava. Els doctors que feien creure a les mares que les seves filles havien mort al moment de néixer, aquests són els culpables. Ells, i no els vostres pares. I d'aquests no n'hi ha cap a la presó. El que no sabem és, però, si poden dormir en pau.

—Ara serà un tema de consciència, vinga...

—És un tema de consciència. I el seu pare, i la seva mare queDéul'hagiconfós, la pot tenir molt tranquil·la.

Van veure que la Vito, al balcó, s'aixecava de la canadenca. Abans que entrés, la senyora Lourdes va preferir desaparèixer. La Victòria, d'esma, es va llançar al sofà. El Joel, sense que l'hi manessin, va afanyar-se a tancar el finestral. Ella es va descalçar i va arraulir les cames sota el paner.

—Què he de fer perquè em perdonis? Això ho has dit tu, abans. —La Victòria va agafar aire—. Mira... Avui quan he vingut aquí, ahir mentre baixava, tot el dia conduint, pensava a dir-te que ja no hi havia res a fer, que no et volia veure mai més... Ara se m'ha acudit una cosa.

El Saül va esperar la sentència, amb resignació. El Joel va corrugar les celles.

—Dona la cara.

No van reaccionar. Van esperar a entendre a què es referia amb aquell dona la cara de la Vito. Ella va parlar amb molta calma.

—Vull que tu i jo sortim a la pel·lícula del Joel. Expliquem la nostra història. Donem la cara. Destapem la realitat. Que és molt bèstia? Sí. Però és la nostra. Sortim junts, separats.... Que ho decideixi el Joel.

—Pensem-ho bé, això que dius, Vito. No ens precipitem.

—És que no sé de què em parles. —El pare, estranyat—. Quina pel·lícula?

—Un documental que estic rodant... Sobre aquest tema.

—Digue-li el títol, perquè té molta gràcia... —La Victòria, partidària de la ironia per damunt de la rancúnia.

—És igual, Vito... —El Joel, fugint d'estudi.

—Digues, digues, no passa res... Fa cosa, oi, ara, dir-ho a casa nostra? És com tocar la corda a la casa d'un penjat.

—*Qui ha robat el meu fill?*

—El títol és bo. El documental serà l'hòstia.

—No en sabia res, jo, d'això... —Es va mullar els llavis amb la infusió. Massa calenta. Va tornar a deixar la tassa amb el terratrèmol a la mà—. I què vols que fem, Victòria?

—Que hi apareguis, que surtis, que et filmin, que ho expliquis tot. Jo també hi sortiré.

—No puc sortir, ara a... A dir què? Tinc un nom, jo.

—No s'hi val. Això és trampa. No em vinguis sisplau amb la reputació. Soc la teva filla. No em surtis ara amb el bon nom, amb les empreses... No ens la podem guardar per a nosaltres sols, aquesta merda.

—Deixa'm morir en pau.

—No, pare, no. Tu vas fer, pel que fos, una cosa que no estava bé. Ara seria delicte. Ha prescrit. No entraràs a la presó. Però explica-ho. Surt amb mi a la tele, surt, dona la cara i explica, a la teva manera, el que vau fer. La teva versió i la meva versió, per a la pel·lícula del Joel. Això sí que serà quedar en pau, no t'ho sembla?

El pare va esbufegar. El Saül Estrada no se les havia vist mai així. A tocar dels vuitanta-vuit, haver d'aixecar el dit i pregonar, davant de tothom, vaig ser jo que... Per uns fets que quan van passar, quaranta-cinc anys enrere, no sabia que suposaven estar robant una vida.

—No soc prou valent, Vito... —Brandava el cap—. Això que em demanes és...

—No és valentia. Ni covardia. No t'equivoquis. —Es va aixecar i va patrullar descalça pel menjador—. Es tracta de dir la veritat. Es tracta de desemmascarar una història, una trama, una manera de fer, una vergonya de país que s'ha rentat les mans perquè li ha convingut rentar-se les mans perquè ves a saber quantes famílies, quantes bones famílies, van fer el mateix que tu. No és valentia. És justícia. És, sobretot, una qüestió d'orgull. Això sí que és important per a mi. L'orgull.

—L'orgull... —va repetir el pare, com si la paraula li sonés d'alguna cosa.

—És tot el que em queda. L'orgull, i buscar la meva mare i el meu pare de debò...

La Victòria va mirar-se al mirall de mig cos. Hi

va intentar veure una dona bruna com ella, potser vint anys més gran, amb més arrugues, amb menys salut, amb la pena als ulls i amb un nom i dos cognoms que, en els últims tres dies, havia intentat endevinar. A través del reflex va mirar el Saül:

—M'has preguntat com et podia perdonar... Això no es perdona. És impossible. —Es va girar per tenir-lo de cara—. Però tens aquesta oportunitat. Una de sola, pare.

26

Massa casa per a un home sol

El Cara de Mosca feia les coses a la seva manera. Decidia l'hora de cada missió, analitzava l'estratègia per abordar l'objectiu, calculava les vies d'escapatòria en cas de complicació —entrades i sortides— i no estava per orgues. No volia sang, ni converses. En aquella operació no li feia cap gràcia haver de dur la Malabrocca enganxada com si fos una arracada, però no tenia més remei que entomar-ho. Això sí, a callar i a obeir. I si, d'amagat, havia de filmar la casa de la víctima, que ell no entrés mai en pla. Com si no existís. Les seves accions eren netes, quirúrgiques, íntimes. Mai un espectacle de cara a la galeria. Fet i fet, el Rafael Soler, anomenat Rafa des de petit, líder del clan dels Rafita, àlics Cara de Mosca per a la policia, el lladre que duia un únic tatuatge —amb la cara de Shakespeare estampada a l'espatlla dreta—, no va tenir cap interès a saber qui era l'Enrique Arcarazo. Ja li podien explicar que era un monstre, que havia traficat amb bebès durant anys i panys i que havia fet una gran fortuna que li permetia viure, a cos de rei, en aquell casalot a quatre vents a Sitges, que a ell, a banda del poc soroll, només li interessaven dues coses: els seus llibres i l'encàrrec precís que li havia fet el Joel Estrada.

El Renault Laguna arrossinat del Cara de Mosca els va dur fins a Sitges. Van aparcar en una cantonada d'ombra, a trenta passes de l'objectiu. Ell ja havia estudiat la casa de dalt a baix. Era un palauet senyorial a peu pla, davant del mar, al final del passeig marítim, atapeït de grans finestrals. Al darrere, tenia un jardí auster, que volia ser japonès però s'havia quedat a mig camí d'enlloc, amb pedres cendroses que, en cas de passar-hi, farien soroll i de mal caminar. Al davant, una glorieta oberta, de pedra, i un enfilall de baladres que havien crescut descompassats i que flanquejaven l'entrada d'un edifici que mantenia la simetria arquitectònica. Les persianes, tant de la planta baixa com del primer pis, acostumaven a estar abaixades. Ho va interpretar com un indici que sobraven metres quadrats per totes bandes i que quedaven moltes habitacions desocupades. Massa casa per a un home sol. Allà on hi havia vida —poca i calmada— les cortines deixaven les estances en penombra com si, a dins, s'amaguessin de la claror, de la calor i d'unes vistes que podien arribar molt més enllà que els pensaments. La biblioteca, que també era el despatx de l'Arcarazo, donava a una de les ales laterals. Al jardí, no hi havia cap gos. A dins, que li constés, un gat d'angora. Com a mínim, un. L'alarma, al pis de baix, només la posaven quan pujaven a dormir. A aquella hora, a un quart d'onze del matí, ja només es podia disparar una cosa: l'adrenalina.

—A punt, noia?

La Malabrocca es va assegurar que la càmera de botó que portava a la camisa quedava dissimulada. Després, es va col·locar el passamuntanyes.

—Per mi, endavant.

—Recorda. Al primer xiulet, hem de tocar el dos. —El Cara de Mosca va adonar-se d'una cosa que li va grinyolar—. T'has deixat la trena fora... T'és igual, si es veu?

Primer la va intentar recollir. Va amagar-la dins del passamuntanyes, però era massa espessa i el bony, rígid, la feia impossible de doblegar. Després, va decidir posar la trena per dins de la camisa de color de gos com fuig i se'n va alçar el coll. Per provar la mobilitat, va giravoltar els braços com les aspes d'un molí. Abans que els nervis se la cruspissin va dir per mi endavant, Rafa.

Amb tres bots van ser al jardí. El Cara de Mosca en tenia prou amb mitja protuberància a la paret per agafar-s'hi i grimpar. Les mans eren mosquetons, els dits, piolets que s'aferraven amb fe sobre qualsevol superfície, per agresta que fos. La Malabrocca, al seu darrere, en copiava els passos i els gestos amb dificultat. Però no volia ser una nosa, no es queixava de res i, quan la força no donava de si, hi arribava l'orgull. Un parent seu havia passat a la història per ser el pitjor ciclista del Giro d'Itàlia, el que sempre quedava últim. Ella no volia ser *la maglia nera*. Quan va aterrar amb els dos peus en territori de l'Arcarazo va sentir-se arribant primera a la meta, rebuda amb un ram de flors.

Durant deu segons van quedar-se petrificats. Havien d'assegurar-se que ningú no els havia sentit. Després, ajupits i amb les passes mudes, van vorejar la casa per darrere. El Cara de Mosca obria el camí, amb les celles a l'avantguarda i la cara descoberta. Ella el seguia amb la respiració agitada dins del passamuntanyes. El Rafa sabia, per experiència de tantes cases, per les dotzenes i dotzenes de violacions de domicili, quina seria la primera porta que trobaria oberta. La del safareig. Va mirar a un costat i a l'altre i va posar-hi un peu. La rajola estava seca, les seves soles no deixaven petjada i podia començar la festa.

El safareig empalmava amb la cuina i, des de l'*office*, s'arribava a un distribuïdor que permetia triar entre tres passadissos.

—El despatx és allà —va dir el Cara de Mosca tan baixet com va saber.

Sabien on era la biblioteca, veien on començaven les escales que pujaven al primer pis, però, amb tanta quietud, encara no havien descobert on era l'Arcarazo, ni el matrimoni que el cuidava d'ençà que s'havia quedat vidu. Per endevinar la seva ubicació, només calia seguir el rastre de la música. De fons, passadís enllà, sonava un piano. Una banda sonora molt coneguda que ni el Cara de Mosca ni la Malabrocca es van entretenir a desxifrar. Els interessava saber d'on venia. El Rafa va parar l'orella. Fos qui fos que toqués, era un virtuós. Amb el dit índex va assenyalar la descoberta. No tenia cap dubte que aquell vals venia del saló que donava a mar. Era l'ocasió d'or de passar cap a l'altra banda, cap a la biblioteca, de puntetes, sense ser vistos per ningú. El Cara de Mosca s'hi va encaminar, sigil·losament. La Malabrocca va fer com si li anés al darrere, però, a la tercera passa, va girar cua, va decidir seguir les molles de la música i se'n va anar cap a la sala, a veure què hi trobava.

—Què fas? —va cridar el Rafa, sense veu—. Vine aquí.

La Malabrocca ni tan sols li va contestar. A poc a poc, es va acostar fins al llindar del saló, es va amagar rere la porta i va mirar per l'escletxa.

No tocava ningú. Ni tan sols hi havia piano. No era el menjador. Era una sala d'estar exagerada, amb els sostres alts i tres grans arcs que miraven a mar. Tot estava molt ben posat, però tot tenia, al primer cop d'ull, un aire carrincló, de postal d'estiueig burgès. Hi va comptar sis butaques entapissades a l'antiga, una tauleta de te per a cadascuna, quadres de paisatges amb molta boira —obra bona, a jutjar pel recargolament dels marcs— i una llar de foc que potser no s'havia encès mai. La música sortia de dos altaveus de mida humana plantificats a costat i costat d'una pantalla plana amb moltes polzades. Al seu davant, el Quique Arcarazo mirava el concert amb els ulls tancats, amb una escletxa de sol sobre les cuixes. Semblava més la becaina reparadora de mig matí que l'assaboriment del vals d'*Amélie*. Ara li havia vingut, de cop, el nom de la pel·lícula.

Aquell home, repentinat de colònia, amb una clenxa tan recta que no se la podia haver fet ell, li semblava molt incorporat a la cadira, encarcarat, incòmode. Anava amb una bata de quadres generosos —negres i vermells— lligada amb un cinturó del mateix estampat d'hivern. Era un batí d'oncle d'hospital a la penúltima pregunta. I ara que s'hi fixava, l'Arcarazo estava assegut en una cadira de rodes.

A prop de la porta, un home vestit d'infermer es gronxava en un balancí aliè al concert, a la pantalla, a les vistes a l'horitzó, a l'Arcarazo i al gat que buscava l'escalf dels seus peus. Feia lliscar el dit per la pantalla del seu mòbil com un autòmat. Jugava al solitari. Si no hagués estat tan distret baixant-se cartes potser hauria notat la seva presència.

—*Perdone, ¿usted quién es?*

Una dona va sorprendre la Malabrocca per darrere. En girar-se i veure-li el passamuntanyes, la dona del xandall va fer un crit.

Davant per davant, ni l'una ni l'altra no van saber continuar l'escena. La Malabrocca, per un instant, va témer que aquella dona menuda se li tirés al damunt i va dir el primer que se li va ocórrer.

—*Ho lasciato le pizze nella cuccina* —li va sortir així, en la llengua paterna.

Amb el passamuntanyes posat, no va colar.

—*Jorgito, llama a la policía. ¡Que llames, Jorgito!*

En sentir l'ordre, a crits, el Jorgito va abandonar el solitari, la Malabrocca va continuar immòbil i l'Arcarazo es va desvetllar. No entenia què passava. Baixava de la figuera, es va adonar de l'atabalament sobtat a la sala i no sabia si ho vivia o ho somiava. Buscava el comandament per abaixar el volum de la música i no el trobava a cap butxaca. El Cara de Mosca, que ja havia seleccionat tres bíblies de col·leccionista a la biblioteca, va sentir els esgarips de l'altra ala de la casa i va pensar ja hi som pel tros. No sabia en quin moment, però estava segur que amb la Malabrocca s'embolicaria l'operació.

—*Non chiamar a nessuno, a nadie...* —La Malabrocca anava recuperant l'espanyol, per fer-se entendre. El xampurrejava com si no en sabés prou—. *Tutti tranquilos. Tranquilos.*

—*¿Quién eres? ¿Qué quieres? ¿Por dónde ingresaste?* —El Jorgito, dret, tens, amb l'amenaça de trucar el 112 a la mà—. *Ponté aca, Anabel.*

A la sala, la Malabrocca havia quedat palplantada, mantenint la distància amb el Jorgito i l'Anabel, que, com si hagués tornat de fer la compra de la setmana, anava amb un xandall de la selecció de futbol d'Equador. La Malabrocca només tenia un pensament: assegurar-se que el botó de la camisa enfocaria un Arcarazo que, superat per l'ensurt, havia virat vint graus la cadira i encara no havia obert la boca.

—*No pasará nada. Negociazione. Yo hablar con señor...*

—*Usté quieta, señora, ni un paso más.*

—*¿Qué le quiere del señor Enrique?* —va preguntar l'Anabel, contenint els nervis, com si manés.

—*Vengo a hacerle una domanda. Una pregunta... Solo quiero sapere quién es mi madre.*

Es va fer el silenci. L'Arcarazo, amb els ulls desorbitats, es va posar un dit al coll i va parlar.

—*No sé de qué me habla.*

—*Llama a la policía, Jorge, por Dios.* —L'Anabel encara no entenia per què l'estaquirot del seu marit havia quedat garratibat per la presència d'una italiana amb passamuntanyes que semblava desarmada.

—*Usted le dijo a mi madre que había morto. Yo muerta en el parto. Y mentira. Usted me vendió a matrimonio rico.*

—*Esto no es verdad. En absoluto.* —L'Arcarazo tenia una veu greu, bufada—. *Esto que cuenta es imposible.*

—*¿Cuántas más como yo, señor?* —insistia la Malabrocca, perquè el Cara de Mosca tingués més temps per feinejar al despatx—. *¿Cuántas?*

—*No llames a nadie, Jorgito* —va manar l'Arcarazo amb el dit al coll i la veu protèsica.

—*Usted ha sido, aquí, el capo de robos de bebés. El negocio más sucio del mundo.*

—*Gestionar adopciones... Es un trabajo honrado. Adopciones, ¿qué problema hay?*

—*Algunas adopciones normales, supongo... Pero la mayoría, robos.*

—*¿Tiene pruebas?*

—*No tengo pruebas. Pero tampoco tengo dudas.*

—*Yo trabajé durante años en las mejores clínicas, con los mejores doctores, con todos los protocolos. Imposible hacer trampas. No existe nada de lo que cuentan. Fantasía. No pasó nada de esto. Pura imaginación... Fabulación, ¿entiende? Todo inventado.*

L'Arcarazo parlava a poc a poc i amb tons poc modulables. D'ençà que li havien hagut d'extirpar la laringe, la pròtesi fonatòria l'obligava a tapar el forat quan necessitava enraonar.

—*¿Qué cuentan de usted?*

—*Patrañas.*

—*Algunas veces, la opinione que tenemos de nosotros mismos no coincide con la realitá.*

—*Diga de una vez, ¿qué quiere?*

—*Tres cosas* —va improvisar—. *Una disculpa, una confesión y el nombre de mi madre.*

L'Arcarazo era ja un home sense vigor. El càncer li havia pres el greix i el nervi. Li quedava la mica d'autocompassió i l'altivesa justa per no donar el braç a tòrcer. Si queia al parany dels remordiments, s'esfondraria en un tres i no res, com un castell de cartes.

—*No tengo por qué confesar ni disculparme de nada. Y menos ante usted, disfrazada de delincuente* —va dir amb la veu més aspra—. *Dé la cara.*

—*Dela usted primero, señor. Dígame... ¿Y mi madre?*

—*¿Cómo quiere que sepa quién es su...? Una desgraciada como tantas. ¿A mí qué me cuenta...?*

—*Debe habere un registro de sus adopciones. Si su negocio era tan legal, ¿qué problema hay en acceder al registro?*

—*Ninguno. Ningún problema. Debe estar en algún sitio.* —Va butxaquejar buscant de nou el comandament de la tele—. *Yo, sin duda, no lo tengo.*

—*El señor está cansado*... —L'Anabel, veient-lo neguitós, el va socórrer—. *No lo agite más.*

La Malabrocca hi havia anat per filmar un monstre i, al davant, hi tenia una persona xuclada i vulnerable. Un Arcarazo pàl·lid, del qui gairebé no en quedava. Va decidir ser cruel.

—*¿De qué ha servido tutta una vida de delito? ¿Para qué uno quiere dinero a mansalva para terminar así?* —La provocació no feia efecte i va cargolar encara més—. *¿No es mejor irse de este mundo en paz que ocultando tantos pecados?*

L'Arcarazo la va mirar amb tant fàstic que no es va recordar de posar el dit al coll:

—*Usted es una hija de puta.*

No se'l va sentir però se li va entendre tot.

La Malabrocca, amb la parsimònia d'un gat, va passejar-se per aquella sala reescalfada. Calia filmar tota l'estança, per tenir imatges d'ambient, com a recurs. El Cara de Mosca, a la biblioteca, havia trobat el que buscava. Amb l'encàrrec al sarró, va fer un xiulet. Ella va entendre el senyal. L'Anabel va sentir que aquell so venia de l'ala de la biblioteca i, resolta, se n'hi anava.

—*Quieta aquí. Mi compañero es pericoloso.*

L'Anabel li va fer cas. Passa a passa, sense donar l'esquena en cap moment a l'Arcarazo i al matrimoni que el cuidava, va anar reculant. Quan va arribar al distribuïdor, el Rafa ja l'esperava.

—Càgon Judes. No es pot anar amb aprenents...

Junts, van desfer el camí: safareig, jardí, i en aquesta ocasió van fer drecera sortint per la porta gran. Ni l'un ni l'altre no la van tancar. Només tenien pressa per arribar al cotxe.

—Ho tens?

—A tu què et sembla?

Quina manera d'ofendre el Cara de Mosca.

L'Anabel i el Jorgito van córrer cap a la biblioteca. D'entrada, els va semblar que era tot a lloc. Com si no hi hagués entrat ningú. Les prestatgeries no semblaven remogudes, tampoc no hi havia llibres per terra. No van saber veure que faltaven tres bíblies, les més antigues de la col·lecció de l'Arcarazo. Es van afanyar a obrir cadascun dels calaixos de la calaixera anglesa. Si més no, tot estava ordenat. La taula del despatx, igualment endreçada.

—*Mira acá, Anabel.*

A l'intentar obrir la postada de l'escriptori, es va encallar. La pell havia estat esquinçada i s'havia enganxat als costats del moble. El Jorgito, amb força, va aconseguir obrir-la d'una estrebada. Certament, amb un cúter havien fet una L perfecta per treure tot el que hi hagués dins d'aquell secreter ocult. Ni l'Anabel, que en treia la pols dia sí dia no, no sabia que aquella postada tenia un doble fons. A dins, només hi quedaven dues fitxes, manuscrites, que el lladre, amb les presses, devia haver-se oblidat d'agafar.

Hi havia uns noms i unes dates, escrits amb tinta negra i amb molt bona lletra, que ni l'un ni l'altre no van tenir interès a llegir. Quan l'Arcarazo —rodar i empènyer, rodar i empènyer— va arribar sense esma a la biblioteca, els va trobar amb la fitxa a les mans.

—*¿Llamamos a la policía, señor?*

—*No. A la policía seguro que no...*

Ell tenia gent més lleial a qui avisar.

Amb la poca vida que li quedava, va dedicar una mirada de menyspreu al Jorgito i l'Anabel. Com se'ls podien haver colat aquella gentussa a casa? Esteu acomiadats.

La Cristina Malabrocca, sense passamuntanyes, amb el cor a dos-cents, la closca amarada de suor i la trena humida, va trucar al seu soci des del Laguna del Cara de Mosca, que conduïa tranquil com un Pepet de diumenge. Ho va intentar una vegada... dues, tres. Hi va tornar al cap d'una estona. Què hi podia haver tan important perquè el Joel no li respongués?

27

Quan no els funciona la por

El Joel havia fet tota l'estesa sobre la taula de la cuina de la productora. La Malabrocca havia aprofitat un tauló de fòrmica blanca amb roderes de cremades de tasses que havia trobat, com a rebuig d'una obra, quan muntaven Arbre Produccions, l'havia dut al despatx, l'havia collat sobre dos cavallets perquè no s'aixequés pel contrapès, i havia dit mira Joel, ja tenim taula per a la cuina. Al damunt, però, hi dinaven ben poques vegades, no hi sopaven mai i l'havien acabat convertint en un espai polivalent per a reunions o per deixar-hi piles de qualsevol andròmina: cintes, llibres, documentació, bateries per a les càmeres... El Joel, de cop i volta, ho havia enretirat tot per buscar l'agulla al paller.

—Vols dir que no hauries de dormir una mica?

—Ara ja no puc parar. Saps allò que tens la sensació que hi estàs molt a la vora...

—Et faig un cafè?

—Tu en vols un?

—No... Jo sí que me'n vaig —va dir la Malabrocca, escurant un piti que s'havia cargolat amb no vulguis saber què—. Ha estat un dia molt llarg.

—I productiu. No tinc son, jo...

—La Vito ho sap?

—El què? —El Joel, sense aixecar els ulls de la fòrmica.

—Que tenim això.

—No. I no l'hi diguis... Que no es faci il·lusions.

—Jo? A la teva germana? Com vols que la vegi...

El Joel ni la va sentir. Dret, com el mariscal Rommel abocat damunt d'un mapa a gran escala per decidir per on faria avançar les tropes, s'abalançava sobre tota aquella parada de fitxes manuscrites. N'hi havia —les havia comptades— vuitanta-dues. Les classificava per dates i, després, les desordenava i les posava per ordre invers abans de tornar a començar.

—Són quarts de quatre, Joel. Foto el camp.

Com a mínim, la lletra de l'Arcarazo, o de qui

carai hagués fet aquelles valuoses anotacions, era clara. Bonica, fins i tot. En el registre s'havien entretingut a fer una cal·ligrafia perfecta, sense pressa, com si no sabessin que podien deixar rastre d'algun delicte.

—Què dius? Perdona?

—Que marxo.

—Ah, ja és fosc? —Feta la broma, va aixecar la vista—. Bona feina, Cris.

—No... Em sap greu no haver filmat el despatx, la biblioteca... Havíem d'ensenyar el document d'on trèiem aquestes fitxes... Quina cagada, tio. Ho sento molt.

—Tenim l'Arcarazo dient cosetes... Semblarà culpable. Està molt bé.

—Però...

—Demà ens mirem amb calma tot el que has bolcat. No t'amoïnis.

—No tenir les imatges del secreter és una cagada. —Va fer una pipada llarga—. Em fa tanta ràbia...

—Que no passa res, trasto.

—Em sap molt greu. De debò.

El Joel, espitregat i descalç, va deixar les fitxes a la taula, es va acostar a la Malabrocca i li va estirar la trena amb la complicitat de qui xuta contra la mateixa porteria.

—Sòcia, mira'm. —Va esperar que els ulls de

la Cristina trobessin els seus—. Ho has fet molt bé, sents? Molt. Estic orgullós de la teva feina.

—Demà en parlem, Joel.

—Has estat valenta. Som un bon equip. Jo no hauria tingut nassos de fer el que...

—No et quedis despert tota la nit. D'acord?

—T'ho prometo.

Es van fer un petó que no va ser de bona nit. Va ser per confirmar que havien estat a prop del mal, que se n'havien sortit i que era lògic que notessin el rau-rau de la por. Però també va ser un petó de confiança. Tenien alguns trumfos a la mà i, si se'n sortien i els sabien jugar, en podrien muntar una de molt grossa. Per això s'hi havien posat. Per això havien apostat per aquest periodisme de risc, de tocar els pebrots al poder amb les mans fredes. O no, noia? Doncs bona nit.

El Joel, quan es va quedar sol, va separar les quatre fitxes que portaven una mateixa data i va arraconar totes les altres. Es va asseure al seu davant i es va despentinar, rascant-se amb fúria. Sabia que allò, per més que li digués a la Malabrocca i per més teories que pogués explicar davant de qui calgués, ja no anava de periodisme. El cas era tota una altra història. Era pell. La família. El nom del pare. La germana, per damunt de tot. La seva vida. El malson.

Tenia a les mans les fitxes del febrer de 1974, el mes que, presumptament, havia nascut la Victòria.

Va posar música per mirar d'ajornar la son. De matinada, agraïa que a les radiofórmules no hi hagués locutor. Només cançons, la millor companyia.

La Victòria era del dia 7. Però ja ningú no podia saber del cert si havia nascut el 7 i els havien donat la criatura als Estrada uns dies després... Era difícil imaginar que, a les poques hores d'arrencar el plor, ja fessin el canvi de mans. Potser el més lògic era que hagués nascut uns dies abans i l'haguessin lliurat al Saül i la Maria el 7 de febrer, dia de Sant Ricard rei. No podia deixar res per verd. Havia de comprovar cada nom i cada data d'aquell material que l'Arcarazo tenia amagat en un doble fons segellat d'un calaix que potser no hauria trobat mai ningú.

Les primeres fitxes, més esgrogueïdes, eren de 1969. I n'hi havia fins al 1999, just quan a Espanya es va abolir el part anònim. No era casual que, després de tres dècades d'una mateixa pràctica horrible, el registre privat de l'Arcarazo s'acabés a partir del moment que el nom de la mare biològica havia de figurar, per llei, en el certificat de naixement de qualsevol criatura. El mercadeig se li va acabar de cop, però el dimoni havia treballat sense parar, durant trenta anys documentats, en una inversió perversa de gran rendibilitat. Immoral i criminal. Però, com a negoci, més que rodó. Havia fet els diners a mansalva. La filmació de la Malabrocca a la casa de Sitges revelava la fortuna que havia acumulat aquell home cadavèric, de cara afuada. Tan sols pels quadres que sortien d'esquitllentes a les imatges —un Miró, un Kandinski, i un gotejat que si no era un Pollock s'hi assemblava molt—, allà hi havia milions d'euros penjats a la paret.

De les vuitanta-dues fitxes atapeïdes de noms —un per línia—, quantes havien estat adopcions legals? O, al revés, per acabar abans... De tots aquells cognoms que apareixien a les quatre fitxes del febrer de 1974, quants eren bebès robats, com la mateixa Vito? De tota aquella corrua de cognoms que eren a la llista, quin pertanyia concretament a la mare que havia tingut una nena que li van dir que s'havia mort en el part i que van vendre al Saül Estrada a canvi de cent mil pessetes? El pare havia admès les cent mil pessetes amb la boca petita però tampoc ningú podia tenir la certesa que no fos el doble, o més, perquè la memòria del Saül, de tant en tant, feia un fals contacte. Més per edat que per conveniència, sí, però en aquell cas potser coincidien les dues circumstàncies. Per al documental, havien enregistrat el testimoni d'un fill robat que, al cap dels anys, havia descobert que els seus pares havien pagat dos milions de pessetes per comprar-lo —adoptar-lo, va dir ell en la gravació— el 1968. Era una xifra exageradament alta que s'escapava, de molt llarg, de la resta d'informació que havien trobat a l'hora de documentar-se.

En cap lloc del material que havia pispat el Cara de Mosca i que ara manegava el Joel no apareixia, però, cap quantitat de diners. Ni una. Tan sols dates i, al costat, una inicial, un punt, i un cognom. Més a la dreta, el nom d'una clínica o un hospital. Sis o set llocs diferents que, en alguns casos, van anar variant amb els anys. N'apareixien uns i, de cop i volta, ja no sortien més. Com si hagués deixat de treballar amb unes clíniques concretes. I res més. Cap nom de metges que hi poguessin estar implicats. Ni monges, ni llevadores. Cap còmplice necessari. Per deducció, el Joel va concloure que allò que estava escrit era la informació mínima del nom de la partera que havia ingressat a un centre mèdic determinat a qualsevol punt d'Espanya que dominés l'Arcarazo. Per més que s'ho mirés i remirés, no hi havia cap pista que li permetés endevinar qui era l'autèntica mare de la Victòria. Ni un sol indici, tampoc, de qui eren els pares adoptius de cada criatura. Ni tan sols si era nen o nena. I, si hi era, i ho tenia davant dels nassos, ell no ho sabia veure.

Quan va sortir el sol, el Joel roncava amb el front encastat a la fòrmica de la cuina i els braços sota de la taula. Havia quedat rendit amb els llums encesos, i entre una cosa i l'altra havia perdut la noció del temps.

Amb el cap emboirat, es va calçar, es va rentar la cara, es va posar la camisa per dins com si comencés un nou dia i va endreçar les coses que havia de fer aquell matí, com abans millor. Amb la impressora, va fotocopiar les quatre fitxes, escrites per una sola cara, que revelaven les transaccions de l'Arcarazo del febrer del 74. En va fer dues còpies. Una la va guardar, doblegada, al fons del posallapis dels retoladors fluorescents de la taula de la Malabrocca. Era la tassa que havia comprat a la NBC, als peus del Rockefeller Center, en el seu primer viatge a Nova York, feia un grapat d'anys. Ara que se n'adonava, no l'havia rentada mai.

Després va buscar el telèfon de l'Eva Bosch, la intendent dels Mossos, entre els seus contactes. Li va escriure per si li podia trucar. Deu minuts després li va respondre amb un «ara» sec. Ella sempre anava al gra.

—Què passa, Estrada?

—Em podries dedicar una estona del teu temps?

—Fora de la comissaria, suposo...

—Soc a Collbató. Baixo on em diguis.

—A Collbató? Has volgut pujar a peu a Montserrat i t'has perdut?

—Eva... On ens trobem?

—Em reculls a...

—Saps on és el meu pis, a Sarrià?

—El trobaré.

—Dona'm mitja hora. Tres quarts, màxim.

El Joel hi va arribar abans que l'Eva Bosch. Va ficar la clau al pany, va girar-la amb dues voltes completes i va obrir la porta amb ganes de fer-se una dutxa ràpida abans no arribés la visita. Es va sorprendre de trobar-se el llum del rebedor apagat. D'ençà que l'havien intentat intimidar, i ja acumulava uns quants episodis —al funeral de la mare, la Marga amb la moto, les fotografies del Leo, a la bolera—, havia incorporat el costum de deixar algun llum de casa encès perquè es pensessin que era dins. La Daria li havia demanat sisplau que ho fes, ni que fos per ella. I el Joel, conscient que com més s'acosta a la zona zero del delicte més perill corre el periodista, li havia fet cas. N'estava segur. L'última vegada que va sortir de casa, havia deixat l'interruptor de l'entrada cap amunt. Seguríssim, vaja. Va tornar a encendre el llum amb la certesa que algú l'havia apagat. A primer cop d'ull, no semblava que a dins de casa hi hagués ningú, però no les tenia totes. El silenci, de tan absolut, l'espantava. Caminava amb pas de vell, d'esquena a la paret. Tota cautela era poca. Quan va obrir la làmpara del menjador, va veure el terrabastall. Li havien regirat el pis. A la sala, tots els calaixos havien quedat oberts. Fins i tot n'havien tret algun, o els havia sortit de la guia, i havien abocat les coses a terra. I allà s'havien quedat. Paperassa de bancs, acreditacions antigues, sobres per obrir... El passaport s'havia aguantat, acrobàticament, fent tenda de campanya. El va recollir per assegurar-se que era el seu. A l'habitació van fer el mateix. L'escampall feia esgarrifar. Havien fet una batuda a fons i sense miraments. Els mitjons havien quedat dispersats per aquí i per allà com els pals d'un mikado. Els calçotets feien pila al damunt del llit i un jersei havia quedat arrapat com una perruca sobre la tauleta de nit. Si al pis quedava algú, i creuava els dits perquè fos que no i que haguessin tocat el dos abans de la seva arribada, només es podia haver amagat al lavabo. La porta era tancada i s'hi va acostar a poc a poc. Abans d'obrir, va posar el mòbil a gravar, enfocant cap a la porta, i va buscar un objecte contundent. Va agafar el cavall pegàs de coure que tenia en una lleixa al capçal del llit. Mai hauria pensat que el premi Ondas tindria una utilitat en defensa pròpia. Va comptar fins a tres, per dins, i es va disposar a entrar. Una, dues i... Va obrir la portada d'una puntada, al mateix temps que saltava endavant, decidit, i deixava anar un crit farcit de vocals. No hi havia ningú. Dins de la dutxa, tampoc. No va tenir temps de sentir-se ridícul. Just en aquell instant, va sonar el timbre i el Joel, de l'ensurt, va fotre un bot. Era l'intèrfon, inoportú. Va deixar l'estàtua amb ales a lloc i, amb el cor efervescent, va tornar al rebedor per obrir a l'Eva Bosch, que va trigar el que va tardar l'ascensor a dur-la fins al replà.

—I aquesta pressa?

—Endavant, tu mateixa...

Va deixar que l'Eva Bosch —uniforme impecable, nas operat, mirada seriosa— passegés sense tocar res i s'adonés de la visita que li havien fet.

—T'envio la científica?

—M'estimaria més una brigada de neteja. Pot ser?

—No vols posar una denúncia?

—No he tingut temps ni de pensar-ho. Potser serà millor que no, oi?

—M'has avisat per això? —No li quadrava la història—. Tu no m'has trucat des de Collbató?

—Ha estat un regal sorpresa... M'ho he trobat així. No fa ni cinc minuts que soc aquí.

—Què busquen?

El Joel havia dormit poc, havia actuat per un rampell, havia trucat a la intendent dels Mossos i, de cop i volta, no sabia si es precipitava donant-li uns papers que la Malabrocca i el Cara de Mosca havien aconseguit com havien aconseguit. Al capdavall, però, sense l'ajuda de l'Eva Bosch potser la seva investigació entraria en via morta.

—No ho sé, què buscaven... Potser això.

De la butxaca interior de la jaqueta, en va treure la còpia de les quatre fitxes.

—Què és?

El Joel no va respondre. Va deixar que la intendent de la policia s'assegués en una cadira del menjador i examinés el material. Es va haver de posar les ulleres de llegir per veure-hi tot de dates del febrer de 1974. Unes inicials i uns cognoms. I uns hospitals que s'anaven repetint. Miguel Servet. Santa Isabel. Maternitat. Hospital Provincial de Guipúscoa. Hospital de Figueres. Virgen del Camino...

—Saps d'on són?

—El què.

—Tots aquests hospitals.

—Sí, tots d'una mateixa zona. Del nord d'Espanya. El Virgen del Camino és de Pamplona. El Servet, de Saragossa. La Maternitat...

—De Barcelona, sí, xato. —L'Eva Bosch va deixar les fitxes i va repicar amb els dits sobre la taula—. Et pregunto com ho has aconseguit?

Ell va decidir tirar de sentit de l'humor.

—Aquesta potser seria una pregunta inapropiada.

Ella va optar per no insistir.

—Què vols que en faci, de tot això?

—L'Arcarazo, l'Enrique Arcarazo, amb tots els casos arxivats per la justícia, tenia la xarxa muntada amb clíniques del nord-est peninsular. Dominava el cotarro de les falses adopcions de tot aquest territori. Potser no era l'únic, però ell treballava a l'engròs. Vull dir que no era un cas aïllat, com va dir la fiscalia en el seu moment, sinó que la xarxa és evident que existia. Aquests papers són una prova de com s'ho manegava en aquest triangle, des d'aquí fins al País Basc. Si més no, tots els naixements corresponen a aquests hospitals que hi ha escrits. No surten mai Madrid, ni Andalusia, ni Galícia... Això ens ha acotat la zona on va poder néixer la meva germana abans que la duguessin a Barcelona. —Mentre ho deia, dubtava si l'Eva Bosch estava al cap del carrer de la notícia—. La Vito és... La meva germana petita és una nena robada. Ara ja ho sap, ja ho sabem tots a la família, i més que res al món, m'interessa ajudar-la a trobar la veritat.

—Extraoficialment.

—Necessitem saber qui va ser la seva mare. Discretament, sí.

—Tenim més pistes?

—Què més voldríem? Tot el que tenim és aquesta llista de naixements. I la pell de la meva germana. Olivàcia. Com si la seva mare o el seu pare, o tots dos, no fossin el que ara en diuen caucasians, precisament.

L'Eva Bosch pensava ràpid.

—Tens un paper?

El Joel va agafar el bloc on apuntava les idees que se li acudien mentre mirava la tele i en va arrencar un full.

—Et serveix, aquest?

—Escriu-me el nom complet de la teva germana i la data que creieu que va néixer. Envia'm una foto, una foto seva, per e-mail, al meu personal. Res de mòbil, entesos? El tens? Busqueu vosaltres a Orígens, del Departament de Família. Són bons en la recerca.

—Ja ho hem fet.

—Saben trobar mares, si són vives o mortes...

—Ens ho estan mirant...

Amb el paper a la butxaca, es va guardar les ulleretes, es va aixecar i va mirar tot l'escampall.

—Què penses fer?

—Recollir-ho, ves.

—Amb l'Arcarazo, em refereixo. No et pots quedar aquí. Saben on ets...

—Ja. Tens raó. Puc instal·lar-me a la productora... A Collbató no em trobarà ningú, oi? O a casa de la meva parella, que segurament és el que faré... A casa el meu pare, francament, no em ve de gust anar-hi.

—Ves amb compte, Estrada. Aquesta gent no s'hi posa per poc. Els esbirros en nòmina són els pitjors. Quan no els funciona la por, els funciona la venjança.

—Com era el...

—Tornaran. T'aviso. Els hi va el sou.

—Ull per ull i el món quedarà cec.

—Ull per ull i a la bòfia no ens faltarà mai feina. —Amb la porta del pis oberta, l'Eva Bosch encara va fer una pregunta—: Estàs espantat?

Arribats a aquell punt, el Joel només podia dir que no.

Abans de recollir tota l'escampadissa, es va asseure al llit, va agafar el mòbil i va escriure dos missatges.

Marga, el Leo m'ha dit que avui no has anat a la ràdio pel mal de queixal. Espero que demà ja puguis fer el programa. Menja sopetes.

Amb la Daria tenia una sort. No havia de calcular tant les paraules com amb l'exdona:

Eo, no t'he pogut escriure abans, ho sento.
Tinc una feinada que no me l'acabo, estic baldat,
però ara mateix només tinc ganes d'una cosa:
fer l'excursió que tenim pendent. Caminar i
conversar. Tu i jo: i la Frida, si vols. Sense
presses. Ens reservem el dissabte?
Petonets al coll.

Després de fer lliscar el dit per Twitter, es va posar sota la dutxa. Amb el front enrere, va deixar que l'aigua ragés en cascada durant una bona estona.

28

Quant pesen els secrets?

La meva filla em va venir i em va dir una cosa: El silenci ja no et salvarà. I per això soc aquí. Per dir la veritat. Em dic Saül Estrada, vaig néixer el 1932, soc vidu i començo a tenir a estones amb el cap emboirat. Disculpeu-me, per tant, si alguna cosa no la dallò amb claredat... Em dic Saül i he estat casat durant cinquanta-cinc anys amb la Maria Vilalta Campabadal, la millor dona del món.

Em dic Saül, he estat empresari des dels vint-i-vuit, hem donat feina a molta gent i, abans de plegar, a tothom li agrada pensar que ha fet alguna cosa a la vida. Res no dona tanta pau com jubilar-se, després de passar-ne de verdes i de seques, de tenir idees i empenta, de superar crisis, de suplicar als bancs, d'agafar avions, fires, reunions... Res dona tanta pau com plegar, després d'haver treballat tota la vida, i saber que més de quatre-centes famílies han viscut gràcies a la teva empresa.

Tothom necessita pensar que ha fet alguna cosa a la vida. I em pensava que la meva era aquesta, la de donar feina a tantes famílies, durant tants anys. Però m'equivocava. De tot el que hauré fet en aquest món, potser només en quedarà aquesta filmació. La meva confessió. La faig perquè hi ha dues dones que s'ho mereixen. Mereixen la seva veritat i la meva disculpa. Em refereixo a la meva filla, l'estimada Victòria, i fos qui fos la seva mare.

Em dic Saül Estrada i la meva dona i jo vam pagar diners per tenir una filla. La nena que no podíem tenir, la vam aconseguir. És així. El 1974, al mes de febrer. Vam pagar per tenir-la i ens la van donar. Vam pagar el que ens van demanar. Vam pagar... Quant era?

—Això no cal que ho digui.

—Té el paper aquí al davant, Lourdes. Miri-ho i digui-m'ho.

—Cent mil pessetes —va dir sense haver de mirar els apunts.

—Encara grava?

—Sí. No he deixat de... —La senyora Lourdes aguantava el mòbil amb les dues mans, en posició horitzontal. A falta de trípode, tenia els colzes ben falcats a la taula, perquè no tremolés la imatge.

—El febrer de 1974 vam pagar... cent mil pessetes per tenir una nena. Ens la van donar al carrer, en un bar, als pocs dies de néixer. Estàvem convençuts que era una adopció, que havíem fet tot el que ens demanaven i havíem anat a parar a l'associació que ens havien recomanat. La millor, per a aquestes coses, ens van dir. I hi vam anar de bona fe. Al doctor...

—Arcarazo.

—Vam anar al doctor Arcarazo...

—No era doctor.

—Senyora Lourdes, per favor... Si vostè m'interromp. Pari la màquina. Així jo no en sé, de fer això.... Prou que em costa.

—M'ha demanat el nom.

—Però després... He d'estar molt concentrat, i si vostè no m'ajuda... Cony.

Amb un gest amb la mà, com si ventés l'objectiu amb displicència, el Saül va donar a entendre el deixem-ho córrer. S'havia afaitat, s'havia posat loció blavissa, havia triat una camisa blanca, una americana grisa, una corbata neutra, i li havia dit a la senyora Lourdes que es preparés, que l'hauria d'ajudar a gravar una cosa i que ho enregistrarien a la tarda perquè ell, així que el sol començava a anar de baixa, potser tenia els ulls menys embutllofats.

—No sé si en sabré, jo, de gravar amb el telèfon mòbil aquest seu. Soc poc tecnològica, jo...

En Saül no va fer cas de la modèstia entrenada de la senyora Lourdes. Era una part que anava sempre amb ella, com la motllura blanca de les ulleres o el Certina d'esfera de botó que no s'havia tret ni per rentar plats des que havia entrat a treballar a casa dels Estrada. La senyora Lourdes va insistir:

—Ho gravaré amb el meu, que el tinc més per la mà. I si no queda bé, ho repetim una segona vegada.

—Només ho faré un cop, jo, això. Surti com surti.

—Però...

—El Joel, després, que ho munti... O que ho llencin al foc, vaja. Que facin el que vulguin.

Durant el matí, el Saül Estrada no havia tret la vista d'un paper amb anotacions. La seva lletra era remenuda, trèmula com una corrua d'exoesquelets de formiga. S'havia escrit unes notes perquè no se li escapés res que no volgués dir i, amb un esforç antic, mirava d'aprendre's el guió. Mentre dinava, també amb el full al costat del plat, la senyora Lourdes li havia fet una pregunta que l'havia importunat:

—Quina necessitat hi ha de suïcidar-se?

El Saül es va quedar sense paraules, enrigidit a la cadira. Va acabar de mastegar el bacallà al vapor. Gustosíssim.

—Ho faig per la Vito... —va respondre, fugint del xantatge emocional—. A la vida, les hores s'hi tornen.

—Perdoni però... puc dir una cosa? —No va esperar ni la resposta—. La senyora Maria no ho hauria fet...

—El què?

—Trair la promesa. Explicar-ho per la tele.

—La Maria és morta... I jo també.

—Ave Maria. —La senyora Lourdes es va persignar.

—El que jo digui, o el que jo faci, ja tant se val.

—Però què diu, ara? No es mortifiqui més, per l'amor de Déu.

El Saül es va mirar les ungles per si estaven prou polides per sortir per la televisió. Després, va témer que el seu cervell llanós li estigués jugant una mala passada i no recordés el secret al qual s'havia referit la senyora Lourdes. Li va demanar, sisplau, que l'ajudés a fer memòria. Que ella digués el que sabia i així ell potser podria agafar-se al fil i, a poc que les neurones l'ajudessin, podria anar esfilagarsant el cabdell.

Quant pesen els secrets, senyor Estrada?

Li va parlar del viatge per Alsàcia, quan la nena ja s'havia instal·lat a França per estudiar medicina. O potser era quan ja havia fet les pràctiques a l'hospital, la precisió de l'any no era significativa.

En un dels viatges que havien fet la Maria i el Saül en cotxe, per anar-la a veure, havien decidit conèixer la ruta del vi. Havien pujat fins a Estrasburg per estrenar el primer cotxe automàtic que van tenir —un Ford Granada de blau ministre— i un cop allà havien recollit la Victòria i, tots tres junts, havien dedicat dos dies a desfer la ruta del vi. Quilòmetres i quilòmetres de carreteretes que, ballant en paral·lel al Rin, descobrien vinyes i més vinyes que s'escampaven per planúries i suaus pujols. Cada revolt dibuixava un nou mosaic de rengleres de ceps de riesling, una mena d'Arlington que havia canviat les creus plantades a terra per soques i sarments amb molta vida. Els pàmpols d'aquells milions de ceps semblaven orgullosos de procurar una certa ombra al raïm encara tendre, encara lluny de la verema. Era el presagi d'un vi blanc, tranquil com el paisatge, que després la gent bevia fresquet, en copa de coll de tortuga —verd i arrugat—, en qualsevol *winstub* de les localitats pintades de la ruta.

La Maria conduïa i cantava «gira il mondo gira» i la Victòria, mirant-li els ulls blaus pel retrovisor, s'hi afegia des del darrere. Mentrestant, el Saül, sempre de copilot amb la guia Michelin a les mans —la verda, la dels racons que no t'has de perdre—, deia ara cap a Obernai, ara cap a Dambach-la-Ville, ara podríem trencar cap al castell d'Haut-Koenigsbourg, que diu que té unes vistes de tres estrelles. Però potser ens desviaríem massa...

La poca distància que hi havia entre Riquewihr i Ribeauvillé la van voler fer a peu. Van caminar pel camí ral indicat, al marge de la carretera. La Victòria es va situar entre el pare i la mare i els va agafar de bracet. Tots tres junts. Tots tres sols.

—Us adoneu que és la primera excursió que fem junts?

—Vols dir?

—Sempre anàvem tots cinc, a tot arreu... De vacances, de viatge... Sí que havíem fet alguna sortida de dos dies... No ho sé. A vegades no venia el Joel, a vegades no hi era el Rai... Però diria que així, nosaltres tres, mai...

En aquell passeig sense preocupacions li va venir la xerrera.

—Us he explicat mai què vaig fer quan tenia quinze anys? —va preguntar la Victòria sense cap intenció de deixar-se anar del pare i la mare—. Vaig escriure una carta a la meva mare imaginària, a la biològica, a la mare que em va parir, vaja.

—Ah... —és tot el que va saber dir la Maria.

—I què li deies? —va preguntar el Saül, sense voler-hi donar transcendència.

—Uf, no ho sé. Era adolescent, han passat molts anys...

—Tampoc tants.

—Li deia, suposo... No ho sé. Com me la imaginava, quines coses creia que potser havia agafat del seu caràcter, que devia ser una dona que anava a la seva, forta. Com m'imaginava com devia tenir els ulls, el nas... Els pits. Suposo que li deia que algun dia m'agradaria conèixer-la, però que ja començava a tenir assumit que seria impossible.

—No té per què... —El pare va posar una postil·la.

—No sé si fins i tot li vaig suggerir un nom. Li vaig posar un nom, així, com exòtic... Si hi pensés una mica ho recordaria.

—Filomena... —El Saül, encara, amb la necessitat constant de desengreixar.

Els homes Estrada eren així. Com més delicada la situació, més frívol l'estirabot.

—Tu creus que Filomena és molt exòtic, pare?

—Tens unes coses...

—També li vaig parlar de vosaltres, esclar. Que tenia molta sort que m'haguéssiu adoptat vosaltres dos, que no en podia tenir queixa, que éreu uns pares esplèndids, que no els canviaria per cap altre, que tenia dos germans més grans que m'estaven molt a sobre, que eren molt guapos, això també l'hi deia, perquè ho són... Que volia ser metge... Amb quinze anys ja ho tenia clar.

—Sempre ho vas dir, això, des de ben petita.

—No sé per què vaig tenir necessitat d'escriure-li, mira...

La Victòria ho explicava amb naturalitat, sense drama, amb el seu to vital, positiu, que l'hagués tret de qui l'hagués tret, seria una virtut que l'ajudaria a anar pel món. La Maria, que no havia obert la boca en tota l'estona, s'ho va rumiar molt, abans de fer una única pregunta:

—Què en vas fer, d'aquesta carta?

—La carta? Ui... Vaig dubtar molt, això sí que ho recordo bé... Vaig dubtar si la guardava o l'estripava. Al final, juraria que la vaig desar en alguna banda o altra. Si m'hi poso, a l'habitació, a Vallvidrera, encara segur que... —La cara li va canviar de cop—. No m'heu llençat res, oi?

—No, no...

En arribar a Ribeauvillé, va tenir una idea.

—Vaig a mirar postals. En podríem enviar una al Joel i una al Rai. Els farà gràcia...

A fora de la botiga s'hi amuntegaven caixes de vi, copes per al riesling, davantals de cuina i tovalles alsacianes perquè piquessin els passavolants. La Maria i el Saül es van quedar una mica enrere perquè no els entabanessin. Ella, amb l'emoció als ulls per tot el que havia dit la seva filla. Ell, amb la necessitat de calmar-la. La nineta dels seus ulls. La dona de la seva vida.

—Potser és normal, Maria. No és lògic que

tota nena adoptada no hagi pensat com són els seus pares? Jo, si fos la nena, també voldria saber qui són, què fan, a què...

—Saül. —La Maria el va tallar en sec—. Promet-me que, passi el que passi, no l'hi diràs mai. La nena no és un regal de Déu i tu saps molt bé com va anar.

—Maria, jo...

—Promet-m'ho.

La Victòria va sortir de la botiga amb tres postals i tres segells.

—Per al Rai i per al Joel he comprat la mateixa, aquesta del canal de Colmar. I he vist aquesta amb el campanar d'aquí, amb les cigonyes aclofades al niu, i he pensat que a la senyora Lourdes li faria gràcia. Us agraden?

Em dic Saül Estrada i la meva dona i jo vam pagar diners per tenir una filla. La nena que no podíem tenir, la vam comprar. És així. El 1974, al mes de febrer. Vam pagar per tenir-la i ens la van donar. Vam pagar el que ens van demanar. Vam pagar cent mil pessetes de l'època, que eren molts diners. Per què ho vam fer? Perquè no teníem consciència que féssim res mal fet. No sabíem que robàvem una criatura d'una mare que sí que la volia. No ho podíem saber. No me n'excuso, ho havíem d'haver intuït, és veritat... Ens van enganyar. Ens vam deixar enganyar. Som còmplices del pitjor delicte. Soc, al capdavall, un pare que va segrestar una nena fa quaranta-cinc anys.

Ho sento molt, Victòria. Em sap molt greu, amor meu. Pots pensar el que vulguis de mi... Els teus pares, però, hem donat la nostra vida per tu.

I tu ens l'has donat a nosaltres. L'alegria i la vida.

Talli, Lourdes, per favor. Apagui el mòbil.

Apagui, cony!

29

El vent va netejar les boires

La Frida va saltar del cotxe remenant el plomall rossenc de la cua. Encara que no en sabia el nom, reconeixia el lloc. Collbató. S'ensumava que repetirien el camí que, amb la Daria, havien fet unes quantes ocasions. No en sabia la freqüència, però la mestressa hi pujava un cop l'any. No tenia noció del temps però, si el Joel i la Daria no s'havien d'aturar gaire per agafar aire, per fer un traguet d'aigua o per lligar-se millor els cordons de les xiruques, al cap de dues hores serien, amb la llengua fora, als graons que menaven al Monestir de Montserrat. Sabia, per experiència, que un cop allà, a la meta, a l'esplanada de la plaça de la Creu, la lligarien amb la corretja perquè no molestés tota la terregada d'excursionistes, fidels, turistes i creients que hi pujaven a recosir la fe. I els no creients, que potser eren majoria, però que anaven a veure la Moreneta per si de cas.

—Hauràs de tenir paciència amb mi... —El Joel es va disculpar preventivament—. No soc alpinista, jo. No soc el Koldo...

—Això d'avui no és alpinisme. No és ni senderisme. Una passejada per a aficionats...

—Però hem de pujar fins allà dalt?

El vent va netejar les boires de primera hora. El conglomerat de Montserrat, paret seca i sotabosc d'arbustos, els esperava en l'aventura de dissabte al matí. La Daria havia insistit que no s'oblidessin les ulleres de sol, que les samarretes fossin transpirables, els pantalons curts i, sobretot, uns bons mitjons. Ella s'havia posat un mocador vermell al clatell, per no escaldar-se.

—La motxilla la duc jo... —va dir el Joel, penjant-se-la a l'esquena.

—Una estona cadascú.

—Si no pesa gens. Què hi portem? Les cantimplores?

—He agafat tirites. No fos que...

—Que què? —es va defensar, preventivament.

—Que se't llaguessin els peus —va riure la Daria.

—Quina moral que em dones, maca, per començar...

Van untar-se el nas i el front amb protector solar i van caminar des d'Arbre Produccions, el despatx del Joel, fins a les coves del Salnitre. Allà mateix començava el corriol que els duria muntanya amunt. Només calia seguir el rètol de fusta que marcava la direcció. Al monestir per la Santa Cova.

La Frida, xerpa, obria el camí planejant pel peu de la cinglera. Amb l'energia d'una gossa encara jove, de tant en tant en tenia prou amb unes quantes gambades per escapar-se i tirar amunt, endavant, tota sola, com si sabés el que es feia. Segons com queien les ombres, el seu pelatge daurat es confonia amb el roquissar de la muntanya. Al cap d'una estona, es girava amb la mirada simpàtica per assegurar-se que la seguien. Després, tornava galopant fins als turmells de la Daria o es gratava o s'entretenia amb qualsevol insecte per esperar la parelleta que tot just passava per la terra més magra del camí de les Feixades.

—Tot això abans eren conreus.

—Sap greu veure-ho així, abandonat...

—Com està la Vito?

A la muntanya, no s'hi camina de costat. El primer obre el camí, el del darrere es deixa arrossegar. Al Joel ja li va anar bé que la Daria marqués el pas i no li pogués veure la cara.

—Bé... No ho sé... Com vols que estigui?

—No me la trec del cap. L'altre dia pensava...

—Aquí diu que és Parc Natural... —El Joel va assenyalar un rètol tort que penjava d'una alzina—. Els gossos, lligats, posa.

—Va... Si no hi ha ningú, avui. La Frida no fa res...

—Pensaves?

—Sí, això, que per a molta gent una desgràcia és un capítol de la vida. Això de la Vito és tot el llibre de la seva vida. El llibre sencer...

—Sí... Una putada... immensa.

—Si és un capítol, vius aquell episodi, el passes com pots i tires endavant. Però això.

—Tens raó.

—Una família esmicolada...

A mesura que pujaven, cada vegada esbufegaven més per dir segons què. Els replecs de la muntanya s'enfilaven cap al serrat de les Garrigoses. Qui els observava amb binocles, des de més amunt, des de mitja hora lluny, no en sentia la conversa.

—Tu creus que trobarà la seva mare?

—Difícil... Molt...

—Primer saber qui era... Després...

—Més o menys d'on era, això sí que potser ho podrem arribar a saber.

—Saps què em recorda, tot això? Ara et demostraré... —La Daria es va haver d'aturar per agafar aire. Es va girar i, enfilada en un roc, va quedar un pam per damunt del Joel—. T'ho dic o no?

—A veure... —El Joel es va posar de puntetes, li va fer un petó sec als llavis i va deixar que la Daria, amb una mà, s'aguantés repenjada a la seva espatlla.

—Ara t'adonaràs que soc una bona professora de literatura. —Va posar la veu a la punta del nas, com si estigués a classe—. Sabeu, nois, qui és el Truman Capote?

—Sí, senyu, el d'*A sang freda*.

—Un deu, Estrada. Doncs el Truman Capote té un altre gran llibre que és, de fet, una novel·la inacabada que es diu *Pregàries ateses*. El títol l'agafa d'Oscar Wilde, d'una frase que diu, més o menys, que quan els déus volen castigar-nos atenen les nostres pregàries. I això, aquesta frase —la Daria va deixar la paròdia d'ella mateixa i va tornar a la veu de carrer—, em fa pensar en tu i en la teva germana. Tu, amb el teu documental, amb la teva investigació has buscat la veritat. I quan l'has trobat, ha estat un càstig. Tal qual, un càstig per a tots. Per a la Victòria, per a tu i per a tots els Estrada.

—No ho havia pensat...

—No volies la veritat? Doncs ja la tens.

—Ni m'havia passat pel cap, vaja. Estic tan dins de la història que...

—És com si algú ens digués constantment, des de dintre nostre, vigila amb el que desitges perquè ho pots aconseguir.

El Joel es va quedar badant, penjat en les ninetes de la Daria. Hi veia bondat, en aquells ulls. Hi veia calma. La serenitat de qui vols que piloti els teus dies. Hi veia casa.

—Tenies raó... —assentia amb la barbeta—. Ara m'has sorprès. T'estimo, també, per això. Perquè saps moltes més coses que jo...

—Que ets poca-solta...

—Va... Tira amunt —li va picar el cul perquè es posés en marxa—, que la Frida ja deu estar cantant el *Virolai*.

Van continuar grimpant en silenci, cap a Montserrat, escala de la glòria. Van fer-se una foto, de record, amb el torrent Fondo a l'esquena, sobre l'engorjat que els quedava a l'esquerra del camí. Van voler, tant sí com no, que la Frida també hi sortís. I fer-se una selfie amb gossa sempre és més complicat. Però més divertit, va dir la Daria. De les cinc vegades que va disparar el Joel, amb el braç llarg, només en una van aconseguir mirar tots tres a càmera. La Frida, tan bon punt va complaure el caprici absurd, va sortir a entomar les ziga-zagues de les Girades, el tram més costerut del recorregut. Amb tants revolts, la perdien de vista. Els marges i els avencs demanaven arrapar-se al camí i més concentració a cada passa. L'home dels binocles, arraulit rere un esperó de pedra, els tenia en el punt de mira en tot moment.

Passat el tràngol més costerut, el Joel es va veure amb cor d'explicar les darreres indagacions de l'Eva Bosch i per què havia dit el que havia dit de la mare de la Vito, que potser sí que arribarien a saber on havia nascut en realitat. La policia, com un favor personal, havia fet analitzar del dret i del revés les fitxes que li havien trobat a l'Arcarazo, amagades al doble fons de la taula del seu despatx. D'entrada els havia sorprès, que en tota aquella llista de presumptes parteres, ordenades per data, només hi hagués el cognom. El nom sempre era una sola inicial. Inicial. Cognom. F. Puértolas. P. Barbero. Z. García. B. Ramos. Sempre el mateix patró. Només el cognom sencer i, en canvi, del nom de pila només la inicial. I aleshores s'havien adonat que, per exemple, hi havia moltes dones que tenien un nom que començava per Z. I quants noms hi ha, a Espanya, que comencin per Z? I que siguin només de dona? Zaida, Zedoya, Zahara, Zafira... Qui es diu així? I per què, aleshores, a les fitxes, en tot el llistat del malparit de l'Arcarazo, hi havia tantíssimes dones amb un nom tan poc habitual?

L'Eva Bosch, quan va tenir la mosca al nas, va trucar al Joel. Necessitava compartir amb ell que la pista que havia trobat podia ser la bona.

—Tu que vas mirar amb lupa les fitxes, et vas fixar en els noms de les dones?

—Tota una nit. No vaig ni dormir.

—No vas veure que no n'hi havia cap que portés la A d'Ana ni la E d'Eva, per exemple? O la C de Cristina o la M de Maria, que és el nom més posat a Espanya durant dècades...

—Molt estrany, i tant. No ho sé... No m'hi vaig fixar, no.

—De tots els noms, de totes les fitxes, estranyament només hi ha dones que comencen per cinc lletres diferents. Només cinc. Cinc i prou. Em segueixes?

—Sí, però no sé on vols...

—Això m'ha fet pensar que potser no són noms de persones, sinó d'alguna altra cosa. Aquesta és la clau.

—Digue'm les cinc lletres... —El Joel, engrescat, amb el cor a cent.

—No... Digue'm tu en quins hospitals treballava la xarxa de l'Arcarazo.

—La Maternitat.

—A Barcelona ciutat. Tenim la B... Una. I la F?

—L'Hospital de... Figueres. Esclar.

—No era Federica Puértolas, ni Francisca, ni res que se li assembli. La senyora Puértolas, es digués com es digués, va parir a Figueres. Et quadra, tot això, Joel?

—Quines altres lletres hi ha? —impacient, excitat.

—La P i la Z, per exemple.

—Zaragoza. Allà gestionava les adopcions a través de l'Hospital Miguel Servet i després repartien els bebès per les altres ciutats...

—El triangle del nord de la Península, em vas dir.

—I la P, esclar, la P de Pamplona. El Virgen del Camino, de Navarra. Ara és un hospital públic, en aquells anys era de monges...

El Joel no parava d'escriure notes al seu bloc. Va respirar fondo per la descoberta.

—Puc preguntar com has lligat caps?

—No. Però et puc preguntar jo a tu si no et va grinyolar que una de cada vuit o nou dones que sortien a les llistes de l'Arcarazo es diguessin SS.

—Per Sonsoles, vaig pensar, què sé jo...

L'Eva Bosch va preferir no dir res més i que el Joel arribés per si sol a la mateixa conclusió que a ella li havia fet obrir els ulls unes hores abans.

—Sant Sebastià. L'Hospital Provincial de Guipúscoa.

—A Sant Sebastià. No eren noms, eren llocs. I tot quadra.

—Barcelona, Figueres, Pamplona, Saragossa i Sant Sebastià. Les cinc ciutats del triangle de l'Arcarazo. —Al Joel li va venir una fuetada—. I Bilbao? Falta Bilbao... A Bilbao també actuava...

La intendent de la policia estava orgullosa de la seva deducció.

—Aquesta és la gràcia. M'he trencat el cap, m'ho he mirat i remirat amb lupa... Totes les fitxes estan escrites amb tinta negra...

—Amb tinta negra, sí.

—Però, només si t'hi fixes molt i molt bé, veuràs que algunes de les B de les inicials dels noms, del que ens pensàvem que eren les inicials, estan escrites en realitat amb un blau fosc. L'Arcazo distingia les que naixien a Bilbao i a Barcelona amb el color de la tinta.

—Eva, *chapeau*.

—Quina és quina? No ho sabem... Encara.

Passat el torrent de la Bellasona, la Daria escoltava la troballa que havia fet l'Eva Bosch sense deixar de caminar en direcció a la Santa Cova. La Frida, amb un desfici pervers, ensumava el cul d'un petaner que no semblava tenir amo. El Joel, a poc a poc, després de tanta xerrameca, havia retrobat el ritme de la respiració així que la muntanya els havia regalat una mica de planúria. L'home dels binocles havia deixat els prismàtics i ja els podia seguir pel visor de l'escopeta.

—Està molt bé —va dir la Daria—. Però és una mica absurd... A la manera d'actuar de l'Arcarazo, em refereixo. De què serveix ser tan meticulós si aquests papers només eren per a ell? Hi podia escriure Ba o Bi o Bcn o l'acrònim que li passés pel barret i no agafar una altra tinta cada vegada que li naixia una criatura aquí o allà. Al capdavall, SS era Sant Sebastià... No calia tanta mandanga.

—Sí, jo també ho he pensat.

—Quin cínic, entretenint-se a ser Déu: aquesta criatura cap aquí, aquesta cap allà, a dues tintes, i el tio amb les butxaques plenes.

De cop i volta, la Frida va bordar com no ho havia fet en tot el matí. Era uns revolts més amunt, la sentien enrabiada però no la veien.

—Tu, Frida, vine... —va cridar la Daria.

De seguida un tret sec va retrunyir a la muntanya. Els lladrucs de la gossa es van convertir en udols. Abans que els arribés l'olor de pólvora, es va sentir una segona explosió, propera.

—Hòstia.

—Es pot caçar, aquí? —va preguntar el Joel.

—Què va... —La Daria va arrencar a trotar, escamnada pel sobtat silenci de la Frida.

—No t'hi acostis —va cridar el Joel—, per favor... No t'hi...

Armada de valor —la dosi justa d'inconsciència i de coratge—, no va pensar que ella pogués córrer perill. L'escopeta ja havia deixat anar dos cartutxos buits i el caçador ocult ja n'havia carregat dos més.

—Amaga't, Daria... Deixa estar el gos.

Un tret va espetegar a la roca que cobria el Joel, arrupit com una bola. L'impacte de la bala li va ressonar al cap.

—Estàs bé?

—Sí...

—Tu amaga't, fes el favor...

Aquelles paraules van ser una pista per saber on era cadascú. La Daria s'havia deixat lliscar muntanya avall, on li va semblar que una rasa li faria de trinxera. Parapetada en l'avenc cobert d'esbarzers, amb les cames que li feien figa, no havia tingut temps ni de mirar on es llençava. El següent tret va ser per a ella. El quart.

—Daria?

—Sí?

—Bé?

—Sí.

Durant una estona no es va sentir res més. Tan sols altres gossos, de lluny, que bordaven espantats pels trets. Arraulit, mirant que la roca el cobrís del tot, el Joel treia les celles per damunt del roquissar per intentar veure qui els disparava. Ni rastre. Va asseure's a terra, escudat per la pedra que li havia salvat la vida, va treure el mòbil de la motxilla i, abans que l'home de l'escopeta no se li plantés al davant i li rebentés les temples, va escriure un missatge a l'Eva Bosch.

Em disparen. SOS. De Collbató
a Montserrat, a peu. Camí Santa Cova. SOS.

No es va sentir un cinquè tret. Durant una bona estona, que es va fer eterna, la Daria i el Joel, a distància, només es van comunicar amb monosíl·labs, per assegurar que seguien allà. Vius, si més no.

Després de dotze minuts d'haver enviat el whatsapp, que van ser tres segles, l'helicòpter de la policia va sobrevolar la zona on havia dit que eren. De mica en mica, el Joel va treure el cap de l'amagatall sense tenir-les totes. No semblava que el caçador fos ja en aquells rodals i, dret, va gosar va fer senyals amb els dos braços enlaire, perquè el detectessin. Així que va adonar-se que l'helicòpter s'aturava al cel, com una libèl·lula, va anar a socórrer la Daria.

—Agafa't al meu braç, amb les dues mans.

—Hòstia, quin mal...

A mesura que anava pujant, clavant un peu inestable aquí i un peu com podia allà, s'anava desenganxant de les punxes de les bardisses. Tenia els braços i les cames plens de talls i esgarrinxades. Dels nervis, no en sentia ni la coïssor. La roba, espellifada. La cara, pàl·lida, d'haver vist la mort.

—Joel...

L'abraçada. Cada vida té dret a una que no s'oblida.

Més amunt, la Frida, tan rossa, havia quedat tacada per un fil de sang. Estava estirada de costat, quadrada de potes, com si dormís. Una de les bales, amb trajectòria obliqua, li havia foradat el coll musculós. La Daria, moquejant, s'hi va asseure al costat.

—Pobreta, pobreta, pobreta... —I no podia parar de repetir-ho mentre li acaronava el cap, amb el seu pèl tan fi, com havia fet tantes vegades. Del crani cap a la nuca, fins a la creu. Ja mai no podrien saber si li feia més gust a la Daria o a la Frida que al cel sigui—. Pobreta.

30

La tristesa negra

Aquell dijous, la Lisa li havia fet una petició a la seva mare. Li havia demanat de no anar a classe de ballet. Era el dia del seu aniversari i volia fer campana. En feia set, trobava que ja era gran i començava a descobrir que la vida no només era menjar, dormir, jugar, obeir i això no i això sí sense matisos. Tot d'una, podia reivindicar uns drets que, fins feia quatre dies, no sabia que tenia. S'imaginava el seu aniversari com un dia feliç i no li casava amb la tarda que li tocaria viure. Si no protestava, seria un dijous qualsevol. Hauria anat a l'escola, hauria fet totes les hores de classe de sempre i, rebentada i de pressa i corrents, vinga cap a fer pliés, piqués i passes de gat, tornar a casa en bicicleta, dutxar-se, sopar morta de gana i quan podria començar a celebrar el seu aniversari i desembolicar paquets ja seria l'hora d'anar a dormir.

—Sí o no, mama? —va grunyir la Lisa mentre es vestia.

Des de ben petita, la mare Victòria havia insistit a convertir-la una dona valenta, independent, espavilada, que fos quin fos el problema tingués eines per sortir-se'n tota sola. I, de cop i volta, els arguments de la seva filla, a poques hores de ferne set, se li giraven en contra. La dialèctica havia convertit les eines en armes, en un tres i no res.

—Un dia és un dia, mami —li va dir la Lisa dels ulls rodons, penjant el llavi de demanar clemència—. No passarà res si avui no vaig a ballet.

La Victòria va dir que sí que passava, que era la seva obligació, que les hores de dansa clàssica costaven molts diners i que ja celebrarien el seu aniversari el cap de setmana. Així que va haver deixat la Lisa a l'escola, però, va telefonar a l'acadèmia de ballet per dir que la Lisa Giresse s'havia llevat amb febrícula i que aquella tarda, sentint-ho molt, no podria assistir a classe.

La sorpresa —les sorpreses— feia dies que la tenia a punt. Consistia, d'entrada, en un pastís sacher, amb la banda de mascarpone i la capa de confitura de gerds com li agradava a la Lisa. I set espelmes vermelles. I les seves tres millors amigues a casa, convidades per fer-hi un berenar sopar. I el pare, el Gegi, que també hi podia anar si assegurava que no muntaria cap numeret en una celebració tan especial. Pobre de tu que li esguerris el dia a la nostra filla, l'havia amenaçat explícitament la Victòria, i ell, baquetejat, s'havia fet l'ofès, s'havia passat la mà pel serrell a la manera de dir no em toquis els ous, però havia promès que faria de pare i prou.

A la porta de l'escola, a primera hora de la tarda, la Lisa va canviar la cara. Sortia emmurriada amb la motxilla a l'esquena, la bossa de ballet a la mà, i en veure que la mare també recollia la Valentine, la Juliette i l'Anouk va entendre que a casa l'esperava una festa com la que havia suplicat.

Els brioixos eren de pernil dolç i formatge. Els globus, de tres colors. La mare li va regalar la guitarra que portava mesos demanant, dos contes de la Bruixa Brunilda i un pijama de cors que no va acabar ni de desembolicar. Tenien pressa per jugar amb l'Operació, el joc per a futurs metges que li havia portat la Juliette. O curaves bé el pacient o sonava l'alarma i perdies el torn i la partida. S'hi van estar més d'una hora. La Lisa només es va aixecar de terra quan va arribar el seu pare. Li va saltar al coll, li va fer dos petons, i de seguida va tornar a agafar les pinces per treure un ronyó sense que s'encengués el xivato vermell.

A les vuit en punt, es van apagar els llums del menjador i les tres amigues de la Lisa van començar a cantar, conxorxades, el «Moltes felicitats». El Gegi, amb la càmera de vídeo, filmava l'aparició de la Victòria sortint de la cuina amb el sacher a les mans. Tenia el caminar reverencial de qui porta el pastís d'una filla, amb cura, com si l'hi anés la vida. Amb una mà feia barraqueta perquè un cop d'aire no apagués cap espelma. Amb l'altra, subjectava la safata amb els farbalans blancs de pastisseria. A mig camí, va notar que el mòbil li vibrava a la butxaca del darrere dels texans. No tenia manera d'agafar-lo. Tampoc no era moment de mirar-lo. Una felicitació més, va suposar. Des de primera hora del matí, li havien escrit un munt d'amics perquè felicités la Lisa de part seva. Quan hi pensés, li hauria de dir a la seva filla tothom que li havia trucat.

La nena, envoltada de l'Anouk, la Juliette i la Valentine, que l'abraçava de costat, va bufar les espelmes. El Gegi, sense deixar de filmar, va demanar a la Vito que s'hi posés més a prop, per entrar al pla.

—Un desig, Lisa, pensa un desig.

Després dels aplaudiments, la Victòria va fer sis talls del sacher i va repartir plats i forquilletes perquè tothom en tingués. A la Lisa li va tocar el tall més gros.

—Boníssim, mami.

—L'has fet tu? —va preguntar la Juliette, il·lusionada.

—No, no, què va... Ja m'agradaria a mi saber fer aquests pastissos —va respondre la Victòria, agafant el mòbil de la butxaca—. Mira, Lisa, és un vídeo de l'avi, que et deu felicitar. Quina gràcia.

—A veure...

La Victòria es va ajupir i li va acostar el telèfon. Amb una mà al plat i l'altra a la forquilleta, la Lisa necessitava ajut. La mare va prémer el *play* per posar-lo en marxa.

Em dic Saül Estrada i la meva dona i jo vam pagar diners per tenir una filla.

—No entenc què diu... Calleu, que no el sento...

Les amigues, a la seva, com si sentissin ploure. La Victòria va aturar el mòbil. Va abaixar el volum i, atabalada, se'l va posar a l'orella, des del començament...

—Què passa?

—Res... L'avi ha enviat... S'ha equivocat. —El cor de la Victòria s'havia embalat—. Una broma molt antiga, que no és per a tu... La tecnologia i l'avi ja saps que...

—No és per a mi?

—A la nit li trucarem, d'acord? —Li costava dissimular. La suor al front la delatava—. Diu que et vol felicitar...

—Perfecte... —va dir amb la boca plena de pastís.

El Gerard s'havia adonat que els ulls de la Victòria havien quedat, tot d'una, amb el blanc injectat de sang.

—Estàs bé?

—No, sí, no ho sé... No em trobo gaire bé...

—Què tens? Estàs tota... Et fa mal res?

—No, no, ja em passarà...

Va córrer cap al lavabo, va tancar la porta i va passar la balda.

Va rentar-se la cara i es va refrescar el clatell. El mirall deia la veritat. Amb aquella fila d'haver vist el llop, era lògic que el Gegi s'hagués espantat. Va engegar l'aigua de l'aixeta i va apujar el volum per escoltar el missatge del seu pare amb tots els ets i uts.

La Victòria —Estrada Vilalta al capdavall i malgrat tots els malgrats— no es podia creure el que veia a la pantalla.

Quan la mare de l'Anouk va trucar al timbre per recollir les tres nenes, el Gegi va haver d'obrir la porta. La Victòria, agenollada i aferrant-se amb les dues mans a la tassa del vàter, vomitava la ràbia i la xocolata, el mascarpone i els grumolls de gerd de la malaguanyada confitura. Perbocada la debilitat, va rentar-se les dents sense creure's que tot allò li estigués passant de debò. El seu malson sempre tenia un capítol més.

La festa de la Lisa va acabar per inèrcia. El Gerard va posar els plats bruts a l'aigüera, sense pensar a deixar-los en remull, i va guardar a la nevera el tros de sacher perquè l'endemà la seva filla en tingués per esmorzar, que un dia és un dia. La Victòria, que no podia cridar per desfogar-se, va aviar el seu exmarit i va enviar la nena al llit, que demà és sant tornem-hi i a les set i propina sonarà el despertador. Ella també es va tancar ben d'hora a l'habitació.

A les deu, tots els llums ja estaven apagats.

A les onze, però, la Lisa patia. A l'altra banda de l'envà, descobria un so nou. A mesura que s'hi fixava, li semblava que era la seva mare que somicava. Quan en va tenir la certesa, es va preocupar. Mai abans l'havia sentit d'aquella manera. No va poder més. Va saltar del llit i, de puntetes, va anar fins a la seva habitació, esborronada. La Victòria no va adonar-se que havia entrat la Lisa, amb el pijama nou, fins que la va tenir al seu costat.

—Per què plores, mare?

La tristesa negra.

—Perquè t'estimo molt, amor meu. —Li va agafar la mà—. M'emociona... M'emociona veure que ja ets tan gran.

Els nens s'ensumen les mentides dels pares abans que els pares les dels nens.

—Vols que parlem, mami?

—I tant!

La pregunta d'una senyora gran de set anys li va fer esbossar una rialla quan menys ganes en tenia. La Victòria es va eixugar els ulls amb la coixinera i va picar al matalàs amb la mà plana. La seva filla va entendre que era el salconduit per encastar-hi el cul i no s'ho va pensar dues vegades. D'un bot va ser dalt.

—T'he encertat la talla, oi?

—Sí, és molt suavet... —La Lisa, però, no era allà per parlar de pijames de cors—. Al final no hem telefonat a l'avi...

—És veritat, quin descuit. Ell tampoc deu haver pensat que era el teu aniversari. S'ha fet gran, l'avi...

—Què deia, en aquell vídeo, mami?

—Res. Una broma, ja t'ho he dit... Una cosa d'una obra de teatre que va fer de jove... —Amb dos dits, li va fer pessigolles a la panxa—. Sí que és suau, sí, aquest pijama. Molt finet. I el que hi ha aquí sota encara més.

La Lisa, veient que la mare tornava a ser la mare, es va relaxar.

—Tu també bufaves totes les espelmes d'un sol cop, com he fet jo?

—I tant... Ho intentava.

—I demanaves un desig?

—Esclar, amb el Joel i el Rai que em feien la guitza per apagar-les ells abans que jo... I l'àvia Maria, la teva àvia, els renyava. Cada any la mateixa història.

—Vols saber què he demanat?

—Et ve de gust dir-m'ho?

—Però és un secret entre tu i jo, eh...

Després de xiuxiuejar-li el què a l'orella, li va demanar si aquella nit podia dormir amb ella. Sense que li calgués respondre, la mare li va obrir els llençols.

—Però només avui, entesos? —va dir, adonant-se que potser ho necessitava més ella que la Lisa.

—Com a regal final d'aniversari...

—D'acord. Això mateix.

—Que bé que estem juntes, oi, mama? No ens cal ningú més.

La mare va apagar el llum, va estroncar les ganes de plorar i li va dir a dormir s'ha dit, que demà hi ha escola. La Lisa va fer el tomb sobre el braç esquerre i va quedar de cara als armaris que s'insinuaven, en penombra, per l'escletxa que es colava des del passadís. Va comptar els poms una vegada, dues. A la tercera, va quedar com un soc.

Quan la respiració va delatar que la Lisa dormia, la Victòria va recuperar el mòbil de la tauleta de nit, mirant de no fer soroll. Es va tornar a col·locar el coixí en posició de lectura i va empènyer el cul amunt. Tenia el mòbil al mínim de volum. Es va assegurar que no se li dispararia la veu i va anar a buscar el missatge que li havia enviat el seu pare, tres minuts després del vídeo. El va rellegir. El text era concís. El missatge, directe.

Aquí ho tens. Passa-l'hi al teu germà, per a la pel·lícula.

No ho volia tornar a mirar. Li havia deixat la por al cos. Només l'havia vist una vegada i la sacsejada l'havia desmuntat. *Em dic Saül Estrada i la meva dona i jo vam pagar diners per tenir una filla.* N'hi quedaven frases senceres, els pòmuls eixuts del pare, la veu d'espasme, la valentia de fer-ho, la confessió a mitges, *ens van enganyar, ens vam deixar enganyar,* unes disculpes que ho eren però que no ho acaben de ser, un home que patia, i que estimava, però que s'havia equivocat molt. El pecat, d'uns pares bons, era en l'origen. *Hem donat la nostra vida per tu.* Recordava paraules concretes del vídeo, expressions del pare, impactes dels que no s'esborren. Altres paraules, en canvi, li havien passat per alt, com si no les hagués sentit per tot el xafarranxo d'emocions que ni la deixaven pensar. Potser sí que l'endemà, amb calma, tota sola, quan la Lisa fos a escola, l'hauria de tornar a... Volia i dolia. Era flagell i càstig, aquell visionat.

L'havia demanat ella, sí, aquella explicació per purgar les culpes, perquè creia que ho necessitava, buscant la venjança, el perdó o no sabia ben bé què, en dies de tanta ofuscació. Però ara, un cop vist, el trobava espantós, per excessiu i per cruel. No tan sols pel pare, que mai hauria pensat que s'atrevís a enregistrar una cosa així. Sobretot, per ella. Només faltaria un suïcidi televisiu del seu pare per carregar, ella, tota una altra culpa.

Es va beure el cul d'aigua que havia quedat al vas de la nit anterior i, durant una bona estona, va badar contra la paret fosca. El gust del buit. De reüll, li va semblar que la nena es movia i va esperar que trobés la postura. La Lisa, al seu costat, respirava profundament. Algú, almenys, que dormís tranquil·la en aquella família.

La Victòria va mirar el telèfon i va posar el dit sobre la pantalla. Va omplir els pulmons i els va buidar ben a poc a poc. Quan li va semblar que ho tenia clar, i que no era un rampell, va suprimir el missatge de text del seu pare.

Després, va comptar fins a cinc i va esborrar el vídeo de la confessió.

Aire.

31

No sé de què em parla

El Nico Nicolau, vicepresident del Parlament Europeu, va arribar a l'hora en punt per al rodatge del documental. Havia estudiat la documentació al cotxe oficial de camí cap a l'entrevista. Segur de si mateix, va deixar la carpeta al seient del darrere convençut que, preguntés el que preguntés el periodista, ell tindria respostes per a tot. *Qui ha robat el meu fill?* li semblava un títol amb ganxo per a la pel·lícula.

El cap de premsa de Brussel·les li havia dit al vicepresident que li convenia fer aquesta entrevista —perquè no hi tenia res a perdre—, la cap de premsa d'Estrasburg li va preparar el dossier amb l'argumentari —perquè no l'enxampessin per enlloc— i el cap de premsa de Barcelona l'esperava a la porta de les oficines de la Comissió

Europea, al passeig de Gràcia, davant per davant de les balconades de la Pedrera, la bogeria més sofisticada de Gaudí.

El Nico Nicolau, que a mesura que havia perdut els cabells s'havia deixat créixer la barba, ho volia controlar tot.

—Com es diu?

—Joel. Joel Estrada.

El vicepresident va mirar el rellotge abans de posar un peu al despatx.

—Havíem quedat a les deu, oi?

—Sí, però l'equip ha vingut abans per muntar el plató, il·luminar... —Ni que hagués volgut, el cap de premsa no s'hauria pogut cordar l'americana—. Me les he tingut una mica amb la realitzadora, però ja està resolt...

—... —El Nico Nicolau esperava l'explicació. Al seu equip li exigia solucions, no problemes.

—Res. Ens hem enganxat per la bandera. —Els botons de la camisa estaven a punt de rebentar—. Però ja està tot en ordre.

La Cristina Malabrocca havia dit que allà el màstil, el blau i les estrelles daurades no hi pintaven res, i el cap de premsa havia dit que darrere el vicepresident del Parlament hi hauria la bandera d'Europa sí o sí, o no hi hauria entrevista. I el Joel havia desempatat aixecant les espatlles per dir-li a la seva sòcia que no s'hi posés farruca. Al capdavall, ja li estava bé que el testimoni no parlés a títol personal sinó que fos la veu de la institució.

El Nico Nicolau, de bon matí, tenia l'aire net d'un polític a primera hora, ensabonat encara de modèstia. El somriure delatava que s'havia fet emblanquinar les dents. La mà la donava forta, acostumat a tancar tractes dels que surten als diaris. Davant de càmera, parlava sense dubtar.

—La primera denúncia de bebès robats a Espanya que va arribar al Parlament Europeu va ser el 2012, no fa pas tant.

—I què n'ha fet la Unió Europea, desar-ho en un calaix?

—Les competències europees són limitades, en aquest tema. Això depèn de cada estat. Cadascú ho ha regulat com ha volgut. Que caldria una resposta comuna? Segurament. No li dic que no. Com en tants altres àmbits, el fiscal, el policial... Però tot costa molt, per coordinar els estats membres, i encara més en un tema sensible com aquest.

—O sigui, que no han fet res? —va preguntar el Joel Estrada, sense alterar-se.

—No és això, en absolut. —Amb un dit es va netejar la comissura dels llavis. No suportaria sortir per televisió amb una boquera blanca—. La Unió ha fet coses molt importants. D'entrada, la Comissió de Peticions del Parlament Europeu, després de parlar amb diferents organitzacions i associacions d'afectats, va aprovar quinze recomanacions que va traslladar a Espanya. Quinze. N'hi diré dues. Dues iniciatives que havien d'ajudar les possibles víctimes. Una: es va instar el govern espanyol a crear una fiscalia especialitzada per al tema dels bebès robats. Això era el 2017. Han fet alguna cosa, el govern de Rajoy o el de Pedro Sánchez? Vostè l'ha vist, aquesta fiscalia especialitzada? Quants casos ha investigat? Quants se n'han resolt? Pensi que més enllà dels bebès robats, pròpiament, al Parlament Europeu es va estimar que hi ha uns sis mil ciutadans espanyols, d'entre vint i setanta anys, que encara desconeixen que tenen una identitat falsa. I una segona cosa que hem fet des de Brussel·les... Dues de quinze, insisteixo, però aquesta és una proposta primordial. S'ha demanat la creació d'un banc d'ADN, un banc públic nacional i gratuït, que faciliti la identificació de possibles víctimes i permeti creuar dades. Com s'ha vist als Estats Units, un banc d'ADN és l'eina que ha de permetre que una mare trobi el seu fill robat o que un fill segrestat pugui retrobar la seva mare... i el seu pare. Aquest és un pas significatiu i n'estem satisfets.

El Nico Nicolau va fer un trago d'aigua i va aprofitar per mirar el cap de premsa, que li va fer el senyal de sempre. El polze amunt. El Joel, assegut a la penombra, sota l'objectiu de la càmera, mirava d'atacar per un altre flanc.

—Hi ha hagut països com Austràlia que han demanat perdó a les víctimes. Espanya hauria de fer el mateix?

—Aquesta va ser una altra petició del Parlament Europeu... —Va passar-se la mà per la barba, dubtant de si havia de dir el que pensava. La gratera delatava el dilema—. Miri, personalment li diré una cosa...

El cap de premsa va començar a suar. Quan algú se salta el guió, els mediocres pateixen.

—Digui... El perdó, deia... —El Joel volia aprofitar que el Nico Nicolau estava a punt de sortir del rail.

—Nosaltres, des del Parlament Europeu, vam instar, entre altres coses, que l'Església catòlica demanés perdó per la seva possible implicació en casos de sostracció de nadons i d'adopcions il·legals. Una implicació, en molts casos, més que possible però gairebé mai provada. Si a Austràlia han demanat perdó, també ho poden fer aquí, és veritat. Està bé... Hauria estat bé. Però el perdó només són paraules. Si jo soc un home que descobreixo que em van arrabassar dels braços de la meva mare quan era un bebè, de què em serveix que no sé qui em demani perdó? Jo el que vull és trobar la meva mare. Tinc el dret a saber la veritat. No vull paraules. No vull hipocresia. Vull justícia. Veritat i justícia. Solucions. És a dir... —va obrir les mans per trobar la idea—, que la motivació del robatori d'un bebè sigui religiosa, econòmica o política, en el fons, m'és igual. El que vull és que els culpables paguin la seva pena. I que se sàpiga què va passar en cada cas. Descobrir si eren casos aïllats, un robatori concret, o si al darrere hi havia una trama, una xarxa organitzada que va convertir un delicte en un negoci rodó durant anys i panys. Això és el que cal aclarir.

—I això és el que fa Espanya?

—Això és exactament el que Espanya no ha fet, ni fa... No s'ha aclarit res. I em temo que ja no s'aclarirà. No hi ha hagut respostes. Hi ha hagut ocultació dels casos, fins on s'ha pogut. No hi ha hagut investigació. Hi ha hagut dècades de silenci conscient. S'ha jugat amb la confusió i amb la via morta. Aquest menyspreu per les víctimes converteix en còmplice tot un Estat.

El Joel ja tenia el que volia. Tot el que vingués seria propina.

—Abans ha parlat de nens segrestats... Ho pot desenvolupar?

Va assentir.

—Un bebè robat què és? Un nen segrestat. Un segrest que pot arribar a durar tota una vida. Estem parlant, per tant, de segrestos de menors.

Nens i nenes que es rapten per donar-los en adopció. I això és un crim contra la humanitat. Hi pot haver res pitjor?

—Si és un crim de lesa humanitat, vicepresident, els casos haurien de prescriure?

—Mai.

El Joel va intentar que el Nico Nicolau, ara que s'havia deixat anar, li donés un últim titular útil:

—Perdoni, em podria repetir, sisplau, la frase sencera... Aquest «mai» em queda fora de context i...

—Sí, sí, i tant...

—No hem deixat de gravar. Quan vulgui.

El Nico Nicolau es va escurar la gargamella.

—Al meu entendre, els crims contra la humanitat no haurien de prescriure mai. Enlloc.

El Joel va deixar respirar el silenci durant cinc segons. Tenia la frase que buscava, conclusiva, per tancar el documental. S'imaginava l'Arcarazo assegut a la seva cadira, al saló de casa seva a Sitges, i les paraules del Nico Nicolau de fons. L'home assenyalat. Un culpable televisiu, la nova justícia. Fosa a negre.

—Moltes gràcies, hem acabat.

La Malabrocca va apagar el focus de l'interrogatori i es va acostar al vicepresident per treure-li el micròfon. Mentre li escorria el fil per damunt del pit i d'una panxa sense greix, el polític va mirar el seu cap de premsa, que ja duia la camisa, amarada, per damunt del cinturó. L'assessor li va tornar a aixecar el dit gros del tic i va redoblar l'aprovació amb un moviment de cap que volia ser convincent.

El Joel va doblegar el paper de les preguntes i se'l va guardar a la butxaca dels bitllets.

—Hi ha una persona que em dona records per a vostè.

—Ah sí? —El Nico Nicolau, amb un interès escàs.

—La Victòria Estrada.

—Victòria Estrada? —Ni tan sols va parpellejar—. No la recordo. Conec molta gent, jo...

—Fa una pila d'anys, a Estrasburg...

—Victòria... No em sona. De Barcelona? —Per forçar la memòria, el vicepresident era de la mena d'homes que corrugaven les celles—. Una estudiant de medicina, potser?

—Que vostè li va demanar per casar-s'hi sense conèixer-la de res... Pot ser?

—No sé de què em parla.

—De la meva germana.

—No en recordo els detalls, però allò no va anar així... —Ni es va immutar—. Segur que no, vaja.

—Ella ho té molt clar.

—Miri, les històries són com la pròstata. Amb el temps, es deformen.

—També ha prescrit, oi? —va somriure per tenir la festa en pau.

—És una manera sàvia de dir-ho, sí —va somriure per firmar l'armistici.

—Li donaré records de part seva, doncs.

—I tant, moltes gràcies... Ara que li veig la cara, que abans amb els focus als ulls l'intuïa més que el veia... Tenia una retirada a vostè, la seva germana.

—Som pastats. —El Joel, irònic a més no poder—. Ens ho diu tothom.

—Ha quedat bé?

—El què?

—L'entrevista. Si li servirà, vull dir...

El cap de premsa de Barcelona i el seu botó van decidir intervenir abans de treure un ull a algú:

—Quan s'emet el programa?

—Aquest ha estat l'últim rodatge. Enllestim el muntatge i... Després, la data d'estrena ja dependrà de la plataforma.

—HBO?

—En principi, sí. I no volen trigar a emetre-ho. En deu dies, promoció i en antena, ens han dit. El tema està molt calent.

—És un bon moment, i tant i tant i tant. I ara hi ha aquest boom dels documentals... Com que el cinema ja no és el que era, documentals.

Ni se'l van escoltar. El Joel i el vicepresident van encaixar i, amb el ritual dels qui ja no tenen res per dir-se, es van desitjar sort. A les onze tocades, quan el Nico Nicolau va pujar al cotxe oficial ja deixava un rastre de polític a migdia, perfumat d'arrogància.

La Malabrocca i el Joel van recollir les càmeres, els focus i els trípodes. Ningú no els havia dit que s'afanyessin però tenien la sensació que, enmig de l'oficina de murmuris encorbatats, hi feien nosa. En el temps que un eurofuncionari va llegir *La Vanguardia*, van haver enllestit. Mentre carregaven la furgoneta, el Joel va treure el mode avió del mòbil. De cop, li van entrar tot de trucades perdudes i els missatges de l'última hora i mitja. Enmig de tots, una nota de veu de l'Eva Bosch.

Trobem-nos deu minuts. Tinc novetats. No per telèfon.

Van quedar al bar del Sir Victor, que abans era l'hotel Omm i antigament hi havia hagut el Mordisco, el restaurant amb taules altes i tamborets on et podies trobar un jugador del Barça amb amigots o una actriu menjant una tapa de russa després de la funció nocturna. Al Sir Victor. El Joel ho va voler precisar perquè no hi hagués confusió possible. El vestíbul de l'hotel feia olor de Nova York i d'aroma de Buda feliç. L'Eva Bosch —uniforme blau i cua d'esquirol— anava al gra. La intendent dels Mossos duia un lema escrit al front: «Abreuja, el temps és or».

—Si us haguessin volgut matar, ho haurien fet.

—Què vols dir?

—Que no vas estar de sort. Va ser, només, un altre avís. En portes uns quants... Tu sabràs. De moment això ha costat una vida.

—Una mort? —El Joel es va esglaiar.

—El gos de la teva amiga.

—Era una gossa.

—I n'hi haurà més...

—De morts?

—D'avisos. D'amenaces. Això és el que t'estan dient. —L'Eva Bosch va mirar el rellotge, per on llegia els missatges—. Hi ha una cosa claríssima. No et volen pelar. Se la jugarien massa. O més ben dit, no et rematen perquè no volen. Ets una diana molt fàcil. Ja em diràs què li costava allà a Montserrat, amagat a la muntanya, com qui espera que surti un senglar, enfilar-te a tu de ben a prop per...

—Em va indultar, vaja.

—No en tinc cap dubte. Si t'hagués rebentat la templa i l'haguéssim enxampat, hauria dit que, entre mates i esbarzers, t'havia confós amb un animal. Quants caçadors no s'han carregat gent dient que es pensaven que... Aquest sí que és un tema per fer un documental. —Es va rascar la sofraja com si tingués una picada—. Però em fa la sensació que no m'ho dius tot.

—No t'amago res, Eva. Al contrari, si t'agraeixo molt el que fas per mi...

Que ni la Daria ni el Joel li veiessin la cara a l'home que disparava —havien suposat que era un home però ni això no havien pogut confirmar a comissaria— no hi ajudava gens. Les poques pistes que tenia la policia i res eren el mateix. Ni les petjades de soles de sabata, ni els cartutxos a la creuera de la Frida, ni les matrícules dels cotxes que havien entrat al pàrquing de Montserrat, ni les imatges de les càmeres de seguretat del cremallera no aclarien res. Ni un testimoni que hagués pogut insinuar qui va disparar aquells quatre trets. Ni un sol sospitós. Les línies punxades tampoc no havien donat cap resultat. No s'havia registrat cap trucada al mòbil de l'Arcarazo. Tampoc al seu domicili. O aquella desferra humana postrada en una cadira no tenia res a veure amb la persecució cap al Joel Estrada o bé tenia al seu servei una quadrilla de soldats discrets i efectius. Professionals dels que treballen fi, dels que ja no en queden, va reblar l'Eva Bosch.

—M'has dit que tenies una novetat... —va dir el Joel, veient que a la conversa li quedaven tot just dos minuts de coll—. I de moment l'única novetat és que no tens cap novetat sobre el meu intent d'assassinat.

—Diguem que un intent d'acollonir-te...

—A veure. —Ofès però no gaire—. Sense la pedra que em va fer d'escut...

—Joel... —Ella el va frenar en sec—. Tinc alguna cosa de la teva germana.

Es va aturar el món.

El Joel no li treia els ulls de sobre. Esperava el veredicte i, tot d'una, l'Eva Bosch es tornava a gratar la picada per damunt del pantaló. Ell no va poder més:

—Què has descobert?

—No ens fem il·lusions. Les conclusions poden ser equivocades... Però després de creuar totes les dates de naixements en totes les clíniques, hospitals i les dades dels registres civils de les ciutats on ens vas dir... Hem anat estrenyent el cercle. Hem anat descartant uns nadons i unes mares, per dates i llocs que no quadraven, i gairebé posaria la mà al foc que la nena que aquí es va inscriure com a Victòria Estrada Vilalta, i que consta que és de Barcelona, en realitat va néixer la matinada del 2 al 3 de febrer de 1974.

—On?

—A Pamplona.

—Al Virgen del Camino?

—A l'hospital, sí. —L'Eva Bosch va tornar a mirar el rellotge i es va aixecar d'una revolada—. No sabem el nom de la mare. Només el cognom.

—Ei...

Abans que s'obrís la porta de vidre corredissa del Sir Victor, la intendent Eva Bosch només va dir una paraula:

—Heredia.

32

Qui ha robat el meu fill?

La senyora Lourdes es va tancar a la seva habitació. El senyor Saül li va dir que no, que de cap manera, que per ara, bons. Sense alterar la veu, va concretar que l'última cosa que faria seria mirar com s'autoinculpava a la pel·lícula del seu fill. Si la senyora Lourdes hi tenia tant d'interès, que se'l posés ella sola, el maleït documental, però no al televisor de la sala. Ell, la seva pena, la passaria tot sol. No volia veure ningú. Mai més. Els fills de puta sempre se'n surten. L'Arcarazo n'era un, i dels grossos, i la justícia no havia trobat proves, o no les havia volgut trobar, i quan finalment podia tenir el llistat de les evidències, els fets ja havien prescrit o els documents —deien els advocats— s'havien aconseguit d'una manera fraudulenta. Sempre se'n surten. Però ell que no n'era, de fill de puta, en canvi quedaria com que...

La senyora Lourdes, asseguda a la cadira de fusta del tocador i amb un mocador rebregat a les mans per si de cas, va acabar de mirar *Qui ha robat el meu fill?* i no entenia res. Res de res. El Saül no apareixia per enlloc. No se l'esmentava. Ni a la senyora Maria, tampoc. La pel·lícula era interessant. Colpidora. Sortien testimonis que feien esgarrifar. Una dona explicava que, al cap de molts anys, van obrir el taüt per identificar les restes de la germaneta morta i hi va aparèixer el cadàver d'un nen. La senyora Carmen llegia una carta, molt sentida, per explicar com li havien robat el seu fill i com l'havia buscat, en va, tota la vida. Un home fet i dret —un home amb el posat de ser un home qualsevol— havia descobert, sense voler, que era un nen robat i li havia caigut l'ànima als peus quan els seus pares no van tenir més remei que admetre-li la veritat. A mitja pel·lícula, hi sortia una imatge impactant: la fotografia d'un nadó congelat que un doctor de Madrid ensenyava als pares com a prova que el seu fill havia mort. Després, maredeDéusenyor, el tornaven a la nevera fins que el tornaven a necessitar. Finalment apareixia l'Arcarazo dels pebrots, indefens, cadavèric, sorprès, enxampat a casa seva, sense poder donar explicacions de la seva xarxa de segrestos i robatoris. El seu negoci de nadons al descobert. Tot el que s'hi explicava et gelava la sang. Però del vídeo que ella li havia enregistrat a contracor al senyor Saül, amb la seva confessió, no se n'emetia ni una frase. Ni una sola imatge. Va esperar fins a les lletres finals, per assegurar-se'n. A vegades ho fan, això, de guardar-se un esquer perquè la gent s'hagi d'esperar fins que... Res de res. Es perpetuava el secret. El nom del Joel Estrada Vilalta sí que sortia ben gran, com a director, amb els dos cognoms. Fill de son pare i de sa mare. Potser a la senyora Maria li hauria fet il·lusió veure el Vilalta en pantalla. O tampoc. De fet, no hauria suportat la pel·lícula. Potser tampoc no l'hauria volgut mirar. Per tal de no incomodar-se, s'hauria posat a tocar el piano, una hora, una hora llarga, el que fos. El que li duressin els nocturns de Chopin.

La senyora Lourdes es va treure el mòbil de la butxaca de la bata. Va buscar el número del Joel i, primer, va pensar a trucar-li. Després va creure que amb un missatge n'hi hauria prou, que qui era ella per destorbar-lo quan tot de gent important el devia estar felicitant i fent-li els honors per la seva estrena.

Escrivia cinc lletres i, automàticament, les esborrava. Premia les tecles amb l'índex, fixant-s'hi molt, i es feia enrere fins a tornar a tenir la pantalla en blanc.

Molt bé tot. Gràcies per no fer sortir el vídeo del seu pare.

Al cap de deu minuts amb el món aturat, va rebre el missatge de resposta.

Moltes gràcies, Lourdes. De quin vídeo em parla?

Tot d'una, es volia fondre. Tota una carrera professional de fidelitat a la família, un exemple de discreció i de saber estar sempre en segon pla i, de cop i volta, s'havia ficat de peus a la galleda. Tants anys d'abnegació invisible, d'observar i callar, qui era ella per ficar-se on no la demanaven en els remoguts capítols finals del Saül Estrada? Va pensar a no respondre. Faria veure com si no hagués vist la pregunta del noi.

El mutisme, però, no feia per ella. I hi hauria un dia que el Joel pujaria a Vallvidrera i aniria a casa per veure el seu pare i, quan es topés amb ella, li tornaria a fer la pregunta: De quin vídeo em parlava, l'altre dia per telèfon? I davant del seu interrogatori, ella no tindria cap escapatòria possible. I per no passar la vergonya diferida, es va estimar més dir-ho sense embuts i arreglar-ho, o espatllar-ho definitivament, aleshores mateix. Al capdavall, ella no feia res mal fet. Només explicava una cosa que havia passat i que, d'una manera o altra, el Joel se n'hauria assabentat. Més tard o més d'hora, ho hauria sabut. Segur.

Per al nou missatge, encara va trigar més a triar

les paraules. Va calcular de quina manera perjudicaria el mínim possible la Victòria, amb quina expressió li doldria menys al Joel i, en qualsevol dels casos, com podia salvar el senyor Saül de sortir-ne perjudicat.

Quan va tenir la frase, va enviar-la al Joel.

Tan sols un segon després, si hagués sabut com es podia suprimir un text que havia volat —mai havia entès com— fins a un altre mòbil, hauria fet marxa enrere.

El Joel va deixar passar aquella nit d'emocions contradictòries. Tothom havia pogut veure la seva feina. Uns li deien valent, d'altres li destacaven la brutalitat de la història o el crescendo narratiu d'un documental que t'encastava el cul al fons de la butaca. Qui més qui menys es posava les mans al cap. D'entre tota la colla que li van escriure i li van telefonar, ningú no es podia creure que, amb tot allò tan esgarrifós que denunciava, la justícia hagués mirat cap a una altra banda. Què li havien de dir, els amics? Tothom ho va trobar ajustat, acurat, genial... Els enquadraments, bonics. El muntatge, trepidant. La il·luminació, atmosfèrica. Esperaria la crítica del diari per saber la veritat.

D'altra banda, els Estrada estaven enmig d'aquella història fosca i no es treia la seva germana del cap. Era ell parlant d'ella. Era ell parlant d'ells i no dient tot el que sabia. Quin regust, quina pudor a la boca. I, per acabar-ho d'adobar, el missatge de la senyora Lourdes, que, com qui no vol la cosa, li havia dit que el seu pare havia gravat un vídeo, amb una confessió, i ell no en sabia res. Potser millor. O potser es cagava en tot, en el pare i en la senyora Lourdes, que li havia enviat el missatge a misses dites.

L'endemà, a mig matí, va telefonar a la Victòria. Va donar trenta voltes i van parlar de gairebé tot. De la possibilitat de seguir el rastre dels Heredia, de l'agulla i el paller, del viatge que muntaven per anar a Pamplona, de si llogarien un cotxe allà o ja hi anaven des d'aquí, de si el Rai s'hi apuntava o no es podia escapar de la feina, de tan bé com s'havia portat l'Eva Bosch en tot el cas, de si... Van tocar-ho tot fins que el Joel es va adonar que no podia penjar sense treure-li el tema. Es va asseure en una cadira de la seva cuina italiana i va fer la pregunta.

—Tu sabies que el pare va gravar un vídeo?

—Sí.

—I?

—Me'l va enviar. —La Vito no sabia gaire com continuar. La respiració del Joel, a l'altra banda, l'obligava a fer-ho—. Va fer el que li vaig demanar, el pare. Mai vaig pensar que l'arribés a gravar. I menys que me l'enviés.

—Vas dir-li que el fes i que ens el passés, per al documental.

—Ho vaig dir, sí.

—Jo hi era, Vito. Era al davant quan vau tenir la conversa.

—T'ho ha dit ell?

—No, ell, amb mi, de tot aquest tema, calla com un puta. —Va escurar el culet de cafè amb llet. Fred, no valia res—. Pitjor encara... Se li ha escapat a la senyora Lourdes.

—Creus que t'ho hauria d'haver dit jo?

—... —Qui calla, atorga—. Ara, ja. Tant se val, Vito. No podem fer marxa enrere, no ens fem mala sang. Què hi deia?

La infermera va entrar a la consulta per fer-li el senyal que tenia la sala d'espera plena. La doctora Estrada, concentrada amb la trucada, ni la va veure.

—L'he esborrat. El vaig mirar i el vaig esborrar, ho sento. No ho vaig poder resistir. Quan el vaig veure allà, dient aquelles coses, no ho sé... És el pare, al capdavall. Em va semblar, no sé ni com dir-ho. Una tortura?

—Per ell. No volies que sortís per la tele?

—No.

—No volies que el veiés ni jo?

—No. Per què? Què n'hauries tret, de veure'l humiliant-se? Et vaig estalviar el debat. El teu pare sí que és el teu pare. I què faries? Matar-lo? Exposar-lo? Per què? Per què jo t'ho demano? Què hi guanyaria jo? Què hi guanyaria ell, la família? Si te l'hagués passat, què? L'hauries posat a la pel·lícula? Tu hauries posat el vídeo del teu pare? Ja en tenim prou, de morts. Tindries unes imatges collonudes, un testimoni insòlit, la confessió que no té ningú... Però gosaries fer-ho públic?

—No ho sé.

—No confessa l'Arcarazo i sortirà el pare dient que va pagar per tenir una nena, que no sabia que...? La veritat ens hauria esquitxat fins ves a saber on i d'aquest trencaclosques en som la peça més petita. El drama és gran però som la peça més petita. Quin sentit tindria un harakiri familiar?

—El dilema és interessant. No sé què dir-te... Per variar, tot el que volem està a l'altre costat de les nostres pors.

—El dilema és interessant, i tant que sí, Joel. Apassionant. Molt. Hauria tingut un gran impacte posar-hi aquell fragment, dos minuts d'imatges, un testimoni boníssim, la filmació que tot periodista hauria volgut, però resulta que són del teu pare, parlant del que va fer, i tu ets el director del documental. Què? Ho poses sí o no? No ho trobes molt bèstia? El matem en vida?

—Però, Vito, jo respecto tot el que facis i decideixis fer en aquest tema, però...

—Només faltaria.

—No estic enfadat, suposo que es nota pel to...

—Sí, i t'ho agraeixo.

—Però potser... —el Joel va escombrar tres molles de pa del damunt de la taula—, jo també tenia dret a fer-me totes aquestes reflexions. El debat, que dius tu. O que ens el féssim tu i jo. O tu i jo i el Rai. Saber, si més no, que el pare havia explicat la història. La seva versió...

A la pantalla de l'ordinador del seu davant, li havien posat l'historial del proper pacient.

—Joel... Primer, vaig prendre la decisió per tots, em sembla que hi tenia dret. Segon, els debats ètics que els facin a la universitat, que tenen temps per perdre. I tercer... Jo tinc una vida per viure i la sala d'espera a rebentar.

La crítica especialitzada els va deixar pels núvols.

Qui ha robat el meu fill? és «un reportatge d'investigació d'una solidesa i d'una contundència emocional que et deixa devastat. Conté els elements de denúncia social, impacte humà, fermesa argumental, duresa narrativa, rigor documental i pulcritud periodística que avalen la trajectòria de Joel Estrada i Cristina Malabrocca».

Abans de continuar llegint, va agafar les tisores per retallar la pàgina de l'*Ara*. L'article, dels que s'han de guardar, es titulava «Jugant a ser Déu».

«Malgrat l'ús sempre delicat i discutible de la càmera oculta, que aquí serveix per desemmascarar les pràctiques d'Enrique Arcarazo i per descobrir la seva llista de transaccions, estem davant d'un treball revelador, sensat, que ha sabut traspassar l'angoixa a l'espectador. Les dones a qui van robar el fill tenen tan present el seu part, i el dolor que arrosseguen és tan gran, que, un cop acabat, passes hores donant voltes a l'horror del seu testimoni. I et preguntes com va ser possible que no es descobrís aquell engranatge tan ben organitzat de metges, monges infermeres i males persones que decidien qui no mereixia ser mare i atorgaven el dret a una altra família disposada a pagar, el preu que fos, per una criatura. Més enllà de posar en evidència la necessitat de rescabalar aquelles víctimes, Joel Estrada també subratlla, entre línies, com era una societat que castrava l'educació de les dones. Només així s'entén que tota aquella estructura delictiva es mantingués impune durant tant temps.

El documental, colpidor, és servei públic de primer nivell i tant de bo suposi un punt d'inflexió per reparar injustícies. Quan la justícia fa aigües, queda el periodisme».

33

El bosc dels boscos

El Rai va abaixar el volum de la música perquè volia dir-los una cosa. Amb l'Elton John esgargamellant-se dins del cotxe no l'haurien sentit.

—Si no visquéssim un a cada punta de món, aquest viatge no el faríem.

El mitjà dels Estrada, assegut de copilot, atès que ningú no va enganxar-se al seu argument, va continuar descabdellant una teoria que esfilagarsava a mesura que se li acudia.

—Els germans, quan es fan grans, ja no fan viatges junts. Us hi heu fixat? Per ben avinguts que estiguin... Cadascú viatja amb la seva parella, o va d'excursió amb la seva nova família. O surten amb amics, això sí. Però amb els germans, de viatge... Mai. És o no és?

—És. És. —El Joel i la Vito, simultanis en la resposta.

Qui podia dur la contrària al Rai?

—Les hauríem de fer més sovint, aquestes coses.

Des que havien llogat el cotxe a l'aeroport de Pamplona, li havia agafat la xerrera. Com si li haguessin donat corda.

—Tampoc és un viatge qualsevol, aquest —va dir la Victòria, asseguda al seient del darrere, amb una galta a cada banda—. Us heu vist obligats a acompanyar-me i...

—Obligats de res, Vito.

—Bé... No m'heu volgut deixar sola, és igual. Heu volgut estar amb mi. Ei, que us ho agraeixo.

—Només faltaria...

—Aquí? Què voleu que us digui... No m'ho sento casa meva. Molt bonica la ciutat, els voltants, però... Pensava que... Ni rastre. No hem trobat ni la làpida.

—Ho has intentat. —El Rai va girar-se per agafar-li la mà.

—Marxem com hem arribat... —La Vito va badar per la finestra lateral—. I potser millor.

—No havia conduït mai un Cupra d'aquests i, escolta, va llis, la tracció... S'arrapa com una mala cosa. —El Joel, tan Estrada, amb la necessitat de canviar de conversa quan les paraules es posen massa autèntiques.

Havien buscat la mare de la Victòria a Pamplona i no l'havien trobat. Després de dos dies de nervis, de portes que no s'obrien, d'aquí cap allà i de pistes que menaven sempre a vies sense sortida, ella va decidir llençar el barret al foc. És morta, doncs ja està.

Poques persones havien tingut la perseverança i la sort de la Inés, la dona que va fer seure el doctor Vela al banc dels acusats. El Rai, la nit abans, arrepapats al llit de l'habitació on dormien els dos homes, va agafar la seva tauleta, els va dir mireu això i els va llegir la notícia en veu alta. Després de nou anys removent cel i terra, l'ADN d'Inés Madrigal havia coincidit amb el d'un home que havia donat una mostra de les seves cèl·lules en un banc d'ADN dels Estats Units. Va resultar ser el seu germà. Un dels quatre que tenia. Havia trobat l'agulla en el paller.

La Victòria, en canvi, es va plantar i va dir jo no em passaré deu anys, ni vint, per tenir el puzle complet de la meva vida.

—Al capdavall, les dues mares estan mortes.

Els germans van deixar que la Vito es desfogués. Estirada al damunt del seu llit, amb el pijama verd Tiffany's i els peus a la fresca, transmetia serenor. Parlava sense ràbia, amb la veu dolça de les confidències de nit. Tan sols pretenia classificar el desordre:

—Què he de fer, furgar fins a l'infinit? No m'hi veig. Francament. Què en farem si descobreixo, ara, que tinc germans aquí a Navarra? Més enllà de la curiositat, què? Els Heredia. I? Comparteixes la sang però només tens la sang. No sé si existeixen aquesta família, aquests germans... I si existeixen, no tenen ni nom. I les coses sense nom no les podem estimar tant. —Va badallar—. Hi ha un punt de necessitat, de voler saber, m'enteneu? Però hi ha un punt més gros, més rodó, de no voler saber-ho tot, de dir... prou. Per supervivència, potser.

Es van llevar d'hora. Feia molts anys, moltíssims, que el Joel i el Rai no dormien al mateix llit i, estiregassant la funda nòrdica cap aquí i cap allà, es van desvetllar tots dos al primer sol. Quan van voler despertar la Vito, ja se la van trobar a la terrassa, amb un cafè calent, responent els correus electrònics de les mares dels pacients d'Estrasburg. El ritual de cada matí.

Després d'esmorzar, van agafar el Cupra i van sortir d'excursió amb la llum obliqua de primera hora. L'itinerari l'havia preparat el Raimon amb l'ajut de la recepcionista de l'hotel de Pamplona, que, malgrat el lumbago, li va indicar cap on podien anar a passar el dia en un lloc que no oblidarien. És el bosc dels boscos, els va dir.

A partir d'Orbaizeta, allà on els Pirineus busquen França i no tenen pressa per trobar-la, es van anar endinsant en una vall frondosa. La verdor espessa es percebia del cotxe estant i cada vegada s'endevinava menys tros de cel en aquella hora neta.

De cop i volta, la humitat s'encomanava pertot, del fullatge als troncs i de les capçades al sotabosc més ufanós, tan despentinat com imparable. La carretera esquinçava el bosc a banda i banda. Els engolia una tranquil·litat confusa, tardoral. La Vito va demanar que abaixessin les finestres del davant per respirar aquells misteris. El Joel va reduir la marxa. A poc a poc, contemplaven els avets convertits en vigilants silenciosos del pas del temps.

Un guarda forestal disfressat de paisatge els va indicar on havien d'aparcar, vora l'embassament d'Irabia.

—Quin lloc tan màgic.

El reflex era reversible. L'aigua tenia el verd dels arbres, els avets rebien el blau del riu.

—Deixes el cotxe obert?

—Ningú no tocarà res, aquí...

—Però, home...

—Si patiu per les maletes, ja tanco... —Va prémer el comandament i el clec de les quatre portes va ser instantani.

—La cistella del pícnic ens fotrà nosa.

—Ens ho mengem tot ara i així no ho hem de carretejar?

—Però si acabem d'esmorzar, Joel, per favor...

—També trobo que els de l'hotel ens podien haver donat una motxilla i no aquest cistellet de l'any de la picor.

—Semblem de can Fanga, hòstia. Va, caminem, tu. Calleu una mica i mireu tot això.

A la selva d'Irati van retrobar la natura. El camí era l'espectacle. A un enfilall de faigs de troncs clars, en seguia un altre de canó més fosc, envellit per la rotunditat dels anys. No hi havia herbes moribundes en aquelles contrades verges. A cada cent passes, una sorpresa. Un corriol, un torrent, el dringar de l'aigua, el tremolor de les fulles, el fraseig d'un aufrany escabellat. El bosc dels boscos.

—Sabeu què em va dir un dia, el Leo? Pare, això de la natura és per als vells. A mi dona'm gratacels de Manhattan.

—Està en aquella edat que...

—Espera, espera, que encara ho va espatllar més. Ho tinc comprovat, els paisatges són per als que us queda poca vida i necessiteu el verd, el mar, el blau, les muntanyes per oxigenar-vos...

—Collons, el teu fill.

—Estem als cinquanta i ens veu a les últimes, vaja.

—Com ho porta que estiguis amb la Daria?

—El Leo? —El Joel es va estranyar per la pregunta—. Bé, suposo. La realitat és que la veu poc. Davant seu no fem ostentació de res. Com a mínim la seva mare no l'ha posat contra la Daria, que ja és molt. I la Daria...

Caminaven tots tres de costat. La senda de Contrasario ho permetia.

—Què? No et tallis... —El Rai el va burxar.

—Res, que la Daria... La Vito m'entendrà... Saps aquelles notes de la dreta de tot del piano, que sempre sonen divertides, agudes, entremaliades? Estar amb ella sempre és així, pessics de... No ho sé, un encant. Ganes d'estar junts tantes hores com podem, que no són gaires. Ella a l'escola, tutories, corregint exàmens, jo amb les meves històries.

—Ja veig que et tornaràs a casar...

El Joel es va aturar en sec. El Rai i la Vito van frenar dues passes més tard.

—Voleu saber una cosa? —Va obrir les mans—. Ni tan sols hi havia pensat. No n'hem parlat mai, amb ella.

—Doncs millor, Joel. No ho facis —va dir la Vito sense que semblés un imperatiu.

—Dona...

—Ni se t'acudeixi... Saps allò del piano, que deies tu? Ves ara, en canvi, cap a les notes de l'esquerra. Les greus. Les que sonen feixugues. La vida de parella és això. Comences aquí, amb les notes juganeres, i acabes allà, amb les més pesades, les tràgiques... El rèquiem.

Van riure.

—Tu ara ho dius perquè t'has separat.

—Quin any que portes, nena...

—Digueu-me que ja no em pot passar res més. Per favor...

—No n'hi ha per a tant, tampoc. —El Rai, sarcàstic—. Se t'ha mort la mare, has engegat el marit, has descobert que... Amb un argument així, qualsevol te'n fotria una novel·la.

—Mira... Voleu saber com em sento?

—I tant —va saltar el Rai, conscient que no podia dir res més.

Finalment, a un quart tocat de dues del migdia, en una obaga al bosc dels arbres sincers, la Victòria es va deixar anar:

—Sabeu quan hi ha aquelles pluges torrencials de tardor que s'ho emporten tot per endavant? Ho hem vist a les notícies mil vegades. Surt un edifici que ha quedat tot sol, descalçat, perquè el corriment de terres s'ho ha endut tot riu avall. Doncs just allà, al mig de l'esllavissada, hi soc jo. Tota la vida, els pares, el refugi de la infantesa, l'aiguat ho ha arrencat i s'ho ha endut tot. Avall que fa baixada. D'un dia per l'altre, no n'ha quedat res. Però quedo jo, que no és poc. —Va eixugar-se els ulls amb la màniga de l'anorac—. I tinc la Lisa que ho compensa tot... M'agrada tant com és, la meva filla. Us ho havia dit? Tinc tanta sort, amb ella.

Enfredorats per la humitat, van sortir a buscar una llenca de sol. La van trobar a la riba de l'Irati, que, en aquell racó, baixava amb poca empenta. Van decidir que a la vora d'aquell colze pla, amb vocació de meandre, seria un bon lloc per dinar-hi. Es van asseure a terra i es van disposar a descobrir la sorpresa que els havia preparat el pícnic de l'hotel. Del cistell en van treure tres entrepans de paleta —a dos ous, mínim, per truita—, uns daus d'Idiazabal i tres ampolles petites de Rioja, amb tap de rosca. De postres, un grapat de mandarines que van escorxar amb dits de ciutat. Després, es van rentar les mans al riu i van jugar a veure qui tirava el còdol més enllà. El Rai, sense ganes de fer-se el savi, els va explicar per què les pedres fan el salt de granota quan reboten a l'aigua. A l'Experimentarium de Copenhaguen havien fet un muntatge sobre l'epostracisme i ho tenia molt fresc. La curiositat no era nova. Homer, a la Grècia de molts milers d'anys enrere, ja s'havia plantejat per quin carai de fenomen físic les pedres planes dibuixaven aquella trajectòria rampelluda sobre un riu. El Rai hi va posar suspens. Els va dir que no era la forma de la pedra la que et feia aconseguir un bon rebot. Tampoc la velocitat amb la qual es llança. El secret —els va dir amb un aire de secret— està en l'angle de xoc respecte a la superfície de l'aigua i, per tant, en la posició de la pedra en el moment de l'impacte. L'angle màgic, per al millor bot, és el de vint graus. Aquesta era la clau. Ho van estar provant, amb poca traça. La teoria va derrotar la pràctica. Van llançar passanelles fins que se'n van cansar. El Rai va ser, de tots els participants al concurs familiar, qui va aconseguir la millor marca. Un còdol li va arribar a rebotar fins a tres vegades. Quan van haver constatat que ni la força del llançament ni la velocitat del gir tenien res a veure amb l'èxit de la tirada, van recollir les copes, les tovalles i el cistell i van tornar a entomar el caminoi circular.

A la tarda, els murmuris del bosc s'espessien. Les olors dels silencis tendien al gris.

—Set d'anada i set de tornada. Ens hem cascat catorze quilòmetres. Déu-n'hi-do.

Quan van arribar on havien aparcat el cotxe, no hi quedava ni el guarda forestal. El sol es batia en retirada i encara tenien al davant un bon camí per abandonar la selva d'Irati. El motor i els èxits d'Elton John van arrencar sincronitzats.

—A mitja hora de casa tinc un paisatge així. Més espès i tot —va dir la Vito mentre esbossava una careta al baf del vidre—. No us recorda la Selva Negra, tot això?

—Em pensava que diries... la fageda d'en Jordà.

—Hòstia, la fageda... El dia que et vas escapar amb la veïna d'allà Olot... —El Rai, sobtat—. Com es deia, la nena aquella?

—La veïna? La Tona.

—Mira que era diabòlica.

—Ja deu ser morta.

—Ai, Joel, per favor...

—És viva? —va saltar, sorprès.

—A mi què m'expliques? De tota manera... —la Vito va corregir el Rai—, allò no era la fageda. Era més cap als aiguamoixos. Allà a la font de la Deu.

—Ens vam espantar tots, aquella nit, pensant que havies desaparegut. La mare, ni t'ho explico.

—Esclar, si jo hagués estat d'aventures, de... —La Vito va recordar la sensació de ser la dolenta, per un dia—. Però com que era la nena, la santeta, com que no havia trencat mai una tassa, us vaig agafar a tots a repel.

—Ja que la fas, fot-la grossa. És la màxima dels adolescents.

El Joel va apujar el volum de la música. *Crocodile Rock*. La van cantar tots tres, amb ganes, com havien fet tantes vegades. A plena veu, embriagats pel moment, pel ritme de l'Elton i per l'explosió cromàtica de les vistes. La van cantar sencera, enjogassats, com si fos el seu himne. Com si en tinguessin divuit i el sarró dels somnis encara estigués ple. La Vito, virtuosa, la tocava en un piano invisible. Enmig d'aquell bosc màgic, els dits suspesos en l'aire tenien, xarbotats a tanta velocitat, alguna cosa de bruixeria, d'encanteri, d'exorcisme. Cantava i reia. Tocava i plorava.

Quan es va acabar la cançó, al Rai n'hi quedava una per dir:

—Un germà és un tros d'infantesa —va improvisar, inspirat en la nostàlgia del paisatge.

—Un germà és el tros d'infantesa que no perdràs mai.

Van estar d'acord, per unanimitat, amb la precisió de la Vito. A l'instant, ella va gronxar el cos cap endavant, tant com va donar de si el cinturó de seguretat, per arribar a posar una mà al clatell del Joel. Amb l'altra, dibuixant la simetria, va acaronar la nuca rapada del Raimon. Necessitava acostar-s'hi perquè allò que els havia de dir eren cinc paraules que volia que constessin a l'àlbum del viatge:

—La família som nosaltres tres.

El Joel i el Rai van mirar la seva germana pel retrovisor. La Victòria d'ulls negres, cabells fosquíssims i la pell olivàcia. La doctora Estrada, pediatra d'uns nens que, en un tres i no res, deixarien de ser-ne.

La història només té un defecte: no s'acaba mai.